Verleden tijd

Van Lee Child zijn verschenen:

DE JACK REACHER-THRILLERS

1 Jachtveld
2 Lokaas
3 Tegendraads
4 De bezoeker
5 Brandpunt
6 Buitenwacht
7 Spervuur
8 De vijand
9 Voltreffer
10 Bloedgeld
11 De rekening
12 Niets te verliezen
13 Sluipschutter
14 61 uur
15 Tegenspel
16 De affaire
17 Achtervolging
18 Ga nooit terug
19 Persoonlijk
20 Daag me uit
21 Onder de radar
22 Nachthandel
23 Verleden tijd

DE JACK REACHER-VERHALEN

Op doorreis *(bundel)*

Lee Child

Verleden tijd

vertaald door Jan Pott

UITGEVERIJ LUITINGH-SIJTHOFF

Oorspronkelijke titel: *Past Tense*
Vertaling: Jan Pott
Omslagontwerp: DPS Design & Prepress Studio, Davy van der Elsken
Opmaak binnenwerk: Crius Group, Hulshout

ISBN 978 90 245 7719 4
ISBN 978 90 245 7720 0 (e-book)
NUR 332

www.leechild.com
www.lsamsterdam.nl
www.boekenwereld.com

In memoriam
John Reginald Grant, 1924-2016
Norman Steven Shiren, 1925-2017
Audrey Grant, 1926-2017

1

In een klein stadje aan de kust van Maine genoot Jack Reacher van de laatste zomerzon en begon toen, net als de vogels in de lucht boven zijn hoofd, aan de lange reis naar het zuiden. Dit keer niet in een rechte lijn langs de kust, bedacht hij. Niet net als de wielewaal en de gors, de phoebe, de zanger en de robijnkeelkolibrie. Hij koos voor een diagonale route in zuidwestelijke richting. Van het punt helemaal rechtsboven in het land naar het punt helemaal linksonder. Misschien wel via Syracuse en Cincinnati, en dan over St. Louis, Oklahoma City en Albuquerque naar San Diego. Daar zaten voor een man van de landmacht, wat Reacher nu eenmaal was, natuurlijk veel te veel mensen van de marine, maar afgezien daarvan was het een prima plek om een begin te maken met de overwintering.

Het zou een fantastische tocht worden, die Reacher al jaren niet meer had gemaakt. Hij keek ernaar uit.

Hij kwam niet ver.

Hij liep een kilometer langs de weg die van de kust het binnenland in voerde, installeerde zich toen aan de kant van een regionale weg en stak zijn duim omhoog. Hij was lang, bijna twee meter, zwaargebouwd, een en al botten en spieren en niet bepaald aantrekkelijk. Hij was nooit goedgekleed en zag er meestal een beetje onverzorgd uit. Op het eerste gezicht geen aangenaam gezelschap. Zoals altijd namen de meeste automobilisten gas terug om eens goed te kijken, en reden dan weer door. Het duurde veertig minuten tot de eerste auto kwam die bereid was hem een lift te geven. Het was een Subaru-stationwagen, een jaar oud, bestuurd door een man van middelbare leeftijd in een kakikleurige katoenen broek met een keurige vouw en een bijpassend kraakhelder kakikleurig shirt. Door zijn vrouw in de kleren gestoken, dacht Reacher. De man droeg een trouwring. Maar onder die keurige kleren zat het lichaam van iemand die met zijn handen de kost verdiende. Een brede nek en grote, rode knokkels. Iemand die een beetje tot zijn eigen verbazing en niet erg van harte was opgeklommen tot baas. Zo iemand die ooit is begonnen met het graven van gaten voor hekpalen en uiteindelijk eigenaar wordt van een bedrijf in omheiningen.

Dat bleek een goede gok te zijn. In het gesprek werd al snel duidelijk dat de klauwhamer van zijn vader ooit zijn enige bezit was geweest en dat hij nu eigenaar was van een aannemersbedrijf en verantwoordelijk voor veertig werknemers en de dromen van tal van klanten die hun hoop op hem hadden gevestigd. Hij besloot zijn verhaal met een schouderophalen en een grimas die voor een deel voortkwamen uit de aangeboren bescheidenheid van een Yankee en voor een ander deel oprechte verbazing uitdrukten. Zoiets van: hoe is het mogelijk? Oog voor detail, dacht Reacher. Het was een slimme kerel, bekwaam, met verstand van zaken, vol principes en onwrikbare meningen. Zo was hij van mening dat je aan het einde van de zomer Route One en de I-95 moest mijden en ervoor zorgen dat je zo snel mogelijk Maine uit kwam. Dat hield in dat je in zuidwestelijke richting over Route Two naar New Hampshire moest rijden, waar een klein eindje onder Berlin een stelsel van binnenwegen begon dat hen sneller dan langs welke andere weg ook naar Boston zou voeren. Daar ging de man namelijk naartoe om te vergaderen over marmeren aanrechtbladen. Dat vond Reacher prima. Boston zou ook een heel goed startpunt zijn voor de tocht naar het zuiden. Vandaar kon je in een rechte lijn naar Syracuse. En dan was het gemakkelijk om via Rochester, Buffalo en Cleveland in Cincinnati te komen. Misschien zou hij wel over Akron gaan, in Ohio. Reacher had wel in minder aantrekkelijke oorden vertoefd, vooral toen hij nog in het leger zat.

Ze haalden Boston niet.

De man werd mobiel gebeld toen ze bijna een uur onderweg waren over de bewuste binnenwegen in New Hampshire, die overigens helemaal voldeden aan het beeld dat de man ervan had geschetst. Reacher moest toegeven dat het plan van de man deugdelijk was. Het was doodstil op de weg. Geen opstoppingen, geen vertragingen. Ze reden onbekommerd verder, honderd kilometer per uur, relaxed. Tot de telefoon ging. Hij was aangesloten op de radio. Op het display werd een naam weergegeven naast een miniatuurfototje ter ondersteuning. In dit geval de foto van een man met een blozend gezicht die een bouwhelm op had en een klembord in zijn hand hield.

Een voorman in een bouwput. De man aan het stuur tikte op een knop en de ruis van een telefoonlijn klonk uit alle luidsprekers en vulde de auto alsof er een surround-soundinstallatie was aangelegd.

De man aan het stuur sprak in de richting van de deurpost van het voorportier: 'Ik wil alleen goed nieuws.'

Dat kreeg hij niet te horen. Er was iets met een inspecteur van gemeentelijk bouw- en woningtoezicht en een roestvrijstalen rookkanaal boven een open haard in een hal. Dat rookkanaal was goed geïsoleerd, precies volgens de regels, maar dat viel alleen maar aan te tonen door het metselwerk van de schoorsteen af te breken, dat op dat moment al tot de tweede verdieping reikte en bijna klaar was. De metselaars waren de komende week al weer ingeroosterd voor een andere klus. Een tweede optie was de op maat gemaakte walnoten betimmering in de eetkamer aan de andere kant van de schoorsteen er weer uit slopen of anders de palissander betimmering van de klerenkast op de verdieping erboven, een nog ingewikkelder klus. Maar waar het op neerkwam, was dat de inspecteur voet bij stuk hield en per se met eigen ogen de isolatie wilde inspecteren.

De man aan het stuur wierp een blik naar Reacher en vroeg: 'Welke inspecteur is het?'

'Die nieuwe,' zei de man aan de andere kant van de lijn.

'Weet hij dat hij een kalkoen krijgt met Thanksgiving?'

'Ik heb tegen hem gezegd dat we met z'n allen aan dezelfde kant staan.'

De man aan het stuur wierp opnieuw een blik naar Reacher, alsof hij om toestemming verzocht, of zijn verontschuldigingen aanbood, of beide. Toen keek hij weer voor zich naar de weg en vroeg: 'Heb je hem geld geboden?'

'Vijfhonderd. Hij wilde het niet aannemen.'

Toen viel het signaal weg. Het geluid vervormde, als van een robot die in een zwembad valt, en daarna werd het stil. Op het display stond een melding dat de telefoon naar een signaal zocht.

De auto reed door.

'Waarom wil iemand een open haard in de hal?' vroeg Reacher.

'Het schept een uitnodigende sfeer,' zei de man aan het stuur.

'Ik geloof dat het vroeger juist de bedoeling had af te schrikken.

Zoals een kampvuur bij de ingang van een grot dat de roofdieren op afstand moest houden.'

'Ik moet terug,' zei de man. 'Het spijt me.'

Hij remde af en zette de auto stil op het grind van de berm. De enige auto op een binnenweg. Geen ander verkeer. Op het display stond dat de telefoon nog steeds naar een signaal zocht.

'Ik moet je er hier helaas uitzetten,' zei de man. 'Is dat goed?'

'Geen probleem,' zei Reacher. 'Je hebt me een eind op weg geholpen en daar bedank ik je voor.'

'Geen dank.'

'Van wie is die kast van palissander?'

'Van de eigenaar.'

'Maak er een groot gat in en laat de inspecteur zien wat hij wil zien. Daarna geef je de eigenaar vijf goede redenen om een kluis in te bouwen. Misschien weet hij het nog niet, maar iemand die een open haard in de hal wil, wil ook een kluis in de kast in zijn slaapkamer. Dat staat als een paal boven water. De menselijke natuur. Uiteindelijk verdien je eraan. Je kunt zelfs de tijd in rekening brengen die het je heeft gekost om dat gat te maken.'

'Zit jij ook in dit werk?'

'Ik heb bij de militaire politie gezeten.'

'Hm,' zei de man.

Reacher duwde zijn portier open, stapte uit de auto, sloot het portier weer en liep ver genoeg weg om de man de ruimte te geven de Subaru te keren, van de ene berm met grind over het asfalt door de andere berm met grind en terug het asfalt op, in de richting van waaruit ze waren gekomen. De man maakte ondertussen nog een kort gebaar naar Reacher, als een soort spijtbetuiging dat het zo gelopen was, maar ook om hem succes te wensen bij het verder liften. Toen werd hij kleiner en kleiner in de verte. Reacher draaide zich om en begon te lopen. Naar het zuiden. Als het maar even mogelijk was, probeerde hij zich aan de voorgenomen richting te houden. Hij liep over een redelijk brede tweebaansweg die goed onderhouden was, met hier en daar een flauwe bocht en zo nu en dan een lichte helling. Voor moderne auto's leverde de weg geen enkel probleem op. De Subaru had zonder moeite honderd gereden. Toch was er geen verkeer. Er kwam uit beide richtingen geen enkele auto. Volmaakte stilte, op een zuchtje wind door de bomen na en een vaag zoemen van de hitte die opsteeg uit het asfalt.

Reacher liep door.

Drie kilometer verder boog de weg iets af naar links, terwijl een nieuwe, vergelijkbare weg zich afsplitste naar rechts. Niet echt een zijweg, meer een keuze. Een klassieke driesprong in de vorm van een Y, een rukje naar links of naar rechts aan het stuur. Zeg het maar. Beide wegen verdwenen verderop uit het zicht, ingesloten door bomen met zo'n geweldige kruin dat ze een tunnel boven de weg vormden.

Op de splitsing stond een wegwijzer.

Op een naar links wijzende pijl stond *Portsmouth*, op een naar rechts wijzende pijl stond *Laconia*, maar die plaatsaanduiding stond er in iets kleinere letters. De pijl was ook iets kleiner, alsof Laconia minder belangrijk was dan Portsmouth. Dus eigenlijk toch een zijweg, ook al verschilde hij uiterlijk niet van de andere weg.

Laconia, New Hampshire.

Een plaatsnaam die Reacher kende. Hij had hem op allerlei officiële documenten zien staan en hij had de plaats wel eens horen noemen. Wijlen zijn vader was er geboren en opgegroeid, totdat hij op zeventienjarige leeftijd was ontsnapt om zich aan te melden bij de mariniers. Dat was het vage verhaal zoals het in het gezin werd verteld. Waaraan hij was ontsnapt, werd er nooit bij gezegd, maar hij was nooit teruggekeerd. Niet één keer. Reacher zelf was ongeveer vijftien jaar later geboren en tegen die tijd was Laconia niet meer dan een dood detail uit een ver verleden, net zo goed als het Dakota-territorium, waar volgens de overlevering een verre voorouder had gewoond en gewerkt. Niemand van zijn bloedverwanten ging ooit naar de ene of de andere plek. Niemand ging er op bezoek. De grootouders waren niet oud geworden en kwamen zelden ter sprake. Er waren kennelijk geen ooms en tantes en neven en nichten of andere verre bloedverwanten. Statistisch gezien was dat erg onwaarschijnlijk, zodat er waarschijnlijk sprake was van een breuk. Maar niemand anders dan zijn vader zou daar iets over kunnen zeggen, en niemand had hem er ooit naar gevraagd. Sommige zaken werden domweg niet besproken in het gezin van een marinier. Jaren later, toen Reachers broer Joe als kapitein in het noorden gelegerd was, had hij eens gezegd dat hij de plek wilde opzoeken waar hun vader was opgegroeid, maar er was niets van gekomen. Waarschijnlijk had Reacher zelf van tijd tot tijd net zoiets gezegd. Hij was er ook nog nooit geweest.

Links of rechts, zeg het maar.

Portsmouth was een betere keuze. Daar liepen snelwegen door. Er was verkeer, er reden bussen. Je kon zo naar Boston. San Diego lonkte. Het zou koud gaan worden in het noordoosten.

Maar het kwam toch zeker niet aan op een dag?

Hij boog af naar rechts en volgde de weg die naar Laconia voerde.

Diezelfde namiddag reed vijftig kilometer daarvandaan een aftandse Honda Civic over een andere binnenweg naar het zuiden. Aan het stuur zat een man van vijfentwintig die Shorty Fleck heette. Naast hem op de passagiersstoel zat een vrouw van vijfentwintig die Patty Sundstrom heette. Vriend en vriendin, allebei geboren en opgegroeid in St. Leonard, een klein stadje achteraf in New Brunswick, Canada. Daar gebeurde niet zoveel. Het meest recente nieuws was een gebeurtenis van tien jaar geleden toen een vrachtwagen met een lading van twaalf miljoen bijen in een bocht was gekapseisd. De plaatselijke krant had trots bericht dat het ongeval het eerste in zijn soort was in heel New Brunswick. Patty werkte in een houtzagerij. Ze was de kleindochter van een man uit Minnesota die een halve eeuw daarvoor de grens over was geglipt om dienstplicht in Vietnam te ontlopen. Shorty was aardappelboer. Zijn familie woonde al sinds mensenheugenis in Canada. Eigenlijk was hij niet echt klein. Misschien was hij het ooit geweest en hadden ze hem daarom Shorty genoemd, maar nu zou een ooggetuige hem omschrijven als een man van doorsnee lengte.

Ze probeerden in één dag van St. Leonard naar New York te rijden. Dat was, hoe je het ook bekeek, een pittige afstand. Maar in hun ogen leverde het alleen maar voordelen op. Ze wilden in New York iets verkopen en door een overnachting in een hotel uit te sparen, konden ze een maximale winst boeken. Ze hadden een route uitgestippeld met een bocht langs westelijk gelegen binnenwegen om de drukte te mijden van al die mensen die aan het einde van de zomer de stranden weer achter zich lieten en naar huis teruggingen. Patty's stompe vinger lag op de kaart en ze tuurde door de voorruit naar afslagen en wegwijzers. Ze hadden op papier uitgerekend dat het in één dag te doen was.

Ze waren echter later vertrokken dan de bedoeling was, omdat ze nu eenmaal niet zo goed waren in het organiseren van dingen, maar vooral omdat de stokoude accu van de Honda niet zoveel ophad met de frisse herfstwind die kwam aanwaaien uit de richting van Prince Edward Island. Die vertraging had ervoor gezorgd dat ze in een lange wachtrij voor de grensovergang met de Verenigde Staten terecht waren gekomen, waarna de Honda tekenen van oververhitting begon te vertonen, zodat ze geruime tijd niet harder konden rijden dan tachtig kilometer per uur.

Ze waren moe.

En ze hadden honger en dorst, en ze moesten naar de wc, en ze liepen achter op hun schema, en ze voelden zich gefrustreerd. De Honda raakte opnieuw oververhit. De wijzer van de temperatuurmeter stond tegen het rood aan. Onder de motorkap klonk een rauw geluid. Misschien te weinig olie. Dat was er niet uit op te maken. Alle verklikkers op het dashboard brandden al tweeënhalf jaar lang continu.

'Wat ligt er voor ons?' vroeg Shorty.

'Niets,' zei Patty.

Haar vingertop lag op een kronkelende rode lijn met een nummer dat uit drie cijfers bestond, die van noord naar zuid liep door een puntig stuk bruingroen landschap. Bossen. Het klopte precies met wat er buiten de auto te zien was. Dicht op elkaar staande bomen, roerloos en donker, dik in het blad aan het einde van de zomer. Op de kaart waren hier en daar rode lijntjes te zien, zo dun als spinrag, als de vlak onder de huid liggende aderen op het been van een oude dame. Dat waren zo op het oog wegen die wel ergens naartoe leidden, maar niet naar een plek die de moeite waard was. In ieder geval niet naar een plek waar je een monteur zou aantreffen, waar je motorolie en gedestilleerd water voor de radiateur zou kunnen kopen. Laconia, een plaats een halfuur verderop, een beetje naar het zuidoosten, met een naam die niet al te klein was afgedrukt en iets vetter dan de andere plaatsnamen, leek nog de beste vooruitzichten te bieden.

‘Halen we nog dertig kilometer?’ vroeg ze.

De wijzer stond nu helemaal in het rood.

‘Misschien,’ zei Shorty. ‘Als we de laatste vijfentwintig lopen.’

Hij remde af en liet de auto op een heel klein beetje gas verder rijden. Dat produceerde minder nieuwe hitte in de motor, maar reduceerde ook de luchtstroom die de koelribben van de radiateur passeerde, zodat de oude hitte minder snel kon worden afgevoerd, met als gevolg dat de wijzer in eerste instantie nog verder doorsloeg in het rood. Patty schoof haar vingertop over de kaart en probeerde de locatie op de kaart in overeenstemming te houden met de werkelijkheid, de snelheid van haar vinger aan te passen aan de snelheid van de Honda. Ze naderden een rood spinraglijntje naar rechts. Een smal spoor dat door de groene drukinkt van de kaart kronkelde naar iets wat tweeënhalve centimeter verderop lag. Omdat door de lage snelheid het ruisen van de wind door het slecht sluitende raam was weggevallen, hoorde ze het lawaai van de motor. Rauwe ploffende, kloppende en malende geluiden. Het werd erger.

Toen zag ze vooruit rechts het begin van een smalle zijweg. Het rode spinraglijntje, precies op de juiste plek. Het leek echter meer op een tunnel dan een weg. Het was een donker gat. De kruinen van de bomen groeiden in elkaar. Aan het begin stond een oude, door de vorst omhooggewerkte paal waaraan een bord was gespijkerd. Op het bord waren sierlijke plastic letters geschroefd boven een wijzende pijl. De letters vormden het woord *Motel*.

‘Doen?’ vroeg ze.

De auto gaf het antwoord. De wijzer van de temperatuurmeter kon niet verder doorslaan naar rechts. Shorty voelde de hitte tegen zijn scheenbenen. Het hele motorcompartiment was een gloeiende oven. Heel even vroeg hij zich af wat er zou gebeuren als ze toch zouden doorrijden. Mensen hadden het wel eens over ontploffende en smeltende motoren. Dat was natuurlijk maar bij wijze van spreken. Er zou natuurlijk geen sprake zijn van een plasje gesmolten metaal of een explosie. De motor zou domweg de geest geven, of vastlopen. De auto zou langzaam uitrollen en stil blijven staan.

Maar nu wel aan het einde van de wereld, waar geen auto meer langskwam en waar je telefoon het niet deed.

‘Geen keuze,’ zei Shorty. Hij remde af en stuurde de tunnel in. Van dichtbij zagen ze dat de plastic letters goudkleurig waren geverfd, met een smal kwastje en een vaste hand, als een soort belofte dat het motel een etablissement met stijl was. Er stond een tweede paal met een bord dat automobilisten lokte die van de andere kant kwamen.

'Oké?' vroeg hij.

Het was kil in de tunnel. Misschien wel tien graden kouder dan op de weg. De bermen waren bedekt met een laag afgevallen bladeren van vorig jaar en in de winter van de weg gespoelde modder.

'Oké?' vroeg Shorty nog een keer.

Ze reden over een kabel die dwars over de weg lag. Een dik, rubberen geval, ongeveer zo dik als een tuinslang. Zo'n ding dat ze ook hadden bij tankstations om de pompbediende in het kantoortje via een belletje te waarschuwen dat hij moest komen helpen.

Patty gaf geen antwoord.

'Zo erg kan het toch niet zijn?' zei Shorty. 'Het staat aangegeven op de kaart.'

'Alleen de weg.'

'Het was een mooi bord.'

'Dat wel,' zei Patty. 'Het was een mooi bord.'

Ze reden verder.

2

De bomen zorgden voor verkoeling en frissere lucht, dus liep Reacher met plezier zesenhalve kilometer per uur. Met zijn lange benen betekende dat zo'n achtentachtig stappen per minuut, achtentachtig tellen, precies het tempo van een heleboel fantastische muziek. De tijd vloog dan ook voorbij. Hij had dertig minuten gelopen, tweeëndertighonderdvijftig meter en in gedachten zeven klassiekers meegeneuried, toen hij plotseling geluid achter zich hoorde. Hij keek over zijn schouder en zag een oeroude pick-up als een krab over de weg hobbelen, zijn kant op, al leek het of alle vier de wielen een andere koers wilden volgen.

Reacher stak zijn duim omhoog.

De pick-up stopte. Een oude kerel met een lange witte baard leunde opzij over de voorbank en draaide het raampje aan de passagierskant omlaag.

'Ik ga naar Laconia,' zei hij.

'Ik ook,' zei Reacher.

'Oké.'

Reacher stapte in en draaide het raampje weer omhoog. De oude man reed de weg weer op en de pick-up kwam hobbelend op snelheid.

'En dan is dit natuurlijk het moment dat je me gaat vertellen dat ik nieuwe banden nodig heb,' zei hij.

'Misschien wel,' zei Reacher.

'Maar op mijn leeftijd probeer ik grote uitgaven te vermijden. Waarom zou ik in de toekomst investeren? Heb ik nog wel een toekomst?'

'Dat is een cirkelredenering die ronder is dan je banden.'

'In feite is het chassis ontzet. Ik heb een aanrijding gehad.'

'Wanneer?'

'Bijna drieëntwintig jaar geleden.'

'Dus je bent eraan gewend?'

'Het houdt me wakker.'

'Hoe weet je welke kant je op moet sturen?'

'Daar wen je ook aan. Net als een zeilboot. Waarom ga jij naar Laconia?'

'Ik was in de buurt,' zei Reacher. 'Mijn vader is er geboren. Ik wil het wel eens zien.'

'Hoe heet je?'

'Reacher.'

De man schudde zijn hoofd.

'Ik heb nooit iemand in Laconia gekend die Reacher heette.'

De aanwezigheid van de eerdere splitsing in de vorm van een Y werd verklaard door een meer, breed genoeg om automobilisten die van noord naar zuid reden voor de keuze te stellen: linkeroever of rechteroever. Reacher en de oude kerel reden hotsend en schokkend over de rechteroever, fysiek niet echt ontspannend, maar visueel zeer aantrekkelijk. Het uitzicht was spectaculair, zeker bij het licht van de ondergaande zon, die aan zijn laatste uur bezig was.

Toen kwam de stad Laconia in zicht. De stad was groter dan Reacher had verwacht. Vijftien-, twintigduizend inwoners. Hoofdstad van de county. Welgesteld en welvarend. Uit baksteen opgetrokken panden en keurige, ouderwetse straten. Door de rode gloed van de laagstaande zon leek het net of ze een oude film in reden.

De krakkemikkige pick-up kwam hobbelend tot stilstand op een kruispunt midden in de stad. 'Dit is Laconia,' zei de oude kerel.

'Is er veel veranderd door de jaren heen?' vroeg Reacher.

'Hier? Niet zoveel.'

'Ik heb altijd gedacht dat het kleiner zou zijn.'

'Bij de meeste mensen zijn de dingen in hun herinneringen groter.'

Reacher bedankte de oude man voor de rit, stapte uit en keek de hobbelende pick-up na. Elk van de vier wielen was ervan overtuigd dat het piepende rubber van de andere drie helemaal de verkeerde kant op wilde. Toen draaide Reacher zich om en liep hij een paar willekeurige straten door om een indruk te krijgen waar alles zich bevond, waarbij hij in het bijzonder aandacht schonk aan twee bestemmingen die boven aan de lijst voor de volgende ochtend stonden, en aan twee die nog die avond van belang waren: een plek om te eten en een plek om te slapen.

Hij vond beide in de ietwat ouderwetse setting van het centrum. Gezond eten in restaurants die nergens breder waren dan twee tafels naast elkaar. Er waren geen motels in de stad, maar wel genoeg logementen en meer dan genoeg B&B's. Hij at in een smalle bistro omdat de serveerster hem vriendelijk toelachte door het raam. Toen ze het maal dat hij had besteld op zijn tafel zette, werd het even ongemakkelijk. Het was een soort salade met rosbief. Dat had hem het voedzaamste op het menu geleken. Het was echter maar een klein hapje. Hij bestelde een tweede portie. Ze dacht dat er iets niet in orde was met wat ze had geserveerd. Of dat het bord te klein was. Of allebei. Toen drong het plots tot haar door. Hij had honger. Hij wilde twee porties. Ze vroeg of hij nog iets anders wenste. Hij vroeg een grote kop voor zijn koffie.

Toen hij gegeten had, liep hij dezelfde weg terug naar een onderkomen dat hij had gezien in een zijstraat in de buurt van de stadskantoren. Er waren kamers vrij. Het vakantieseizoen was voorbij. Hij betaalde de hoofdprijs voor wat de logementhouder een suite noemde. Zelf noemde hij het een kamer met een bank en veel te veel bloemetjesmotieven en donzen kussens. Hij gooide een tiental kussens van het bed en legde zijn broek onder de matras om de kreukels eruit te persen. Toen ging hij uitgebreid douchen, kroop vervolgens tussen de lakens en viel in slaap.

De tunnel door het bos bleek uiteindelijk meer dan drie kilometer lang te zijn. Patty Sundstrom volgde de bochten met haar vinger op de kaart. Onder de wielen van de Honda lag grijs uitgeslagen en pokdalig asfalt. De slijtlaag was op sommige plaatsen volledig weggespoeld, zodat er ondiepe gaten waren ontstaan zo groot als biljarttafels. In sommige gaten was de geribbelde betonnen funderingslaag te zien, in andere gaten lag een laag grind en in nog weer andere blubber van vergaan blad, nog nat van de voorjaarsregens, want het gebladerte strekte zich aaneengesloten als een baldakijn boven hun hoofd uit, op één plek na waar over een lengte van een meter of twintig geen bomen groeiden. Daar was een strook heldere roze lucht te zien. Misschien had de grond hier een andere samenstelling, of kwam het door een ondergrondse rotslaag, te weinig grondwater of juist te veel. Vrijwel meteen lag die strook lucht al weer achter hen en reden ze weer door de tunnel. Shorty Fleck reed behoedzaam om al te zware schokken te vermijden en de motor aan de praat te houden. Hij vroeg zich af of hij de koplampen aan moest doen.

Toen werd het bladerdek voor de tweede keer dunner. Het leek erop dat het nog dunner zou worden, alsof ze een grote open plek in het bos naderden, alsof ze ergens arriveerden. Het bos hield op en de weg liep verder door een paar hectares grasland. Onder de laatste stralen zonlicht lag het smalle grijze lint van de weg er plotseling naakt en kwetsbaar bij. De weg kwam uit bij drie behoorlijk grote houten gebouwen, die in elkaars verlengde lagen langs een naar rechts zwenkende bocht. De afstand tussen het eerste en het derde gebouw was misschien een meter of vijftig. Alle drie de gebouwen waren vaalrood geverfd met witte accenten. Tegen de achtergrond van die groene graslanden zagen ze eruit zoals traditionele bouw in New England eruitziet.

Het eerste gebouw was een motel. Een motel als op een plaatje in een kinderboek. Als op een leesplankje. De M is van motel. Het gebouw was lang en laag, opgetrokken uit donkerrode planken met grijze asfaltshingles op het schuine dak. Achter het eerste raam hing een neonbord met *Receptie*. Daarnaast was een deur met een louvrepaneel waarachter een opslagruimte schuilging. Vervolgens kwam een zich herhalend patroon van een breed raam met een airconditioningsrooster, een deur met een nummer en onder het raam twee witte plastic tuinstoelen. Er waren in totaal twaalf kamers op een rij. Voor geen enkele kamer stond een auto geparkeerd. Zo te zien een bezettingsgraad van nul komma nul.

'Oké?' vroeg Shorty.

Patty gaf geen antwoord. Hij zette de auto stil. Verderop stond het tweede gebouw, dat veel hoger was en ook dieper van de voor- tot de achtergevel. Een schuur of iets dergelijks. Alleen niet voor beesten. De betonnen rijplaten voor de schuur waren opmerkelijk schoon. Er lag geen stront op, om het kort samen te vatten. Het moest een soort garage zijn. Er stonden negen quads. Net gewone motoren, maar dan met vier dikke banden met profiel in plaats van twee wielen met slicks. Ze stonden in drie rijen van drie, keurig in het gelid.

'Misschien zijn het Honda's,' zei Shorty. 'Misschien kunnen die lui hier de auto repareren.'

Het laatste van de drie gebouwen was een regulier woonhuis, eenvoudig maar ruim opgezet met rondom een veranda waarop schommelstoelen stonden.

Shorty reed een stukje verder en zette de auto toen opnieuw stil. Het asfalt hield op, tien meter voor het verlaten parkeerterrein van het motel. Hij stond op het punt om van het asfalt af te hobbelen, het terrein van het motel op. Als aardappelboer schatte hij onmiddellijk in dat de grond was samengesteld uit gelijke delen grind, modder, verdord onkruid en levend onkruid. Hij zag minstens vijf soorten onkruid die hij liever niet op zijn eigen akkers zag.

De rand van het asfalt voelde een beetje aan als een drempel. Als een beslissing.

'Oké?' vroeg hij opnieuw.

'Het is hier verlaten,' zei Patty. 'Er zijn geen gasten. Is dat niet gek?'

'Het seizoen is voorbij.'

'Alsof je een knop omdraait?'

'Daar klagen ze altijd over.'

'Dit is het einde van de wereld.'

'Een adresje voor mensen die er echt tussenuit willen. Geen drukte, geen gedoe.'

Patty bleef een hele tijd stil.

'Het zal wel oké zijn, denk ik,' zei ze toen.

'Volgens mij is het onze enige keus,' zei Shorty.

Patty liet haar blik over het motel dwalen, van links naar rechts: de eenvoudige vormen, het solide dak, de zware planken, onlangs geverfd. Het nodige onderhoud was gepleegd, maar zonder luxe franje. Een eerlijk gebouw. Het had in Canada kunnen staan.

'Laten we maar gaan kijken,' zei ze.

Ze bonkten van het asfalt omlaag het terrein op, reden rammelend over het oneffen oppervlak en parkeerden voor het kantoor. Shorty dacht even na en zette toen de motor uit. Dat was veiliger dan de motor te laten draaien, met het oog op gesmolten metalen en explosies. Als de auto niet meer wilde starten, was dat niet zo erg. Hij stond al zo ongeveer waar ze hem wilden hebben. Desnoods vroegen ze kamer nummer één. Ze hadden één heel grote koffer, vol spul dat ze wilden verkopen. Die kon wel in de auto blijven. Afgezien daarvan hadden ze weinig om te verslepen.

Ze stapten uit en gingen het kantoortje in. Achter de balie stond een man. Hij was ongeveer van dezelfde leeftijd als Shorty en Patty, halverwege de twintig. Misschien een jaar of twee ouder. Hij had kortgeknipt blond haar, netjes gekamd, een gezonde bruine kleur, blauwe ogen, stralend witte tanden en een innemende glimlach. Maar hij leek hier niet helemaal op zijn plaats. In eerste instantie moest Shorty denken aan iets wat hij in Canada wel had gezien: jongeren van goede komaf die van hun ouders 's zomers een of ander dom baantje op het platteland moesten nemen, louter en alleen omdat het goed stond op hun cv, of hun horizon hielp te verbreden en zichzelf te ontdekken, of zoiets. Maar daar was deze man al vijf jaar te oud voor. Bovendien gedroeg hij zich alsof hij hier de dienst uitmaakte. Hij heette hen welkom, zeker, maar welkom in zijn eigen huis. Alsof hij de eigenaar was.

Misschien was hij dat ook wel.

Patty vertelde hem dat ze een kamer wilden en dat ze zich afvroegen of degene die het onderhoud deed van die quads, ook naar hun auto zou kunnen kijken, en als dat niet kon, wilden ze graag een telefoonnummer van een goede monteur. Hopelijk niet van een sleepwagen.

'Wat mankeert er aan de auto?' vroeg de man glimlachend.

Hij klonk als de eerste de beste jongeman in een pak met stropdas die in een film over Wall Street speelde. Een en al glad zelfvertrouwen. Waarschijnlijk dronk hij ook champagne. Hebzucht is goed. Niet het type waar aardappelboeren mee weglopen.

'De auto raakt oververhit en maakt rare kloppende geluiden onder de motorkap,' zei Patty.

De man glimlachte nu iets anders, iets bescheidener, maar wel alsof er in het heelal niets kon gebeuren zonder zijn goedkeuring, en zei: 'Dan moesten we daar maar eens naar kijken, dunkt me. Het klinkt alsof hij te weinig koelvloeistof heeft, en te weinig olie. Dat is allebei snel opgelost, tenzij er ergens lekkage is. Bij lekkage gaat het natuurlijk om de vraag welke onderdelen vereist zijn. Misschien zouden we iets provisorisch kunnen repareren. Maar als dat niet lukt, kennen we een paar goede monteurs. Hoe dan ook, er valt weinig aan te doen zolang de motor niet is afgekoeld. Zet hem vannacht maar voor je kamer, dan kijken we er morgenvroeg meteen naar.'

'Hoe laat precies?' vroeg Patty. Ze dacht aan de vertraging die ze inmiddels hadden opgelopen, maar ook aan gegeven paarden die je niet in de bek mocht kijken.

'We staan hier allemaal op bij zonsopkomst,' zei de man.

'Hoeveel kost de kamer?' vroeg Patty.

'Labor Day is geweest en de herfstblaadjeskoekeloerders moeten nog komen. Dus laten we zeggen vijftig dollar.'

'Oké,' zei Patty, al voelde het niet zo, maar ze dacht opnieuw aan gegeven paarden die je niet in de bek mocht kijken, en dat Shorty had gezegd dat het hun enige keus was.

'We geven jullie kamer tien,' zei de man. 'Dat is de eerste waar we klaar zijn met de renovatie. Nog maar net, eerlijk gezegd. Jullie zijn de eerste gasten. We zouden vereerd zijn als jullie daar vannacht willen slapen.'

3

Reacher werd wakker om één minuut over drie. Alle clichés waren van toepassing: hij was in één klap klaarwakker, alsof er een knop was omgedraaid. Hij bleef roerloos liggen en spande zelfs de spieren in zijn armen en benen niet. Hij lag alleen maar doodstil in het donker te staren en honderd procent geconcentreerd te luisteren. Geen aangeleerde reactie, maar een primitief instinct dat in de loop van de evolutie ergens diep in de menselijke hersenen verankerd was. Hij had een keer in Zuid-Californië in diepe slaap verzonken gelegen met de ramen open omdat het een prachtige nacht was, en was daar ook in één klap klaarwakker geschrokken, alsof er een knop was omgedraaid, omdat hij een vleugje rook had opgevangen. Geen sigarettenrook of de rook van een gebouw dat in brand stond, maar een bosbrand op een helling, meer dan zestig kilometer verderop. Een geur uit een oeroud verleden. Als een lopend vuur dat over een oeroude savanne raasde. Welke voorouders het konden navertellen, was afhankelijk van wie het snelste wakker werd en als eerste begon te rennen. En dat keer op keer herhaald, honderden generaties lang.

Maar er was geen rook dit keer. Niet om één minuut over drie die nacht. Niet in die kamer in dat logement. Maar wat had hem dan gewekt? Niet iets zichtbaars of iets wat je kon proeven, want hij had alleen in bed gelegen, met gesloten ogen en de gordijnen dicht en niets in zijn mond. Het moest een geluid zijn geweest. Hij had iets gehoord.

Hij wachtte tot hij weer iets zou horen. Dat beschouwde hij als een evolutionaire tekortkoming. Het was nog altijd een proces in twee stappen. De eerste keer maakte het je wakker en pas bij de tweede keer wist je wat het was. Het was natuurlijk veel beter geweest als het zo was geregeld dat je het in één keer wist.

Hij hoorde niets. Er waren niet zoveel geluiden meer die een beroep deden op het reptielenbrein. Het was niet erg waarschijnlijk dat het ging om de zachte tred of het snuiven van een roofdier. Het dichtstbijzijnde takje dat verraderlijk luid onder de voet kon breken, lag kilometers verderop buiten de stad. Daarbuiten was er niet zoveel dat de primitieve cortex angst kon aanjagen. Niet auditief.

Met nieuwere geluiden werd elders in de hersenen afgerekend, en wel in het voorste deel, dat alert genoeg was om te reageren op de schrapende en klikkende geluiden van moderne bedreigingen, maar dat niet oer genoeg was om iemand uit een diepe, vreedzame slaap te wekken.

Dus bleef de vraag wat hem wakker had gemaakt. Het enige andere, oeroude geluid was een schreeuw om hulp. Een gil, een smeekbede. Geen moderne kreet, geen uithaal, geen schelle lach. Iets heel primitiefs. Een waarschuwing dat de stam werd aangevallen. Een eerste waarschuwing van ver.

Hij hoorde niets meer. Het geluid werd niet herhaald. Hij glipte onder de lakens uit en luisterde aan de deur. Hij hoorde niets. Hij nam een van de donzen kussens en hield het voor het spionnetje. Geen reactie. Niemand probeerde hem door zijn oog te schieten. Hij deed de deur open en keek de gang in. Hij zag niets, alleen een helder verlichte, verlaten gang.

Hij schoof de gordijnen opzij en keek uit het raam. Niets. Niets op straat. Aardedonker. Alles rustig. Hij stapte weer in bed, bokste het kussen in de juiste vorm en ging weer slapen.

Patty Sundstrom werd ook wakker om één minuut over drie. Ze had vier uur geslapen toen een diep in haar onderbewustzijn verborgen onrust zich naar de oppervlakte werkte en haar wakker maakte. Het voelde niet goed. Diep vanbinnen. Voor een deel was dat te wijten aan de vertraging die ze hadden opgelopen. Op zijn vroegst zouden ze nu pas halverwege de volgende dag in New York zijn. Niet de beste uren voor de handel. Plus de vijftig dollar voor de kamer. En de auto was een onbekende factor. Dat kon kapitalen gaan kosten als er onderdelen nodig waren of als er iets provisorisch moest worden gerepareerd. Auto's waren fantastische dingen tot het moment dat ze dat ineens niet meer waren. Maar goed, de motor had het wel weer gedaan toen ze het kantoortje uit waren gekomen. De man van het motel leek zich er ook niet al te veel zorgen over te maken. Hij had geprobeerd hen gerust te stellen. Hij was niet met hen meegelopen naar de kamer. Dat was goed. Ze had een hekel aan mensen die dat deden en die haar uitlegden waar het lichtknopje zat en waar de badkamer was, en die haar ondertussen taxeerden, zich onderdanig gedroegen en zaten te hengelen naar een fooi. Dat deed deze man allemaal niet.

Maar toch voelde het niet goed. Ze wist niet waarom. Het was een aangename kamer. Hij was net gerenoveerd, elke vierkante centimeter, zoals beloofd. De wanden van gipsplaat waren nieuw, evenals het plafond en de afwerking, de plinten, het verfwerk en de vloerbedekking. Niets avontuurlijks, zeker niets luxueus. Het zag eruit als een renovatie waarbij oud materiaal door nieuw, glad en strak materiaal was vervangen zonder wezenlijk iets te veranderen. De airconditioning was koud en geruisloos. Er stond een flatscreen-tv. Het raam was een dure constructie met twee dikke ruiten, bevestigd in isolerende strips. Tussen de beide ruiten was een elektrisch te bedienen rolluik. Je hoefde niet aan een koord te trekken om het rolluik te laten zakken, je drukte op een knop. Kosten noch moeite gespaard. Het enige probleem was dat het raam zelf niet open kon. En dat vond ze vervelend in verband met brand. Bovendien hield ze in het algemeen van wat frisse lucht in de kamer. Maar alles bij elkaar was het een prima kamer. Beter dan de meeste kamers die ze had gezien. Misschien was hij zelfs wel vijftig dollar waard.

Maar het voelde niet goed. Er was geen telefoon in de kamer. Haar mobiele telefoon had geen bereik, en dus waren ze na een halfuur teruggelopen naar de receptie om te vragen of ze de telefoon van de receptie mochten gebruiken om warm eten te laten bezorgen. Pizza bijvoorbeeld. De man achter de balie had meewarig geglimlacht en zijn excuses aangeboden: het motel was te afgelegen voor het bezorgen van eten. Niemand zou de bestelling aannemen. Hij zei dat de meeste gasten er zelf met de auto opuit gingen, naar een *diner* of een restaurant. Het leek of Shorty kwaad zou worden. Alsof de man eigenlijk suggereerde dat de meeste gasten een auto hadden die het wél deed. Misschien kwam het ook door die meewarige glimlach. Maar toen zei de man, alsof het hem plotseling te binnen schoot, dat ze zelf pizza's in de vriezer hadden en dat ze van harte welkom waren om met hen mee te eten.

Dat werd een vreemde maaltijd in een donker, oud huis, samen met Shorty, de man van de receptie en nog drie mannen van hetzelfde soort. Zelfde leeftijd, zelfde uiterlijk. Ze opereerden op de een of andere manier op dezelfde golflengte. Iets onbenoembaars, alsof ze met z'n allen op een bepaalde missie waren. Ze hadden iets nerveus. Na wat heen en weer gepraat concludeerde Patty dat de vier al hun geld tot op de laatste cent in dezelfde nieuwe onderneming hadden geïnvesteerd. Het motel, zou je denken. Ze nam aan dat ze het samen hadden gekocht en dat ze het tot een succes wilden maken. Maar hoe dan ook, ze waren uitermate beleefd en vriendelijk en praatgraag. De man van de receptie zei dat hij Mark heette. De andere drie waren Robert, Steven en Peter. Ze stelden intelligente vragen over het leven in St. Leonard. Ze stelden vragen over de lange rit naar het zuiden, waarbij het opnieuw leek of Shorty kwaad zou worden. Hij dacht dat ze hem maar stom vonden om op stap te gaan met een auto die niet deugde. Maar Peter, de man die vertelde dat hij het onderhoud van de quads deed, zei dat hij precies hetzelfde gedaan zou hebben. Gewoon op grond van harde feiten. De auto had het al jaren gedaan. Waarom zou je ervan uitgaan dat hij het nu ineens niet meer zou doen? De kans was groot dat hij gewoon zou functioneren als altijd.

Toen hadden ze elkaar een goede nachtrust gewenst. Shorty en Patty waren teruggelopen naar kamer tien en waren gaan slapen, maar vier uur later was Patty dus onrustig wakker geworden. Het voelde niet goed en ze wist niet waarom. Of misschien juist wel. Misschien wilde ze het zichzelf niet toegeven. Misschien was dat het probleem. Als ze heel eerlijk naar zichzelf keek, moest ze bekennen dat ze diep vanbinnen boos was op Shorty. De lange tocht met de auto. Het belangrijkste aspect van hun geheime plan. Hij was van huis gegaan met een ondeugdelijke auto. Hij was dom. Hij was nog dommer dan zijn eigen aardappels. Had hij niet een paar dollar kunnen uitgeven voor ze vertrokken? Wat zou dat nu gekost hebben? Even doorsmeren bij een garage? Vast minder dan de vijftig dollar die ze nu voor dit motel moesten betalen. Een motel dat volgens Shorty ook nog eens werd gerund door een stelletje engerds, wat haar met nog een probleem opzadelde, want zij had eigenlijk het gevoel dat ze werd gered door een paar beleefde jongemannen, ridders op witte paarden, uit een penibele situatie die geheel en al op het conto geschreven kon worden van een aardappelboer die te dom was om zijn auto een beurt te geven voordat hij aan een trip van meer dan duizend kilometer begon, naar, o ja, het buitenland met, o ja, iets heel waardevols in zijn kofferbak.

Dom. Ze had frisse lucht nodig. Ze glipte uit bed en liep op blote voeten naar de deur. Ze draaide aan de knop en drukte met haar andere hand tegen de deurpost om de deur voorzichtig open te kunnen doen zonder geluid te maken, want ze wilde dat Shorty bleef slapen, ze wilde op dit moment niets met hem te maken hebben. Ze was boos.

Maar de deur bleef steken. Er zat geen beweging in. Ze controleerde of hij vanbinnen niet op slot was gedraaid en probeerde de knop beide kanten op, maar er gebeurde niets. De deur zat vast. Misschien was hij niet goed afgehangen na de renovatie, of misschien was hij uitgezet door de hitte van de zomer.

Dom. Vreselijk dom. Dit was het moment waarop ze Shorty juist goed kon gebruiken. Hij was zo sterk als een beer. Dat kwam omdat hij voortdurend zakken aardappels van vijftig kilo heen en weer stond te smijten. Maar ze was niet van plan hem nu wakker te maken om zijn hulp in te roepen. Bekijk het maar. Ze sloop terug naar het bed, ging weer naast hem liggen en staarde naar het plafond, dat er strak en glad en stevig uitzag.

Reacher werd de volgende ochtend om acht uur opnieuw wakker. Brede stroken fel zonlicht kwamen langs de gordijnen de kamer in. Er zweefde stof in de lucht. Vanaf de straat klonken gedempte geluiden. Auto's bleven stilstaan en reden dan weer door. Een verkeerslicht op de hoek waarschijnlijk. Soms klonk het doffe geluid van een claxon, alsof een automobilist afwezig naar buiten had zitten kijken en niet had gezien dat het licht op groen was gesprongen.

Hij douchte, haalde zijn broek onder de matras vandaan, kleedde zich aan en ging de deur uit om ergens te ontbijten. In de buurt vond hij een tentje waar ze koffie en muffins verkochten, wat hem lang genoeg op de been hield om verder te zoeken, en ten slotte belandde hij bij een zaak waar het volgens hem goed eten was, ondanks de ironisch bedoelde nep-ouderwetsigheid. Waarschijnlijk was hij niet slim genoeg om dat allemaal te begrijpen. Het moest de indruk wekken van een etablissement waar houthakkers vroeger aten, inclusief de gerechten die toen bij hen in zwang waren. Dat resulteerde in een bord dat was volgestouwd met een verzameling van alle gebakken gerechten die op de kaart stonden. Voor zover Reacher wist, aten houthakkers hetzelfde als andere hardwerkende mensen, dat wil zeggen allerlei verschillende soorten voedsel. Maar hij had geen principiële bezwaren tegen gebakken eten op zich, zeker niet als dat in ruime porties werd geserveerd, dus speelde hij het spelletje maar mee. Hij ging naar binnen en zette zich energiek aan een tafeltje, alsof hij uitstraalde dat hij maar een halfuurtje had, omdat er dan weer een boom omgehakt moest worden.

Het eten was goed en ze schonken ruimschoots koffie, dus bleef hij langer dan een halfuur hangen. Hij keek uit het raam, timede de bedrijvigheid en het gedoe op straat en wachtte tot de mannen in pak en de vrouwen in keurige rokken veilig op hun werk waren aangekomen. Toen stond hij op, legde een fooi op het tafeltje, rekende af en liep naar een gebouw twee straten verderop, dat hij de vorige avond had gezien en dat hem een goed beginpunt leek voor zijn zoektocht. Het stadsarchief. Het was gevestigd in een bakstenen gebouw waarvan Reacher op grond van de ouderdom en de vorm vermoedde dat het ooit een rechtbank was geweest. Misschien was er nog steeds wel een rechtbank gevestigd. Op een op de gevel bevestigd bord vol namen was te zien dat het stadsarchief een eigen huisnummer had.

Het adres dat hij zocht, bleek één van een groot aantal kleine ruimtes te zijn aan een grote gang op een tussenverdieping. Net zoiets als een gang in een chic hotel, zij het dat er ouderwets geribbeld matglas in de deuren zat. Op dat glas was met goudverf de naam van de afdeling aangebracht. *Afdeling Stadsarchief* was verdeeld over twee regels. Achter de deur was een lege ruimte met vier plastic stoelen en een lage balie. Een miniatuuruitvoering van een overheidskantoor. Op de balie was een elektrische bel vastgeschroefd. Van de bel verdween een dun draadje in een spleet iets verderop en ernaast was een met de hand geschreven aanwijzing: *Bij afwezigheid bellen*. De boodschap was zorgvuldig geschreven en werd beschermd met talloze stroken doorzichtig plakband van verschillende lengte, waarvan sommige aan de randen begonnen om te krullen en vuil waren geworden, alsof er met verveelde vingers aan was gepeuterd.

Reacher drukte op de bel. Een minuut later kwam een vrouw het wachtkamertje binnen door een deur in de achterwand. Op de drempel keek ze over haar schouder, met spijt, dacht Reacher, alsof ze een ruimte verliet die aanzienlijk groter was en veel opwindender. Ze was een jaar of dertig, slank en elegant. Ze droeg een grijze trui en een grijze rok. Ze kwam naar de balie, maar wierp nog een blik naar de deur waardoor ze was binnengekomen. Ofwel haar vriendje zat daar op haar te wachten, of ze had een hekel aan haar werk. Misschien wel allebei. Maar ze deed haar best. Ze nam een warme, uitnodigende houding aan. Niet helemaal zoals winkelpersoneel dat doet, voor wie de klant altijd koning is, maar meer iets gelijkwaardigs, alsof ze op het punt stond het samen met de cliënt gezellig te maken terwijl ze zich op het verleden van de stad stortten. Reacher meende aan haar ogen te zien dat het op zijn minst gedeeltelijk welgemeend was. Misschien had ze helemaal geen hekel aan haar werk.

'Ik wil je graag iets vragen over onroerend goed van vroeger,' zei Reacher.

'Is het een kwestie van eigendomsrechten?' vroeg de vrouw. 'Als dat het geval is, zou u uw advocaat moeten sturen. Dat gaat veel sneller.'

'Nee, het gaat niet om een conflict,' zei hij. 'Mijn vader is hier geboren. Meer is het niet. Jaren geleden. Hij is nu dood. Ik was in de buurt en ik dacht, kom, laat ik eens gaan kijken naar het huis waarin hij is opgegroeid.'

'Wat is het adres?'

'Dat weet ik niet.'

'Weet u ongeveer waar het moet zijn geweest?'

'Ik ben er nog nooit geweest.'

'U bent er nooit op bezoek geweest?'

'Nee.'

'Omdat uw vader al is verhuisd toen hij nog klein was, misschien?'

'Hij ging pas de deur uit toen hij zich aanmeldde voor de mariniers, toen hij zeventien was.'

'Dan zijn uw grootouders misschien verhuisd voordat uw vader zelf een gezin had. Voordat het bezoeken van de grootouders een vast punt op de agenda werd.'

'Ik kreeg de indruk dat mijn grootouders hier hun hele leven zijn gebleven.'

'Maar u hebt ze nooit ontmoet?'

'Mijn vader was marinier. We woonden steeds weer ergens anders.'

'Ach, dat spijt me.'

'Het is niet uw schuld.'

'Maar wel bedankt voor de bijdrage aan de veiligheid die u heeft geleverd.'

'Het was niet mijn bijdrage. Mijn vader was de marinier, ik niet. Ik had gehoopt dat we hem zouden kunnen opzoeken, in een geboorteregister of zo, zodat we de volledige namen van zijn ouders konden achterhalen, en aan de hand daarvan het adres, in archieven van de onroerendgoedbelasting of iets dergelijks. Dan zou ik er eens heen kunnen gaan om een kijkje te nemen.'

'U weet de namen van uw grootouders niet?'

'Ik geloof dat ze James en Elizabeth Reacher heetten.'

'Zo heet ik ook.'

'Heet jij Reacher?'

'Nee, Elizabeth. Elizabeth Castle.'

'Aangenaam,' zei Reacher.

'Insgelijks,' zei ze.

'Ik ben Jack Reacher. Mijn vader was Stan Reacher.'

'Hoelang geleden ging Stan de deur uit om zich aan te melden bij de mariniers?'

'Hij zou nu ongeveer negentig zijn, dus meer dan zeventig jaar geleden.'

'Dan moeten we tachtig jaar geleden beginnen, een ruime marge,' zei de vrouw. 'Op dat moment moet Stan zo'n tien jaar oud zijn geweest en nog bij zijn ouders, James en Elizabeth Reacher, hebben gewoond, ergens in Laconia. Heb ik het goed samengevat?'

'Het zouden de eerste zinnen van mijn biografie kunnen zijn.'

'Ik weet wel vrijwel zeker dat de computer tegenwoordig al verder teruggaat dan tachtig jaar,' zei ze. 'Maar bij de onroerendgoedbelasting moeten we dan waarschijnlijk werken met een lijst met namen, ben ik bang.'

Ze draaide een sleutel om en opende een klep in de balie. Eronder zaten een beeldscherm en een toetsenbord verborgen. Beveiligd tegen diefstal bij afwezigheid. Ze drukte op een knop en keek weg.

‘Opstarten,’ zei ze.

Een term die hij wel eerder had gehoord, in een technische context, maar toch herinnerde het hem aan zijn tijd in het leger, als vroeg in de ochtend de motoren van een colonne infanterievoertuigen werden aangezet.

Ze klikte en scrolde, en scrolde en klikte.

‘Ja,’ zei ze. ‘Van tachtig jaar geleden is er alleen een lijst met dossiernummers. Als u details wilt weten, moet u een aanvraag doen voor het desbetreffende document uit de opslag. Meestal gaat daar veel tijd overheen, ben ik bang.’

‘Hoelang?’

‘Soms wel drie maanden.’

‘Staan er namen en adressen op die lijst?’

‘Ja.’

‘Dan is dat eigenlijk het enige wat we nodig hebben.’

‘Ik denk het wel, als u alleen een kijkje wilt nemen bij het huis...’

‘Meer ben ik niet van plan.’

‘Bent u niet nieuwsgierig?’

‘Waarnaar?’

‘Naar hun leven. Wie ze waren en wat ze hebben gedaan.’

‘Niet nieuwsgierig genoeg om drie maanden te wachten.’

‘Oké, dan hebben we alleen de namen en adressen nodig.’

‘Als het huis er nog staat,’ zei hij. ‘Misschien is het afgebroken. Plotseling lijkt tachtig jaar een vreselijk lange tijd.’

‘Alles verandert hier maar langzaam,’ zei ze.

Ze klikte opnieuw, en scrolde, eerst snel terwijl ze door het alfabet vloog, toen naar het scherm turend, langzaam door de sectie met de letter R. Daarna terug omhoog, even langzaam, nog steeds starend naar het scherm. Toen snel omhoog en omlaag, alsof ze probeerde iets los te schudden.

‘Tachtig jaar geleden had niemand met de naam Reacher onroerend goed in eigendom in Laconia.’

4

Patty Sundstrom werd de volgende ochtend eveneens om acht uur wakker, later dan ze graag had gewild, maar toen haar vermoeidheid het had gewonnen van haar onrust had ze bijna vijf uur lang diep geslapen. Ze wist meteen dat de plek naast haar in bed leeg was. Ze rolde zich op haar zij en zag dat de deur openstond. Shorty stond buiten te praten met een van de mannen van het motel. Misschien was dat Peter, dacht ze. De man die het onderhoud deed van de quads. Ze stonden bij de Honda. De motorkap stond omhoog. De zon scheen fel.

Ze glipte uit bed en sloop voorovergebogen naar de badkamer, zodat Peter, of wie het dan ook was bij de Honda, haar niet zou zien. Ze douchte en trok de kleren van de vorige dag weer aan, want ze had geen kleren ingepakt voor een extra dag. Ze liep de badkamer uit. Ze had honger. De deur naar buiten stond nog steeds open. De zon scheen nog steeds fel. Maar nu stond Shorty alleen bij de Honda. De andere man was verdwenen.

Ze liep naar buiten en zei: 'Goedemorgen.'

'De auto wil niet starten,' zei Shorty. 'De man heeft ermee zitten rommelen en nu doet hij niets meer. Gisteren deed hij het nog gewoon.'

'Hij deed het niet gewoon eigenlijk.'

'Gisteren wou hij nog starten, nu niet. Die gast heeft hem verkloot.'

'Wat heeft hij gedaan?'

'Hij zat hier en daar wat te friemelen. Hij had een bahco en een tang. Hij heeft het alleen maar erger gemaakt.'

'Was dat Peter? De man die de quads doet?'

'Dat zegt hij. Als dat zo is, wens ik ze veel sterkte. Waarschijnlijk hebben ze daarom negen van die dingen nodig. Om zeker te weten dat ze er altijd één hebben die het doet.'

'Gisteravond startte de motor omdat hij nog warm was. Nu is hij koud. Dan wordt het anders.'

'Ben jij nu plotseling monteur?'

'Jij wel?'

'Ik denk dat die gast iets stuk heeft gemaakt.'

'En ik denk dat hij ons zo goed mogelijk probeert te helpen. We zouden dankbaar moeten zijn.'

'Waarom? Omdat hij onze auto heeft kapotgemaakt?'

'Die was al kapot.'

'Gisteravond deed hij het nog. Eén keer draaien met de sleutel.'

'Had jij moeite met de deur?' vroeg ze.

'Wanneer?'

'Toen je vanmorgen naar buiten wou.'

'Moeite, hoezo?'

'Ik wilde vannacht frisse lucht in de kamer, maar ik kon de deur niet open krijgen. Hij zat vast.'

'Bij mij niet,' zei Shorty. 'Hij ging gewoon open.'

Vijftig meter verderop zagen ze Peter uit de schuur komen met een bruine canvas tas in zijn hand. De tas leek zwaar. Gereedschap, dacht Patty, om de auto te repareren.

'Shorty Fleck, jij moet eens goed naar me luisteren,' zei ze. 'Deze heren hier proberen ons te helpen en ik wil dat jij je gedraagt alsof je dat op prijs stelt. Ik wil op zijn minst dat jij ze geen aanleiding geeft om op te houden met helpen voordat het probleem is opgelost. Is dat duidelijk?'

'Jezus,' zei hij. 'Je doet net alsof het allemaal mijn schuld is of zo.'

'Ja, of zo,' zei ze. Toen klemde ze haar kaken op elkaar en wachtte ze op Peter, met zijn tas vol gereedschap. Peter arriveerde met veel gerammel, met een opgewekte glimlach, alsof hij stond te popelen om het stof van zijn handen te klappen en aan het werk te gaan.

'Heel erg bedankt dat je ons wilt helpen,' zei Patty.

'Geen probleem,' zei hij.

'Ik hoop dat het niet al te ingewikkeld is.'

'Op het moment is hij zo dood als een pier. Dat is meestal iets met de elektriciteit. Misschien is er een kabel gesmolten.'

'Kun je dat repareren?'

'We kunnen er een vervangende kabel tussen lassen. Net een stukje om het slechte deel te vervangen. Vroeg of laat moet de zaak dan echt worden aangepakt, want dat is wel een soort reparatie waarbij de koppeling weer los kan schudden.'

'Hoelang duurt dat lassen?'

'We moeten eerst de plek zoeken waar de kabel is gesmolten.'

'De motor startte gisteravond,' zei Shorty. 'Toen heeft hij twee minuten gedraaid en daarna hebben we hem weer uitgezet. De hele nacht heeft hij alleen maar staan afkoelen en is hij steeds kouder geworden. Hoe kan er dan iets gesmolten zijn?'

Peter zei niets.

'Hij vraagt het alleen maar,' zei Patty. 'Voor het geval dat idee van een gesmolten kabel niets oplevert. We willen niet langer beslag op je leggen dan nodig is. Het is heel aardig van je dat je ons wilt helpen.'

'Het geeft niet,' zei Peter. 'Het is een heel redelijke vraag. Als je de motor uitzet, stoppen ook de ventilator van de radiateur en de waterpomp. Dan is er geen mechanische koeling meer. Het heetste water stijgt op naar de cilinderkop en dan kan de temperatuur het eerste uur nog oplopen in plaats van dalen. Misschien was er een kabel die tegen heet metaal lag.'

Hij dook onder de motorkap en stond even peinzend naar de motor te kijken. Hij volgde circuits met een vinger, controleerde kabels, sjorde aan dingen, tikte op dingen, keek naar de accu en controleerde met de bahco of de accuklemmen goed vastzaten.

Hij deed een stap achteruit en ging weer rechtop staan. 'Probeer het nog eens.'

Shorty ging zijdelings achter het stuur zitten, zijn voeten nog op de grond buiten de auto en draaide zich naar de voorruit. Hij pakte de contactsleutel vast. Peter knikte. Shorty draaide de sleutel om.

Er gebeurde niets. Helemaal niets. Er klonk zelfs geen klik of gezoem of een kuch. Het omdraaien van de sleutel had evenveel effect als het niet omdraaien van de sleutel. Dood, zo dood als een pier. Doder dan dat was niet mogelijk.

Elizabeth Castle keek op van het beeldscherm naar niets in het bijzonder, alsof ze in gedachten een aantal scenario's langsging en de daaraan verbonden logische volgende stappen onder al die verschillende omstandigheden. Volgens Reacher stond boven aan de lijst de gedachte dat hij een idioot was die in de verkeerde stad was beland, met als volgende logische stap dat ze van hem af moest zien te komen, op een nette manier natuurlijk, maar het liefst zo snel mogelijk.

'Waarschijnlijk hadden ze een huurhuis. Dat gold voor de meeste mensen. Dan werd de onroerendgoedbelasting door de huisbaas betaald. Dan moeten we ze ergens anders zoeken. Waren ze boer?'

'Ik dacht het niet,' zei Reacher. 'Ik kan me geen verhalen herinneren over bij dag en dauw in de vrieskou naar buiten moeten om de kippen te voeren en daarna dertig kilometer door de sneeuw naar school lopen – altijd tegen de heuvel op, zowel op de heenweg als op de terugweg. Dat soort verhalen hoor je toch altijd van boeren? Ik niet.'

'Dan weet ik niet zo goed waar u moet beginnen.'

'Meestal is het goed om bij het begin te beginnen. Het geboorteregister.'

'Dat zit in het archief van de county, niet in het stadsarchief. Dat is gevestigd in een ander gebouw, een heel eind hiervandaan. Misschien zou u moeten beginnen bij de archieven van de volkstellingen. Uw vader zou er twee keer in voor moeten komen, op het moment dat hij twee was en toen hij twaalf was.'

'Waar zitten die archieven?'

'Ook in een gebouw van de county, maar het is een ander kantoor, iets dichterbij.'

'Hoeveel kantoren hebben ze wel niet?'

'Een heleboel.'

Ze gaf hem het adres van het kantoor waar hij moest zijn, met een uitgebreide uitleg van de route die hij moest volgen om er te komen, waar hij links af moest slaan, en waar rechts af. Hij nam afscheid en ging op pad. Hij liep langs het logement waar hij de nacht had doorgebracht. Hij liep langs een tentje waar hij later wilde terugkeren voor de lunch. In grote lijnen liep hij in zuidoostelijke richting door het centrum van de stad, soms over trottoirs van versleten klinkers, die met gemak tachtig jaar oud waren. Misschien wel honderd. De winkels oogden fris en schoon. Er waren nogal veel winkels waar je potten en pannen kon kopen, en ander kookgerei, en bestek en van alles wat met het bereiden en consumeren van maaltijden te maken had. Er waren ook schoenenwinkels. En tassenwinkels.

Het gebouw waar hij moest zijn, bleek een modern pand dat zich laag en breed uitstrekte over twee percelen. Het zou beter op zijn plaats zijn geweest op een terrein met hightechbedrijven, omringd door computerlabs. Want zoiets was het, dacht Reacher. Hij realiseerde zich dat hij eigenlijk stapels handbeschreven schimmelig papier met vervagende inkt had verwacht, bij elkaar gehouden met linten. Dat bestond ongetwijfeld allemaal nog ergens, maar niet hier. Dat spul lag opgeslagen, drie maanden ver weg, nadat het gekopieerd en gecatalogiseerd en geïndexeerd was op een computer. Het zou niet met een wolkje opstuivend stof tevoorschijn worden gehaald, vervoerd op een trolley, maar met een klik van een muis en het ratelen van een printer.

De moderne wereld.

Hij ging naar binnen en vervoegde zich bij een receptie die niet zou hebben misstaan in een hip museum of een luxe tandartspraktijk. Achter de balie stond een man die de indruk wekte dat hij er voor straf stond. Reacher zei: 'Hallo.' De man keek op, maar reageerde verder niet. Reacher zei dat hij twee dossiers van de volkstellingen wilde inzien.

'Van waar?' vroeg de man.

'Hier,' zei Reacher.

De man keek hem nietszeggend aan.

'Laconia,' zei Reacher. 'New Hampshire, Verenigde Staten, Noord-Amerika, aarde, zonnestelsel, Melkweg, heelal.'

'Waarom twee?'

'Waarom niet?'

'Welke jaren?'

Reacher gaf hem de jaren, eerst het jaar dat zijn vader twee jaar oud was geweest, en toen tien jaar later, het jaar waarin hij twaalf was geweest.

'Bent u inwoner van de county?' vroeg de man.

'Waarom wilt u dat weten?'

'Financiën. Die dingen zijn niet gratis. Maar inwoners van de county hebben recht van inzage.'

'Ik ben hier al een tijdje,' zei Reacher. 'Zeker net zo lang als op andere plaatsen waar ik de afgelopen tijd mijn verblijf heb gehad.'

'Wat is de reden van uw verzoek?'

'Is dat belangrijk?'

'We moeten formulieren invullen.'

'Onderzoek naar de familiegeschiedenis,' zei Reacher.

'En nu heb ik uw naam nodig,' zei de man.

'Waarom?'

'We hebben met doelstellingen te maken. We moeten namen noteren, anders denken ze dat we de cijfers opkrikken.'

'Je zou de hele dag namen kunnen verzinnen.'

'We moeten ook naar legitimatie vragen.'

'Waarom? Is dit dan niet allemaal publiek domein?'

'Welkom in de echte wereld,' zei de man.

Reacher liet hem zijn paspoort zien.

'U bent in Berlijn geboren,' zei de man.

'Dat klopt,' zei Reacher.

'Dat is wat anders dan Berlin, New Hampshire.'

'Is dat een probleem? Bent u bang dat ik een buitenlandse spion ben die komt wroeten in wat hier negentig jaar geleden is gebeurd?'

De man schreef *Reacher* in een vakje op een formulier.

'Hokje nummer twee, meneer Reacher,' zei hij. Hij wees naar een deur in de tegenoverliggende wand.

Reacher stapte een vierkante, spaarzaam verlichte ruimte binnen. Het was er stil en langs de muur waren lange esdoornhouten werkbladen gemonteerd, in compartimenten verdeeld door rechtopstaande schotten. In elk compartiment stonden een stoel met een stoffen bekleding in een gedempte kleur en een computer met een flatscreen op het werkblad. Naast een dun notitieblokje lag een potlood met een scherpe punt. Langs de bovenrand van de velletjes was de naam van de county afgedrukt, alsof het een hotel was. Er lag dikke vloerbedekking. De wanden waren bekleed. Het houtwerk was van een uitstekende kwaliteit. Reacher schatte in dat de inrichting van het vertrek alleen al een slordige miljoen dollar gekost moest hebben.

Hij nam plaats in compartiment twee. Het scherm voor hem lichtte op. Op een egaal blauwe achtergrond werden in de rechterbovenhoek twee kleine pictogrammen weergegeven, net postzegels op een envelop. Reacher was geen ervaren computergebruiker, maar hij had wel eens een keer of wat achter een computer gezeten en had er al heel vaak anderen mee bezig gezien. Tegenwoordig hadden ze zelfs in goedkope hotels computers bij de receptie. Hij had vaak genoeg staan wachten terwijl de receptionist klikte, scrolde en typte. De dagen dat je een paar bankbiljetten op de balie kletste in ruil voor een grote bronzen sleutel behoorden voorgoed tot het verleden.

Hij verschoof de muis en stuurde de pijl op het scherm naar de beide pictogrammen. Hij wist dat die bij dossiers hoorden, of bij mappen met dossiers. Je moest erop klikken om ze te openen. Hij wist eigenlijk nooit wanneer je één en wanneer je twee keer moest klikken. Hij had mensen allebei zien doen. Meestal klikte hij domweg twee keer. Bij twijfel, enzovoort. Misschien hielp het, het leek in ieder geval nooit schadelijk te zijn. Net als iemand door het hoofd schieten. Twee keer de trekker overhalen kon geen kwaad.

Hij zette de pijl op het linkerpictogram en dubbelklikte. Het scherm werd grijs, de kleur van het dek van een oorlogsschip. Midden op het scherm stond een zwart-witafbeelding van een overheidsrapport, als een scherpe fotokopie, met een tekst in een degelijk, ouderwets lettertype. Bovenaan stond *U.S. Department of Commerce, R.P. Lamont, secretaris, Volkstellingenbureau, W.M. Steuart, directeur.* Midden op de pagina stond: *Vijftiende volkstelling van de Verenigde Staten, resultaten bijeengebracht voor de gemeente Laconia, New Hampshire.* Onderaan stond: *Verkrijgbaar bij de Superintendent Documenten, Washington, D.C., Prijs één dollar.*

Helemaal onderaan piepte de bovenkant van pagina twee net boven de rand van het scherm uit. Hij zou moeten scrollen. Dat was duidelijk. Volgens hem kon dat het beste met het kleine wieltje dat boven uit de muis stak, tussen wat je de schouderbladen van de muis zou kunnen noemen. Met het kussentje van zijn wijsvinger. Handig. Intuïtief. Hij sloeg de inleiding over, die vooral ging over de talloze en gevarieerde verbeteringen die de methodologie had ondergaan sinds de veertiende volkstelling. Niet om te pochen of zo, maar meer een gedachtewisseling tussen volkstellers onderling. Dingen die je moest weten als mensen tellen het belangrijkste in je leven was.

Vervolgens kwamen de lijsten met namen en oude beroepen. De wereld van negentig jaar geleden begon vorm aan te nemen. Er waren knopenmakers, hoedenmakers en handschoenenmakers, terpentijnboeren en loonwerkers, locomotiefmachinisten en zijdespinners en tingieters. Er was een apart gedeelte met de titel *Bijzondere beroepen voor kinderen.* De meeste kinderen werden optimistisch omschreven als leerling, of hulpje. Er waren smeden en metselaars en onderhoudsmonteurs voor motoren en stokers en gieters en smelters.

In het jaar dat Stan twee was, waren er geen Reachers in Laconia, New Hampshire.

Hij scrolde terug naar het begin en begon opnieuw. Dit keer besteedde hij extra aandacht aan de kolom *Hulpbehoevende kinderen*. Misschien had er een afgrijselijk ongeluk plaatsgevonden en was de wees Stan opgevangen door welwillende buren die geen bloedverwanten waren. Misschien was zijn doopnaam als een extra vermelding meegenomen in de volkstelling.

Er waren geen hulpbehoevende kinderen geregistreerd als Stan Reacher in Laconia, New Hampshire, in het jaar dat Stan twee was.

Rechtsboven in het scherm stonden drie knoppen: rood, oranje en groen. Als een klein verkeerslicht op zijn kant. Reacher dubbelklikte op de rode knop en het document verdween van het scherm. Hij dubbelklikte op het rechterpictogram. Het document van de zestiende volkstelling werd geopend. Een andere secretaris, een andere directeur, maar dezelfde aanzienlijke verbeteringen in methodologie als de vorige keer. Daarna de lijsten, nu tachtig jaar oud in plaats van negentig, met overeenkomstige subtiele verschillen. Meer banen in fabrieken, minder op het land.

Maar in het jaar dat Stan Reacher twaalf was geweest nog steeds geen Reachers in Laconia, New Hampshire.

Hij dubbelklikte op de kleine rode knop in de rechterbovenhoek. Het document verdween van het scherm.

5

Shorty probeerde nog een keer de motor te starten, maar weer gebeurde er niets. Het enige wat je hoorde was de zachte metalen tik, het geluid dat de sleutel zelf maakte bij het omdraaien in de bus aan de stuurkolom. Een zachte mechanische tik die niemand ooit hoorde, omdat hij onmiddellijk werd overstemd door de geluiden van de ontwakende motor. Net zoals je het geluid van een trekker ook nooit hoorde bij een pistoolschot.

Maar zo was het niet die ochtend. De Honda was dood. Een zieke, oude hond die 's nachts de geest had gegeven. Een volledig andere zijnstoestand. Geen enkele respons meer. Alsof de ziel eruit was vertrokken.

'Ik denk dat we beter een monteur kunnen bellen,' zei Patty.

Peter keek over haar schouder naar iets achter haar. Ze draaide zich om en zag de andere drie mannen naar hen toe komen lopen. Vanaf het huis of de schuur. De belangrijkste man liep voorop, zoals steeds. Mark, de man die hen de vorige dag had ingecheckt en die hen had uitgenodigd om mee te eten. De man met de glimlach. Achter hem liep Steven en daar weer achter kwam Robert. 'En hoe staan de zaken ervoor vanochtend?' vroeg Mark.

'Niet geweldig,' zei Peter.

'Wat mankeert eraan?'

'Geen idee. Hij is zo dood als een pier. Ik vermoed dat er iets gesmolten is.'

'We moeten een monteur bellen,' zei Patty. 'We willen jullie niet verder tot last zijn.'

'Hij deed het gisteravond nog wel,' zei Shorty. 'Zodra ik de sleutel had omgedraaid.'

'Ja, inderdaad,' zei Mark glimlachend.

'En nu doet hij niets meer. Ik zeg het alleen maar. Ik ken deze auto. Ik heb hem al heel lang. Hij heeft goede dagen en slechte dagen, maar hij heeft het altijd gedaan.'

Mark reageerde niet meteen. Toen glimlachte hij opnieuw en zei: 'Ik weet niet precies wat je daarmee wilt zeggen.'

'Misschien is het erger geworden door het prutsen onder de motorkap.'

'Denk je dat Peter de boel heeft stukgemaakt?'

'Er is iets gebeurd tussen gisteravond en nu. Dat is het enige wat ik zeg. Misschien was het Peter, misschien niet. Het maakt ook niet meer uit. Het punt is dat jullie iets onder de motorkap hebben gedaan en daar verantwoordelijk voor zijn. Als motel dus. Ik neem aan dat daar bepaalde regels voor zijn. Voor goed beheer van de bezittingen van de gasten of zo.'

Opnieuw reageerde Mark niet meteen.

'Hij bedoelt het niet zo,' zei Patty. 'Hij is een beetje van de kaart, daar komt het door.'

Mark schudde alleen zijn hoofd, een minieme beweging, alsof hij iets heel kleins van zich afschudde. Hij keek Shorty aan en zei: 'Stress is iets moeilijks om mee om te gaan. Dat weten we allemaal wel, denk ik. Maar ik denk ook dat we allemaal weten dat het verstandig is om onder de omstandigheden een minimum aan beleefdheid in acht te nemen in de omgang met elkaar. Toch? Een beetje respect? Misschien ook een beetje bescheidenheid? Je auto was niet goed onderhouden, geloof ik?'

Shorty gaf geen antwoord.

'De klokt tikt,' zei Mark. 'Het is bijna middag, dan wordt gisteravond vanavond in het motelwezen en op dat moment zijn jullie ons opnieuw vijftig dollar schuldig. Ik zie aan Patty's gezicht dat jullie dat niet willen betalen, of misschien niet kunnen betalen, dus een snel antwoord zou jullie meer helpen dan mij. Hoe dan ook, de keuze is aan jullie.'

'Oké, onze auto is slecht onderhouden,' zei Patty.

'Hé,' zei Shorty.

'Nou, dat is zo,' zei ze. 'Ik wil wedden dat dit de eerste keer is dat de motorkap is opengegaan sinds je hem hebt gekocht.'

'Ik heb hem niet gekocht. Ik heb hem gekregen.'

'Van wie?'

'Van mijn oom.'

'Dan wil ik wedden dat het de eerste keer is dat de motorkap is opengegaan sinds die kar van de lopende band kwam.'

Shorty zei niets.

Mark keek hem aan en zei: 'Patty bekijkt de zaken vanuit het perspectief van een buitenstaander. Dat impliceert een zekere mate van objectiviteit. Dat maakt dat ik ervan overtuigd ben dat ze gelijk heeft. Volgens mij ligt het domweg zo eenvoudig. Jij bent een drukbezet man. Logisch dat je dan weinig tijd hebt. Dan worden sommige dingen verwaarloosd.'

'Ik denk het,' zei Shorty.

'Maar je moet het hardop zeggen. We moeten het uit je eigen mond horen, in je eigen woorden.'

'Wat?'

'Zodat we allemaal op voet van gelijkheid met elkaar verder kunnen.'

'Voet van gelijkheid?'

'We moeten een relatie op basis van vriendschappelijkheid opbouwen, meneer Fleck.'

'Waarom?'

'Nou, we hebben jullie bijvoorbeeld gisteravond te eten gegeven. En over ongeveer een uur gaan jullie ons vragen of we jullie een ontbijt willen geven. Want je hebt immers geen andere keuze? Het enige wat wij in ruil vragen, is dat jullie niet alleen nemen, maar ook geven.'

'Wat moeten wij dan geven?'

'Een eerlijk beeld van jullie aandeel in deze situatie.'

'Waarom?'

'Het zou net zoiets zijn als geld op tafel leggen bij de aanvang van een spelletje poker, een soort emotionele investering in een vriendschappelijke relatie, opbouwen van vertrouwen. We hebben onze deur voor jullie opengedaan en jullie aan onze tafel uitgenodigd. Nu vragen we daarvoor iets terug.'

'We willen geen ontbijt.'

'Zelfs geen koffie?'

'We kunnen water drinken uit de kraan in de badkamer – als je dat goedvindt.'

'Dan ga je ons straks vragen of we een lunch voor jullie hebben. Je kunt uit trots wel één maaltijd overslaan, maar geen twee.'

'Geef ons maar een lift naar de stad, dan sturen we wel een sleepwagen voor de auto.'

'Een lift naar de stad behoort niet tot de mogelijkheden.'

'Bel dan alsjeblieft een monteur voor ons.'

'Meteen,' zei Mark, 'nadat je het hebt gezegd.'

'Je wilt een openbare schuldbekentenis?'

'Is er iets waarvoor je schuld moet bekennen?'

'Ik denk dat ik het beter anders had kunnen doen,' zei Shorty. 'Iemand heeft me verteld dat die Japanse motoren het wel konden hebben dat je bijvoorbeeld een jaar het onderhoud oversloeg. Ik denk dat ik op sommige momenten niet precies meer wist welk jaar aan de beurt was, met als gevolg dat ik een paar jaar geen onderhoud heb gepleegd. Wat wel had gemoeten.'

'Een paar jaar?'

'Misschien wel al die jaren. Je zei het zelf al, ik had het druk.'

'Een goede keuze op de korte termijn.'

'Dat was het gemakkelijkst.'

'Maar niet op lange termijn.'

'Ik denk het niet,' zei Shorty.

'Een grote fout, in feite.'

'Ik denk het.'

'Dat is wat we je hardop willen horen zeggen, meneer Fleck. We willen je horen zeggen dat je een domme fout hebt gemaakt die allerlei problemen heeft veroorzaakt voor allerlei mensen. En we willen je horen zeggen dat dat je heel erg spijt, met name voor Patty, die volgens ons ontroerend loyaal naar je is. Dat is een goede vrouw, meneer Fleck.'

'Ik denk het.'

'We willen het je hardop horen zeggen.'

'Dat over Patty?'

'Over die fout.'

Geen reactie.

'Zonet vroeg je ons nog de verantwoordelijkheid te nemen voor onze daden, maar in feite ben jij het die dat moet doen. Wij hebben die auto niet verwaarloosd. Wij hebben een mooi stuk techniek niet als een stuk stront behandeld om er vervolgens een lange reis mee te ondernemen zonder zelfs ook maar even tegen de banden te trappen. Dat heb jij allemaal gedaan, meneer Fleck, wij niet. Het enige wat wij proberen te doen, is dat heel helder te stellen.'

Geen reactie.

De zon scheen fel. Hij brandde door Patty's haar op haar hoofdhuid.

'Zeg het maar gewoon, Shorty. De wereld vergaat niet als je het zegt.'

'Oké,' zei Shorty. 'Ik heb een domme fout gemaakt die allerlei problemen heeft veroorzaakt voor allerlei mensen. Ik bied iedereen die de gevolgen ervan ondervindt mijn excuses aan.'

'Dank je,' zei Mark. 'We zullen meteen een monteur bellen.'

Reacher liep langs dezelfde weg terug, langs de winkels met tassen, de winkels met schoenen en de winkels met potten en pannen en keukengerei, langs het tentje dat hij had uitgezocht voor de lunch, langs het logement waar hij de nacht had doorgebracht, terug naar het stadsarchief in de stadskantoren. Opnieuw was er niemand aanwezig achter de balie. Hij drukte op de bel en even later kwam Elizabeth Castle binnen.

'O,' zei ze. 'Opnieuw hallo.'

'Hallo,' zei Reacher.

'Is het gelukt?'

'Tot nu toe niet,' zei hij. 'In geen van beide volkstellingen komen Reachers voor.'

'Weet u zeker dat u goed hebt onthouden welke stad het was? Of zelfs welke staat? Misschien is er ergens anders nog een Laconia. In New Mexico of New York of New Jersey. Er zijn heel veel staten waarvan de naam met een N begint.'

'Acht,' zei Reacher. 'Als je New en North en Nevada en Nebraska allemaal meetelt.'

'Misschien hebt u dan niet NH gezien. Misschien was het wel N en dan iets anders. Soms kijk je raar aan tegen die ouderwetse handschriften.'

'Ik heb het in getypte letters gezien,' zei Reacher. 'Voornamelijk in documenten van mensen die voor het Korps Mariniers werken. Meestal maken die geen fouten. En ik heb het mijn vader zelf meerdere keren horen zeggen. Mijn moeder plaagde hem soms, misschien wel met het feit dat hij geen gevoel voor romantiek had, en dan zei hij zoiets als: 'Shit, ik ben nu eenmaal een Yankee uit New Hampshire.'

'Hmm,' zei Elizabeth Castle. 'Ik denk dat er bij elke volkstelling wel mensen tussendoor glippen. Om allerlei ingewikkelde technische redenen. Ze zitten niet voor niets steeds aan de methodologie te prutsen. We hebben hier iemand met wie u eens zou moeten praten. Dat is iemand die helemaal gek is van alles wat met volkstellingen te maken heeft.'

'Is dat iets nieuws?'

'Waarschijnlijk niet,' zei ze een beetje pinnig. 'Het is vast een heel boeiend onderwerp waar mensen zich al heel lang en op eervolle wijze mee bezighouden.'

'Mijn excuses.'

'Waarvoor?'

'Ik geloof dat ik je beledigd heb.'

'Hoezo? Ik ben niet de volkstellingen-hobbyist.'

'Maar misschien is hij je vriend.'

'Zeker niet,' zei ze terwijl ze verontwaardigd snoof, alsof hij iets absurds had geopperd.

'Hoe heet hij?'

'Carter,' zei ze.

'Waar kan ik hem vinden?'

'Hoe laat is het?' zei ze. Ze keek om zich heen, op zoek naar haar telefoon, die er niet was. Het was Reacher opgevallen dat steeds minder mensen een horloge droegen. Ze deden alles met telefoons.

'Bijna elf uur,' zei hij. 'Vier minuten voor, en een paar seconden.'

'Echt?'

'Waarom niet? Ik vatte het op als een serieuze vraag.'

'En een paar seconden?'

'Vond je dat te precies?'

'De meeste mensen zouden zeggen "vijf voor". Of "bijna elf uur".'

'Dat zou ik ook hebben gezegd als je me had gevraagd hoe laat het ongeveer was. Maar dat deed je niet. Je vroeg me hoe laat het was. Punt. Nu is het nog drie minuten en een klein beetje.'

'U kijkt niet op uw horloge.'

'Dat heb ik niet,' zei hij. 'Net zomin als jij.'

'Maar hoe weet u dan hoe laat het is?'

'Geen idee.'

'Echt niet?'

'Nu is het twee minuten en ongeveer vijftig seconden voor elf uur in de ochtend.'

'Wacht,' zei ze. Ze vertrok door de deur in de achterwand en kwam even later terug met haar telefoon. Ze legde hem op de balie. Het schermpje van de telefoon was donker.

'Hoe laat is het nu?' vroeg ze.

'Wacht,' zei hij. Toen telde hij terug. 'Drie, twee, één, precies elf uur.'

Ze drukte op een knop op haar telefoon.

Het schermpje lichtte op.

Er stond 10:59.

'Dichtbij,' zei ze.

De tijd versprong naar 11:00.

'Hoe doet u dat?' vroeg ze.

'Dat weet ik niet,' zei hij opnieuw. 'Waar kan ik je vriend Carter vinden? De volkstellingen-hobbyist?'

'Ik heb niet gezegd dat hij mijn vriend was.'

'Collega?'

'Een heel andere afdeling. Backoffice. Hij maakt geen deel uit van dezelfde wereld als onze klanten, zal ik maar zeggen.'

'Maar hoe kan ik hem dan te spreken krijgen?'

'Daarom vroeg ik hoe laat het was. Hij heeft koffiepauze om kwart over elf. Elke dag, daar kun je de klok op gelijkzetten.'

'Het lijkt me een man op wie je kunt bouwen.'

'Hij trekt er precies een halfuur voor uit in de koffiebar voorbij het stoplicht. In de tuin, als de zon schijnt. Misschien schijnt hij, misschien ook niet. Dat valt hierbinnen niet te zeggen.'

'Wat is Carters voornaam?' vroeg Reacher. In gedachten zag hij barista's voor zich die mensen riepen omdat hun bestelling klaar was. Het zou hem niet verbazen als die koffiebar vol zat met overheidsdienaren die er hun koffiepauze doorbrachten en die allemaal op elkaar leken.

'Carter is zijn voornaam,' zei Elizabeth Castle.

'En zijn achternaam?'

'Carrington,' zei ze. 'Kom nog even langs om te vertellen hoe het afgelopen is. U moet de moed niet opgeven. Familie is belangrijk. Er zijn nog meer manieren om dingen op te zoeken.'

6

In kamer tien zaten Patty en Shorty met z'n tweetjes naast elkaar op het onopgemaakte bed. Uiteindelijk had Mark hen alsnog uitgenodigd voor het ontbijt. Hij had zich omgedraaid en op het punt gestaan terug te lopen naar het huis, toen hij zich toch weer naar hen had gekeerd met een vergevensgezinde glimlach, waaruit sprak: laten we alsjeblieft vrienden blijven en niet zo dom doen. Patty had ja willen zeggen. Shorty zei nee. Ze waren naar binnen gegaan en hadden in de badkamer lauw water gedronken uit het glas op de wastafel waarin je je tandenborstel zette.

'Het geeft je straks alleen maar een nog groter rotgevoel als je ze om een lunch moet vragen. Je had beter meteen kunnen ophouden met je te verzetten. Nu wordt het allemaal steeds belangrijker.'

'Je moet toegeven dat het vreemd was,' zei Shorty.

'Wat was vreemd?'

'Wat er zojuist allemaal gebeurde.'

'En wat gebeurde er dan?'

'Dat heb je gezien. Je was erbij.'

'Zeg het eens in je eigen woorden.'

'In eigen woorden? Hardop? Je klinkt al net zoals hij. Je hebt gezien wat er gebeurde. Hij begon een raar soort vendetta tegen me.'

'Wat ik heb gezien, was dat Peter ongevraagd zijn best deed om ons te helpen. Hij ging er meteen mee aan de slag. Ik was nog niet eens wakker. Wat ik daarna zag, was dat jij hem een trap na gaf door te zeggen dat hij het erger had gemaakt.'

'Ik geef toe dat de auto het gisteren niet best deed, maar nu doet hij het helemaal niet meer. Wat kan er anders zijn gebeurd? Het is duidelijk dat hij iets heeft gedaan.'

'Er mankeerde al van alles aan de auto. Misschien was dat starten van die oververhitte motor gisteravond de druppel die de emmer deed overlopen.'

'Ik vond het gek wat ik van hem moest doen.'

'Hij wilde je dwingen de waarheid onder ogen te zien, Shorty. Normaal gesproken waren we nu in New York geweest. Dan hadden we inmiddels alles afgehandeld en waren we naar zo'n zaak gereden waar ze alles inruilen. Dan hadden we een betere auto kunnen kopen. Dan hadden we de rest van de tocht in stijl kunnen doen.'

'Het spijt me,' zei Shorty. 'Echt.'

'Misschien kan de monteur de auto repareren.'

'Misschien moeten we de auto dumpen en gewoon gaan lopen. Voordat we nog een keer vijftig dollar moeten betalen voor de kamer.'

'Wat bedoel je, "gewoon gaan lopen"?'

'Met onze voeten. We kunnen teruglopen naar de weg en gaan liften. Je had het erover dat er dertig kilometer verderop een stadje is. Misschien rijdt er een bus.'

'Die weg door het bos was meer dan drie kilometer lang. Dat hele eind moet je de koffer meesjouwen. Dat ding is groter dan jijzelf bent. We kunnen hem niet achterlaten. En dan staan we nog langs de kant van een binnenweg, waar geen verkeer langskomt. Dat was de bedoeling immers? We kunnen daar wel een hele dag staan wachten op een lift. Helemaal met zo'n grote koffer. Zo'n ding schrikt mensen af. Ze stoppen niet. Misschien zit hun kofferbak al vol.'

'Oké, misschien kan die monteur de auto repareren. Op zijn minst kan hij ons een lift geven naar de stad. In zijn pick-up. Met de koffer. Dan kunnen we daar wel weer verder zien.'

'Nog een keer vijftig dollar betekent een flinke hap uit ons budget.'

'Erger,' zei Shorty. 'Vijftig dollar is nog helemaal niets. Van het geld dat zo'n monteur ons kost kunnen we hier een hele week blijven logeren. Die gasten rekenen een voorrijtarief, kun je je dat voorstellen? Dat is in feite geld dat hij domweg opstrijkt omdat hij leeft. Als je aardappels verbouwt werkt het heel anders, dat kan ik je wel vertellen. Aardappels die trouwens door monteurs worden opgegeten. Die zijn gek op aardappels. Frietjes, gebakken aardappels, twee keer gefrituurde aardappels met kaas en bacon. Ze zouden raar opkijken als ik aan hen zou vragen mij te betalen, enkel en alleen maar om erover na te denken of ik aardappels voor ze zou willen verbouwen. Voorrijkosten.'

Patty stond plotseling op, veerde omhoog van het bed en zei: 'Ik ga naar buiten voor een beetje frisse lucht.'

Ze liep de kamer door, draaide de deurknop om en trok. Er gebeurde niets. Hij bleef weer steken. Ze controleerde het slot.

'Dit gebeurde vannacht ook,' zei ze.

Shorty kwam overeind en liep naar de deur.

Hij draaide de deurknop om en trok de deur open.

'Misschien draai je de knop verkeerd,' zei hij.

'Hoeveel manieren zijn er om aan een deurknop te draaien?' vroeg ze.

Hij sloot de deur weer en deed een stap achteruit.

Patty stapte naar de deur en probeerde het opnieuw. Ze pakte de knop weer op dezelfde manier vast, draaide op dezelfde manier en trok op dezelfde manier.

De deur zwaaide open.

'Gek,' zei ze.

De zon scheen in het centrum van Laconia. Hij stond weliswaar een beetje laag omdat het tegen de herfst liep, maar het was nog even warm als op een zomerdag. Reacher was om tien over elf voor de koffiebar voorbij het stoplicht, vijf minuten te vroeg. Hij ging aan een ijzeren tafeltje zitten in een hoek van de tuin, vanwaar hij het trottoir voor de deur van het archief in het oog kon houden. Hij wist niet zo goed wat hij zich moest voorstellen bij iemand met de naam Carter Carrington, al waren er wel een paar aanwijzingen. In de eerste plaats had Elizabeth Castle het een absurd idee gevonden dat hij haar vriend zou zijn. In de tweede plaats had ze haar uiterste best gedaan om duidelijk te maken dat hij zelfs geen gewone vriend was. In de derde plaats was hij verbannen naar de backoffice. In de vierde plaats hielden ze hem uit de buurt van cliënten en in de vijfde plaats was de man gek op de methodologie van volkstellingen.

Dat voorspelde allemaal niet veel goeds.

De tuin had ook een zij-ingang vanaf de parkeerplaats. Het was een komen en gaan van mensen. Reacher bestelde gewone zwarte koffie, in een papieren beker om mee te nemen. Niet omdat hij van plan was halsoverkop weer te vertrekken, maar omdat hij geen vertrouwen had in het serviesgoed waarin de koffie werd geserveerd. De koppen hadden ongeveer het formaat en het uiterlijk van pispotten. In zijn ogen ongeschikt om koffie uit te drinken, maar andere mensen dachten daar kennelijk anders over, want de tuin liep langzamerhand vol. In een mum van tijd waren er nog maar drie plaatsen vrij. Een daarvan was natuurlijk de plek aan het ijzeren tafeltje tegenover Reacher. Zo ging dat nu eenmaal in zijn leven. Mensen vonden hem niet benaderbaar.

De eerste die uit de richting van het stadsarchief op de tuin af liep, was een vrouw van een jaar of veertig. Energiek en daadkrachtig, waarschijnlijk een leidinggevende van een grote afdeling. Ze groette verschillende mensen in de tuin, een routineuze uitwisseling van groeten onder collega's, liet haar tas op een lege stoel vallen, niet de stoel tegenover Reacher, en liep naar binnen om iets te bestellen. Reacher keek naar het trottoir. Aan de andere kant van het stoplicht zag hij een man het stadsarchief verlaten en koers zetten richting het stoplicht. Zelfs van een afstand was te zien dat hij lang was en goedgekleed. Een mooi pak, een wit shirt en een mooie stropdas. Hij had blond haar, kort maar een beetje warrig. Alsof hij zijn best moest doen om het in het gareel te houden. Hij was door de zon gebruind, wekte een fitte, sterke indruk en leek vol levenslust en energie. Een opvallende verschijning. Tegen die achtergrond van oude bakstenen leek hij een filmster op een filmset.

Zij het dat hij mank liep, heel licht. Iets met zijn linkerbeen.

De vrouw die binnen iets had besteld, kwam terug met een kop en een bord en ging zitten aan het tafeltje waar ze met haar tas de stoel bezet had gehouden. Er bleven maar twee vrije plaatsen over, waarvan er een meteen werd ingenomen door een andere vrouw, waarschijnlijk ook hoofd van een afdeling, want ze groette ook links en rechts een heleboel mensen. Dat betekende dat de enige vrije plaats in de tuin de stoel tegenover Reacher was.

De man uit de film stapte de tuin in. Van dichtbij bleek hij helemaal aan Reachers eerste indruk te voldoen. Bovendien was hij knap, op een stoere manier. Een soort cowboy die had gestudeerd. Lang, slank, bekwaam. Een jaar of vijfendertig. Reacher durfde te wedden dat de man ex-militair was. Alles wees daarop. In een oogwenk had hij een volledig imaginair levensverhaal bedacht voor de man, van een opleiding tot reservist aan een universiteit ergens in het westen tot een verwonding, opgelopen in Irak of Afghanistan, een kort verblijf in het legerziekenhuis Walter Reed, afgezwaaid en daarna een nieuwe baan in New Hampshire. Misschien iets leidinggevends, misschien iets wat van hem vereiste dat hij de strijd aanging met de gemeente. Hij hield een papieren beker koffie in zijn hand en een papieren zak die een beetje doorschijnend was geworden door geknoeide boter. Hij keek rond door de tuin en kreeg de enige vrije plek in het oog. Hij zette zich in beweging.

'Hé Carter,' zeiden beide vrouwelijke afdelingshoofden.

De man groette terug met een glimlach die hun hart waarschijnlijk deed overslaan en vervolgde zijn weg naar de lege stoel tegenover Reacher. Daar ging hij zitten.

'Heet jij Carter?' vroeg Reacher.

'Ja,' zei de man.

'Carter Carrington?'

'Aangenaam. En jij bent?'

Hij klonk eerder nieuwsgierig dan geïrriteerd. Hij sprak als iemand met een goede opleiding.

'Een zekere mevrouw Elizabeth Castle raadde me aan met je te gaan praten. Zij werkt op het stadsarchief. Ik ben Jack Reacher. Ik wil graag iets vragen over een volkstelling van vroeger.'

'Gaat het om een vraag op juridisch gebied?'

'Het is iets persoonlijks.'

'Zeker weten?'

'Het gaat er alleen om of ik vandaag of morgen op de bus stap naar het zuiden.'

'Ik ben de stadsadvocaat,' zei Carrington. 'Ik weet toevallig ook alles van volkstellingen. Vanuit het oogpunt van ethiek moet ik absoluut zeker weten aan wie van die twee je een vraag stelt.'

'De man die alles van volkstellingen weet,' zei Reacher. 'Het enige wat ik wil is achtergrondinformatie.'

'Hoelang geleden?'

Reacher vertelde het, eerst het jaar dat zijn vader twee was geweest en toen het jaar dat zijn vader twaalf was geweest.

'En wat is de vraag?' vroeg Carrington.

Reacher vertelde de rest van het verhaal, de papieren met ingevulde gegevens van het gezin, het beeldscherm in compartiment twee en alles wat erop te zien was, en de opvallende afwezigheid van elk spoor van iemand die Reacher heette.

'Interessant,' zei Carrington.

'Hoezo?'

Carrington aarzelde even. Toen zei hij: 'Ben jij ook marinier?'

'Nee, ik heb bij de landmacht gezeten,' zei Reacher.

'Dat is ongebruikelijk, toch? Dat een zoon van een marinier voor de landmacht kiest, bedoel ik.'

'Het was niet ongebruikelijk bij ons thuis. Mijn broer heeft het ook gedaan.'

'Er zijn drie mogelijke antwoorden,' zei Carrington. 'Om te beginnen kunnen er fouten zijn gemaakt. Maar twee keer dezelfde fout achter elkaar is statistisch niet erg waarschijnlijk. Hoe groot is die kans? Dus kijken we verder. De beide andere mogelijkheden stellen de voorouders van de persoon in kwestie in een bedenkelijk daglicht. Daarom moet je goed onthouden dat ik het dus heb over de mensen in het algemeen, en dat het in specifieke gevallen anders ligt en er talloze uitzonderingen zijn, oké? Dus ik hoop dat je je niet beledigd zult voelen.'

'Oké,' zei Reacher. 'Ik zal me niet beledigd voelen.'

'Kijk eens naar die volkstelling toen je vader twaalf was. Vergeet die daarvoor maar. Deze was beter. De Depressie en de New Deal waren toen al zeven jaar oud. De volkstelling was heel belangrijk, omdat meer mensen meer federale dollars opleverde. Ik kan je verzekeren dat de overheden van staten en steden tot het uiterste gingen om niemand over te slaan. Maar toch gebeurde het. Het tweede mogelijke antwoord heeft te maken met het feit dat je de meeste overgeslagen mensen moet zoeken bij huurders, bewoners van meergezinshuizen en overvolle appartementencomplexen, werklozen, mensen met een laag opleidingsniveau en weinig inkomen, en mensen die van de steun leefden. Kortom, mensen aan de rand van de samenleving.'

'Heb je gemerkt dat mensen dat niet graag horen over hun grootouders?'

'Ze horen het liever dan het derde mogelijke antwoord.'

'En dat is?'

'Dat hun grootouders zich schuilhielden voor het gezag.'

'Interessant,' zei Reacher.

'Het gebeurde,' zei Carrington. 'Natuurlijk zal niemand voor wie een federaal opsporingsbevel is uitgegaan, een volkstellingsformulier invullen, en er waren er ook genoeg die dachten dat zich schuilhouden hun in de toekomst nog van pas zou komen.'

Reacher zei niets.

'Wat heb je in het leger gedaan?' vroeg Carrington.

'Militaire politie,' zei Reacher. 'En jij?'

'Waarom denk je dat ik in het leger heb gezeten?'

'Je leeftijd, je uitstraling, je houding, je wijze van optreden, je slagvaardigheid en de manier waarop je mank loopt.'

'Dat is je opgevallen.'

'Daar ben ik voor opgeleid. Ik ben politieman geweest. Ik denk dat je een prothese hebt voor je linkeronderbeen. Je ziet het amper, dus het moet een goede prothese zijn. En de beste protheses krijg je tegenwoordig in het leger.'

'Ik ben nooit in dienst geweest,' zei Carrington. 'Dat kon niet.'

'Waarom niet?'

'Ik ben geboren met een afwijking. Die heeft een lange, ingewikkelde naam, maar het komt erop neer dat ik geen scheenbeen heb. De rest zit er wel allemaal.'

'Je hebt dus al je hele leven kunnen oefenen.'

'Ik heb geen medelijden nodig.'

'Dat krijg je ook niet van mij, maar toch, je redt je er heel netjes mee. Je loopt bijna perfect.'

'Bedankt,' zei Carrington. 'Vertel eens hoe het was om politieman te zijn.'

'Het was mooi werk totdat het minder mooi werd.'

'Je hebt gezien wat het effect is van misdaad op gezinnen.'

'Zo nu en dan.'

'Je vader is op zijn zeventiende bij de mariniers gegaan,' zei Carrington. 'Daar moet hij een reden voor hebben gehad.'

Patty Sundstrom en Shorty Fleck zaten buiten voor hun kamer op de plastic stoelen onder het raam. Ze keken naar het begin van het pad door het bos en wachtten op de monteur. Die maar niet kwam. Shorty kwam overeind en probeerde nog een keer de Honda te starten. Soms hielp het om iets wat kapot was een tijdje met rust te laten. Hij had een tv die ook dergelijke kuren had. Een op de drie keer dat je hem aanzette deed het geluid het niet. Dan moest je hem uitzetten en het opnieuw proberen.

Hij draaide de contactsleutel om. Er gebeurde niets. Aan, uit, aan, uit, stil, geen enkel verschil. Hij ging weer op zijn stoel zitten. Patty stond op en haalde alle kaarten die ze hadden uit het dashboardkastje. Ze nam ze mee naar haar stoel en spreidde ze uit op haar knieën. Ze vond de plek waar ze nu waren, aan het einde van een tweeënhalve centimeter lange rode draad van spinrag, midden in een bleekgroene vorm. Het beboste terrein, dat zo te zien een doorsnee had van een kilometer of acht, en van noord naar zuid zo'n elf kilometer lang was. Het uiteinde van het rode spinraglijntje lag niet in het midden, maar drie kilometer van de oostgrens en vijf kilometer van de westgrens. Het lag wel halverwege noord en zuid. Rondom dat groene terrein liep een vaag lintje, alsof het allemaal bij elkaar hoorde. Misschien was het bos eigendom van het motel. Daar voorbij was niet veel meer dan de tweebaansweg waarop ze hadden gereden, die nog een tijd voortkronkelde in zuidoostelijke richting, naar het stadje waarvan de naam halfvet was gedrukt. Laconia, New Hampshire. Het was eerder vijftig dan dertig kilometer. Ze had het de vorige dag iets te optimistisch ingeschat.

'Misschien kunnen we nog het beste doen wat jij zei,' zei ze. 'De auto achterlaten en meeliften met de sleepwagen. Laconia is in de buurt van de I-93. We kunnen proberen te liften bij het klaverblad. We zouden misschien zelfs wel een taxi kunnen nemen voor minder geld dan we hier kwijt zijn voor een tweede nacht. Vanuit Nashua of Manchester kunnen we naar Boston en dan kunnen we op de goedkope bus naar New York stappen.'

'Het spijt me van de auto,' zei Shorty. 'Echt.'

'Wat gebeurd is, is gebeurd.'

'Misschien kan de monteur hem maken. Misschien is het heel eenvoudig. Ik snap niet hoe het kan dat hij helemaal niks meer doet. Misschien zit er een kabel los, gewoon, zoiets. Ik heb ooit eens een radio gehad waarvan zelfs geen lampje meer ging branden. Ik zat er maar met mijn vuist op te rammen, tot ik zag dat de stekker uit het stopcontact was geschoten. Die radio was ook zoiets van helemaal dood.'

Ze hoorden voetstappen. Steven kwam de hoek om en liep op hen af. Hij passeerde kamer twaalf, kamer elf, en bleef staan.

'We nodigen jullie uit voor de lunch,' zei hij. 'Trek het je alsjeblieft niet aan wat Mark zei. Hij maakt zich zorgen, meer niet. Hij wil jullie echt helpen en dat lukt hem niet. Hij dacht dat Peter de auto zomaar eventjes in een paar minuten weer voor elkaar zou hebben. Dat frustreerde hem. Hij wil graag dat het voor iedereen op rolletjes loopt.'

'Wanneer komt de monteur?' vroeg Shorty.

'Ik ben bang dat we die nog niet aan de lijn hebben gekregen,' zei Steven. 'De telefoon doet het al de hele ochtend niet.'

7

Reacher nam afscheid van Carrington, die in de tuin bleef zitten, en wandelde terug naar het stadsarchief. Hij drukte op de bel op de balie en een minuut later kwam Elizabeth Castle door de deur naar binnen.

'Je vroeg of ik nog even verslag wilde uitbrengen,' zei Reacher.

'Hebt u Carter gevonden?'

'Het lijkt me een aardige man. Ik snap niet waarom je niet een keer met hem uit zou willen.'

'Pardon?'

'Toen ik je vroeg of hij je vriend was, moest je nogal lachen.'

'Om het idee dat hij mij uit zou vragen. Hij is de meest begerenswaardige vrijgezel in Laconia. Hij kan krijgen wie hij wil. Ik wil wedden dat hij geen flauw idee heeft wie ik ben. Wat heeft hij u verteld?'

'Dat mijn grootouders arm waren of dieven, of arme dieven.'

'Dat waren ze vast niet.'

Reacher zei niets.

'Al weet ik wel dat zoiets vaak een rol speelde bij de volkstellingen.'

'Het zijn allebei mogelijkheden,' zei Reacher. 'We hoeven er geen doekjes om te winden.'

'Waarschijnlijk stonden ze ook niet geregistreerd als kiezer. Zouden ze wel een rijbewijs hebben gehad, denkt u?'

'Niet als ze arm waren. En als het dieven waren ook niet. Tenminste, geen rijbewijs op hun eigen naam.'

'Er moet een geboorteakte van uw vader zijn. Hij moet ergens op papier bestaan.'

De deur waardoor cliënten vanuit de hal de receptie van het archief binnenkwamen, ging open. Carter Carrington stapte naar binnen, gekleed in pak, de glimlach op zijn gezicht en het verwarde haar op zijn hoofd. Hij zag Reacher en zei: 'Opnieuw hallo,' volstrekt niet verbaasd, alsof hij niet anders had verwacht dan Reacher hier aan te treffen. Toen keerde hij zich naar de balie. Hij stak zijn hand uit en zei: 'Mevrouw Castle, neem ik aan.'

'Elizabeth,' zei ze.

'Carter Carrington. Ik vind het leuk met je kennis te maken. Heel hartelijk dank dat je meneer Reacher naar mij toe hebt gestuurd. Het is een boeiende kwestie.'

'Omdat zijn vader ontbreekt in twee opeenvolgende volkstellingen.'

'Precies.'

'En dat riekt naar opzet.'

'Als Laconia tenminste de stad is waar hij woonde.'

'Dat moet kloppen,' zei Reacher. 'Ik heb het wel tien keer ergens zien staan. Laconia, New Hampshire.'

'Boeiend,' zei Carrington. Hij keek Elizabeth Castle in de ogen en zei: 'We zouden eens samen moeten lunchen. Ik vind het mooi zoals je dat met die twee volkstellingen hebt opgemerkt. Daar zou ik graag eens verder over praten.'

Ze gaf geen antwoord.

'Hoe dan ook, houd me op de hoogte,' zei hij.

'We dachten dat hij eigenlijk ook wel een geboorteakte moet hebben gehad,' zei ze.

'Vrijwel zeker,' zei Carrington. 'Wat was zijn geboortedatum?'

Reacher aarzelde even.

'Dit klinkt vast raar, onder de omstandigheden, bedoel ik.'

'Hoezo?'

'Soms wist hij het niet precies,' zei Reacher.

'Hoe bedoel je?'

'Soms zei hij juni en soms juli.'

'Was daar ook een reden voor?'

'Hij zei dat hij het zich niet kon herinneren omdat hij verjaardagen niet belangrijk vond. Hij begreep niet waarom mensen hem moesten feliciteren met het feit dat hij weer een jaar dichter bij de dood was gekomen.'

'Dat klinkt nogal zwartgallig.'

'Hij was marinier.'

'Wat stond er in de papieren?'

'Juli.'

Carrington zei niets.

'Wat is er?' vroeg Reacher.

'Niets,' zei Carrington.

'Ik had al tegen Elizabeth gezegd dat we er geen doekjes om hoeven te winden.'

'Een kind dat niet precies weet wanneer hij jarig is, is een klassiek symptoom van een slecht functionerend gezin.'

'In theorie,' zei Reacher.

'Hoe dan ook. Geboorteakten staan op volgorde van datum. Als je niet precies weet wanneer hij jarig was, kan het wel even tijd kosten. Je kunt beter op een andere manier zoeken.'

'Hoe dan?'

'Misschien het arrestantenregister. Ik bedoel er niets mee, maar je kunt het voor de zekerheid doorkijken, zodat je in ieder geval die mogelijkheid kunt uitsluiten. Het is niet mijn bedoeling te suggereren dat ze zich schuilhielden. Dat wil ik niet, net zomin als jij. Ik zou veel liever een interessantere reden ontdekken. Maar het is een kleine moeite. Tegenwoordig zijn de archieven van de laatste duizend jaar van de politie hier opgeslagen in computers. Daar hebben ze kapitalen aan uitgegeven. Geld van de binnenlandse veiligheidsdienst natuurlijk, niet ons eigen geld. Maar toch. Ze hebben zelfs nog een standbeeld opgericht van de eerste politiechef hier.'

'Wie moet ik daarvoor hebben?'

'Ik zal ze bellen, dan komt iemand je wel bij de balie ophalen.'

'Werken ze daar mee, denk je?'

'Ik ben degene die bepaalt of de gemeente ze zal verdedigen in de rechtszaal. Als ze een fout maken, bedoel ik. Dus die werken wel mee, maar je kunt beter wachten tot na de lunch. Dan hebben ze meer tijd voor je.'

Patty Sundstrom en Shorty Fleck gingen voor de lunch naar het huis. Er heerste een ongemakkelijke sfeer tijdens het eten. Shorty was het ene moment stug en gedroeg zich het volgende moment schaapachtig. Peter was stil. Het was Patty niet duidelijk of hij beledigd of teleurgesteld was. Robert en Steven zeiden geen van beiden erg veel, zodat alleen Mark aan het woord was. Hij was monter, opgewekt en spraakzaam. En heel vriendelijk. Alsof de gebeurtenissen van die ochtend nooit hadden plaatsgevonden. Hij leek vastbesloten een oplossing te zoeken voor hun problemen. Hij verontschuldigde zich keer op keer voor de telefoon die niet werkte. Hij hield de hoorn waaruit geen geluid kwam bij hun oor, alsof hij hen wilde laten delen in de last waaronder hij gebukt ging. Hij zei dat hij zich zorgen maakte dat mensen ongerust zouden worden, thuis of op hun bestemming. Kwamen ze niet te laat voor afspraken? Waren er mensen die per se moesten worden opgebeld?

'Niemand weet dat we weg zijn,' zei Patty.

'O nee?'

'Als ze wisten wat we van plan waren, zouden ze geprobeerd hebben ons tegen te houden.'

'Tegen te houden?'

'Het is doodsaai daar. Shorty en ik willen iets anders.'

'Waar willen jullie naartoe?'

'Florida,' zei ze. 'Daar willen we een eigen zaak beginnen.'

'Wat voor soort zaak?'

'Iets aan het water. Misschien watersport. Verhuur van surfplanken of zo.'

'Daar heb je kapitaal voor nodig,' zei Mark. 'Om die surfplanken aan te schaffen.'

Patty keek weg en dacht aan de koffer.

'Hoelang duurt het voor die telefoon het weer doet?' vroeg Shorty.

'Ik ben geen helderziende,' zei Mark.

'Ik bedoel doorgaans, gewoonlijk.'

'Meestal hebben ze het in een halve dag weer voor elkaar. En die monteur is een goede vriend van ons. We zullen hem vragen om jullie met voorrang te helpen. Misschien kunnen jullie voor het avondeten weer de weg op.'

'En als het langer duurt dan een halve dag?'

'Dan moet dat maar, denk ik. Daar heb ik niets over te vertellen.'

'Eigenlijk zou het het beste zijn als jullie ons een lift naar de stad gaven. Het beste voor ons, en ook het beste voor jullie. Dan zouden we jullie niet langer voor de voeten lopen.'

'Maar dan zou jullie auto hier nog steeds staan.'

'We zouden een sleepwagen sturen.'

'Zou je dat echt doen?'

'Bij de eerste de beste garage die we zagen.'

'Kunnen we daarop vertrouwen?'

'Ik beloof je dat ik ervoor zal zorgen.'

'Oké, maar je moet toegeven dat jullie tot nu toe niet voor honderd procent betrouwbaar zijn gebleken.'

'Ik beloof je dat we een sleepwagen sturen.'

'Maar stel nu eens dat jullie dat niet doen? We runnen hier een bedrijf. Dan zouden wij die auto van jullie moeten opruimen. Dat zou best eens lastig kunnen worden, want om te beginnen is het in strikte zin niet aan ons om die auto op te ruimen. We zijn geen eigenaar van die auto en in die hoedanigheid kunnen we geen kant op. We kunnen hem niet aan iemand weggeven. We kunnen hem zelfs niet aan een sloper verkopen. Ongetwijfeld zou het ons tijd en geld gaan kosten om uit te zoeken hoe we hem wel kwijt zouden kunnen raken. Maar we zouden wel moeten. We kunnen het ons niet permitteren dat hij hier als een stuk oud roest blijft staan. Dat is niet persoonlijk bedoeld, maar bij een bedrijf als het onze zijn beeldvorming en eerste indrukken van het grootste belang. Wij moeten mensen verleiden, niet afstoten. Een roestend oud autowrak pal bij de ingang zou het verkeerde signaal afgeven. Sorry, maar ik ben ervan overtuigd dat je begrijpt wat ik bedoel.'

'Je kunt met ons meegaan naar de garage,' zei Shorty. 'Je kunt ons daar eerst heen rijden en dan kun je erbij zijn als we afspraken maken. Als getuige.'

Mark knikte en keek omlaag, nu zelf een beetje schaapachtig.

'Heel goed,' zei hij. 'Het punt is dat we ons nu zelf een beetje opgelaten voelen als het gaat om een lift naar de stad. De investering die we hier hebben gedaan, was enorm. Drie van ons hebben hun auto verkocht. Die van Peter hebben we aangehouden, omdat het de oudste was, die het minste waard was. Maar die wilde vanochtend niet starten, net zoals die van jullie. Misschien zit er iets in de lucht. Maar waar het op neerkomt, is dat we hier met z'n allen vastzitten.'

Reacher at in het restaurant dat hij eerder al had uitgezocht. Er werden luxe, maar herkenbare gerechten geserveerd in een aangename ruimte met linnen op de tafels. Hij bestelde een burger waar van alles bovenop gestapeld was, en een punt abrikozentaart. En koffie. Daarna begaf hij zich aan de hand van de aanwijzingen van Carrington op weg naar het politiebureau. De entree was hoog, betegeld en stijf. Achter een mahoniehouten balie stond een receptioniste in burgerkleding. Reacher gaf haar zijn naam en vertelde dat Carrington had beloofd te zullen bellen om een afspraak voor hem te maken. Voordat hij Carringtons naam helemaal had uitgesproken, had de vrouw de hoorn al van de haak gepakt. Ze was duidelijk van zijn komst op de hoogte gebracht.

Ze vroeg hem even te gaan zitten, maar hij bleef staan om te wachten. Dat duurde niet lang. Twee rechercheurs duwden een paar deuren open. Een man en een vrouw. Ze zagen er allebei uit als solide professionals. In eerste instantie ging Reacher ervan uit dat ze niet voor hem kwamen. Hij had een archiefmedewerker verwacht. Maar ze kwamen recht op hem af gelopen en toen ze voor hem stonden, zei de man: 'Meneer Reacher? Ik ben Jim Shaw, hoofd recherche. Aangenaam kennis te maken.'

Hoofd recherche. Aangenaam kennis te maken. Die werken wel mee, had Carrington gezegd. Dat was geen grap geweest. Shaw was een zwaargebouwde man van in de vijftig, bijna een meter tachtig, met een doorgroefd Iers gezicht en een dikke bos rood haar. In een straal van honderdvijftig kilometer rond Boston zou iedereen hem herkennen als politieman. Als een plaatje in een schoolboek.

'Aangenaam,' zei Reacher.

'Ik ben rechercheur Brenda Amos,' zei de vrouw. 'Ik sta helemaal tot uw dienst, wat u maar wenst.'

Ze sprak met een zuidelijk accent. Een beetje slepend, maar niet langer honingzoet. De andere omgeving en het werk hadden de toon harder gemaakt. Ze was tien jaar jonger dan Shaw, nog geen een meter zeventig, en slank. Ze had blond haar, hoge jukbeenderen en slaperige, groene ogen die *maak geen geintjes met me* uitstraalden.

'Bedankt,' zei Reacher. 'Maar dit heeft niet zoveel om het lijf. Ik weet niet precies wat meneer Carrington heeft verteld, maar ik ben alleen op zoek naar een stukje persoonlijke geschiedenis. En daarvan is waarschijnlijk niets terug te vinden. Het gaat om tachtig jaar geleden. Het is niet eens een cold case.'

'Meneer Carrington zei dat u MP bent geweest,' zei Shaw.

'Heel lang geleden.'

'Dan mag u tien minuten gebruikmaken van de computer. Meer hebt u niet nodig.'

Ze namen hem mee langs een laag mahoniehouten hekje naar een open ruimte waar mensen in burger achter twee aan twee tegen elkaar aan geschoven bureaus zaten. De bureaus stonden vol telefoons, flatscreens, toetsenborden en draadmandjes met papieren. Net als in elk ander willekeurig kantoor, zij het dat het allemaal iets vermoeids uitstraalde, vermengd met straatstof en overbelasting, wat het onmiskenbaar een zaal met rechercheurs maakte. Ze gingen een hoek om en kwamen in een gang met aan weerszijden kantoren. Ze bleven staan bij het derde kantoor links. Dat was het kantoor van Amos. Ze liet Reacher naar binnen gaan. Shaw nam afscheid en liep verder, alsof nu aan alle plichtplegingen was voldaan en zijn taak er daarmee op zat. Amos liep achter Reacher aan haar kantoor in en sloot de deur. Vanaf de gang leek het een traditioneel kantoor, maar binnen was alles glanzend, strak en nieuw. Bureau, stoelen, kasten, computer.

'Wat kan ik voor u doen?' vroeg Amos.

'Zeg maar je. Ik ben op zoek naar de naam Reacher,' zei Reacher. 'Ik ben benieuwd of die ook voorkomt in arrestantenregisters van de jaren twintig, dertig en veertig.'

'Familie?'

'Mijn grootouders en mijn vader. Carrington denkt dat ze zich misschien aan de volkstelling hebben onttrokken omdat er een federaal opsporingsbevel voor hen was uitgevaardigd.'

'Dit is een gemeentelijk archief. Wij hebben geen toegang tot federale dossiers.'

'Misschien zijn ze klein begonnen. Zo gaat het meestal.'

Amos trok het toetsenbord naar zich toe en begon te tikken. 'Wordt die naam ook nog wel eens anders gespeld?' vroeg ze.

'Ik geloof het niet,' zei hij.

'Voornamen?'

'James, Elizabeth en Stan.'

'Jim, Jimmy, Jamie, Liz, Lizzy, Beth?'

'Ik heb geen idee wat ze tegen elkaar zeiden. Ik heb hen nooit ontmoet.'

'Was Stan een afkorting van Stanley?'

'Dat heb ik nooit ergens zien staan. Het was altijd alleen maar Stan.'

'Zijn er nog schuilnamen bekend?'
'Niet dat ik weet.'
Ze typte nog iets in, klikte en wachtte.
Ze zei niets.
'Volgens mij heb jij ook bij de MP gezeten,' zei Reacher.
'Wat heeft me verraden?'
'Om te beginnen je accent. Dat is de klank van het leger, een beetje zuidelijk, maar een beetje gemengd. Bovendien vragen mensen bij de burgerpolitie altijd wat je hebt gedaan en hoe je dat deed. Puur uit professionele nieuwsgierigheid. Maar jij vroeg niets. Waarschijnlijk omdat je de antwoorden al wist.'
'Ik beken schuld.'
'Wanneer ben je afgezwaaid?'
'Zes jaar geleden,' zei ze. 'En jij?'
'Langer.'
'Welke eenheid?'
'Voornamelijk het 110th.'
'Aardig,' zei ze. 'Wie was daar commandant in jouw tijd?'
'Dat was ik,' zei hij.
'En nu ben je met pensioen en verdiep je je in je familiegeschiedenis.'
'Ik zag een richtingbord langs de weg,' zei hij. 'Meer niet. Ik begin langzamerhand te wensen dat ik dat ding nooit had gezien.'
Ze keek weer naar het scherm.
'De computer heeft iets gevonden,' zei ze. 'Van vijfenzeventig jaar geleden.'

8

Brenda Amos klikte twee keer en typte een wachtwoord in. Daarna klikte ze nog een keer. Ze boog zich een beetje naar het scherm toe en vertelde wat er stond. 'In september 1943 werd laat op de avond een jongeman in staat van bewusteloosheid aangetroffen op het trottoir van een straat in het centrum van Laconia,' zei ze. 'Hij was het slachtoffer van mishandeling. Identificatie wees uit dat het ging om een twintigjarige inwoner uit Laconia, die bij de politie bekendstond als praatjesmaker en onruststoker, maar niemand kon hem iets maken omdat zijn vader een rijke stinkerd was. Ik vermoed dan ook dan er binnenskamers op het bureau werd feestgevierd, terwijl ze vanzelfsprekend wel de schijn moesten ophouden en een onderzoek moesten starten. Ze moesten net doen alsof. Er staat hier dat ze de volgende dag van deur tot deur zijn gegaan, maar niet verwachtten dat ze met nieuwe feiten zouden komen. In feite gebeurde dat wel. Ze spraken een oude dame die het incident van begin tot eind had gevolgd door een verrekijker. Het slachtoffer maakte ruzie met twee andere jongeren en had duidelijk verwacht te zullen winnen. In plaats daarvan kreeg hij zelf een pak slaag.'

'Waarom zat die vrouw zo laat op de avond door een verrekijker te turen?' vroeg Reacher.

'Hier staat dat ze vogelaar was. Ze was geïnteresseerd in nachtmigranten en actieve vliegers. Ze zei dat ze hun vorm kon herkennen tegen de nachthemel.'

Reacher zei niets.

'Ze herkende een van die twee andere jongeren omdat hij ook lid was van de plaatselijke club van vogelaars.'

'Mijn vader was ook vogelaar.'

Amos knikte. 'De oude dame identificeerde hem als een jongen uit de stad, die ze persoonlijk kende en die Stan Reacher heette, toentertijd zestien jaar oud.'

'Was ze daar zeker van? Ik geloof dat hij in september 1943 pas vijftien was.'

'Ze was heel stellig wat die naam betreft. Misschien zat ze fout met de leeftijd. Vanuit het raam van haar kamer boven een kruidenierswinkel keek ze recht de straat in en kon ze een groot deel van de nachthemel in het oosten zien. Ze zag Stan Reacher met nog iemand, die onbekend is maar ongeveer even oud was. Ze kwamen uit het centrum en liepen in haar richting, onder het licht van een straatlantaarn door, daarom was ze zo zeker van haar zaak. Vanaf de andere kant kwam de jongen van twintig. Hij liep ook door het licht van een lantaarn. De drie kwamen elkaar tegen in het donkere stuk tussen twee lantaarns. Ongelukkig genoeg, maar er was toch nog net genoeg licht dat ze kon zien wat er gebeurde. Het was alsof je naar een voorstelling met schaduwpoppen keek, zei ze. Alle bewegingen die ze maakten, werden uitvergroot. De twee kleinere jongens keken haar kant op. De oudere jongen stond met zijn rug naar haar toe. Het leek of hij iets van hen eiste. Langzamerhand werd het dreigend. Een van de kleinere jongens rende weg, waarschijnlijk was hij bang. De ander bleef staan. Hij haalde plotseling uit en stompte de oudere jongen in zijn gezicht.'

Reacher knikte. Zelf noemde hij dat terugslaan voordat je geslagen werd. Een verrassingselement kwam altijd goed van pas. Een wijs man telde nooit helemaal tot drie.

'De oude dame vertelde dat de kleinere jongen de oudere jongen bleef slaan tot die viel. Daarna trapte hij hem meerdere keren tegen het hoofd en de ribben. De oudere jongen krabbelde weer overeind en probeerde te vluchten, maar de ander greep hem en liet hem struikelen. Dat gebeurde precies in het licht van de lantaarnpaal, kennelijk erg helder licht, want ze kon heel goed zien dat de kleinere de ander opnieuw begon te trappen. Even plotseling als hij was begonnen, hield hij op. Samen met zijn bange vriend liep hij weg alsof er niets was gebeurd. De oude dame had aantekeningen en schetsjes gemaakt op een vel papier. Al dat materiaal had ze de volgende dag aan de politieagenten gegeven die haar waren komen opzoeken.'

'Pff,' zei Reacher. 'De officier van justitie moet dol op haar geweest zijn. Wat gebeurde er verder?'

Amos scrolde door de tekst en las.

'Verder gebeurde er niets,' zei ze. 'De zaak strandde.'

'Waarom?'

'Gebrek aan mankracht. De dienstplicht was een paar jaar eerder weer ingevoerd vanwege de oorlog. Op het politiebureau werkten ze met een minimale bezetting.'

'Waarom zat die jongen van twintig niet in dienst?'

'Een pa met centen.'

'Ik snap het niet,' zei Reacher. 'Hoeveel mankracht heb je nu nodig voor zoiets? Ze hadden een ooggetuige. Zo moeilijk is het niet om een jongen van vijftien te arresteren. Daar heb je geen SWAT-team voor nodig.'

'Ze hadden geen signalement van de verdachte en ze ontbeerden de mankracht om een signalement op te stellen.'

'Maar je zei dat de oude dame hem kende van de club van vogelaars.'

'De onbekende vriend was degene die begon te slaan. Stan Reacher was degene die wegrende.'

Ze gaven Patty en Shorty een kop koffie en stuurden hen daarna terug naar kamer tien. Mark keek hen na tot ze halverwege de schuur waren en de indruk wekten dat ze niet meer zouden terugkomen. Toen keerde hij zich om en zei: 'Oké, stop de telefoon er maar weer in.'

Steven stak de stekker van de telefoon weer in de wandcontactdoos en zei: 'Laat nu eens zien wat er mankeert aan de deur.'

'Er is niks mis met de deur,' zei Robert. 'Het gaat om onze reactiesnelheid.'

Ze liepen door een gang naar een zitkamer aan de achterkant van het huis. In vergelijking met de rest leek de kamer kleiner, maar hij had toch nog behoorlijke afmetingen. De kamer was matzwart geverfd. Er was plaatmateriaal voor het raam aangebracht. Alle vier de wanden waren bedekt met flatscreens. In het midden van de kamer stond een stoel op wieltjes, met daaromheen vier lage bankjes vol toetsenborden en joysticks. Net een commandocentrum. Patty en Shorty waren live op de schermen te zien, nu voorbij de schuur. Ze liepen weg van de ene reeks verborgen camera's naar een tweede reeks, waarvan sommige waren ingezoomd zodat alleen hun hoofden in beeld kwamen, terwijl andere camera's een veel breder beeld leverden waarop ze als twee kleine poppetjes in de verte te zien waren.

Robert stapte over een bankje en ging in de stoel zitten. Hij klikte met een muis, en het beeld op de schermen maakte plaats voor een vage scène die was opgenomen met een nachtcamera.

'Dit is een opname van drie uur vannacht,' zei hij.

Het beeld was vertekend en wazig als gevolg van toegepaste beeldverbeteringstechnieken, maar het interieur van kamer tien met het queensize bed waarop twee mensen lagen te slapen, was duidelijk te herkennen. Het was het beeld van de camera in de rookdetector, met een groothoeklens die een fisheyebeeld leverde.

'Maar ze sliep niet,' zei Robert. 'Achteraf denk ik dat ze een uur of vier heeft geslapen en toen wakker is geworden. Alleen bewoog ze zich niet. Ze verroerde geen vin. Ze gaf geen enkel teken van leven. Eerlijk gezegd lag ik tegen die tijd een beetje onderuitgezakt. Ik was niet meer zo heel alert, want die vier uur daarvoor waren doodsaai geweest. Bovendien lag ze voor zover ik wist nog te slapen. Terwijl ze daar dus lag te peinzen, kennelijk over iets wat haar boos maakte. Kijk maar.'

Op de schermen bleef het statische beeld te zien. Plotseling kwam daar echter verandering in. Patty sloeg het dekbed opzij en stapte uit bed, beheerst, soepel, vastberaden en geïrriteerd.

'Tegen de tijd dat ik rechtop zat en mijn vinger in de buurt van de ontgrendelingsknop had, had zij al een keer geprobeerd om de deur open te doen. Ik denk dat ze frisse lucht wilde. Ik moest snel beslissen. Ik besloot de deur op slot te laten, dat leek me logischer. Ik heb hem pas van het slot gedaan toen Peter daarnaartoe ging voor de auto, omdat ik het idee had dat een van beiden wel naar buiten zou komen om met Peter te praten.'

'Oké,' zei Mark.

Robert klikte opnieuw. Op de schermen was nu een opname te zien die bij daglicht was gemaakt, vanuit een andere hoek. Patty en Shorty zaten naast elkaar op het onopgemaakte bed in kamer tien.

'Dit was vanmorgen, toen wij aan het ontbijt zaten,' zei Robert.

'Toen had ik dienst,' zei Steven. 'Let op.'

Robert startte het afspelen. De beelden gingen vergezeld van geluid. Shorty probeerde de aandacht van zijn eigen falen af te leiden door zich op te winden over de voorrijkosten van monteurs. Hij zei: 'Dat is in feite geld dat hij domweg opstrijkt omdat hij leeft.

Als je aardappels verbouwt werkt het heel anders, dat kan ik je wel vertellen.'

Robert zette het afspelen stil.

'En wat gebeurde er toen?' vroeg Steven.

'Ik hoop dat Patty hem duidelijk maakt dat er enorme economische verschillen zijn tussen monteurs en aardappelboeren,' zei Mark.

'Ik hoop dat Patty hem een optater geeft en hem vertelt dat hij zijn mond moet houden,' zei Peter.

'Geen van tweeën,' zei Steven. 'Ze raakt weer geïrriteerd.'

Robert herstartte het afspelen. Patty stond plotseling op, veerde omhoog van het bed en zei: 'Ik ga naar buiten voor een beetje frisse lucht.'

'Ze is heel beweeglijk en impulsief. Van nul tot honderd in één punt één seconde. Ik heb de videobeeldjes geteld. Het was me godsonmogelijk om op tijd bij de knop te komen. Maar toen zag ik dat Shorty het ook wilde proberen en dus heb ik de deur toen van het slot gedaan. Als hij de deur wel open kon krijgen maar zij niet, zou ze vast denken dat het aan haar lag en niet aan de deur, dacht ik zo.'

'Kunnen we hier iets voor bedenken?' vroeg Mark.

'Een gewaarschuwd man telt voor twee. Ik denk dat we ons gewoon beter moeten concentreren.'

'We zullen wel moeten. We willen ze niet te snel bang maken.'

'Hoelang wachten we nog voor we een besluit nemen?'

'Wat mij betreft doen we het nu,' zei Mark na een korte stilte.

'Meen je dat?'

'Waarom zouden we nog langer wachten? Ik heb wel genoeg gezien. Ze zijn ongeveer alles waar we op hadden kunnen hopen. Ze komen van nergens, en niemand weet dat ze zijn vertrokken. Ik denk dat we er klaar voor zijn.'

'Ik ben voor,' zei Steven.

'Ik ook,' zei Robert.

'En ik,' zei Peter. 'Ze zijn perfect.'

Robert klikte weer terug naar de livebeelden en ze zagen Patty en Shorty zitten in de tuinstoelen op het plankier onder het raam, in de fletse zonneschijn van de namiddag.

'Unaniem,' zei Mark. 'Eén voor allen en allen voor één. Verstuur de e-mail maar.'

Op de schermen werd nu een webmailpagina weergegeven, doorspekt met allerlei tekens in buitenlandse schriftsoorten. Robert typte vier woorden.

'Oké?' vroeg hij.

'Verzenden.'

Robert klikte op de knop om het bericht te verzenden.

Het bericht luidde: *Kamer tien is bezet*.

9

‘Ik snap het nog steeds niet,’ zei Reacher. ‘Die oude dame had Stan herkend en ze hadden hem onder druk kunnen zetten om achter de identiteit te komen van zijn vriend. Niet meer dan één extra stap in het proces. Even bij hem thuis langsgaan. Hooguit vijf minuten. Dat is geen kwestie van mankracht. Iemand had het even kunnen doen als hij toch de straat op moest om een broodje te halen.’

‘Er staat dat Stan Reacher woonachtig was buiten het rechtsgebied,’ zei Amos. ‘Dat betekent ineens een hele papierwinkel. In die tijd hadden ze alleen maar typemachines. Bovendien zullen ze wel gedacht hebben dat hij toch zijn mond zou houden, ongeacht hoeveel druk ze op hem zouden uitoefenen, terwijl ze natuurlijk niet zoveel druk konden uitoefenen omdat ze buiten hun eigen territorium opereerden en de plaatselijke sheriff, en misschien ook nog wel de ouders en een advocaat, aanwezig zou zijn. Waarschijnlijk waren ze ook bang dat de mysterieuze vriend ondertussen allang de benen genomen had en nergens meer in de staat te vinden zou zijn. En dat alles terwijl niemand er erg rouwig om was dat die jongen van twintig een pak slaag had gekregen. Ongetwijfeld kostte het ze weinig moeite om de zaak maar te laten rusten.’

‘Buiten welk rechtsgebied was Stan Reacher woonachtig?’ vroeg Reacher.

‘Dat van de politie van Laconia.’

‘Mij is verteld dat hij hier is geboren en getogen.’

‘Misschien is hij hier geboren, in het ziekenhuis, en vervolgens buiten de stad opgegroeid, op een boerderij of zo.’

‘Die indruk heb ik nooit gekregen,’ zei Reacher.

‘In een nabijgelegen dorp dan. En wel zo dicht in de buurt dat hij lid was van dezelfde club vogelaars als de oude dame die in het centrum boven de kruidenier woonde. Logisch dat hij Laconia opgaf als geboorteplaats, omdat het ziekenhuis hier is, en waarschijnlijk was het ook het eenvoudigst om te zeggen dat hij in Laconia was opgegroeid. Als een soort aanduiding voor de hele regio. Net zo goed als mensen zeggen dat ze uit Chicago komen, terwijl ze in werkelijkheid in een van de voorsteden wonen die officieel niet bij

Chicago horen. Hetzelfde geldt voor Boston.'

'De metropool Laconia,' zei Reacher.

'Alles lag toen meer verspreid. Er waren toen overal kleine werkplaatsen en fabriekjes. Een stuk of tien arbeidersgezinnen in kleine woningen, misschien een schooltje met één lokaal. Misschien een kerkje, en dat werd allemaal bij Laconia gerekend, ongeacht wat de posterijen ervan vonden.'

'Probeer eens alleen Reacher,' zei hij. 'Zonder voornamen. Misschien wonen er nog neven en nichten van me in de buurt. Dan heb ik tenminste een adres.'

Amos trok het toetsenbord naar zich toe, typte zeven letters en klikte. Reacher zag in haar ogen weerspiegeld dat er iets op het scherm veranderde.

'Eén nieuw item,' zei ze. 'Meer dan zeventig jaar na dat eerste voorval. Die bloedverwanten van jou moeten toch redelijk gezagsgetrouw zijn.' Ze klikte opnieuw en vertelde wat er op het scherm stond. 'Ongeveer anderhalf jaar geleden werd er een patrouillewagen naar de kantoren van de county gestuurd omdat een klant de boel op stelten zette. Hij schreeuwde en gedroeg zich agressief. De mannen in uniform hebben hem gekalmeerd, hij heeft zijn excuses aangeboden en daar is het bij gebleven. Zijn naam was Mark Reacher, woonachtig buiten het rechtsgebied.'

'Leeftijd?'

'Toentertijd zesentwintig.'

'Dat zou een neef kunnen zijn, in de zoveelste graad. Waarom was hij zo kwaad?'

'Hij beweerde dat het veel te lang duurde voordat een bouwvergunning werd afgegeven. Hij zei dat hij ergens buiten de stad een motel wilde renoveren.'

Na een halfuurtje in de zon ging Patty naar binnen. Ze moest naar de wc. Toen ze weer terugging bleef ze even staan bij de kaptafel aan het voeteneind van het bed. Ze keek in de spiegel en snoot haar neus. Ze verfrommelde het zakdoekje, gooide het naar de prullenbak, maar miste. Ze bukte zich om het zakdoekje op te rapen. Ze was tenslotte een Canadese.

Ze zag een gebruikt wattenstaafje in de spleet tussen de vloerbedekking en de plint. Niet van haarzelf, zij gebruikte geen wattenstaafjes. Hij lag in het donker in de spleet in de holte onder de kaptafel waar je je benen kwijt kunt. Kwestie van slordig schoonmaken, zonder meer, maar ook begrijpelijk. Misschien zelfs wel onvermijdelijk. Misschien was hij zelfs wel dieper in die spleet gedrukt bij het stofzuigen.

Maar.

'Shorty, kom eens kijken,' riep ze.

Shorty stond op en liep naar binnen.

Hij liet de deur wijd openstaan.

Patty wees.

'Daar kun je je oren mee schoonmaken,' zei Shorty. 'Of droogmaken. Misschien wel allebei. Er zitten twee kanten aan die je kunt gebruiken. Ik heb ze wel bij de drogist zien liggen.'

'Waarom ligt dat ding daar?'

'Omdat iemand hem in de prullenbak wilde gooien, maar misgooide. Misschien ketste hij af op de rand en is hij weggerold. Dat soort dingen gebeurt aan de lopende band. Het interesseert schoonmaaksters niet.'

'Ga maar weer lekker buiten zitten, Shorty,' zei ze.

Shorty liep weer naar buiten.

Het duurde een lange minuut voordat ze weer naast hem ging zitten.

'Heb ik iets gedaan?' vroeg hij.

'Het gaat om wat je niet hebt gedaan,' zei ze.

'Wat heb ik niet gedaan?'

'Nadenken,' zei ze. 'Mark zei dat wij de eersten waren in deze kamer na de renovatie. Hij zei dat ze er net mee klaar waren. Hij zei dat ze vereerd zouden zijn als we hier als eersten zouden willen slapen. Dus hoe kan er dan een gebruikt wattenstaafje liggen?'

Shorty knikte. Traag, maar heel beslist. Hij zei: 'Dat verhaal over hun auto vond ik ook vreemd. Die Peter deugt niet, dat moet een soort saboteur zijn. Wanneer krijgen ze dat in de gaten?'

'Waarom zouden ze liegen over die kamer?'

'Misschien hebben ze niet gelogen. Misschien is dat wattenstaafje door een schilder gebruikt. Om nog even iets bij te werken bij het marmeren. Er raakt wel eens iets een beetje beschadigd bij het verplaatsen van het meubilair. Dat kun je moeilijk voorkomen.'

'Nu denk je plotseling dat ze deugen?'

'Niet wat betreft de auto, nee. Waarom hadden ze de monteur nog niet gebeld als hun eigen auto vanochtend ook niet wilde starten?'

'De telefoon deed het niet.'

'Misschien toen nog wel. Misschien deed hij het vanmorgen vroeg nog wel. We hadden mee kunnen liften en dan hadden we de voorrijkosten kunnen delen. Dat zou het iets redelijker maken.'

'Shorty, hou op over die voorrijkosten, ja? Dit is belangrijker. Die lui doen gek.'

'Dat zeg ik de hele tijd al.'

'Ik dacht dat je ze alleen gewoon niet mocht.'

'Dat had een reden.'

'Wat moeten we doen?'

Shorty keek om zich heen. Eerst naar het begin van het pad door het bos en toen naar de kofferbak van de Honda, waarin hun koffer stond die de vering van de achterwielen op de proef stelde.

'Ik weet het niet,' zei hij. 'Misschien kunnen we de auto achter zo'n quad slepen. Misschien zitten de sleutels daarvan in het contact, of hangen ze aan een haakje in de schuur.'

'We kunnen niet zomaar zo'n quad stelen.'

'Niet stelen, lenen. We slepen de auto drie kilometer naar de weg en dan brengen we de quad terug.'

'En dan? Dan zitten we met een auto die het niet doet langs de weg.'

'Er zou een sleepwagen langs kunnen komen. Of we zouden met iemand mee kunnen liften en de auto achterlaten. Vroeg of laat komt de county hem wel ophalen om hem naar de sloop te brengen.'

'Hebben we een sleepkabel?'

'Misschien hangt er een in de schuur.'

'Ik denk niet dat een quad sterk genoeg is.'

'Dan nemen we er twee, alsof we met twee sleepboten een oceaanstomer naar het havenhoofd manoeuvreren.'

'Dat is te gek voor woorden,' zei Patty.

'Oké, misschien kunnen we een quad gebruiken om de koffer te verslepen.'

'Erachteraan slepen, bedoel je?'

'Volgens mij hebben quads een bagagerek aan de achterkant.'
'Te klein.'
'Dan kunnen we de koffer op de benzinetank en het stuur zetten.'
'Ze zullen het niet leuk vinden als we onze auto hier achterlaten.'
'Jammer dan.'
'Weet jij eigenlijk hoe je op een quad moet rijden?'
'Dat kan niet zo moeilijk zijn. We zouden hoe dan ook langzaam rijden. En je kunt er niet afvallen, zoals bij een gewone motor.'
'Dat zou kunnen werken,' zei Patty. 'Denk ik.'
'We moeten wachten tot na het avondeten,' zei Shorty. 'Misschien doet de telefoon het dan weer en komt er een monteur en krijgen we alles weer op de rails. En als dat niet zo is, kunnen we na donker wel eens een kijkje nemen bij de schuur. Oké?'
Patty gaf geen antwoord. Ze bleven waar ze waren, onderuitgezakt in de tuinstoelen, met de laagstaande zon op hun gezicht. Ze lieten de deur van hun kamer wijd openstaan.

Vijftig meter verderop, in het commandocentrum in de zitkamer aan de achterkant van het huis, vroeg Mark: 'Wie heeft dat wattenstaafje over het hoofd gezien?'
'Wij allemaal,' zei Peter. 'We hebben de kamer allemaal gecontroleerd en we hebben hem allemaal goedgekeurd.'
'Dan hebben we met z'n allen een behoorlijke blunder gemaakt. Nu worden ze achterdochtig. Veel te vroeg. We moeten dit beter timen.'
'Hij denkt dat het een schilder was. Uiteindelijk zal ze hem geloven, want ze wil zich geen zorgen maken. Ze wil gelukkig zijn. Ze zal zichzelf overtuigen. Ze komen wel weer tot rust.'
'Denk je?'
'Waarom zouden wij liegen over die kamer? Daar is geen enkele voor de hand liggende reden voor.'
'Ga een quad halen,' zei Mark.

10

Reacher wandelde terug naar het fraaie kantoorgebouw van de county waar de archieven van de volkstellingen werden bewaard, die je kon raadplegen in compartimenten in een vertrek van een miljoen dollar en trof daar dezelfde norse man aan achter de balie. Opnieuw vroeg Reacher naar de resultaten van twee volkstellingen, het eerste van de volkstelling toen Stan twee was, en het tweede van de volkstelling toen hij twaalf was, maar nu in beide gevallen de resultaten van de rest van de county, buiten de stadsgrenzen van Laconia.

'Dat gaat niet,' zei de man.

'Waarom niet?'

'U vraagt iets in de vorm van een donut. Met een gat in het midden, dat is dan Laconia. Daarvan hebt u de resultaten al gezien. Dat klopt toch?'

'In één keer raak.'

'Maar zo zitten de volkstellingen niet in elkaar. We hebben niets in de vorm van donuts. U kunt de resultaten van een gebied inzien, van een groter gebied of van een nog groter gebied. In dit geval de stad, de county en de staat. Maar een groter gebied impliceert ook altijd het kleinere gebied. En het nog grotere gebied impliceert die beide andere gebieden. Heel logisch, als u er even over nadenkt. Er zijn geen gaten in het midden. De stad ligt in de county en de county ligt in de staat.'

'Ik begrijp het,' zei Reacher. 'Hartelijk dank voor de uitleg. Dan wil ik graag de hele county.'

'Bent u nog steeds inwoner van de county?'

'Vanmorgen was u het ermee eens dat ik dat was. En nu ben ik hier weer. Het mag duidelijk zijn dat ik ondertussen niet met al mijn wereldlijke bezittingen de county heb verlaten. Ik zou zeggen dat mijn status wat betreft het al dan niet wonen in de county onveranderd is.'

'Hokje nummer vier,' zei de man.

Patty en Shorty hoorden in de verte een motor aanslaan, oorverdovend als een motorfiets. Ze stonden op en liepen naar de hoek om te kijken. Ze zagen dat Peter op een quad naar het huis reed. Er stonden nu nog maar acht quads keurig in rijtjes geparkeerd.

'Eén keer de sleutel omdraaien,' zei Shorty. 'Ik hoop dat ze het allemaal zo goed doen.'

'Veel te veel lawaai,' zei Patty. 'Daar hebben we niets aan. Dat horen ze meteen.'

Peter parkeerde bij het huis. Hij zette de motor af en de stilte keerde terug. Hij stapte af en liep het huis in. Patty en Shorty keerden terug naar hun tuinstoelen.

'Het land is hier vrij vlak,' zei Shorty.

'Hebben we daar iets aan?'

'We zouden die quad kunnen duwen, zonder de motor aan te zetten, met de koffer erbovenop. We zouden hem kunnen gebruiken als een transportkarretje.'

'Denk je?'

'Zo zwaar kunnen ze niet zijn. Je ziet ook heel vaak mensen die een motorfiets voortduwen. We hoeven hem niet eens in evenwicht te houden, en we zijn met z'n tweeën. Ik wil wedden dat het niets voorstelt.'

'Drie kilometer heen en drie kilometer terug? En dan staat de koffer langs de kant van de weg, terwijl wij hier staan. Dus dan moeten we nog een keer drie kilometer lopen. Alles bij elkaar negen kilometer, waarvan zes terwijl we een quad duwen. Daar zijn we een hele tijd zoet mee.'

'Ik schat ongeveer drie uur,' zei Shorty.

'Dat hangt ervan af hoe hard we kunnen duwen. Dat weten we nog niet.'

'Oké, zeg vier uur. We moeten het zo timen dat we klaar zijn als het licht wordt. Misschien kunnen we dan meeliften met een boer die naar de markt moet. Er moet zo nu en dan toch verkeer over die weg gaan. We moeten in het holst van de nacht beginnen. Dat komt goed uit, want dan slapen zij.'

'Dat zou kunnen werken,' zei Patty. 'Denk ik.'

Opnieuw hoorden ze het starten van de motor van de quad, vijftig meter verderop. Toen hoorden ze het geluid dichterbij komen. Het leek erop alsof de quad langs de schuur reed en hun kant op kwam.

Ze kwamen uit hun stoel.

Het motorgeluid zwol nog verder aan toen de quad woest de hoek om kwam rijden. Mark zat aan het stuur. Grind schoot weg onder de wielen. Op het bagagerek achterop was een kartonnen doos vastgebonden. Mark remde, bleef stilstaan, tikte met zijn voet op de versnellingshendel en zette de motor vervolgens af. Op zijn gelaat toverde hij een glimlach alsof er in het heelal niets kon gebeuren zonder zijn goedkeuring.

'Goed nieuws,' zei hij. 'De telefoon doet het weer. De monteur komt hier morgenochtend meteen naartoe. Vandaag lukt het niet meer, maar hij weet wat het probleem is. Hij heeft het eerder meegemaakt. Blijkbaar zit er een elektronische chip dicht bij de plek waar de slangen van de verwarming door het dashboard gaan. Die chip verbrandt als het water in die slangen te heet wordt. Hij neemt een chip mee die hij heeft opgeduikeld bij een sloper. Daar vraagt hij vijf dollar voor. En vijftig dollar arbeidsloon.'

'Fantastisch,' zei Shorty.

Patty zei niets.

'Ik ben bang dat ik nog eens vijftig moet vragen voor de kamer,' zei Mark.

Even bleef het stil.

'Jongens,' zei Mark, 'ik zou maar al te graag zeggen, laat maar zitten, maar dan krijg ik gedonder met de bank. Dit is een bedrijf, ben ik bang. Dat moeten we serieus nemen. En van jullie kant bekeken valt het ook nog wel mee. Honderd dollar voor het motel en vijftig en een beetje voor de reparatie. Voor minder dan tweehonderd dollar zijn jullie hier weer weg. Het had veel erger gekund.'

'Kom hier eens naar kijken,' zei Patty.

Mark stapte van de quad en liep achter Patty aan naar binnen. Ze wees naar de kier onder de kaptafel.

'Wat moet ik zien?' vroeg Mark.

'Dat merk je wel.'

Hij keek.

Hij zag het.

'O, jee,' zei hij.

Hij bukte zich en raapte het wattenstaafje op.

'Ik bied jullie mijn welgemeende excuses aan,' zei hij. 'Dit is onvergeeflijk.'

'Waarom heb je tegen ons gezegd dat wij de eerste gasten waren in deze kamer?'

'Wat zeg je?'

'Met een heleboel poeha.'

'Maar jullie zijn de eerste gasten in de kamer. Absoluut. Dit is iets heel anders.'

'De schilder?' vroeg Shorty.

'Nee.'

'Wie dan wel?'

'De bank heeft ons opgedragen om de marketing te verbeteren. We hebben een fotograaf ingehuurd om foto's te maken voor een nieuwe folder. Die had een model meegenomen uit Boston. Ze mocht zich van ons opmaken in deze kamer, omdat het de mooiste kamer is. Ik denk dat we probeerden indruk op haar te maken. Het was een beeldschone meid. Ik dacht dat we het goed hadden schoongemaakt toen ze weer weg waren, maar het is duidelijk dat we daar niet helemaal in geslaagd zijn. Nogmaals, ik bied mijn welgemeende excuses aan.'

'Ik ook,' zei Patty. 'Voor het feit dat ik de verkeerde conclusies trok. Zijn de foto's mooi geworden?'

'Ze had zich gekleed als wandelaar. Grote zware bergschoenen en een heel kort broekje. Een wandelaar op een warme dag blijkbaar, want het topje was ook niet zo groot. Het motel op de achtergrond. Het zag er best mooi uit.'

Patty gaf hem vijftig van haar zuurverdiende dollars.

'Wat zijn we je verschuldigd voor de maaltijden?' vroeg ze.

'Niets,' zei Mark. 'Dat is het minste wat we voor jullie kunnen betekenen.'

'Weet je dat zeker?'

'Absoluut. Dat is geld uit de huishoudpot. Die cijfers krijgt de bank niet onder ogen.' Hij stopte de vijftig dollar en het wattenstaafje in zijn broekzak. 'En in het verlengde daarvan heb ik iets voor jullie,' zei hij.

Hij liep voor hen uit naar buiten, terug naar de quad, naar de kartonnen doos die achterop vastgebonden was.

'Jullie zijn natuurlijk zonder meer welkom bij het avondeten, en morgenvroeg bij het ontbijt, maar we begrijpen het ook heel goed als jullie er de voorkeur aan geven om alleen te eten, met z'n tweeën. Iedereen weet dat het soms best vermoeiend kan zijn om steeds maar sociaal te doen. Daarom hebben we wat spullen bij elkaar gezocht. Dus kom maar naar het huis, of red jezelf met de spullen uit deze doos. Wij vinden het allebei prima.'

Hij maakte de banden rond de doos los, tilde hem van het rek, draaide zich half om en liet de doos in Shorty's uitgestoken handen glijden.

'Dank je,' zei Patty.

Mark glimlachte alleen maar. Hij stapte weer op de quad en startte de felle motor. Hij keerde in een ruime bocht op het hobbelige parkeerterrein en verdween om de hoek, in de richting van het huis.

Hokje nummer vier was identiek aan hokje nummer twee, met dien verstande dat het een iets andere plaats had in de rij hokjes. Maar voor het overige waren de compartimenten allemaal hetzelfde. Ook hier was sprake van een stoel met stoffen bekleding in een gedempte kleur en op het werkblad stond een computer met een flatscreen op het werkblad. Er lag een potlood met een scherpe punt naast een dun notitieblokje met langs de bovenrand de naam van de county. De flatscreen was ingeschakeld en in de rechterbovenhoek van het blauw oplichtende scherm stonden opnieuw twee pictogrammen, als postzegels op een envelop, net als de vorige keer. Reacher dubbelklikte op het eerste pictogram, waarna tegen hetzelfde oorlogsbodemgrijs een titelpagina werd weergegeven met in hetzelfde degelijke, ouderwetse lettertype alles wat hij eerder ook had gezien, met uitzondering van de centrale tekst, die meldde dat het nu om de resultaten van de hele county ging.

Hij scrolde omlaag met het wieltje tussen de schouderbladen van de muis, langs dezelfde inleiding met een uiteenzetting over de verbeteringen in de methodologie. Dat sloeg hij allemaal over om direct naar de lijst met namen te gaan. Hij ontwikkelde een soort ritme, waarbij hij steeds met het topje van zijn vinger het wieltje een kwartslag liet draaien, waardoor steeds een reeks pagina's aanvankelijk snel, en dan in afnemend tempo over het scherm rolde. Zo werkte hij zich eerst nog behoedzaam door de A, de B en de C, om daarna te versnellen en ongeveer bij de Q weer gas terug te nemen. De lijst kwam langzaam tot stilstaand bij het gezin Quaid. Daarna kwamen Quail, Quattlebaum en twee keer Queen.

Hij scrolde naar de R.

Daar stonden ze, bijna aan het begin. James Reacher, man, blank, zesentwintig jaar oud, voorman in een tingieterij, en zijn vrouw Elizabeth Reacher, vrouw, blank, vierentwintig jaar oud, naaister, en hun op dat moment enige kind Stan Reacher, man, blank, twee jaar oud.

Twee jaar oud in april toen de volkstelling was gehouden. Dat betekende dat hij in het najaar drie jaar oud was, zodat hij op een avond in september 1943 zestien moest zijn geweest. Niet vijftien. De oude vogelaarster had gelijk gehad.

'Hm,' zei Reacher.

Hij las verder. Het adres was een straatnaam en een huisnummer in Ryantown. Ze huurden het huis voor drieënveertig dollar per maand. Ze bezaten geen radio. Ze werkten niet op een boerderij. James en Elizabeth waren getrouwd toen hij tweeëntwintig was en zij twintig. Ze konden allebei lezen en schrijven. Geen van beiden was op enige manier verwant aan de oorspronkelijke bewoners van Amerika.

Reacher dubbelklikte op de rode knop rechtsboven op het document. Het document verdween en het scherm kreeg weer de blauwe uitgangskleur, met rechts bovenin de beide op postzegels lijkende pictogrammen. Hij dubbelklikte op het tweede pictogram om de resultaten van de volkstelling van tien jaar later te openen. Hij scrolde omlaag, met een snelheid die de tekst onleesbaar maakte, door het grootste deel van het alfabet, opnieuw tot bij de Q. Het gezin Quaid was er nog steeds, evenals het gezin Quail en de beide gezinnen Queen, maar de Quattlebaums waren vertrokken.

Het gezin Reacher was er ook nog steeds. James, Elizabeth en Stan, in april van dat jaar respectievelijk zesendertig, vierendertig en twaalf jaar oud. Kennelijk waren er geen kinderen bij gekomen. Geen broertjes en zusjes voor Stan. James werkte nu als arbeider in een ploeg wegwerkers. Elizabeth werkte niet meer. Het adres was nog hetzelfde, maar de huur was omlaaggegaan naar zesendertig dollar. De prijs van zeven jaar Depressie, die zowel arbeiders als eigenaren van huizen moesten betalen. Bij James en Elizabeth werd opnieuw aangegeven dat ze konden lezen en schrijven. Bij Stan stond dat hij dagelijks naar school ging. Het gezin had een radio aangeschaft.

Reacher schreef het adres met het potlood met de scherpe punt op het bovenste velletje van het notitieblokje. Hij scheurde het velletje los, vouwde het op en stak het in zijn achterzak.

Mark parkeerde de quad weer bij de schuur en liep terug naar het huis. De telefoon rinkelde toen hij over de drempel stapte. Hij nam op en noemde zijn naam. 'Er was hier een man die Reacher heet en op zoek is naar zijn familiegeschiedenis,' zei de stem aan de andere kant van de lijn. 'Een grote kerel, nogal onbehouwen. Hij accepteert geen nee. Hij heeft tot nu toe de resultaten van vier volkstellingen doorgenomen. Volgens mij is hij op zoek naar een oud adres. Misschien is het familie. Ik vond dat ik je dat even moest vertellen.'

Zonder te reageren verbrak Mark de verbinding.

11

Reacher liep terug naar de stadskantoren, waar hij een halfuur voor sluitingstijd arriveerde. Hij drukte op de bel op de balie van het stadsarchief en wachtte. Een minuut later kwam Elizabeth Castle door de deur de receptie in.

'Ik heb ze gevonden,' zei hij. 'Ze woonden buiten de stad, daarom heb ik ze de eerste keer niet kunnen vinden.'

'Dus geen federale opsporingsbevelen.'

'Het lijkt erop dat ze behoorlijk braaf waren.'

'Waar woonden ze?'

'In een plaats die Ryantown heet.'

'Ik geloof niet dat ik weet waar dat is.'

'Dat is jammer, want ik ben hier speciaal naartoe gekomen om dat aan jou te vragen.'

'Ik geloof dat ik er nog nooit van heb gehoord.'

'Het kan hier niet ver vandaan zijn, want de club van de vogelaars was hier in de stad.'

Elizabeth Castle haalde haar telefoon tevoorschijn en ging ermee aan de slag, met gespreide vingers. Ze liet hem het schermpje zien. Er werd een kaart weergegeven, ingezoomd. Ze spreidde haar vingers nog iets verder, waardoor er kleinere plaatsen werden weergegeven. Toen schoof ze de weergave heen en weer en in het rond, langs de stadsgrenzen van Laconia, zodat de omgeving in beeld kwam.

Geen Ryantown.

'Probeer het eens iets verder weg,' zei hij.

'Hoe ver zou een jongen gaan voor een vogelaarsclub?'

'Misschien had hij een fiets. Misschien was Ryantown doodsaai. Bij de politie vertelden ze me dat er een heleboel gehuchten waren, steeds met enkele tientallen gezinnen en verder niet veel. Misschien was Ryantown zo'n gehucht.'

'Er zullen vast en zeker wel vogels zijn geweest, misschien wel meer dan hier als het er erg rustig was.'

'Bij de politie zeiden ze ook dat er allerlei werkplaatsen en fabriekjes waren. Misschien hing er vaak veel rook.'

'Oké, wacht,' zei ze.

Ze probeerde weer iets op haar telefoon. Dit keer typte ze en tikte ze in plaats van over het scherm te vegen. Misschien was ze nu aan het werk met een zoekmachine of een website voor de plaatselijke geschiedenis.

'Ja,' zei ze. 'Het was een tingieterij. Van iemand die Marcus Ryan heette. Hij bouwde woningen voor de arbeiders en noemde dat Ryantown. De fabriek is uiteindelijk gesloten in de jaren vijftig en toen is Ryantown leeggelopen. Er bleef niets van over. Iedereen vertrok en de naam verdween van de kaart.'

'Waar lag Ryantown?'

'Het zou ten noordwesten van de stad moeten liggen,' zei ze. Ze haalde de kaart weer tevoorschijn op haar scherm, spreidde haar vingers, kneep ze samen en veegde.

'Hier ongeveer. Misschien.'

Er was geen naam te zien op de kaart. Alleen een lege, grijze vorm en een weg.

'Zoom eens uit.'

Ze zoomde uit tot de grijze vorm niet meer was dan een speldenprik, niet meer dan een kilometer of dertien ten noordwesten van Laconia. Tussen tien en elf uur, als je de kompasroos vergeleek met een klok. Er waren tal van dergelijke speldenprikken. Net druk ronddraaiende planeten rond een zon, gevangen door zwaartekracht of magnetisme of een andere sterke aantrekkingskracht. Zoals Brenda Amos al had voorspeld was Ryantown in praktisch opzicht gewoon een deel van Laconia, ongeacht wat de posterijen daarvan vonden. De weg die erlangs voerde, liep verder naar niets in het bijzonder. Hij kronkelde nog eens vijftien kilometer verder naar het noordwesten, daarna nog eens vijftien kilometer door bossen, en daarna nog verder. Een binnenweg, net zo'n binnenweg als de weg waarop hij met de man in de Subaru had gereden. Hij zag hem zo voor zich.

'Er gaat vast geen bus naartoe,' zei hij.

'Je kunt een auto huren,' zei ze. 'Er zijn wel verhuurbedrijven hier in de stad.'

'Ik heb geen rijbewijs.'

'Ik denk niet dat je een taxi zo gek krijgt dat hij je daarnaartoe rijdt.'

Dertien kilometer, dacht Reacher.

'Ik ga wel lopen,' zei hij. 'Maar niet nu. Tegen de tijd dat ik er aankom, is het donker. Misschien morgen. Heb je zin om ergens met me te gaan eten?'

'Wat?'

'Eten,' zei hij. 'De avondmaaltijd, de derde maaltijd van de dag, over het algemeen genoten gedurende de avond. Kan een functioneel of een sociaal doel dienen, soms zelfs beide.'

'Ik kan niet,' zei ze. 'Ik ga vanavond eten met Carter Carrington.'

Shorty droeg de kartonnen doos naar binnen en zette hem op het dressoir voor de tv. Toen ging hij buiten naast Patty in een tuinstoel zitten om te genieten van de laatste stralen van de namiddagzon. Patty zei niets. Ze zat te peinzen. Dat deed ze vaak. Hij herkende de signalen. Waarschijnlijk verwerkte ze de informatie die ze had ontvangen, bekeek ze die net zo lang van alle kanten tot ze tevreden was. Dat zou niet lang duren, dacht hij. Zelf zag hij eigenlijk geen grote problemen meer. Voor die kwestie met dat wattenstaafje bleek een heel eenvoudige verklaring te zijn. De telefoon deed het weer. De monteur zou meteen de volgende ochtend komen. Totale schade minder dan tweehonderd dollar. Vervelend natuurlijk, maar geen ramp.

'Ik stel voor om niet naar het huis te gaan voor het avondeten,' zei Patty. 'Ik kreeg de indruk dat hij wilde suggereren om niet te komen.'

'Hij zei dat we welkom waren.'

'Alleen maar uit beleefdheid.'

'Volgens mij meende hij het, maar hij bekeek het ook vanuit ons standpunt.'

'Is hij nu ineens je allerbeste vriend?'

'Ik weet het niet,' zei Shorty. 'Meestal vind ik hem een vreemde klootzak die vooral een flinke oplawaai verdient. Maar ik moet toegeven dat hij het goed heeft gedaan met die monteur. Hij heeft het probleem uitgelegd en ze hebben hem een oplossing geboden. Dat betekent dat hij het serieus neemt. Misschien hadden we allebei gelijk, helemaal in het begin, toen we zeiden dat ze vreemd zijn maar wel hun best voor ons doen. Misschien is het wel allebei.'

‘Hoe dan ook, laten we maar met z’n tweeën eten.’

‘Prima. Ik ben het zat om steeds maar antwoord te geven op al die vragen van ze. Het lijkt soms wel een kruisverhoor.’

‘Ik zei het al,’ zei Patty. ‘Ze doen beleefd. Het komt beleefd over om geïnteresseerd te zijn in andere mensen.’

Ze gingen naar binnen. Ze lieten de deur wijd openstaan. Ze zetten de kartonnen doos op het bed. Patty sneed het plakband door met de nagel van haar duim. Shorty sloeg de flappen opzij. In de doos troffen ze van alles en nog wat aan, keurig netjes dicht op elkaar ingepakt. Mueslirepen, energierepen, krachtvoerrepen, flesjes water en pakjes gedroogde abrikozen, kleine rode doosjes met rozijnen. Alles was in een bepaald patroon dat twaalf keer werd herhaald, bij elkaar gestopt. Alsof het twaalf identieke maaltijden waren, netjes op een rij. Bij elke maaltijd een flesje water en een gelijk, twaalfde deel van de rest van de spullen.

Er zaten ook twee zaklantaarns in de doos. Ze stonden rechtop tussen het voedsel in gepropt.

‘Gek,’ zei Patty.

‘Ik denk dat er in dit motel veel wandelaars komen,’ zei Shorty. ‘Net zoals met die foto’s die ze hadden gemaakt met dat model. Waarom zouden ze haar anders dat soort kleren aantrekken? Ik wil wedden dat ze die wandelaars dit spul meegeven als lunchpakket. Of verkopen. Het is het soort spullen dat wandelaars meenemen.’

‘O ja?’

‘Het is compact spul, vol energie. Je stopt het zo in een broekzak. En water.’

‘Waar dienen die zaklampen voor?’

‘Voor het geval je nog laat op pad bent en in het donker moet eten.’

‘Dan heb je meer aan een lantaarn.’

‘Misschien hebben wandelaars liever een zaklamp. Ik wil wedden dat ze dat soort dingen wel te horen krijgen. Volgens mij is dit allemaal standaardvoorraad.’

‘Hij zei dat ze wat spullen bij elkaar hadden gezocht.’

‘Waarschijnlijk zijn het uitgebalanceerde maaltijden. Waarschijnlijk heel gezond. Ik wil wedden dat wandelaars dat erg belangrijk vinden.’

'Hij zei dat ze wat spullen bij elkaar hadden gezocht. Dit hebben ze niet bij elkaar gezocht. Dit zijn kant-en-klare pakketten. Zo van de plank.'

'We kunnen nog steeds naar het huis gaan om bij hen te eten.'

'Ik heb je al gezegd dat ik dat niet wil. Ze hebben ons liever niet daar.'

'Dan moeten we dit spul eten.'

'Waarom maakt hij overal zo'n toestand van? Hij had toch gewoon kunnen zeggen dat hij een paar rantsoenen voor ons had, van hetzelfde soort dat ze ook als lunchpakket aan wandelaars verkopen. Dat had ik prima gevonden. We betalen er immers niet voor.'

'Precies,' zei Shorty. 'Ze zijn vreemd, maar ook wel behulpzaam. Of andersom.'

Reacher at in zijn eentje in Laconia, in een smoezelig tentje zonder linnen op de tafels. Hij vermeed de wat duurdere restaurants omdat hij bang was dat hij daar Carter Carrington en Elizabeth Castle zou tegenkomen. Dan zouden ze zich verplicht voelen om zich op zijn minst even bij zijn tafeltje te melden en hem te begroeten. Hij gunde hun een ongestoorde avond. Na de maaltijd liep hij een uur lang door willekeurige straten, op zoek naar een kruidenierswinkel met daarboven het raam van een appartement dat uitzicht bood op een straat naar het oosten. Hij vond één plek. Hij liep er zo naartoe vanuit het centrum. Het appartement was nu het kantoor van een advocaat. In de winkel werden nu broeken en truien verkocht. Hij ging met zijn rug naar de etalage staan en keek de straat in. In het oosten kon hij een relatief groot deel van de nachthemel zien, boven het zwarte asfalt van de straat, met aan beide zijden een goot, een stoeprand en een trottoir, hier en daar verlicht door ver uit elkaar geplaatste straatlantaarns.

Hij liep in dezelfde richting waarin de twintigjarige had gelopen. Na dertig meter bleef hij staan. Als het dichterbij was geweest, schatte hij in, had de oude dame geen verrekijker gebruikt. Dan had ze op haar ogen vertrouwd. Hij draaide zich om en keek omhoog naar haar raam. Nu was hij de beide kleinere jongens. Hij beeldde zich de oudere jongen in, die van alles van hen eiste en dreigende taal uitsloeg. In theorie geen probleem. Voor Reacher zelf in ieder geval. Toen hij zestien was, was hij al groter dan de meeste twintigjarigen. Toen hij dertien was, was hij al groter. De natuur was hem goedgezind geweest. Hij was snel en gemeen. Hij kende alle trucs. Een aantal had hij zelf bedacht. Hij was opgegroeid in het Korps Mariniers, niet in Ryantown, New Hampshire. Stan had bovendien in alle opzichten een normaal postuur gehad. In zeker opzicht misschien zelfs wel een beetje gedrongen. Misschien was hij een meter vijfentachtig geweest, op schoenen met stevige hakken eronder. Misschien had hij vijfentachtig kilo gewogen, na een flink viergangendiner.

Reacher keek omlaag naar de klinkers van het trottoir en stelde zich daar de voetafdrukken van zijn vader voor, die achteruitschuifelde, zich omdraaide en het op een lopen zette.

Patty en Shorty aten buiten, in de tuinstoelen op het plankier onder het raam. Ze namen maaltijd nummer één en maaltijd nummer twee, zodat er nog tien overbleven in de doos. Ze dronken braaf hun flesje water op. Toen het kouder werd gingen ze naar binnen, maar Patty zei: 'Laat de deur open.'

'Waarom?' vroeg Shorty.

'Ik heb lucht nodig. Vannacht had ik het gevoel dat ik zou stikken.'

'Doe een raam open.'

'Dat kan niet.'

'Misschien gaat die deur klapperen.'

'Zet hem maar vast met je schoen.'

'Er kan zomaar iemand binnenkomen.'

'Wie dan?'

'Een voorbijganger.'

'Hier?'

'Of een van hen.'

'Dan word ik wakker en dan maak ik jou wakker.'

'Beloofd?'

'Reken er maar op.'

Shorty schopte zijn schoenen uit, zette de ene als een wig tussen de deur en de deurpost, terwijl hij de andere zo dubbelvouwde dat hij ermee kon voorkomen dat een nachtelijk briesje de deur weer dicht zou duwen. Aardappelboerentechniek, dat wist hij ook wel, als het maar werkte.

12

Steven belde Robert, Robert belde Peter en Peter belde Mark. Ze zaten allemaal in een andere kamer. Ze kwamen bij elkaar in de zitkamer aan de achterkant van het huis en staarden naar de schermen.

'Het is een paar schoenen,' zei Steven. 'Voor het geval je je dat afvraagt.'

'Waarom hebben ze dat gedaan?' vroeg Mark. 'Hebben ze dat gezegd?'

'Ze wil frisse lucht. Dat is niks bijzonders. Daar heeft ze het eerder over gehad. Ik geloof niet dat het een probleem is.'

Mark knikte. 'Ik heb haar een verhaal verteld over een supermodel dat zich in kamer tien opmaakte. Volgens mij geloofde ze het. Ik zei tegen haar dat ze morgenvroeg gered zullen worden door een monteur. Ik heb zelfs een technisch verhaal opgehangen over verwarmingsslangen. Volgens mij geloofde ze dat allemaal en is ze gerustgesteld. Die deur is niet belangrijk.'

'We moeten hem over niet al te lange tijd afsluiten.'

'Vannacht nog niet. We moeten geen slapende honden wakker maken. Ze hebben niets om zich zorgen over te maken.'

Reacher hield ervan te verkassen zodra hij de kans kreeg, dus zocht hij een nieuwe plek om de nacht door te brengen, een straat verderop. Het was een luxe B&B in een smal bakstenen huis waarvan het houtwerk onlangs opnieuw geschilderd was in pasteltinten. Hij kreeg een kamer op de zolderverdieping met een lage deur boven aan een steile trap met een knik. Hij stond lang onder een hete douche en viel nog steeds warm en dampend in slaap.

Tot één minuut over drie.

Opnieuw was hij in één klap klaarwakker, alsof er een knop was omgedraaid. Een herhaling van vierentwintig uur eerder. Hij voelde, zag of rook niets bijzonders. Het was dus een geluid. Dit keer stapte hij meteen uit bed. Hij trok zijn broek onder de matras vandaan, kleedde zich snel aan en knoopte de veters van zijn schoenen vast. Met gebogen hoofd liep hij door de lage deur en haastte zich de trap af naar de straat.

De nachtlucht was fris en vol van kleine, scherpe geluidjes tegen baksteen en glas in krappe doorgangen. Elektriciteit zoemde door de kabels. Reacher bleef staan. Even later hoorde hij zacht schrapen van voeten op het trottoir. Een beetje links voor zich. Op een afstand van een meter of dertig. Geluid dat zich niet verplaatste. Alleen geschuifel. Misschien twee personen. Er was niets te zien.

Hij wachtte.

Nog wat later hoorde hij een gesmoorde kreet. De stem van een vrouw. Misschien van plezier. Of extase. Misschien ook niet. Misschien aanranding of woede. Moeilijk te zeggen, maar in ieder geval gesmoord. De kreet was onderdrukt op een bepaalde manier. Het was geluid dat ontsnapte aan op elkaar geperste lippen.

Niets te zien.

Hij sloop naar links en zag een gat tussen een tassenwinkel en een schoenenwinkel. Een smal steegje tussen beide panden. Aan weerszijden waren de voordeuren van appartementen boven de winkels. Bij een van de voordeuren stonden een man en een vrouw, in een heftige omstrengeling. Alsof ze rechtopstaand worstelden. Ze werden flauw uitgelicht door een zwakke gloeilamp boven de deur. De man was jong, niet veel meer dan een jongen, maar hij was groot en gespierd. De vrouw was iets ouder. Ze had blond haar en ze droeg nylons en schoenen met hoge hakken. Haar korte zwarte jas was door de worsteling verfrommeld en opgekropen.

Goed of fout?

Moeilijk te zeggen.

Hij wilde niet de plezierige avond van andere mensen bederven.

Hij keek.

Toen rukte de vrouw haar hoofd opzij en zei: 'Nee,' op lage, afgemeten toon, beslist, alsof ze het tegen een hond had, maar Reacher hoorde er ook iets van walging en gêne in. Ze duwde de jongen tegen de borst en probeerde uit zijn greep te ontsnappen. Hij liet haar niet gaan.

'Hé,' zei Reacher.

Ze keken hem allebei aan.

'Handen thuis, jongen,' zei Reacher.

'Bemoei je er niet mee, dit zijn jouw zaken niet,' zei de jongen.

'Jawel,' zei Reacher. 'Want je hebt me wakker gemaakt.'

'Rot op.'

'Ik hoorde haar nee zeggen, dus weg daar.'

De jongen keerde zich half naar Reacher toe. Hij had een sweatshirt aan waarop de naam van een beroemde universiteit was geborduurd. Hij was groot en sterk, ongeveer een meter negentig lang en hij woog misschien wel honderd kilo. Misschien was het een sportman. De jeugd en de opwinding straalden van hem af. Hij keek op een bepaalde manier. Hij vond zichzelf geweldig.

Reacher keek de vrouw aan en vroeg: 'Mevrouw, is alles goed?'

'Ben jij van de politie?' vroeg de vrouw.

'Lang geleden, in het leger. Nu ben ik gewoon een voorbijganger.'

Ze reageerde niet. Ze was tegen de dertig, dacht Reacher. Ze leek hem een aardige vrouw, maar ze had ook iets treurigs.

'Is alles goed?' vroeg hij nog een keer.

Ze duwde de jongen van zich af en deed een stap opzij. Ze zei niets, maar ze keek Reacher aan op een manier die hem de indruk gaf dat ze wilde dat hij bleef.

'Is dit gisteren ook gebeurd?' vroeg hij.

Ze knikte.

'Zelfde plek?'

Ze knikte opnieuw.

'Zelfde tijd?'

'Om deze tijd kom ik van mijn werk.'

'Woont u hier?'

'Tot ik opsta.'

Reacher keek naar de hakken, het haar en de nylons en zei: 'U werkt in een bar.'

'In Manchester.'

'En deze knul is u achternagelopen naar huis.'

Ze knikte.

'Twee nachten achter elkaar?'

Ze knikte opnieuw.

'Ze heeft me uitgenodigd, man. Dus rot op en laat de natuur haar gang gaan.'

'Dat is niet waar,' zei de vrouw. 'Ik heb je niet uitgenodigd.'

'Je zat de hele tijd met me te flirten.'

'Ik deed vriendelijk. Dat hoort bij het werk in een bar.'

Reacher keek de jongen aan.

'Dat klinkt als een klassiek misverstand,' zei hij. 'Maar dat valt snel op te lossen. Je hoeft alleen maar je welgemeende excuses aan te bieden, te vertrekken en nooit meer terug te komen.'

'Zij komt nooit meer terug. Niet in die bar in ieder geval. Die bar is voor een groot deel van mijn vader. Zij is haar baan kwijt.'

Reacher keek de vrouw aan en vroeg: 'Wat is er gisternacht gebeurd?'

'Toen heb ik hem zijn gang laten gaan,' zei ze. 'Eén keer, daar stemde hij mee in, dus toen heb ik maar meegewerkt. Maar nu probeert hij het weer.'

'Als u dat wilt, kan ik het met hem bespreken,' zei Reacher. 'Dan kunt u wel naar binnen gaan. Vergeet het verder maar.'

'Waag het niet om naar binnen te gaan,' zei de jongen. 'Niet zonder mij.'

De vrouw keek van hem naar Reacher en weer terug. En nog een keer, alsof ze probeerde te kiezen. Alsof ze op het punt stond haar laatste twintig dollar in te zetten op de renbaan. Ze nam een besluit, haalde haar sleutels uit haar tas, deed de deur van het slot, stapte naar binnen en deed de deur achter zich dicht.

De jongen met het sweatshirt staarde eerst naar de deur en keerde zich vervolgens naar Reacher. Reacher maakte een hoofdbeweging naar de uitgang van de steeg en zei: 'Moven, jongen.'

De jongen bleef nog een poosje staan staren en dacht kennelijk hard na. Toen gaf hij gehoor aan het verzoek van Reacher. Hij liep de steeg uit en verdween uit het zicht. Naar rechts. Dat betekende dat hij rechtshandig was. Hij zou ervoor zorgen dat Reacher opliep tegen een vrij uithalende rechtse hoek. En daaruit kon je de plek afleiden waar hij zich had verschanst. Een meter van de hoek, schatte Reacher. Zo ongeveer ter hoogte van het kozijn van de etalage van de tassenwinkel, vanwege het draaipunt van die rechtse hoek. Kwestie van ruimtelijk inzicht. Een vast punt in de ruimte.

Maar geen vast punt in de tijd. Reacher bepaalde de snelheid. De jongen verwachtte dat Reacher op een normale manier de steeg uit zou komen. Min of meer. Misschien een beetje gespannen. Misschien een beetje behoedzaam of op zijn hoede. Maar vooral zoals dat soort dingen gaat. Hij zou die vuist in beweging brengen zodra hij een glimp van Reacher opving om de hoek. Zolang Reacher in een normaal tempo de hoek om zou komen, zou het resultaat altijd bevredigend zijn. De jongen was niet dom. Waarschijnlijk was hij een sportman. Waarschijnlijk had hij een uitstekende oog-handcoördinatie.

Dus zou Reacher ervoor zorgen dat niets met een normale snelheid gebeurde.

Hij bleef zes stappen voor de uitgang van de steeg staan. Hij wachtte, en wachtte, en deed toen een stap, een trage, glijdende, schrapende stap over gruis en zand. Hij bleef weer staan wachten en deed daarna nog een trage stap. Hij zag voor zich hoe de jongen daar om de hoek stond, gespannen, met gebalde vuist, helemaal in positie. Een positie die hij moest volhouden. Die hij te lang moest volhouden. Te veel spanning. Spanning die leidde tot verkramping en trillende spieren.

Reacher deed een derde stap, een lange, trage stap. Hij stond nu twee meter voor de uitgang van de steeg. Hij wachtte, en wachtte, en kwam toen in beweging, razendsnel, zijn linkerhand geheven, open, de vingers gespreid alsof hij een honkbal moest vangen. Hij stoof de hoek om en zag de jongen aarzelend in beweging komen, in de war gebracht door de plotselinge versnelling, zelf nog gevangen in een vertraagd proces van wachten. Het gevolg was dat van die triomfantelijke rechtse hoek niet veel meer overbleef dan een wat spastische blindganger, die Reacher gemakkelijk opving met zijn linkerhand, alsof het een *soft-liner* was naar het tweede honk. De jongen had een grote vuist, maar Reachers opengesperde hand was groter, dus klemde hij zijn hand om de vuist en kneep, niet zo hard dat hij botten verbrijzelde, maar wel zo hard dat de jongen moeite moest doen om niet te gillen of te krijsen, want zoiets kon hij zich natuurlijk niet permitteren, stoer als hij was.

Reacher kneep harder. Als een soort IQ-test, waarvoor de jongen jammerlijk faalde. Met zijn vrije hand greep hij Reachers pols. Fout. Contraproductief. Je kon veel beter met je vrije hand de bron van het kwaad aanpakken en degene die kneep een dreun voor zijn hoofd verkopen, of hem een oog uitsteken met je duim, of zijn aandacht op een andere manier trekken, maar dat deed de jongen niet. Een gemiste kans. Reacher voegde aan het knijpen een draai toe, alsof hij een deur open wilde doen. De elleboog van de jongen schoot op slot. Hij liet zijn schouder zakken om te compenseren, maar Reacher bleef draaien tot de jongen er zo scheef bij stond dat hij Reachers pols moest loslaten en zijn arm moest strekken om zijn evenwicht niet te verliezen.

'Moet ik je slaan?' vroeg Reacher.

Geen antwoord.

'Het is geen moeilijke vraag,' zei Reacher. 'Ja of nee volstaat als antwoord.'

Tegen die tijd stond de jongen met zijn voeten te schuifelen, kreunend en hijgend, op zoek naar een houding die dragelijk was. Maar hij schreeuwde het nog niet uit. 'Oké, natuurlijk, ik had het verkeerd begrepen, het spijt me, man. Ik zal haar met rust laten,' zei hij.

'En haar baan?'

'Dat was een grapje, man.'

'En de volgende serveerster die het niet makkelijk heeft en die snakt naar een vaste baan?'

De jongen zei niets.

Reacher kneep harder en zei: 'Moet ik je slaan?'

'Nee,' zei de jongen.

'Nee betekent nee, toch? Ik neem aan dat ze je dat leren op die fantastische universiteit van je. Een beetje te theoretisch en principieel voor jouw standpunt, vermoed ik. Tot nu toe.'

'Kom op, man.'

'Moet ik je slaan?'

'Nee.'

Reacher sloeg hem midden in zijn gezicht, een rechtse directe, met al zijn kracht, met gekraak en vervormingen als gevolg. Als een vrachtwagen. Het licht ging meteen uit bij de jongen. Hij verslapte en de zwaartekracht nam de regie over zijn bewegingen over. Reacher hield zijn linkervuist als een bankschroef om de hand van de jongen geklemd. De jongen leunde met zijn volle gewicht op de op slot geschoten elleboog. Reacher wachtte. Het kon twee kanten op. Als de banden in zijn elleboog sterk en elastisch genoeg waren, zou de jongen voorover wegrollen, maar misschien waren ze niet sterk genoeg.

Ze waren niet sterk en elastisch genoeg. De elleboog brak, de arm boog binnenstebuiten. Reacher liet hem vallen. De jongen kwam op het trottoir voor de tassenwinkel te liggen, een arm op de goede manier gebogen, een arm de verkeerde kant op, als een swastika. Hij haalde pruttelend adem vanwege bloed in zijn keel. Zijn neus zag er zwaar geschonden uit. Misschien waren zijn jukbeenderen ook gebroken. Hij miste een paar tanden, vooral in de bovenkaak. Het studiefonds van de zoon van de tandarts zou er de komende tijd wel bij varen.

Reacher liep weg, terug naar de B&B, de trap met de knik op, door het lage deurgat, zijn gehuurde kamer in. Daar douchte hij opnieuw, waarna hij weer warm en dampend in bed stapte. Hij bokste zijn kussen in de juiste vorm en viel in slaap.

Dat was het moment waarop Patty Sundstrom wakker werd. Kwart over drie. Opnieuw had een diep in haar onderbewuste verborgen onrust zich naar de oppervlakte gewerkt. Wat was de bedoeling van die zaklampen? Waarom twee? Waarom niet één? Of twaalf?

Het was heerlijk koel in de kamer. Ze rook de nachtlucht, geurig, fluweelachtig. Waarom hadden ze twee zaklampen bij twaalf maaltijden gestopt? Waarom hadden ze überhaupt zaklampen in die doos gestopt? Wat hadden zaklampen te maken met rantsoenen? Dat was geen vanzelfsprekende combinatie. Niemand zou je ooit vragen: 'Wilt u daar een zaklamp bij?' En wat Shorty zei, was onzin. Niemand at zijn lunchpakket in het donker op. Want meer was het niet. Een lunchpakket, voor rijkelui uit Boston, die een week lang stoer wilden doen. Als je het tarief betaalde van het laagseizoen, tussen Labor Day en de herfstblaadjeskoekeloerders, accepteerde je nog geen mueslirepen voor je avondmaaltijd. Of je ontbijt. Hooguit als lunch, als een onderdeel van die stoeremannenfantasie. Dus waarom zaklampen? Lunchtijd was tussen de middag. Onder normale omstandigheden scheen dan de zon. Tenzij die stoere mannen natuurlijk speleologen waren, maar in dat geval zouden ze zelf natuurlijk zaklampen hebben. En niet eens zaklampen, maar van die dure dingen die met banden op hun helm werden bevestigd.

Waarom waren er zaklampen in die doos gestopt alsof ze een geheel vormden met de rest van de inhoud, zoals bestek of servetten erbij zouden kunnen zitten?

Waren ze tegelijk met de rest ingepakt? Of waren ze er achteraf in gestopt? Ze hield haar ogen dicht en probeerde zich weer voor de geest te halen wat ze had gezien toen ze de doos hadden opengemaakt. Ze had met haar duimnagel het plakband doorgesneden en daarna had Shorty de flappen opzijgeslagen. Wat had ze gezien?

Twee zaklantaarns die rechtovereind tussen de etenswaren in de doos gepropt stonden.

Gepropt.

Niet ordelijk ingepakt als onderdeel van het geheel, maar later eraan toegevoegd.

Waarom?

Twee zaklampen voor twee personen.

Ze hadden ieder een zaklamp en zes maaltijdrantsoenen gekregen.

Waarom?

We hebben wat spullen bij elkaar gezocht. Dus kom maar naar het huis, of red jezelf met de spullen uit deze doos. En dat had een beetje nep geklonken. Dat had hij niet gemeend.

Wat was er nog meer wat ze niet meenden?

Ze sloeg het dekbed opzij en stapte uit bed. Op blote voeten liep ze naar het dressoir waarop de doos stond, voor de tv. Ze sloeg de flappen opzij en voelde in de doos. De eerste zaklamp was omgevallen in de ruimte waar de eerste twee maaltijden hadden gezeten. Ze pakte hem uit de doos. Hij was groot en zwaar, en voelde koud en hard aan. Ze drukte hem tegen haar handpalm en klikte hem aan. Ze verschoof hem iets over haar handpalm en liet een flinterdun straaltje licht ontsnappen. Haar huid kleurde het licht roze. De zaklamp was van een beroemd merk. Het voelde aan alsof hij uit één blok hoogwaardig aluminium was vervaardigd. Het licht kwam uit een reeks kleine ledjes, net het oog van een insect.

Ze keek weer in de doos. De andere zaklamp zat nog waar hij vanaf het begin had gezeten, opgepropt tussen de lunches negen, tien, elf en twaalf. Een paar van de mueslirepen er meteen tegenaan, waren gebroken en in elkaar gedrukt. Een van de doosjes met rozijnen was geplet. De zaklamp was er later in gestopt. Geen twijfel mogelijk. Ze keek naar het plakband dat ze met haar duimnagel had opengesneden. Twee lagen. Een laag van de zaak die de lunches had verpakt en een laag die later door het viertal was aangebracht toen ze de dozen weer hadden dichtgemaakt na het toevoegen van de zaklampen.

Wat was er nog meer wat ze niet meenden?

Ze liep op blote voeten naar de deur, wrikte met haar teen *Shorty's* schoen opzij en zette de deur op een kier die breed genoeg was om door naar buiten te sluipen. Ze haalde haar hand van de zaklamp. Hij wierp een brede bundel wit licht voor haar. Ze trippelde naar de Honda, met blote voeten over de steenachtige grond. Ze opende het portier aan de passagierskant. De hendel om de motorkap los te maken zat normaal gesproken bij haar scheenbeen. Ze had het ding al zo vaak gezien. Een brede zwarte hendel. Ze trok eraan. Met een metaalachtig geluid sprong de motorkap een paar centimeter open. In de stilte van de nacht klonk het zo hard als een frontale botsing op een snelweg.

Ze deed de zaklamp uit en wachtte. Er kwam niemand opdagen. Er ging geen licht aan achter ramen in het huis. Ze deed de zaklamp weer aan en liep om de auto heen naar de voorkant. Ze prutste met de vergrendeling en tilde de motorkap op. Ze zette hem vast met de gebogen stang die in een speciaal gat paste. Ze werkte in een houtzagerij. Ze was vertrouwd met machines. Ze liep naar de linkerkant van de auto, naar de rechterkant, dook onder de motorkap en zocht net zo lang tot ze gevonden had wat ze zocht.

De vuurproef.

Hij weet wat het probleem is. Hij heeft het eerder meegemaakt. Blijkbaar zit er een elektronische chip dicht bij de plek waar de slangen van de verwarming door het dashboard gaan.

Ze boog zich voorover. Ze hield de zaklamp tussen haar vingers alsof het een sonde was. Ze scheen steeds onder een andere hoek in het motorcompartiment.

13

Patty Sundstrom herkende de achterkant van het dashboard moeiteloos. Het was een kaal paneel dat in één keer in een matrijs was gestanst, met versterkingen en al, grijs en smerig, gedeeltelijk bedekt met een half loshangende, dunne laag isolatiemateriaal. Er verdwenen allerlei kabels en buisjes en slangetjes doorheen, vooral onderdelen van het elektrische circuit, dacht ze. Het hete water van de verwarming liep ongetwijfeld door een dikkere slang, misschien wel van een paar centimeter doorsnee, stevig en van gewapend materiaal. Doorgaans zwart, dacht ze, en verbonden met een uitlaat van het motorblok, want dat produceerde de hitte om het water te verwarmen. En natuurlijk zou er een retourleiding zijn, een tweede zwarte slang. Circulatie, water dat steeds maar werd rondgepompt. Door de waterpomp die ophield met pompen als de motor werd afgezet, had Peter gezegd.

Ze strekte haar nek en verplaatste de zaklamp.

Ze vond twee zwarte slangen die aan het motorblok gekoppeld waren. Er waren geen andere slangen die in aanmerking kwamen. Ze volgde beide slangen met de lichtbundel van de zaklamp. Ze lagen onder in het motorcompartiment en gingen heel laag door de wand die het motorcompartiment van de cabine van de auto scheidde, zodat ze ergens bij de middenconsole uitkwamen, waar ook de versnellingspook zat. Pal boven de versnellingspook zat de regeling van de verwarming.

De slangen van de verwarming gaan door het dashboard.

Niet dus, dacht Patty. Ze keek nog een keer. De slangen kwamen nergens ook maar in de buurt van het dashboard. Ze gingen laag door de scheidingswand en kwamen vlak boven de vloer van de cabine uit. Veel lager dan het dashboard. Er zat bovendien niets kleins in de buurt van die slangen. Alleen grote metalen onderdelen, bedekt met een dikke laag vuil. Geen kabels, niets kwetsbaars. Niets wat zou wegsmelten bij te hoge temperaturen. Zeker geen zwarte dozen waar elektronica in zou kunnen zitten.

Ze deed een stap achteruit en rechtte haar rug. Ze keek naar het huis. Alles was in diepe rust. De schuur stond er spookachtig verlicht bij in het maanlicht. Alle negen quads stonden keurig in rijen geparkeerd. Ze deed de zaklamp uit en trippelde terug naar hun kamer. Ze liep naar het bed en stootte Shorty wakker. Hij schoot in paniek overeind en keek woest om zich heen, op zoek naar een of andere indringer.

Hij zag niemand.

'Wat is er?' vroeg hij.

'De slangen van de verwarming gaan niet door het dashboard,' zei ze.

'Wat?'

'In de auto,' zei ze. 'Die slangen komen heel laag uit het motorcompartiment in de auto, zo'n beetje bij de vloer, bij de versnellingspook.'

'Hoe weet je dat?'

'Ik heb gekeken,' zei ze, 'met een van die zaklampen die ze ons hebben gegeven.'

'Wanneer?'

'Nu net.'

'Waarom?'

'Ik werd wakker. Er klopt iets niet.'

'Dus toen heb je de console uit de auto gesloopt?'

'Nee, ik heb onder de motorkap gekeken. Van de andere kant dus. Ik zag de koppeling. En er zit nergens een elektronische chip in de buurt.'

'Oké, misschien zit die monteur ernaast,' zei Shorty. 'Misschien had hij een model uit een ander jaar in gedachten. Die van ons is een vrij vroeg model. Misschien zijn de Honda's wel anders in Canada.'

'Of misschien bestaat die hele monteur niet. Misschien hebben ze helemaal geen monteur gebeld.'

'Waarom niet?'

'Misschien houden ze ons hier vast of zo.'

'Hè?'

'Hoe wou je het anders verklaren?'

'Waarom zouden ze? Bedoel je gegijzeld of zo? Vanwege de bank? Omdat ze die vijftig dollar van ons zo hard nodig hebben?'

'Ik heb geen idee waarom.'

‘Stomme manier van zakendoen. We zouden een beoordeling kunnen plaatsen op TripAdvisor.’

‘Behalve dan dat we nergens iets kunnen plaatsen. Er is geen wifi, geen bereik voor mobiele telefoons en er is geen vaste lijn in de kamer.’

‘Ze kunnen niet zomaar mensen tegen hun zin vasthouden. Uiteindelijk worden mensen als vermist opgegeven.’

‘Wij hebben ze zo ongeveer verteld dat niemand weet dat we zijn vertrokken.’

‘Wij hebben ze ook verteld dat we zo ongeveer platzak zijn,’ zei Shorty. ‘Hoelang denken ze ons vijftig dollar te kunnen aftroggelen?’

‘Twee dagen,’ zei Patty. ‘Ontbijt, lunch en diner. Zes maaltijden per persoon.’

‘Pure waanzin. En dan? Gaan ze dan die monteur bellen?’

‘We moeten hier weg. We moeten doen wat jij zei, met zo’n quad. Kleed je aan. We moeten weg,’ zei Patty.

‘Nu?’

‘Nu meteen.’

‘Maar het is midden in de nacht.’

‘Je zei het zelf al. Ze slapen nu. We moeten het nu doen.’

‘Omdat het niet klopt wat die monteur over de telefoon heeft gezegd?’

‘Als er al een monteur is. Maar vanwege alles.’

‘Waarom hebben ze ons zaklampen gegeven?’ vroeg Shorty.

‘Dat weet ik ook niet,’ zei Patty.

‘Het is net of ze wisten dat we in het donker zouden willen weggaan.’

‘Hoe zouden ze dat moeten weten?’

Shorty stapte uit bed. ‘We moeten eten meenemen. We kunnen er niet van uitgaan dat we voor de middag al ergens zijn. We hebben op zijn minst iets nodig voor het ontbijt.’

Ze kleedden zich aan, met geen andere lichtbron dan het schijnsel van de maan dat door de halfgeopende deur naar binnen viel. Ze pakten op de tast hun spullen in en zetten hun tassen buiten bij de auto.

‘Weet je zeker dat je dit wilt?’ vroeg Shorty. ‘Het is nooit te laat om van gedachten te veranderen.’

'Ik weet het zeker,' zei Patty. 'Er klopt hier iets niet.'

Ze liepen over het gras naar de schuur, niet over het pad, want ze dachten dat ze dan meer lawaai zouden maken. Voorzichtig staken ze het laatste deel, waar gravel lag, over naar de quads die in een bijna perfect vierkant stonden opgesteld. De motor van de quad waarop Peter en later Mark had gereden, voelde nog een beetje warm aan. Shorty wilde per se die quad, want hij had gezien hoe hij moeiteloos voortrolde toen Mark hem in zijn vrij had gezet, maar vooral ook omdat hij het dichtstbij stond. Hij wilde zo min mogelijk meters duwen. Hij zette de versnellingshendel in zijn vrij en duwde tegen het stuur, een beetje slapjes en schuin van opzij, maar desondanks rolde de quad gewillig achteruit, sneller en sneller toen Shorty meer kracht zette.

'Dit gaat best,' zei hij.

Hij hield de quad tegen tot hij stilstond, liep eromheen en duwde hem vooruit, in een kleine bocht, een perfecte manoeuvre, alsof hij achteruit van een parkeerplaats reed, keerde en wegreed. Patty ging aan de andere kant van de quad lopen. Samen duwden ze het gevaarte voort met een alleszins acceptabele snelheid. Ze stuurden hem midden over het pad naar het motel, vrijwel geruisloos. Alleen hun schoenen schraapten wat over de stenige grond en de zachte rubberen banden maakten zuigende geluiden als er steentjes onder wegketsten. Ze duwden de quad hijgend de hoek om bij kamer twaalf in de richting van de Honda, twee kamers verderop, bij kamer tien. Ze zetten de quad pal achter de kofferbak. Shorty opende de kofferbak.

'Wacht,' zei Patty.

Ze liep terug naar de hoek en keek naar het grote huis. Geen licht, er bewoog niets. Ze liep terug naar de Honda en zei: 'Oké.'

Shorty ging recht voor de geopende kofferbak staan, boog zich voorover met zijn armen wijd gespreid, wurmde zijn vingers aan beide zijden onder de koffer, trok hem naar zich toe en hees hem op de rand van de kofferbak. Hij greep het handvat en tilde de koffer op, met de bedoeling hem op de rand van de kofferbak in evenwicht te houden, zodat hij een andere houding kon aannemen en de koffer in één zwaai op de quad kon tillen.

Maar het handvat scheurde los van de koffer.

Shorty struikelde achteruit.

'Verdomme,' zei hij.

'Dat toont in ieder geval aan dat we hem nooit zelf hadden kunnen dragen,' zei Patty. 'Vroeg of laat zou dat gebeurd zijn.'

'Maar hoe krijgen we hem nu ooit in een bus?'

'We moeten touw kopen. Dat wikkelen we er een paar keer omheen en dan maken we een nieuw handvat. We moeten dus eerst naar een tankstation of een bouwmarkt om touw te kopen. De eerste de beste plek die we zien.'

Shorty ging opnieuw recht voor de kofferbak staan, boog zich voorover en wurmde zijn vingers aan weerszijden onder de koffer. Hij gromde en tilde en hijgde en keerde zich om en zette de koffer op de quad. In de lengte, half rustend op het stuur, half op het zadel. Hij wrikte de koffer een beetje heen en weer om hem in evenwicht te krijgen. Uiteindelijk lag hij vrij stevig, beter dan Shorty had verwacht. Alles bij elkaar was hij tevreden.

Hij sloot de kofferbak van de Honda en ze knoopten hun weekendtassen vast op het bagagerek van de quad. Toen stelden ze zich op, Shorty links, Patty rechts, beiden met één hand om het kleine stukje stuur geklemd dat nog aan weerszijden onder de koffer uitstak, de andere hand er vlakbij, om mee te duwen, maar ook om bij te schijnen met de zaklamp. Een dubbel geïmproviseerde koplamp die het sturen vergemakkelijkte, terwijl ze zo ook de koffer in het oog konden houden, en eventueel in evenwicht, met Shorty's rechteronderarm en Patty's linkeronderarm bij het voorste deel van de koffer en hun heup bij het achterste deel, op voorwaarde dat ze licht voorovergebogen zouden lopen, wat ze ook wel moesten, want met al dat gewicht kostte het veel meer inspanning om de quad vooruit te krijgen. Met al dit extra gewicht moesten ze zich tot het uiterste inspannen om de quad zelfs maar in beweging te krijgen. Beiden strekten zich als de sterke mannen in wedstrijden op tv. Aanvankelijk was het op het stenige pad ook lastig om vooruit te komen, maar het werd beter toen ze eenmaal op het asfalt waren, bij het begin van het bos.

Nog meer dan drie kilometer te gaan. Ze liepen de tunnel onder de bomen in. De lucht was fris en het rook er naar rottende bladeren en vochtige grond. Ze hijgden en zwoegden. Met vallen en opstaan kwamen ze erachter dat ze het beste een zo hoog mogelijk tempo konden aanhouden, zodat alleen al de voorwaartse beweging het leeuwendeel van de energie leverde die nodig was om de quad door de gaten in het wegdek te duwen. Dat vergde wel voortdurend veel inspanning, maar het was beter dan steeds maar weer vanuit stilstand in beweging komen als de voorwielen in een gat bleven steken. Ze gingen door, bijna op een holletje om genoeg snelheid te houden, en al snel viel er niets meer te genieten en was het alleen maar zwaar werk.

'Ik moet even uitrusten,' zei Patty.

Ze lieten de quad uitrollen. Ze wrikten de koffer naar links en naar rechts tot hij weer in evenwicht stond. Toen strekten ze hun rug, de handen tegen de onderrug gedrukt. Ze hijgden en puften en maakten hun nekspieren los.

'Hoe ver zou het nog zijn?' vroeg Shorty.

Patty keek om en toen vooruit.

'Zo'n tweeënhalve kilometer, denk ik,' zei ze.

'Hoelang hebben we over het eerste stuk gedaan?'

'Een minuut of twintig.'

'Shit, dat is langzaam.'

'Je zei dat we er wel vier uur over zouden doen. Dan zitten we precies op schema.'

Ze namen hun positie weer in en brachten de quad weer aan het rollen, als een team bobsleeërs aan het begin van de run, harder en harder met elke stap. Ze bleven duwen toen ze eenmaal op snelheid waren gekomen, drukten hun onderarm tegen de wankelende koffer, bogen het hoofd, hijgden en wierpen steeds een snelle blik op de weg voor zich om de richting te bepalen. Zo vorderden ze weer een heel eind, waarna ze voor de tweede keer uitrustten, en nog een eind, gevolgd door een rustpauze. Er was ondertussen een uur voorbij.

'Terug gaat gemakkelijker,' zei Patty. 'Zonder dat gewicht.'

Ze passeerden de strook in het bos waar geen bomen groeiden. Ze zagen de met sterren bezaaide nachthemel.

'We schieten op,' zei Patty.

Plotseling hield ze haar pas in. 'Wacht,' zei ze. Ze zette zich schrap en trok aan het stuur, zoals een kind aan het stuur van een zelfgemaakte kar trekt om die tot stilstand te brengen.

'Wat is er?' vroeg Shorty.

'Er ligt een kabel over de weg, net als bij tankstations, zodat er een bel gaat rinkelen. Waarschijnlijk een bel in het huis.'

Shorty rukte aan het stuur en zette de quad stil. Hij wist het weer. Dik en rubberachtig, zoals een tuinslang. Hij scheen over de weg vooruit met zijn zaklamp. Ze zagen niets. Ze duwden de quad verder, op halve snelheid, wat vervelend was bij de gaten in de weg. Ze schenen met één zaklamp vlak voor de quad, met de andere verderop.

Honderd meter verder zagen ze de kabel, dik en rubberachtig op het asfalt. Een meter ervoor bleven ze staan.

'Hoe werkt zo'n ding?' vroeg Patty.

'Ik denk dat er twee metalen strips in zitten, die op de een of andere manier van elkaar zijn gescheiden. Zodra er een wiel op komt, worden ze tegen elkaar gedrukt en dan klinkt er een bel. Als een soort drukknop.'

'Dus er mag geen wiel over rijden.'

'Nee.'

Dat was een probleem. Shorty kon geen quad optillen, aan geen van beide kanten. Misschien even twee centimeter, een seconde lang, maar lang niet hoog genoeg en lang genoeg om de wielen over de draad te tillen en veilig aan de andere kant weer neer te zetten.

'Hoeveel verder is het nog?' vroeg hij.

'Driehonderd meter of zo.'

'Dan draag ik de koffer wel.'

'Wacht,' zei ze opnieuw.

Ze bukte zich en stak haar vingers onder de rubberen kabel en tilde hem op. Hij kwam makkelijk omhoog, eerst een paar centimeter, toen een halve meter en uiteindelijk zo hoog als ze hem wilde hebben. Ze probeerde het over de volle breedte van de weg en trok eraan om genoeg speelruimte te krijgen.

'Ben je er klaar voor?' vroeg ze.

Ze tilde de draad op, heel rustig op haar beide geopende handpalmen, het hoofd in de nek, de armen wijd gespreid. Shorty dook in elkaar en duwde de quad eronderdoor. Ze voelde zich alsof ze een dansceremonie uitvoerde op de bruiloft van een stel hippies.

'Oké,' zei Shorty.

Ze legde de draad weer neer, rustig, alsof ze een buiging maakte. Daarna duwden ze met nieuwe energie weer verder. Veilig. Het laatste stukje, nog maar een klein eindje. Het licht van hun zaklampen danste nog geruime tijd over alleen maar asfalt en bomen, maar toen doemde plotseling het zwart van de tweebaansweg op waarover ze waren komen aanrijden. Het leek wel eeuwen geleden. 'Oké?' had Shorty toen gevraagd en Patty had niet gereageerd.

'We moeten een plek zoeken waar we de koffer kunnen verstoppen,' zei hij nu. 'Maar niet te ver van de weg. Zodat we hem gemakkelijk kunnen pakken als we een lift krijgen.'

Ze lieten de quad tot stilstand komen waar het pad door het bos uitkwam op de tweebaansweg. Zo op het eerste gezicht waren er weinig geschikte plaatsen om een koffer te verbergen. Aan alle kanten stonden de bomen tot dicht aan de weg. De laatste meter berm was dicht begroeid met struikgewas, een soort heg. Al groeiden er wel iets minder struiken om de oude, door vorst omhooggewerkte palen. Misschien was daar jaren geleden gegraven en was de grond overhoopgehaald. Misschien groeide het struikgewas daar langzamer en was er achter een van die beide palen een plek te vinden waar je een koffer kon verstoppen.

Patty ging kijken. Uiteindelijk besloot ze dat de plek achter de paal rechts geschikter was dan die bij de paal links. Hijgend en puffend manoeuvreerden ze de quad zo dicht mogelijk in de buurt. Shorty spreidde zijn armen, tilde de koffer van de quad, draaide zich grommend en hijgend om en liet de koffer in de struiken vallen, waar hij schurend langs takjes en afbrekende grotere takken ten slotte op de grond belandde, waar hij redelijk onzichtbaar was. Patty liep de weg een klein eindje op en scheen met haar zaklamp alsof het de koplamp van een naderende auto was en concludeerde dat ze niets bijzonders zag. Zeker niets waarvoor een automobilist zou stoppen. Alleen maar een donkere vorm, laag, net boven de grond, achter de paal. Het zou het kadaver van een hert kunnen zijn. Ze was tevreden.

'Shorty, kom eens hier,' zei ze toen. Haar stem klonk ineens heel anders.

Hij liep naar haar toe. Samen stonden ze op het asfalt van de tweebaansweg en keken ze in de richting waaruit ze gekomen waren, mee met de bundel van haar zaklamp, die een stuk van het bos bescheen waarin de door vorst omhooggewerkte paal het middelpunt vormde, met de donkere vorm er laag achter. Een vorm die je niet echt kon zien, als je niet wist dat er iets lag. Shorty was ook tevreden.

'Wat moet ik zien?' vroeg hij.

'Denk eens na, Shorty,' zei ze. 'Wat zagen we toen we hier afsloegen?'

Hij dacht na. Probeerde in gedachten het beeld van dat moment op te roepen. Hij deed twee stappen naar links. Dichter bij de middenstreep van de weg, waar het linkervoorwiel van de Honda had gestaan. Hij hurkte een beetje, zodat hij hetzelfde zicht had als achter het stuur van de Honda. Wat had hij gezien? Hij had een door vorst omhooggewerkte paal gezien waar een bord aan gespijkerd was, waarop sierlijke plastic letters waren geschroefd met een pijl die het bos in wees. Die letters hadden samen het woord *Motel* gevormd.

Hij vergeleek wat hij zich herinnerde met wat hij voor zich zag.

Hij wist bijna zeker dat er iets was veranderd.

Hij keek nog eens goed. Toen zag hij het plotseling. Er was geen bord meer. Geen letters, geen woord, geen pijl. Er stond alleen nog een paal waar niets aan vastzat. Aan beide kanten van het pad precies hetzelfde.

'Gek,' zei hij.

'Vind je?'

'Is het nu een motel of is het geen motel? Het komt bij mij wel over als een motel, want ze nemen maar al te graag ons geld aan.'

'We moeten hier weg.'

'We gaan ook, met de eerste de beste auto die ons wil meenemen.'

'Nadat we die quad hebben teruggebracht naar de schuur.'

'Dat zijn we hun niet verschuldigd,' zei Shorty. 'We zijn hun helemaal niets verschuldigd. Niet meer. Niet als zij gekke dingen gaan doen, met motelborden. We moeten de quad hier domweg dumpen. Ze moeten hem zelf maar weer ophalen.'

'Zij staan op bij zonsopkomst,' zei Patty. 'Als er dan een quad ontbreekt, weten ze het meteen. Maar als die weer keurig op z'n plek staat, maken ze zich misschien nog wel uren niet druk om ons. Dan denken ze dat we met z'n tweeën zitten te ontbijten in onze kamer.

Dan hebben ze voorlopig geen enkele reden om ons op te zoeken.'

'Het is een gok.'

'Misschien winnen we er later heel veel tijd mee. Zodra ze in de gaten hebben dat we weg zijn, gaan ze ons zoeken. Dat moment moeten we zo lang mogelijk uitstellen. We moeten zorgen dat we dan al kilometers ver weg zijn. We kunnen ons in ieder geval niet veroorloven dat we hier dan nog steeds staan te liften. Volgens mij moeten we zo veel mogelijk tijd winnen.'

Shorty zei niets. Hij keek over de stille, donkere weg, eerst de ene kant op, toen de andere kant.

'Ik weet het, het voelt gek om terug te gaan,' zei Patty. 'Net nu we dit gehaald hebben. Maar voorlopig komen er toch geen auto's. Nog niet. We hebben meer kans tegen de ochtend.'

Shorty zweeg opnieuw een hele tijd. Uiteindelijk zei hij: 'Oké, laten we de quad maar terugbrengen naar de schuur.'

'Zo snel mogelijk,' zei Patty. 'Alles draait nu om snelheid.'

Ze haalden hun weekendtassen van het bagagerek en verstopten ze bij de koffer. Ze keerden de quad met een wijde bocht op het asfalt van de tweebaansweg. Omdat het hier iets opener was, leek de lucht wat zoeter. Ze zetten de quad weer met de neus naar het pad, namen hun positie aan weerszijden in en begonnen aan de terugtocht. Dezelfde drie kilometer in omgekeerde richting. Patty had gelijk gehad: zonder het gewicht van de koffer liet de quad zich veel gemakkelijker voortduwen. De quad bewoog zich verend voort, alsof hij op water dreef. Ze voerden hun hippiedans weer uit onder de draad door en vervolgden hun weg in een stevig tempo, wat vergeleken met de heenweg amper energie leek te kosten. Ze stopten niet onderweg en rustten niet één keer uit.

14

Ze deden iets meer dan een halfuur over de drie kilometer. Ze lieten de quad tot stilstand komen waar het bos ophield. Het pad strekte zich verder spookachtig voor hen uit, oplichtend in het schijnsel van de maan, over de paar hectares grasland, naar de in een cirkel staande gebouwen. Het motel, donker en stil. De schuur, donker en stil. Het huis, donker en stil. Op Patty's horloge was het halfzes 's ochtends. Meer dan een uur voor het eerste daglicht.

Uitstekend.

Ze duwden de quad verder, zo geruisloos mogelijk. Alleen de banden produceerden een zacht suizen op het laatste stuk asfalt, vergezeld door het zachte klepperen van hun schoenzolen. Ze bonkten van het asfalt op de stenige grond voor het motel, waar de banden meer lawaai maakten en hun voetstappen knarsten, langs de receptie, langs kamer één, kamer twee, en alle andere kamers, helemaal tot voorbij de kapotte Honda, bij kamer twaalf de hoek om en recht op de schuur af. Daar zagen ze de acht spookachtige vormen van de andere quads en de lege plek waar hun quad had gestaan, als een ontbrekende snijtand in een verder keurig gebit. Shorty wees en stak een duim op naar Patty. Ze had gelijk gehad. Op het moment dat iemand bij dageraad uit het raam van het huis had gekeken, zou er alarm zijn geslagen.

Ze reden zo ver als het ging over het gras en duwden de quad toen uiterst behoedzaam over de gravel van de parkeerplaats. Het was een fluitje van een cent om de quad weer op zijn plek te zetten. Zachtjes duwend, de neus vooruit, precies op één lijn met de andere acht. Klus geklaard. Perfect. Zonder een spoor achter te laten. Ze slopen terug over de gravel, versnelden hun pas op het gras, en liepen terug naar het pad, waar ze even bleven staan om op adem te komen. Voor hen lagen dezelfde drie kilometer. Voor de derde keer, maar dit keer zonder iets om voor zich uit te duwen. Dit keer hoefden ze alleen maar te lopen, heel eenvoudig. Voorgoed daarvandaan.

Achter hen ging een deur open. Van het huis. Al een redelijk eind achter hen. Vanuit de verte klonk een stem. 'Hé jongens, zijn jullie dat?'

Mark.

Ze bleven staan.

'Shorty? Patty?'

In de lichtbundel van een zaklantaarn tekenden hun schaduwen zich duidelijk af op het asfalt voor hen. Dat betekende dat de bundel licht op hun rug was gericht.

'Shorty? Patty?' riep Mark nog een keer.

Ze draaiden zich om.

Mark kwam in het donker op hen af. Hij was volledig aangekleed. Zijn dag was al begonnen. Hij scheen met zijn zaklantaarn omlaag, evenals Shorty en Patty, drie beleefde lichtbundels, die wel de duisternis verjoegen maar niemand verblindden.

Ze wachtten.

Mark bereikte hen.

'Dit is wel heel toevallig,' zei hij.

Behalve de zaklantaarn had hij een potlood en een vel papier in zijn hand.

'O ja?' zei Patty.

'Ah, sorry. Ik had even moeten vragen of alles oké was.'

'Ja hoor.'

'Gewoon even een wandelingetje maken?'

'Wat is er zo toevallig?'

'Omdat ik uitgerekend op dit moment de monteur aan de lijn had. Hij begint 's morgens om vijf uur, zodat hij met de spits klaar is. Vanochtend schoot hem bij het wakker worden iets te binnen. Hij herinnerde zich dat we hadden verteld dat jullie uit Canada kwamen. Hij realiseerde zich plotseling dat hij ervan uit was gegaan dat jullie Amerikanen waren, op weg terug naar huis, maar dat jullie natuurlijk ook net zo goed Canadezen konden zijn op vakantie in de Verenigde Staten. In dat geval zouden jullie een auto hebben met Canadese specificaties, dat wil zeggen een auto met het standaardwinterpakket. Destijds betekende dat wel een verwarming, maar geen airconditioning. En dan zou zijn diagnose niet meer kloppen. Dat was een specifiek probleem van de Amerikaanse Honda's. Hij wil nu weten welk onderdeel hij moet ophalen bij de sloper. Hij is onderweg daarnaartoe. Hij heeft me net naar buiten gestuurd om het identificatienummer van jullie voorruit op te schrijven.'

Hij stak het vel papier en het potlood omhoog.

'Maar het gaat natuurlijk allemaal veel sneller als jullie even meelopen. Dan kunnen jullie zelf zijn vragen beantwoorden.'

Hij bootste de fictieve afstanden na door zijn handen eerst dichterbij en toen verder uit elkaar te houden, in de richting van de lange weg die nog te gaan was van waar ze stonden naar de Honda, dan de weg terug naar het huis, vergeleken met de relatief korte afstand direct naar de telefoon in het huis. Een groot verschil, en een logische conclusie. Shorty keek Patty aan en Patty keek Shorty aan. Vragen en nog eens vragen.

'We kunnen wel even een pot koffie zetten,' zei Mark. 'We zouden de man kunnen vragen ons terug te bellen op het moment dat hij met het onderdeel in zijn handen staat. En natuurlijk ook nog even als hij weer in zijn pick-up zit op weg hiernaartoe. Ik wil echt dat jullie het van hemzelf horen. Zo langzamerhand heb ik het idee dat jullie wel behoefte hebben aan de zekerheid dat alles in orde komt. Dat lijkt me het minste wat we voor jullie kunnen doen. Jullie hebben al genoeg gedoe gehad.'

Hij maakte een beleefd gebaar om hen voor te laten gaan.

Patty en Shorty liepen naar het huis. Mark liep met hen mee. De bundels licht van drie zaklantaarns huppelden dezelfde kant op. Aan het einde van de korte wandeling haastte Mark zich voor hen uit om de keukendeur voor hen open te houden. Hij klikte het licht voor hen aan en wees naar de gang richting het achterhuis, waar hij hun de vorige keer de telefoon had laten zien die het niet deed. Nu lag de hoorn van de haak, aan het einde van het koord, op een stoel. In de wacht, op de ouderwetse manier.

'Hij heet Carol, maar waarschijnlijk op een bijzondere manier gespeld. Hij komt uit Macedonië.'

Hij stak zijn hand uit naar de telefoon, een gebaar dat betekende: ga je gang.

Patty pakte de hoorn en hield hem bij haar oor. Ze hoorde een zacht, onbestemd ruisen. Een verbinding met een mobiele telefoon ergens.

'Carol?' zei ze.

'Mark?' klonk een stem.

'Nee, ik ben Patty Sundstrom. De Honda is van mijn vriend en mij.'

'O, hé, het was niet mijn bedoeling dat Mark jullie zou wakker maken. Dat is niet erg beleefd.'

De stem had een accent dat helemaal paste bij iets wat Macedonië zou heten. Oost-Europa, dacht Patty. Of Midden-Europa. Ergens tussen Griekenland en Rusland. Zo'n man die zich twee keer per dag zou moeten scheren, maar dat natuurlijk niet deed. Het prototype van de schurk in de film. Maar zijn stem klonk vriendelijk en opgewekt. Behulpzaam, zorgzaam. Vol energie ook, zo vroeg op de ochtend.

'We waren al wakker,' zei ze.

'O ja?'

'We maakten eigenlijk een wandeling.'

'Waarom?'

'We waren wakker geworden van iets, denk ik.'

'Als ik jouw stem zo hoor, vermoed ik dat je uit Canada komt.'

'Net als onze auto.'

'Ja...' zei de stem. 'Ik ging uit van een veronderstelling en daardoor maakte ik bijna een onvergeeflijke fout. Ik ben opgeleid in het leger van het voormalige Joegoslavië. Net als in alle legers, overal op de wereld, leer je dan dat je niet moet vertrouwen op ingevingen. Dat komt je duur te staan. En nu is het me toch overkomen, ben ik bang. Het spijt me. Maar laten we het zekere voor het onzekere nemen. Hebben jullie ooit al een keer de slangen van de verwarming vervangen?'

'Ik weet dat ze onder in de auto binnenkomen,' zei Patty.

'Oké, dat is dan zeker Canadees. Goed om te weten. Ik zal een startmotorrelais meenemen. Dan moet ik de rekeningen betalen en nog even naar de snelweg. Misschien heb ik mazzel met een auto met pech. Zo niet, dan ben ik des te sneller bij jullie. Ik zou zeggen, twee uur op zijn vroegst, maximaal vier uur.'

'Zeker weten?'

'Mevrouw, ik beloof het,' zei de door het accent gekleurde stem. 'Ik beloof dat ik jullie weer op weg help.'

De verbinding werd verbroken. Patty legde de hoorn op de haak.

'De koffie is klaar,' zei Mark.

'Hij is hier op zijn vroegst over twee uur, maximaal over vier uur,' zei Patty.

'Perfect.'

'Echt?' vroeg Shorty.

'Hij heeft het beloofd,' zei Patty.

Ze hoorden een voertuig buiten op het pad. Het knarsen van stenen en het geronk van een motor. Ze keken uit het raam en zagen Peter in een oude aftandse pick-up. Hij kwam dichterbij, remde af en zette de pick-up stil.

'Van wie is die pick-up?' vroeg Shorty.

'Van hem,' zei Mark. 'Hij heeft het gisteravond laat nog een keer geprobeerd. Misschien heeft de hitte van de dag de accu goed gedaan, want hij kreeg hem weer aan de praat. Nu is hij naar de weg en terug gereden om de accu op te laden en het vuil uit de motor te branden. Misschien zijn jullie daarvan wakker geworden. Hij kan jullie wel even terugrijden naar jullie kamer als je dat wilt. Het is beter dan lopen. Het is het minste wat we voor jullie kunnen doen. Jullie zijn vast moe.'

Ze zeiden dat ze niemand tot last wilden zijn, maar Peter wilde van geen nee horen. De pick-up had een dubbele cabine. Shorty ging voorin bij Peter zitten en Patty ging achterin. Peter parkeerde naast de Honda. De deur van kamer tien was dicht. Dat vond Patty vreemd, want ze wist zeker dat ze de deur open hadden laten staan. Misschien was hij dichtgewaaid. Per slot van rekening had Shorty zijn schoenen weer aan. Ze kon zich echter niet herinneren dat het had gewaaid, terwijl ze toch het grootste deel van de nacht buiten was geweest. Ze herinnerde zich alleen maar een windstille, benauwde nachtlucht.

Ze stapten uit. Peter zat achter het stuur te wachten tot ze bij hun voordeur waren. Patty draaide de deurknop om en ging als eerste naar binnen. Ze stond meteen weer buiten en wees naar Peter en riep: 'Blijf daar.'

Ze deed een stap opzij. Shorty keek naar binnen. Midden in de kamer lag hun bagage op de vloer. Hun koffer en de twee weekendtassen. Keurig naast elkaar, alsof ze er door de piccolo van een hotel waren neergezet. Om de koffer was touw gewikkeld, op de bovenkant voorzien van ingewikkelde knopen rond dubbelgeslagen touw. Een geïmproviseerd handvat.

'Wat is dat, verdomme?' zei Patty.

Peter stapte uit de pick-up.

'We bieden onze verontschuldigingen aan,' zei hij. 'Het spijt ons heel, heel erg en we vinden het heel vervelend dat jullie er het slachtoffer van zijn geworden.'

'Slachtoffer waarvan?'

'Van het seizoen, ben ik bang. Het is het begin van het eerste semester van het collegejaar. Overal in de buurt zitten eerstejaars die opdrachten krijgen van de studentenverenigingen. Ze stelen bijvoorbeeld iedere keer weer de borden die naar ons motel verwijzen. Maar op een gegeven moment hebben ze iets nieuws bedacht. Een soort inwijdingsritueel. Ze moesten alles uit een motelkamer stelen op een moment dat de gasten er even niet zijn. Stom natuurlijk, maar zo gaat dat. We dachten een paar jaar geleden dat het weer was overgewaaid en dat we waren verlost van die vervelende onzin, maar blijkbaar begint het weer. Ik vond jullie spullen onder de heg, bij de weg. Dat is de enige verklaring die ik ervoor kan bedenken. Ze moeten jullie kamer zijn binnengegaan toen jullie aan het wandelen waren. We bieden onze verontschuldigingen aan voor het ongemak. Laat het ons alsjeblieft weten als er iets beschadigd is. We doen aangifte bij de politie. Ik bedoel, iedereen houdt van een goede grap, maar dit gedoe is belachelijk.'

Patty zei niets.

Shorty zei niets.

Peter stapte weer in de pick-up en reed weg. Patty en Shorty bleven nog even staan en gingen toen naar binnen. Ze liepen om hun bagage heen en gingen naast elkaar op de rand van het bed zitten. Ze lieten de deur openstaan.

In Reachers B&B werd het ontbijt geserveerd in een plezierig vertrek, dat aan de straatkant het niveau had van een souterrain, maar aan de achterkant uitkeek op een kleine achtertuin die even diep lag. De tuin was even plezierig als de ontbijtkamer. Reacher ging om kwart voor acht 's morgens aan een tafel achter in het vertrek zitten, helemaal klaar voor een eerste kop koffie. Hij was de enige gast. Het seizoen was voorbij. Hij had zich gedoucht en aangekleed, hij voelde zich goed en zag er fatsoenlijk uit, op een geschaafde knokkel na. Een souvenir van de jongen van de afgelopen nacht. Diens tanden, ongetwijfeld. Geen ernstige verwonding. Niet meer dan een streep geronnen bloed. Maar wel duidelijk een tandafdruk. Reacher was zelf dertien jaar politieman geweest, en daarna was hij nog veel langer niet-politieman geweest, en hij had dit soort verwondingen in beide hoedanigheden gezien. Het gevolg was dat hij allerlei mogelijke misverstanden het liefst vermeed. Hij bestelde zijn ontbijt, stond toen op en liep naar buiten de tuin in. Hij ging op zijn hurken zitten, balde zijn rechterhand tot een vuist en sloeg ermee tegen het bakstenen muurtje van een bloembed. Hij schraapte er zijn vuist langs, net zo lang tot de verwonding van de afgelopen nacht er een van vele was. Toen liep hij weer naar binnen, bevochtigde de punt van zijn servet in een glas water en veegde er het gruis mee van zijn knokkels.

Een kwartier later stapte rechercheur Brenda Amos het ontbijtvertrek binnen. Ze schreef iets in haar aantekenboekje. Naast haar verscheen een man in pak. Zijn houding en optreden wekten de indruk dat hij haar een rondleiding gaf. Dat betekende dat hij de beheerder was van de B&B. Of de eigenaar zelf. Reacher maakte al liplezend en luisterend op dat hij zei: 'Deze meneer is de enige gast op het moment.'

Amos keek automatisch op uit haar aantekenboekje en keek weer weg. Toen keek ze nog een keer. Een klassiek geval van herkenning in slow motion, als een scène uit een oude tv-film. Ze bleef kijken. Ze knipperde met haar ogen. 'Ik wil even met hem praten,' zei ze tegen de man in pak.

'Kan ik u een kop koffie aanbieden?'

'Ja, graag,' riep Reacher. 'Een pot graag, voor twee personen.'

De man knikte beleefd, na slechts een bijna onmerkbare aarzeling. Koffie serveren aan een politieambtenaar was tot daaraan toe. Koffie serveren aan gasten was heel iets anders. Dat was beneden zijn waardigheid. Daar stond tegenover dat de klant koning was. Hij liep het vertrek uit, Amos liep het vertrek verder in. Ze ging aan Reachers tafeltje zitten, op de lege stoel tegenover hem.

'Eerlijk gezegd heb ik vanochtend al koffiegedronken,' zei ze.

'Je hoeft koffiedrinken niet te beperken tot één keer per dag,' zei hij. 'Er is geen wet die voorschrijft dat je er ooit mee moet stoppen.'

'Eerlijk gezegd ben ik ook bang dat ze er vandaag lsd in gestopt hebben.'

'Hoezo?'

'En als dat niet zo is, is dit wel het opmerkelijkste geval van een déjà vu in de geschiedenis van de mensheid.'

'Oké, en hoezo dat dan?'

'Weet je wat déjà vu letterlijk betekent?'

'Het betekent letterlijk "al gezien". Het is Frans. Mijn moeder was een Française. Ze vond het leuk als Amerikanen Franse uitdrukkingen gebruikten. Dan had ze het gevoel dat ze erbij hoorde.'

'Waarom vertel je me dat over je moeder?'

'Waarom vraag je mij naar lsd?'

'Wat hebben we gisteren gedaan?'

'Gedaan?' vroeg hij.

'We hebben een oude zaak van vijfenzeventig jaar geleden opgeduikeld, waarbij een jongeman bewusteloos op straat werd aangetroffen in het centrum van Laconia. Identificatie wees uit dat hij twintig was, uit Laconia kwam en bij de politie bekendstond als praatjesmaker en onruststoker, maar dat niemand hem iets kon maken omdat zijn vader rijk was en nogal wat in de melk te brokkelen had in Laconia. Weet je nog?'

'Zeker,' zei Reacher.

'En wat gebeurde er toen ik vanmorgen op het bureau kwam?'

'Dat zou ik niet kunnen zeggen.'

'Ik kreeg te horen dat er een jongeman bewusteloos op straat is aangetroffen in het centrum van Laconia. Identificatie heeft uitgewezen dat het om een twintigjarige jongeman uit Laconia gaat, die bij de politie bekendstaat als praatjesmaker en onruststoker, maar dat niemand hem iets kan maken omdat zijn vader een plaatselijke rijke stinkerd is.'

'Echt?'

'Vervolgens loop ik het hotel aan de overkant binnen en zie ik jou zitten.'

'Ik zou inderdaad denken dat dat nogal toevallig is.'

'Vind je?'

'Niet echt. Dat soort misdrijven wordt aan de lopende band gepleegd.'

'Sinds wanneer is vijfenzeventig jaar aan de lopend band?'

'Ik wil wedden dat er in de tussentijd heel veel vergelijkbare gevallen zijn geweest. Alle rijke treiterkoppen krijgen vroeg of laat een knal voor hun kop. Je had elke willekeurige oude zaak kunnen kiezen, want er valt altijd wel een of andere overeenkomst aan te wijzen. En natuurlijk zit ik hier omdat ik degene ben die jou heeft gevraagd naar die niet zo willekeurige oude zaak in kwestie. Dus in plaats van toeval is het eigenlijk een statistische zekerheid, vooral omdat je weet dat ik hier niet woon, dus waar zou ik anders zijn als ik niet in een hotel was?'

'Pal tegenover de plaats delict.'

'Gaan jullie de huizen langs op zoek naar getuigen?'

'Ja.'

'Heeft iemand iets gezien?'

'Heb jij iets gezien?'

'Ik ben geen vogelaar,' zei Reacher. 'Hoe jammer dat ook is, want het trekseizoen is weer aangebroken. Mijn vader zou opgetogen zijn.'

'Heb je iets gehoord?'

'Hoe laat?'

'Die jongen was om zeven uur nog steeds buiten bewustzijn. Als we ervan uitgaan dat zijn belager een mens was en geen vrachtwagen, zou je zeggen dat het niet vroeger geweest kan zijn dan vijf uur vanochtend.'

'Om vijf uur vanochtend sliep ik,' zei Reacher. 'Niks gehoord.'

'Helemaal niets?'

'Gisternacht ben ik ergens van wakker geworden, maar dat was om drie uur en toen sliep ik in een ander hotel.'

'Wat was er toen aan de hand?'

'Ik werd wakker van iets, maar dat herhaalde zich niet. Ik kon het niet duiden.'

'De jongen heeft ook een gebroken arm,' zei Amos.

'Dat komt vaker voor.'

Een serveerster kwam binnen met twee potten koffie en twee schone kopjes. Reacher schonk voor zichzelf in. Amos niet, zij klapte haar aantekenboekje dicht. Hij vroeg haar: 'Hoe schatten jullie dit onderzoek bij de recherche in?'

'We verwachten er weinig van,' zei ze.

'Er worden geen tranen geplengd?'

'Het ligt ingewikkeld.'

'Wie was die jongen?'

'Hij is een treiterkop en een bloedzuiger. Het soort dat overal het beste van krijgt, inclusief de slachtoffers en advocaten.'

'Dat klinkt mij niet erg ingewikkeld in de oren.'

'We maken ons zorgen om wat er nu gaat gebeuren.'

'Denk je dat ze voor eigen rechter gaan spelen?'

'Het probleem is dat de vader handlangers genoeg heeft.'

'Die plaatselijke rijke stinkerd? Wie is dat?'

'Dat was een dichterlijke vrijheid. In werkelijkheid komt hij uit Boston, al woont hij tegenwoordig in Manchester.'

'En wat voor handlangers zijn dat?'

'Hij levert financiële diensten aan cliënten die zich geen papieren spoor kunnen veroorloven. Met andere woorden, hij wast geld wit voor mensen die geld hebben dat witgewassen moet worden. Ik vermoed dat hij zo ongeveer elke handlanger die hij wil, kan inhuren. En we denken dat hij dat ook zal doen. Die lui hebben zo hun eigen mores. Als iemand een lid van de familie heeft belaagd, moet er een voorbeeld worden gesteld. Ze kunnen zich niet permitteren voor slapjanus gehouden te worden. Dus vroeg of laat verschijnen zijn mensen hier in de stad om vragen te stellen. We willen hier geen problemen en daarom is het ingewikkeld.'

Reacher schonk nog een kop koffie in.

Amos keek toe.

'Wat heb je met je hand gedaan?' vroeg ze.

'Die is onzacht in aanraking gekomen met een muurtje in de tuin.'

'Dat is een rare manier van spreken.'

'Ik kan dat muurtje moeilijk de schuld geven.'

'Het klinkt alsof je het met opzet hebt gedaan.'

Hij glimlachte. 'Wek ik de indruk dat ik iemand ben die met opzet tuinmuurtjes gaat slaan?'

'Wanneer is dat gebeurd?'

'Ongeveer twintig minuten geleden.'

'Bukte je je om de bloemen van dichtbij te bekijken?'

'Ik hou net zoveel van bloemen als andere mensen.'

Haar telefoon ging. Ze las het tekstbericht.

'De jongen is weer bij kennis, maar hij herinnert zich niets van zijn belager.'

'Dat komt vaker voor,' zei Reacher.

'Hij liegt. Hij weet het wel, maar hij zegt niets tegen ons. Hij wil het alleen zijn vader vertellen.'

'Want ze hebben zo hun eigen mores.'

'Ik hoop dat degene die dit op zijn geweten heeft, weet wat hem te wachten staat.'

'Ik wil wedden dat degene die dit op zijn geweten heeft, zal vertrekken uit de stad. Net als vijfenzeventig jaar geleden. Het ene déjà vu na het andere.'

'Wat ga jij vandaag doen?'

'In strikte zin gesproken denk ik dat ik de stad zal verlaten.'

'Waar ga je naartoe?'

'Ik ga naar Ryantown,' zei Reacher, 'als ik het kan vinden.'

Bij een ouderwets tankstation aan de rand van de stad kocht hij een papieren kaart van de omgeving. Op de kaart zag je dezelfde vage vlekken als op de kaart op de telefoon van Elizabeth Castle. Er waren wegen die een bepaalde kant op liepen, alsof ze een bestemming hadden, en sommige bestemmingen waren grijs gearceerd, alsof ze ooit hadden bestaan maar nu niet eens meer een naam hadden, zodat je ze niet uit elkaar kon houden. Reacher had eigenlijk geen goed beeld van de geografische omstandigheden die een tingieterij vereiste. Eigenlijk wist hij niet eens wat ze in een tingieterij deden. Haalden ze tin uit erts? Of maakten ze blikjes en blikken fluitjes en speelgoed van tin? Ze zouden hoe dan ook veel hitte nodig hebben. Allerlei grote vuren en ovens. Misschien wel een stoommachine om machines en gereedschap aan te drijven. Dat betekende dat er vrachten hout en kolen naartoe versleept moesten worden. En dat ze water nodig hadden om stoom te maken. Hij keek op de kaart en zocht wegen, rivieren en stroompjes die elkaar kruisten op een van de grijze vlekken. Ten noordwesten van Laconia, in lijn met Elizabeth Castles zoektocht in de geschiedenis.

Twee grijze vlekken kwamen in aanmerking. De eerste lag dertien kilometer buiten de stad, de tweede zestien. Beide lagen aan het einde van een weg die begon bij de hoofdweg en, om redenen die vandaag de dag onbegrijpelijk waren, niet verder liep. In beide gevallen was er water, zijtakken van een bredere rivier zo te zien.

Waar de zijtakken de wegen kruisten, had de kaartenmaker met grijze stippeltjes een klein driehoekje gezet. Kleine werkplaatsen en fabriekjes. Een tiental arbeidersgezinnen in kleine woningen, misschien een schooltje met één lokaal. Misschien een kerkje, volgens Amos. Beide grijze vlekken voldeden aan de criteria. Zij het dat de weg naar de vlek die zestien kilometer van Laconia verwijderd lag, naar het noorden afboog, weg van Laconia, terwijl de weg naar de vlek op dertien kilometer afstand een flauwe bocht naar het zuiden maakte, meer in de richting van Laconia. Alsof het daar onderdeel van uitmaakte. Alsof het Laconia niet de rug toekeerde. Reacher zag een jongen voor zich op een fiets, die staand op de pedalen het ouderlijk huis achter zich liet, de verrekijker hoppend en bungelend om de nek. Als hij van de vlek op zestien kilometer kwam, zou hij eerst een paar kilometer de verkeerde kant op fietsen om dan een onhandige, scherpe bocht naar rechts te maken, terwijl hij uitgaande van de vlek op dertien kilometer vanaf het begin de goede kant op zou fietsen, steeds harder door de flauwe bocht en dan linea recta naar het centrum van de stad. Welke van die twee jongens zou later zeggen dat hij uit Laconia kwam?

Het kwam goed uit. Dertien kilometer in plaats van zestien scheelde een uur op de heen- en de terugweg. En een kwart minder inspanning. Reacher vouwde de kaart op, stopte hem in zijn zak en begon te lopen.

Hij kwam niet ver.

15

Mark, Peter, Steven en Robert keken in de zitkamer aan de achterkant van het huis naar de schermen. Op alle schermen waren Shorty en Patty te zien, zittend op de rand van hun bed. Verschillende invalshoeken, het ene beeld meer ingezoomd, het andere meer uitgezoomd. Groothoekbeelden en close-ups.

De deur stond nog steeds open.

'Maar geen schoenen dit keer,' zei Steven. 'Die heeft hij nog steeds aan.'

'We hadden een automatische deursluiter moeten gebruiken,' zei Robert.

'Dat werkt toch niet,' zei Peter. 'Normale mensen doen zelf de deur dicht.'

'Kalm maar,' zei Mark. 'Ze gaan nergens naartoe. Nu niet tenminste. Dat terugbrengen van die koffer heeft ze uit het lood geslagen. In ieder geval geloven ze nu weer in de monteur.'

'We kunnen niet te lang meer wachten met de deur op slot doen. We moeten ze opwarmen. Hun emotionele staat is belangrijk. De timing wordt belangrijk.'

'Bedenk maar iets dan.'

Peter richtte zijn blik weer op de schermen.

Reacher had het ouderwetse tankstation aan de rand van de stad anderhalve kilometer achter zich gelaten, na een flauwe bocht door bossen zo dicht als die alleen in sprookjes en in New England bestaan, toen hij achter zich gezoef van banden op het asfalt hoorde. De auto remde af en bleef stapvoets tien meter achter hem rijden.

Hij bleef staan en draaide zich om.

Het was een zwarte personenwagen, middenklasse, keurig onderhouden, maar geen luxe-uitvoering. Lak waar chroom had kunnen zitten, kale velgen zonder wieldoppen en grijze, synthetische bekleding. Op de kofferbak stak een antenne omhoog. Een patrouillewagen zonder herkenningstekens. Achter het stuur zat Jim Shaw, hoofd recherche van de politie in Laconia. De man die Reacher samen met Brenda Amos de dag ervoor had ontvangen. De roodharige Ier. Zo, in actie, oogde hij als een daadkrachtig man vol zelfvertrouwen. Hij zat alleen in de auto. Hij liet zijn raampje zakken. Reacher liep naar hem toe, maar bleef op een afstand van twee meter staan.

'Wat kan ik voor u doen?' vroeg hij.

'Brenda vertelde me dat u deze kant op zou gaan,' zei Shaw.

'Wilt u me een lift aanbieden?'

'Als ik u een lift geef, gaat u mee terug naar de stad.'

'Hoezo?'

'Het huis-aan-huisonderzoek heeft een vrouw opgeleverd die in de steeg woont bij de plaats delict. Ze werkt in een bar in Manchester, die voor de helft eigendom is van de lui voor wie de vader van die jongen werkt. We hebben haar een heleboel scherpe vragen gesteld en na verloop van tijd heeft ze ons verteld wat er gisteravond is gebeurd. Van begin tot eind. Van a tot z. Alles behalve een fysieke beschrijving van de man die haar heeft gered. Ze beweert dat ze zo gespannen was, dat alles langs haar heen ging.'

'Dat komt vaker voor, denk ik,' zei Reacher.

'Ze liegt. Waarom ook niet? Ze neemt iemand in bescherming die haar een dienst heeft bewezen. Maar we hebben andere aanwijzingen. Ze is zeer vakkundig gered, geloof me. Die jongen ziet eruit alsof hij onder een trein is gekomen. We zijn dus niet op zoek naar een klein mannetje. We zijn op zoek naar een grote kerel. Waarschijnlijk iemand die rechtshandig is. Waarschijnlijk iemand die vanochtend wakker is geworden met beschadigde knokkels. Er moet iets te zien zijn. Als je iemand zo'n dreun geeft, laat dat sporen na, geloof me.'

'Ik heb mijn hand opengehaald aan een bakstenen muurtje,' zei Reacher.

'Dat zei Brenda al.'

'Dat soort dingen gebeurt.'

'Iemand die slimmer is dan ik zou een en een bij elkaar optellen. De vrouw die in de bar werkt, komt midden in de nacht thuis, op een exact voorspelbaar tijdstip, omdat er 's nachts geen hinderlijk verkeer is. De jongen staat haar op te wachten. Ze roept om hulp, wat een man wekt die daar vlak in de buurt ligt te slapen. Hij stapt uit bed en gaat een kijkje nemen, wat ertoe leidt dat hij die jongen bij de lurven grijpt en een pak slaag geeft.'

'U zei dat ze u dat allemaal al had verteld, van a tot z. Dan hoeft u het niet meer in elkaar te flansen.'

'Het interessante deel van het verhaal is "vlak in de buurt". Hoe dichtbij moet iemand zijn om die kreet om hulp te kunnen horen en zo snel ter plekke te zijn? Vrij dichtbij, denken we. De vrouw zei dat ze niet heel erg hard om hulp had geroepen. Die jongen probeerde haar op dat moment met zijn hand de mond te snoeren. Het was heel duidelijk geen luide schreeuw. Die reddende engel moet er dus heel dichtbij hebben liggen slapen. Hij was vrijwel onmiddellijk ter plekke. Dus we denken aan een afstand van hooguit één huizenblok.'

'Er spelen vast een heleboel variabelen een rol,' zei Reacher. 'Misschien komt het uiteindelijk wel neer op de vraag hoe goed het gehoor van mensen is en hoe snel ze zich kunnen aankleden. Misschien bestaat er wel een verband tussen beide. U zou een reeks experimenten kunnen opzetten. U zou de universiteit erbij kunnen betrekken. U zou er een artikel over kunnen schrijven voor een tijdschrift over criminologie.'

'Wie een beetje nadenkt, weet meteen dat je een vrouw die niet al te hard om hulp roept, hooguit kunt horen door ramen die aan de straat grenzen, maar niet verder dan tot aan de eerstvolgende zijstraat. Het onderzoek heeft aangetoond dat er vannacht maar zes vertrekken met dergelijke ramen bezet waren. In veel van de appartementen zijn tegenwoordig kantoren gevestigd. Daar is 's nachts niemand. Maar we hadden toch nog een lijst met zes mensen. En wat leverde dat op?'

'Dat zou ik niet kunnen zeggen.'

'Vijf van de zes vielen onmiddellijk af. Twee omdat het vrouwen waren en drie omdat het mannen waren die te oud, te zwak en te tenger gebouwd waren. Een van die mannen was ouder dan negentig. De twee anderen waren de zestig gepasseerd. Ze zouden geen schijn van kans hebben gehad tegen die jongen. Niet met de gevolgen die het voor de jongen had.'

'Om vijf uur sliep ik,' zei Reacher.

'Dat heeft Brenda me verteld, en omdat u ooit zelf een collega bent geweest, geloven we u. En omdat die knul een rotzak was, vinden we het hoe dan ook niet erg. Zelfs niet nu we weten dat het helemaal niet meer van belang is wat u vannacht om vijf uur deed. De vrouw die in de bar werkte, kwam om drie uur thuis. Ze vertelde Brenda dat haar de nacht ervoor hetzelfde was overkomen. U vertelde Brenda dat u de nacht ervoor wakker was geworden. Om drie uur. Maar het interesseert ons niet. Alleen heeft Brenda me ook gezegd dat ze u heeft verteld dat de vader van de rotzak zich verplicht voelt om te reageren.'

'Dat heeft ze me verteld.'

'En daar gaat het om. U moet even goed nadenken. Oké, misschien is het joch werkelijk een beetje licht in zijn hoofd. Misschien kan hij zich werkelijk zijn belager niet meer herinneren. Daar kunt u alleen niet op vertrouwen. Als wij het plaatje kunnen inkleuren zonder ooggetuigen, kunnen zij dat ook. Ze zullen op zoek gaan naar een grote kerel met een beschadigde rechterhand. Je kunt hun forensische onderzoek niet te slim af zijn door je knokkels langs een muur te halen, niet omdat ze geen muren hebben, maar omdat ze geen forensisch onderzoek doen. Ze werken met andere methoden. Ze sturen iemand op pad die weet hoe hij de klus moet klaren. Wij willen hier geen problemen.'

'Heeft die jongen zijn vader al gebeld?'

'Hij belde eerst zijn advocaat. Ongetwijfeld heeft de advocaat de vader gebeld. Ze zijn inmiddels een halfuur op de hoogte van het voorval. Ze zijn druk in de weer. Op dit moment verdwijnt in diverse staten het ene na het andere wegwerptoestel in de afvalbak, geloof me. Waarschijnlijk zijn er nog geen besluiten genomen, maar dat zal niet lang meer duren. Ze komen eraan, en het is maar beter dat ze u dan niet meer hier aantreffen. Het lijkt me het beste als u nog even een kijkje neemt op het oude adres en dan doorloopt. Het lijkt me het beste als u niet meer terugkomt.'

'Omdat u geen problemen wilt?'

'U wel?'

'Nee,' zei Reacher. 'In het algemeen gesproken denk ik dat je problemen beter kunt mijden. Je zou het zelfs als een vuistregel kunnen beschouwen.'

'Denken we er dus hetzelfde over?'

'We denken allebei dezelfde kant op. Misschien met kleine accentverschillen.'

'Ik maak geen grapje,' zei Shaw. 'Ik wil geen problemen.'

'Rustig maar,' zei Reacher. 'Ik loop wel door. Dat doe ik altijd. Ik loop wel door, op voorwaarde dat ik Ryantown vind.'

'Geen voorwaarden. U moet mij niet vertellen wat u eerst gaat doen. Ik maak geen grapje. Ik meen het. Ik wil geen problemen in mijn stad.'

'Ryantown is niet van u. Als u me niet gelooft, kunt u het navragen bij de man die het archief van de volkstellingen beheert. Die praat u wel even bij.'

'Voor lui uit Boston is het allemaal Laconia. Morgen zijn ze hier en dan gaan ze vragen stellen. Heeft iemand een grote kerel gezien met een beschadigde hand?'

'Morgen?' zei Reacher.

'Die kerel laten ze niet gaan.'

'Maar tot morgen is het nog legaal om over de wegen van de county te lopen.'

'Dat is het probleem met het stellen van voorwaarden. Morgen loopt u nog steeds. U kunt wel altijd blijven lopen. Er kunnen wel tien van die lui actief zijn in de stad voordat u beseft dat u nooit ofte nimmer te weten zult komen of Ryantown wel of niet heeft bestaan. Al die plaatsen van vroeger zijn tegenwoordig niet meer dan een hobbel in de weg. Wie moet in godsnaam zeggen welke hobbel welk gehucht is geweest? Dus, doe me een lol, oké? Zoek een hobbel en noem die Ryantown en maak u dan als de weerlicht uit de voeten, bij voorkeur zonder omwegen en zonder te stoppen, bij voorkeur naar het noorden, het oosten of het westen.'

Reacher knikte, draaide zich om en liep verder. Hij zwaaide nog een keer zonder om te kijken. Achter zich hoorde hij de geluiden van de stuurbekrachtiging en daarna de wegstervende geluiden van de banden over het asfalt. Hij liep in een stevig tempo door, zes kilometer per uur, op zijn gemak. De ochtend was fris. De weg lag helemaal in de schaduw. Hij keek op de kaart bij een afslag naar links die naar een grijze vlek leidde, in dit geval een grijze vlek zonder water. Precies op de plek waar hij volgens de kaart zou moeten zijn. Hij was op het juiste spoor. Het was een goede kaart. Nog een kleine tien kilometer te gaan.

Hij liep verder.

Patty en Shorty zaten lang nadat de dag was aangebroken nog steeds op de rand van het bed. Ze hadden uren naar hun bagage zitten staren, alsof ze erdoor gehypnotiseerd werden. De plotselinge, onverwachte ommekeer van het lot, de desastreuze afloop van hun epische, zwaarbevochten tocht naar de vrijheid was moeilijk te verwerken. Het was alsof die drie kilometer hard duwen achter de quad nooit hadden plaatsgevonden. Maar dat was wel gebeurd. Uren en uren werk, voor niets. Een maximale inspanning met gekromde rug. En het resultaat was nul komma nul. Ze waren geen meter opgeschoten. Een bittere pil.

'Denk je dat dat verhaal over die studenten waar is?' vroeg Patty.

'Ben je gek?' zei Shorty. 'Je weet toch dat we die koffer daar zelf naartoe hebben gesleept.'

'Ik bedoel niet deze keer. Ik bedoel in het algemeen.'

'Dat weet ik niet,' zei Shorty. 'Daar heb ik geen ervaring mee. Maar het zou best waar kunnen zijn. Het heeft iets logisch, want Peter weet natuurlijk niet dat wij onze spullen daarheen hebben gesleept. Het enige wat hij weet, is dat hij onze spullen daar onder de heg vond. En dat viel natuurlijk moeilijk te verklaren. Het moet hem iets uit het verleden in herinnering hebben gebracht, waarvan hij dacht dat het weer opnieuw gebeurde. Dat was natuurlijk niet zo, maar het toont aan dat er ooit zoiets gebeurd zal zijn, anders kon het ook niet komen bovendrijven in zijn herinnering, toch?'

'Die redenering deugt niet.'

'Nee?'

'Maar dat maakt niet uit. Wat hij zei, is belangrijk. En wat hij zei, was gek.'

'Ja?'

'Hij zei dat studenten iedere keer weer de borden stelen die naar het motel verwijzen.'

'Misschien is dat wel zo. Misschien zijn ze daarom nu ook weg.'

'Maar als je zegt "iedere keer weer", bedoel je jaar na jaar.'

'Ik denk het.'

'Zoals jij zou kunnen zeggen dat die vier hectare bij de beek iedere keer weer onderlopen.'

'Dat is ook zo. Precies zoals je zegt, jaar na jaar.'

'Precies. Als je zegt iedere keer weer, praat je over een langere periode. En toen zei hij dat ze dachten dat een paar jaar geleden het stelen van die tassen weer was overgewaaid. En als je denkt dat je verlost bent van vervelende onzin, moet je daar eerst onder te lijden hebben gehad. Toch zeker een jaar, aan het begin van beide semesters. Studenten doen vast rare dingen op verschillende tijdstippen.'

'Oké,' zei Shorty. 'Zeg maar minstens drie jaar. Eén jaar lijden en twee jaar niet.'

'Maar alles wat ze verder hebben gezegd, geeft de indruk dat ze hier net dat motel begonnen zijn, alsof dit hun eerste seizoen is. Die verhalen kloppen niet met elkaar.'

Shorty zweeg een hele tijd.

'Maar je hebt met de monteur gepraat,' zei hij.

'Ja,' zei Patty. 'Ik heb met de monteur gepraat.'

'En die monteur was echt?'

'Ja,' zei Patty. 'Die was echt.'

'Vertel het nog eens.'

'Hij klonk opgewekt en klaarwakker en zo fris als een hoentje. Hij was vriendelijk en beleefd. Hij leek vakkundig maar niet wijsneuzerig. Hij was een immigrant. Misschien wel zo iemand die een stap terug doet qua werk. Vergeleken met wat hij deed in het land van herkomst, bedoel ik. Hij zei iets over het Joegoslavische leger. Misschien is hij ooit sergeant geweest in een pantserdivisie, terwijl hij nu op een sleepwagen rijdt. Zoiets. Maar hij doet zijn best. Die sleepwagen van hem glimt aan alle kanten. Hij zal zich weer helemaal opwerken, let op mijn woorden. Dit wordt een klassiek verhaal.'

'Dat kon je allemaal horen in zijn stem?'

'Zo voelde dat. Hij stelde technische vragen. Hij wist wat hij van ons moest weten. Hij was bang dat Mark ons had wakker gemaakt. Hij klonk verontschuldigend.'

'En in het ergste geval?' vroeg Shorty.

'Is het zo'n gladde, drukke prater die jou niet eens ziet staan totdat er werkelijk iets moet gebeuren. Eigenlijk denk ik dat hij zijn verontschuldigingen aanbood voor het feit dat hij gisteren niet meteen had begrepen hoe de vork in de steel stak.'

'Dat klinkt echt,' zei Shorty.

'We komen er snel genoeg achter,' zei Patty. 'Het duurt maximaal vier uur, dat heeft hij beloofd.'

Anderhalve kilometer verder hielden de bossen op en ontvouwde zich een glooiend landschap met paarden- en koeienweiden. Reacher liep verder, zich bewust van de afstand, en dacht aan een jongen op een fiets. Het voelde aan als een fikse afstand, maar misschien was het dat niet. De tijden waren veranderd. Vroeger werd tien kilometer lopen of twintig kilometer fietsen heel normaal gevonden. Voor een jongen met een hobby was dertien kilometer fietsen niets bijzonders. Of eigenlijk veertien, want je moest de afstand in de stad naar het centrum ook meetellen. Want dat was waar hij was gezien, laat op de avond in september 1943. Wat deed hij die avond? De oude dame van de vogelaarsclub had er niet bij verteld dat hij een verrekijker om zijn nek had gehad. Het leek Reacher dat ze dat wel verteld zou hebben als het zo was geweest. Hij was er dus om een andere reden. In theorie konden dat natuurlijk honderden verschillende redenen zijn, voor een jongen van zestien, ware het niet dat 1943 niet zomaar een jaar was. De oorlog was ondertussen twee jaar aan de gang. Alles wat nog niet op was, was op de bon. De mensen waren somber en bezorgd. Ze maakten lange dagen op het werk. Het was moeilijk om je voor te stellen dat er nog vrolijk vermaak gaande was, van het soort dat een jongen van zestien zou doen besluiten om op de fiets veertien kilometer af te leggen naar het centrum van een stug stadje in New Hampshire, in het najaar, 's avonds, onder die omstandigheden.

Ze had trouwens ook niets gezegd over een fiets. Misschien had hij die ergens neergezet. Misschien liep hij terug naar de plek waar hij hem had achtergelaten. Met zijn vriend. Misschien stond de fiets van zijn vriend daar ook. En toen waren ze die grote jongen tegengekomen.

Reacher liep verder. Verderop links bevond zich zijn bestemming. Hij liet zijn blik dwalen tot aan de horizon. Daar moest Ryantown ergens liggen. Misschien. Hij keek op de kaart. De weg die hij wilde inslaan, was een flauwe afslag, anderhalve kilometer verder. Even daarvoor liep een pad ongeveer in dezelfde richting, maar dunner en korter. Niet veel meer dan een karrenspoor. Misschien kwam dat van pas, misschien ook niet. In het gunstigste geval voerde het naar een statige oude boerderij, al twee eeuwen lang overgegaan van vader op zoon, waar bij het fornuis in de keuken een stokoude boer op een houten stoel met spijltjes in de rugleuning zat, een plaid over de knieën, die bereid was om uren uit te weiden over buren die in lang vervlogen tijden iets verderop naar het noorden hadden gewoond.

Je moest er het beste van hopen, maar je voorbereiden op het ergste, was een van Reachers vuistregels.

Hij liep verder en sloeg het smalle pad in. Al snel zag hij dat het niet naar een statige boerderij voerde. In plaats daarvan doemde er een comfortabel vrijstaand huis met een verdieping op, ongeveer even oud als Reacher zelf. Dus gebouwd jaren nadat Ryantown van de aardbodem was verdwenen. Dit zou dus ook niets opleveren. Geen oude grijsaard boordevol herinneringen. Tenzij het huis in de plaats was gekomen van een oude boerderij. Dat kon je niet uitsluiten. Dat gebeurde vaak. Misschien hadden ze het statige oude pand afgebroken. Misschien was het niet langer bewoonbaar, gerekend naar de huidige maatstaven. Misschien was het afgebrand omdat de elektrische bedrading niet deugde. Misschien was dat nog de oorspronkelijke bedrading geweest, met een linnen mantel, en hadden ze allemaal op tijd uit het brandende huis kunnen komen, en hadden ze een nieuw huis op de plaats van het oude gebouwd, wat zou betekenen dat de oude grijsaard niet meer in de keuken op een houten stoel met spijltjes in de rugleuning zou zitten, maar in de woonkamer in een sta-opstoel met een bekleding van namaakleer. Het zou natuurlijk nog wel dezelfde man zijn, boordevol verhalen.

Je moest er het beste van hopen.

Hij liep verder. Het huis was van een harmonieus ontwerp en werd liefdevol onderhouden, alsof het steeds een jaar eerder dan noodzakelijk in de verf werd gezet. Eromheen stonden struiken die getuigden van een verstandige keuze, keurig gesnoeid. Een carport beschermde een schone pick-up voor huishoudelijk gebruik tegen de bleke stralen van de ochtendzon. Een witgeschilderd tuinhek omsloot een stukje grond van een are, alsof het een stadstuintje was.

Achter het hek liep een roedel honden.

Zes stuks. Ze blaften nog niet. Het waren allemaal bastaardhonden, allemaal scharminkels. Niet één heel groot of heel klein. Misschien wel honderd verschillende rassen door elkaar. Ze stonden met zijn zessen meteen achter het hekje. Hij zou tussen hen door moeten lopen. Hij was niet bang voor honden. Hij was van mening dat een zekere mate van wederzijds vertrouwen de meeste problemen oploste. Hij was niet van plan om die honden te bijten, dus was er ook geen reden te veronderstellen dat ze hem zouden bijten.

Hij deed het hekje open. De honden besnuffelden hem. Ze liepen achter hem aan over het tuinpad naar de voordeur. Hij belde aan, deed een stap achteruit en wachtte in de zon. De honden verdrongen elkaar om zijn knieën. Na verloop van enige tijd ging de voordeur open. Achter de hor verscheen een man. Een slanke man met kortgeschoren, grijs haar en een pientere uitdrukking op zijn gezicht. Hij droeg een spijkerbroek uit een winkel voor agrarische benodigdheden en een effen grijs T-shirt. Hij was oud genoeg voor seniorenkorting, maar nog lang niet oud genoeg om met een wandelstok te lopen. Om zijn knieën drentelde meteen een tweede groep honden. Nog eens zes. Misschien de oude generatie. Sommige honden begonnen grijs te worden. Reacher wachtte terwijl de man een reeks mogelijkheden voor een begroeting overwoog, alsof hij probeerde een begroeting te vinden die passend was voor de omstandigheden. Omstandigheden waarin een willekeurige wandelaar zich vanuit het niets onaangekondigd en stilletjes bij zijn voordeur had gemanifesteerd. Kennelijk lukte het hem niet iets passends te vinden, want uiteindelijk zei hij: 'Ja?'

'Het spijt me dat ik u stoor, meneer,' zei Reacher. 'Maar ik kwam voorbij en wil u graag iets vragen over huizen iets verder naar het noorden. Ik vroeg me af of u misschien de leemten in mijn informatie zou kunnen opvullen.'

'Bent u een verkoper?' vroeg de man.

'Nee, meneer.'

'Verzekeringen?'

'Nee, meneer.'

'Een of andere advocaat?'

'Niet schuldig.'

'Bent u van de overheid?'

'Nee, meneer, ook dat niet.'

'Ik geloof dat u verplicht bent me dat te vertellen als het wel zo is.'

'Ik begrijp het, maar ik ben niet van de overheid.'

'Oké,' zei de man.

Hij deed de hordeur open om handen te schudden.

'Bruce Jones,' zei hij.

'Jack Reacher.'

Jones deed de hordeur weer dicht. Misschien om de oude honden binnen te houden en de jonge honden buiten.

'Welke huizen?' vroeg hij.

'Daar waar de volgende weg de beek kruist,' zei Reacher. Hij wees naar het noordwesten. 'Een kilometer of drie van hier,' zei hij. 'De verlaten resten van een gehuchtje met een fabriek. Waarschijnlijk staat er niets meer overeind. Waarschijnlijk kun je er alleen nog de fundamenten zien.'

'Niet op mijn land.'

'Hoelang woont u hier al?'

'U bent wel akelig snel met uw vragen, meneer. Misschien moet u eerst maar eens vertellen wat uw bedoeling is.'

'Mijn vader is daar opgegroeid. Ik wil er gaan kijken. Dat is alles.'

'Dan spijt het me dat ik u niet verder kan helpen. Het klinkt als iets waar je toevallig op moet stuiten. Ik heb nog nooit van zoiets gehoord. Hoelang geleden is het verlaten?'

'Minstens zestig jaar,' zei Reacher. 'Misschien nog wel langer geleden.'

'Ik weet niet van wie dat land nu is, daar bij de beek. Misschien weet de eigenaar of er nog resten van huizen zijn, misschien ook niet. Als ze er zestig jaar geleden een afrastering omheen hebben gezet om de koeien buiten te houden, moet het nu volledig overwoekerd zijn. Hoe groot zou het moeten zijn?'

'Misschien een hectare.'

'Dan komt elk bosje dat u ziet in aanmerking.'

'Oké,' zei Reacher. 'Dat is goed om te weten. Ik zal er een paar bekijken. Hartelijk dank.'

Jones knikte, met dezelfde verstandige blik in de ogen als even daarvoor. Reacher draaide zich om en liep terug over het tuinpad, gevolgd door zes geduldige honden. Achter zich hoorde hij eerst de deur dichtgaan, toen weer opengaan, het droge krakende geluid van een stijve dranger, gevolgd door het opengaan van de hordeur. Hij draaide zich weer om en zag hoe Jones zijn hoofd naar buiten stak en om de deur heen keek, terwijl hij met zijn been de zes honden tegenhield.

‘Zei u een fabriek?’ riep hij.

‘Een klein fabriekje,’ zei Reacher.

‘Kan het iets te maken hebben gehad met milieuvervuiling?’

‘Misschien. Het was een tingieterij. Er werd vast wel een bepaalde hoeveelheid rotzooi geloosd.’

‘Kom maar even binnen,’ zei Jones.

De hordeur kraakte nu helemaal open en klapte achter hem dicht, voor Reacher met zijn beperkte ervaring van huiselijk leven ongeveer de standaardgeluiden van de zomer in New England. Hondenpoten tikten op de vloer. Alle zes kwamen met hem mee naar binnen. De unieke geur van het huis kwam hem tegemoet. Binnen was het even schoon en goed onderhouden als buiten. Jones ging hem voor naar een nis bij de open woonkeuken. Twaalf honden drentelden om hen heen. Er was geen woonkamer, geen sta-opstoel met een bekleding van namaakleer, geen oude grijsaard met een plaid over de knieën. De nis werd gebruikt als thuiskantoor. Hij was redelijk groot, maar het huis was ondertussen twee generaties oud en de nis wekte de indruk dat ieder lid van beide generaties daar elk snippertje papier had bewaard dat hun onder ogen was gekomen. In eerste instantie trok Jones een gelagerde la van een dossierkast open. Hij bladerde door een van de uitpuilende dossiermappen die aan doorzakkende stalen stangen hingen. Kennelijk leverde dat niets op, want hij schoof een stapel archiefdozen opzij, tot hij de doos vond die hij zocht. De doos zat boordevol met eveneens uitpuilende dossiermappen. Hij bladerde de eerste map in zijn geheel door en toen een tweede gedeeltelijk. Hij trok er een vel papier met vervaagde tekst uit.

‘Hier,’ zei hij.

Reacher pakte het vel papier aan. Het was een met een kopieerapparaat gemaakte nieuwsbrief van acht jaar geleden. Zo op het oog een nieuwsbrief uit een hele reeks waarin een zaak tot in de kleinste details uit de doeken werd gedaan. Van de lezer werd verwacht dat hij enigszins op de hoogte was van de voorgeschiedenis, maar ook zonder die kennis was het goed te volgen. De zaak ging over Ryantown.

Er werd zijdelings verwezen naar de voorgeschiedenis, door de vermelding van de eerste keer dat de fabriek in de archieven opdook, en de beschrijving van de hoogtijdagen qua productie, wat een beeld opriep van weerzinwekkende rookwolken, razende vuren en kokende metalen, een soort miniatuurhel, een beeld waar de dichter Dante trots op zou zijn geweest. Zij het dat er in de volgende zin tussen haakjes schoorvoetend werd toegegeven dat de bij de vorige editie afgedrukte foto, gebruikt om aan te geven hoe erg het was, niet was gemaakt in Ryantown, maar uit een commerciële verzameling foto's was geplukt. Het was een foto van tien jaar eerder van een fabrieksstadje in Massachusetts, maar ze hadden die foto absoluut niet afgedrukt om de lezer te misleiden. Het moest eerder worden gezien als een keuze die werd ingegeven door de dramatische strekking van het verhaal, omdat zo'n triest onderwerp nu eenmaal om dergelijke foto's vroeg en een al te realistisch verslag alleen maar afbreuk aan de zaak zou doen.

Na die verontschuldiging werd het accent verlegd naar de op dat moment actuele heksenjacht, die deels politiek, deels juridisch en deels volslagen waanzinnig was. Kennelijk was het nog niet definitief bewezen dat Ryantowns oude minerale reststoffen het grondwater van deze of gene hadden vervuild, maar dat zou ongetwijfeld worden bewezen. Over niet al te lange tijd. Een aantal vooraanstaande wetenschappers van wereldfaam werkte eraan. Het was slechts een kwestie van tijd. Het was dus zaak om er klaar voor te zijn. En in dat opzicht viel er nu fantastisch nieuws te melden. De lange rij erfgenamen en rechthebbenden van de oude Marcus Ryan was eindelijk in kaart gebracht en het was nu onomstotelijk aangetoond dat de resterende aandelen van Marcus' bedrijf waren gebundeld met andere vrijwel waardeloze aandelen en waren meegevoerd in een zestig jaar durende stormvloed van overnames en uitverkopen, waarbij grote bedrijven kleine bedrijfjes opslokten, met als uiteindelijk resultaat dat de aandelen nu in handen waren van een gigantisch mijnbedrijf dat zetelde in Colorado. Een doorbraak met een enorme betekenis, want er kon nu eindelijk iemand aansprakelijk worden gesteld voor de ecologische ramp in Ryantown. De dagvaardingen waren uitgetypt en konden op de post.

De nieuwsbrief sloot af met een oproep aan alle verontruste burgers om een bijeenkomst bij te wonen. Hij was ondertekend met een overduidelijk pseudoniem, dat vergezeld ging van een e-mailadres.

Reacher gaf Jones de nieuwsbrief terug.

'Wat vond u hiervan destijds?' vroeg hij.

'Er is niets mis met ons water,' zei Jones. 'Er is nooit iets mis geweest met ons water. Ik kan me herinneren dat ik in eerste instantie dacht dat die man een advocaat moest zijn die probeerde te profiteren. Ik dacht dat hij een grote onderneming in de smiezen had gekregen om een klassieke aansprakelijkheidszaak tegen te voeren. Misschien zou de onderneming aansturen op een schikking om hem de mond te snoeren. Vervuild water is altijd slecht voor de reputatie. De advocaat zou bij een groepsvordering een derde van de opbrengst opstrijken. Maar ik heb er later nooit meer iets over gehoord. Het zal wel zijn doodgebloed. Ik neem aan dat hij nooit bewijzen in handen heeft gekregen. En dat is ook logisch, want ons water is gewoon goed.'

'U zei dat u in eerste instantie dacht dat het om een advocaat ging.'

'Later hoorde ik dat het een oude idioot was die acht kilometer verderop woont. Ik heb hem een keer ontmoet en hij lijkt me vrij onschuldig. Hij is niet uit op geld. Hij wil dat ze toegeven dat ze foute dingen hebben gedaan. Een soort openbare schuldbekentenis. Kennelijk is dat heel belangrijk voor hem.'

'Bent u niet naar die bijeenkomst geweest?'

'Ik hou niet van bijeenkomsten.'

'Jammer,' zei Reacher.

'Waarom?'

'Eén heel belangrijk aspect van Ryantown stond niet in de nieuwsbrief.'

'En dat is?'

'Waar Ryantown ligt.'

'Ik dacht dat u dat wist. U had het over de zijweg en de beek.'

'Dat was een beredeneerde gok. Bovendien hebt u me verteld dat het eruit moet zien als een stukje oerwoud. Wat op het eerste gezicht zo ongeveer op twee derde van de hele staat New Hampshire slaat en ik heb geen zin er de hele dag aan te besteden.'

'Om een bezoek te brengen aan de plek waar uw vader is opgegroeid? Daar zouden veel mensen best een hele dag aan willen besteden.'

'Waar is uw vader opgegroeid?'

'Hier op deze plek.'

'Een mooie plek om op te groeien, dat zie je zo. We hebben alleen net geconstateerd dat Ryantown niet meer dan een overwoekerde wildernis is. Dat maakt een groot verschil.'

'Het zou een belangrijke gevoelswaarde kunnen hebben. De meeste mensen willen graag weten waar ze vandaan komen.'

'Op dit moment zou ik liever willen weten wat iemand nodig heeft om een fabriek te runnen. Een weg natuurlijk, en water. Zou hij nog meer nodig hebben?'

'Hoe moet ik dat weten?'

'U weet hoe land wordt gebruikt.'

'Ik zou zeggen een plek waar de weg het water kruist. Zoek naar rechthoekige bosjes. De buren zullen ongetwijfeld hebben geprobeerd hun grasland af te schermen. Ze zullen een afrastering rond instortende gebouwen hebben gezet, lang voordat de jonge scheuten van bomen opkwamen van zaad dat de wind erheen had geblazen. Zo'n bosje moet dan dezelfde vorm hebben als die afrastering, terwijl het meestal andersom gaat.'

'Dank u,' zei Reacher.

'Succes,' zei Jones.

De hordeur kraakte voor hem open en klapte achter hem dicht. Hij liep over het tuinpad, gevolgd door alle twaalf honden.

16

Patty en Shorty waren naar buiten gegaan en waren in hun tuinstoelen gaan zitten. Patty keek naar het uitzicht, dat bestond uit de roerloze Honda op de stenige parkeerplaats, met daarachter tachtig are vlak land en vervolgens de donkere bosrand, even onvermurwbaar als een muur.

Ze keek op haar horloge.

'Hoe komt het dat het altijd dichter in de buurt van vier uur duurt dan twee uur, als iemand "tussen twee en vier uur" zegt?' vroeg ze.

'De ziekte van Parkinson,' zei Shorty. 'Werk dijt uit als er meer tijd voor is.'

'Je hebt het over de wet,' zei Patty. 'Niet de ziekte. Dat is wanneer je de bibbers krijgt.'

'Ik dacht dat je dat van te veel drinken kreeg.'

'Da's weer wat anders.'

'Hoeveel tijd heeft hij nog?'

Patty keek opnieuw op haar horloge en rekende het uit.

'Drieëndertig minuten,' zei ze.

'Misschien bedoelde hij het niet zo exact.'

'Hij zei "twee uur op zijn vroegst, maximaal vier uur". Dat klinkt nogal precies, vind ik. En daarna zei hij "Ik beloof dat ik jullie weer op weg help". Met dat accent.'

Shorty keek naar het donkere begin van de tunnel met het pad naar de tweebaansweg.

'Vertel me nog eens al die monteursdingen die hij tegen je zei.'

'Het beste wat hij zei was dat hij de rekeningen moest betalen. Hij zei dat hij nog even naar de snelweg moest en dat hij hoopte dat hij mazzel zou hebben met een auto met pech. Dat klonk heel professioneel. Het klonk als iets wat alleen een monteur zegt. Een monteur is de enige die mazzel heeft als een auto pech heeft.'

'Hij klinkt echt,' zei Shorty.

'Ik denk dat hij echt is,' zei Patty. 'Ik denk dat hij echt komt.'

Ze keken naar het pad. De zon stond hoger aan de hemel. De eerste rij bomen lichtte fel op. Stevige stammen, dicht op elkaar, daarachter nog meer stammen. Tussen de stammen struiken, bramen en afgevallen takken die waren blijven liggen zoals ze gevallen waren en alle kanten op staken.

'Hoelang heeft hij nu nog?' vroeg Shorty.

Patty keek op haar horloge.

'Vierentwintig minuten,' zei ze.

Shorty zei niets.

'Hij heeft het beloofd,' zei ze.

Ze keken naar het pad.

Toen voelden ze voordat ze het zagen dat hij in aantocht was. Langzaam zwol in de verte een diep basgeluid aan, een trilling, alsof de spanning in een film werd opgevoerd, alsof enorme massa's lucht aan de kant werden geranseld. Het zoemen ging over in het zware, hamerende geluid van een enorme dieselmotor en het bijna onhoorbare geluid van dikke banden die een gigantisch gewicht meetorsten. Toen zagen ze een truck het bos uit rijden. Een sleepwagen. Een enorme sleepwagen. Een sleepwagen voor het zware werk. Het soort sleepwagen waarmee je zelfs een vrachtwagen van veertig ton van de snelweg kon halen. Hij was vuurrood. De motor brulde. Hij stampte in een lage versnelling voort.

Patty stond op en zwaaide.

De sleepwagen bonkte van het asfalt het terrein op. Patty had gezegd dat het ding als een spiegel zou glimmen, alleen afgaande op de stem van de man, en ze kreeg gelijk. Hij glom als een praalwagen. De rode lak was gepoetst en gepolijst. Er waren goudkleurige accenten en sierlijntjes op aangebracht. Vergrendelingen en knoppen waren verchroomd en hadden stuk voor stuk een verblindende glans. De naam van de man stond op de zijkant van de wagen. Trots, drukletters, een halve meter hoog. Hij heette Karel, niet Carol.

'Wow,' zei Shorty. 'Fantastisch.'

'Zo lijkt het wel,' zei Patty.

'Nu kunnen we hier eindelijk weg.'

'Als hij de auto kan maken.'

'We gaan hoe dan ook hier weg. Hij vertrekt niet zonder ons. Oké? Hij repareert de auto en als dat niet kan, geeft hij ons een lift. Maakt niet uit wat die klootzakken gaan zeggen. Afgesproken?'

'Afgesproken,' zei Patty.

De sleepwagen kwam achter de Honda tot stilstand. De motor beperkte zich tot een grommend stationair toerental. Ergens heel hoog ging een portier open. Een man klom uit de cabine op de bovenste sport van een laddertje en sprong toen naar beneden. Hij had een doorsneelengte en was gespierd. Hij landde op zijn tenen en veerde weer omhoog, vol energie. Hij had zijn hoofd kaalgeschoren. De kop van iemand op een foto van oorlogsmisdadigers. De luitenant met het uit steen gehouwen gezicht achter de rebelse kolonel met de zwarte baret. Maar hij glimlachte. Er schitterde iets in zijn ogen.

'Mevrouw Sundstrom?' zei hij. 'Meneer Fleck?'

'Zeg maar Patty en Shorty,' zei Patty.

'Ik ben Karel,' zei de man.

'Heel erg bedankt dat u deze kant op wilde komen,' zei Patty.

Hij haalde iets uit zijn zak. Het was een vuil, zwart doosje ter grootte van een pak speelkaarten, waar afgeknipte eindjes van draden uitstaken. 'We hadden mazzel met een wrak,' zei hij. 'Helemaal achter op het terrein van de sloper. Zelfde model als dat van jullie. Zelfde kleur zelfs. Was een half jaar geleden van achteren aangereden door een zandwagen. De voorkant was nog oké.'

Hij glimlachte bemoedigend en dreef hen met zachte drang naar hun kamer.

'Ga maar naar binnen om je spullen te pakken,' zei hij. 'Dit is in twee minuten gepiept.'

'We hebben al gepakt,' zei Patty. 'We kunnen zo weg.'

'Echt?'

'We hebben vanochtend vroeg alles al ingepakt. Of eigenlijk gisteravond laat. We wilden er absoluut klaar voor zijn.'

'Hebben jullie niet genoten van jullie verblijf?'

'We willen het liefst zo snel mogelijk verdergaan. We hadden nu al ergens anders moeten zijn. Meer niet. Afgezien daarvan is het hier fantastisch. Je vrienden zijn heel aardig voor ons geweest.'

'Ik ben nieuw. Het zijn mijn vrienden nog niet. Ik geloof dat mijn voorganger een vriend van ze was. Maar ik geloof dat er onenigheid is ontstaan. En dus bellen ze mij nu. Dat vind ik geweldig. Ik wil dat werk wel. Ik ben ambitieus.'

'Ik zou niet voor ze willen werken,' zei Shorty.

'Waarom niet?'

'Ik vind ze vreemd.'

Karel glimlachte.

'Het zijn klanten op mijn lijst,' zei hij. 'Hoe langer de lijst, hoe beter ik door de slappe tijd kom.'

'Maar dan nog,' zei Shorty.

'Negen quads en vijf auto's. Gegarandeerd werk. "Een beetje vreemd" is dan iets wat je makkelijk accepteert.'

'Vijf auto's?'

'Op dit moment. En een zitmaaier.'

'Ze zeiden tegen ons één auto,' zei Shorty. 'We hebben hem gezien.'

'Welke?'

'Een oude pick-up.'

'Dat is het werkpaard dat ze hier op het terrein gebruiken. Daarnaast hebben ze allemaal een Mercedes-SUV.'

'Je meent het.'

'Met alles erop en eraan.'

'Waar zijn die?'

'In de schuur.'

Shorty zei niets.

'Ik wil iets vragen,' zei Patty.

'Ga je gang,' zei Karel.

'Hoelang zijn ze hier al?'

'Dit was het eerste seizoen.'

'Maak alsjeblieft meteen onze auto,' zei Patty.

'Daar ben ik voor gekomen,' zei Karel.

Hij maakte de motorkap van de Honda open, met geoefende bewegingen waaruit veel ervaring sprak. Hij boog zich voorover en hield het zwarte doosje onder in het motorcompartiment alsof hij wilde kijken of het paste. Toen deed hij een stapje achteruit en keek met samengeknepen ogen onder de motorkap alsof hij tot zich moest laten doordringen wat hij zag. Hij kwam onder de motorkap vandaan en strekte zijn rug.

'Dat relais is eigenlijk in prima conditie,' zei hij.

'Waarom wil hij dan niet starten?' vroeg Patty.

'Er moet een ander probleem zijn.'

Karel stopte het zwarte doosje met de afgeknipte eindjes draad in zijn zak. Hij schuifelde opzij langs de bumper en dook vanuit een andere hoek nog een keer onder de motorkap.

'Probeer het nog eens met de contactsleutel,' zei hij. 'Ik wil horen hoe dood de boel is.'

Shorty ging achter het stuur zitten en draaide de sleutel om, aan, uit, aan, uit, klik, klik, klik, klik. 'Oké, duidelijk,' zei Karel.

Hij schuifelde helemaal voor de auto langs naar de andere kant en bukte zich weer. Naar de plek waar de accu op een frame was bevestigd. Hij stak zijn hoofd in het motorcompartiment en rekte zijn nek om onder de accu te kunnen kijken. Hij stak zijn hand onder de accu en voelde met zijn vingertop. Toen schuifelde hij achteruit, ging rechtop staan en verroerde zich even niet. Hij wierp een blik in de richting van de bossen, toen de andere kant op, naar de hoek bij kamer twaalf. Hij liep een paar stappen het terrein op zodat hij om de hoek kon kijken naar de schuur en het huis. Hij kwam weer teruglopen en wenkte Patty en Shorty mee naar hun kamer, voortdurend over zijn schouder kijkend, alsof hij zeker wilde weten dat niemand hen kon zien.

'Heeft een van die jongens aan jullie auto gezeten?'

'Peter,' zei Shorty.

'Waarom?'

'Hij zei dat hij het onderhoud deed van die quads en dus hadden we hem gevraagd naar de Honda te kijken.'

'Hij doet het onderhoud van die quads niet.'

'Heeft hij het erger gemaakt?'

Karel keek naar links en naar rechts.

'Hij heeft de kabel aan de pluspool van de accu doorgesneden.'

'Hoe? Per ongeluk?'

'Dat gaat niet per ongeluk,' zei Karel. 'Dat is een roodkoperen draad, dikker dan je vinger. Daar heb je een grote zijsnijtang voor nodig, een draadtang, en redelijk veel kracht. Je zou echt moeten weten waarmee je bezig was. Het kan alleen maar als je iets wilt saboteren.'

'Peter had een grote tang. Gisterochtend. Dat heb ik gezien.'

'Het effect is dat je de accu volledig loskoppelt van alles. Nul komma nul elektriciteit in de hele auto. De auto is verlamd. En dat is ook precies het symptoom van het probleem.'

'Ik wil het zien,' zei Shorty.

‘Kijk maar onder de accu,’ zei Karel.

Ze keken om de beurt, bogen zich diep voorover in het motorcompartiment en strekten hun nek om onder de accu te kunnen kijken. Daar zagen ze een stijve zwarte kabel, overduidelijk doorgeknipt, beide uiteinden een eind van elkaar, het rode koper glimmend zichtbaar. Ze liepen terug naar de plek waar Karel stond te wachten.

‘Het spijt me,’ zei hij. ‘Ik weet niet wat ik moet zeggen. Ik ken die lui eigenlijk nog niet zo goed. Misschien bedoelen ze dit wel als een flauwe grap, maar ik vind het nogal misplaatst. Het wordt een dure klus om die kabel te vervangen. Dat draad is bijna onbuigbaar, bijna net zo stijf als een koperen waterleiding. Je moet een heleboel andere onderdelen weghalen om er goed bij te kunnen.’

‘Je hoeft het niet te maken,’ zei Patty. ‘Je hoeft er niet eens over na te denken. Neem ons maar mee hiervandaan. Nu meteen. Geef ons maar een lift.’

‘Waarom?’

‘Het was geen flauwe grap. Ze houden ons hier vast. Ze willen ons niet laten gaan. Het lijkt wel of we opgesloten zitten.’

‘Dat klinkt wel heel vreemd.’

‘Maar het is zo. Ze houden ons aan het lijntje. We krijgen alleen maar leugens van ze te horen.’

‘Zoals?’

‘Ze zeiden dat wij de eerste gasten zijn in deze kamer, maar dat geloof ik niet.’

‘Dat is volslagen maf.’

‘Waarom?’

‘Omdat er een maand geleden mensen in die kamer hebben gezeten. Dat weet ik zeker omdat ik iemand in kamer negen een nieuwe band moest brengen.’

‘Ze zeiden dat jij hun beste vriend was.’

‘Een maand geleden was de tweede keer dat ik ze ooit heb gezien.’

‘Ze suggereerden dat ze hier al drie jaar zitten.’

‘Dat klopt niet. Ze zijn anderhalf jaar geleden op het toneel verschenen. Ze hebben enorm veel stennis geschopt over een bouwvergunning.’

‘Ze zeiden dat hun telefoon het gisteren niet deed, maar ik wil wedden dat hij het wel deed. Ze wilden ons gewoon hier houden.’

'Maar waarom? Geld?'

'Daar hebben we over nagedacht,' zei Shorty. 'We zijn bijna door ons geld heen. Iedereen hier is vroeg of laat door zijn geld heen. En wat dan?'

'Dit is allemaal heel raar,' zei Karel. Hij stond onzeker om zich heen te kijken.

'Geef ons alsjeblieft een lift,' zei Patty. 'Alsjeblieft. We moeten hier weg. Je krijgt vijftig dollar.'

'En jullie auto dan?'

'Die laten we achter. We waren toch al van plan om hem te verkopen.'

'Hij zal niet veel opbrengen.'

'Precies. Het interesseert ons niet wat ermee gebeurt, maar we willen hier weg. We moeten hier vandaan. Nu, meteen. Je bent onze enige hoop. Hier zijn we gevangenen.'

Ze staarde hem aan. Hij knikte bedachtzaam. Toen vermande hij zich en nam de regie. Hij deed een stap achteruit, keek naar links en naar rechts over zijn schouders, en wierp een blik op zijn gigantische sleepwagen en de afmetingen van het parkeerterrein om uit te meten hoeveel ruimte hij had. Toen wierp hij een blik in hun kamer, naar de keurig in het gelid staande bagage.

'Oké,' zei hij. 'Tijd voor de Grote Ontsnapping.'

'Dank je,' zei Patty.

'Maar ik moet jullie eerst een brutale vraag stellen.'

'En dat is?'

'Hebben jullie de rekening betaald? Ik krijg er last mee als ik jullie zou helpen ervandoor te gaan zonder te betalen. Ze hebben hier wetten voor dat soort dingen.'

'We hebben gisteravond betaald,' zei Shorty. 'Tot de middag is er wat dat betreft niets aan de hand.'

'Oké,' zei Karel. 'Even denken. We moeten het zekere voor het onzekere nemen. We moeten van het ergste uitgaan. We hebben geen idee hoe ze hierop zullen reageren, dus lijkt het me beter als ze het niet in de gaten hebben. Mee eens?'

'Beter,' zei Patty.

'Dus jullie blijven uit het zicht terwijl ik de vrachtwagen keer. Als hij dan de goede kant op staat, klimmen jullie snel met je bagage aan boord, zodat we meteen weg kunnen rijden. En dan kan niets ons meer tegenhouden, hè? Zelfs een Mercedes-Benz ketst af op mijn vrachtwagen. Oké?'

'Wij staan klaar,' zei Shorty.

Karel keek de kamer in, naar de grote koffer.

'Die is behoorlijk groot,' zei hij. 'Kun je die tillen? Moet ik meehelpen?'

'Dat lukt me wel.'

'Laat eens zien. Alles wat vertraging oplevert, kan roet in het eten gooien.'

Patty ging als eerste naar binnen. Ze pakte de weekendtassen, in elke hand een, en ging aan de kant staan, zodat Shorty het podium voor zich alleen had. Hij greep het nieuwe handvat van touw met beide handen vast, trok eraan en tilde de koffer tien centimeter van de vloer. Karel keek toe vanaf de drempel, alsof hij lid was van een jury.

'Hoe snel ben je met dat ding?' vroeg hij.

'Maak je geen zorgen,' zei Shorty. 'Ik maak er geen puinhoop van.'

Karel keek hem aan, en daarna Patty, terwijl zij in elke hand een kleine weekendtas hield en Shorty beide handen om het handvat van de koffer geslagen had. Zo stonden ze daar naast elkaar in de ruimte tussen het bed en de airconditioning. 'Oké,' zei Karel. 'Wacht hier en kom niet naar buiten voordat ik ben gekeerd. Dan komt Patty eerst. Ze gooit de tassen naar binnen en klimt in de cabine. Dan komt Shorty met de koffer. Die tilt hij omhoog. Patty buigt zich naar hem toe en sleurt die koffer naar binnen. Dan klimt Shorty erachteraan. Hoe klinkt dat?'

'Dat klinkt goed,' zei Shorty.

'Oké,' zei Karel. 'Zorg dat je klaarstaat.'

Hij boog zich vanaf de drempel voorover naar binnen, greep de deurknop en trok de deur dicht. Door het raam zagen ze hoe hij zich naar de vrachtwagen haastte en het laddertje opklom naar de cabine. Ze hoorden de motor brullen, zagen dat de vrachtwagen met een schokje in de versnelling werd gezet en langzaam wegreed, van rechts naar links, het beeld uit.

Ze wachtten.

Hij kwam niet terug.

Ze wachtten.

Er gebeurde niets.

Er klonk geen geluid, er bewoog niets. Buiten het raam was niets anders te zien dan er al die tijd al te zien was geweest. De Honda, het parkeerterrein, het gras en daarachter de muur van bomen.

'Misschien werd hij even opgehouden,' zei Shorty. 'Misschien zijn de klootzakken naar buiten gekomen en tegen hem gaan praten.'

'Hij is al langer dan een minuut weg,' zei Patty. Ze zette de tassen neer en liep naar het raam. Ze strekte haar nek en tuurde naar buiten.

'Ik zie niks,' zei ze.

Shorty zette de koffer neer. Hij ging naast haar staan bij het raam. 'Ik kan even gaan kijken bij de hoek,' zei hij.

'Dan zien ze je misschien. Ze staan waarschijnlijk met z'n allen in een kringetje te praten. Wat kan het anders zijn? Hoeveel tijd heb je nu helemaal nodig om een vrachtwagen te keren?'

'Ik zal voorzichtig zijn,' zei Shorty.

Hij liep naar de deur. Hij draaide aan de deurknop en trok. De deur zat vast. Er zat geen beweging in. Hij controleerde of hij vanbinnen van slot was en probeerde de knop in beide richtingen. Er gebeurde niets. Patty staarde hem aan. Hij trok harder. Hij zette één vlezige handpalm op de muur en trok uit alle macht.

Er gebeurde niets.

'Ze hebben ons opgesloten,' zei Patty.

'Hoe dan?'

'Ze moeten een knop hebben, daar in het huis. Een soort afstandsbediening. Volgens mij zitten ze de hele tijd al te kloten met die deur.'

'Dat is waanzin.'

'Alles is waanzin hier.'

Ze staarden naar het raam. De Honda, het parkeerterrein, het gras en de muur van bomen.

De motor van het luik kwam tot leven en het luik rolde langzaam omlaag voor het glas. Het werd donker in de kamer.

17

Karel liep de zitkamer aan de achterkant van het huis in. De andere vier dromden om hem heen en juichten en joelden en sloegen hem op de schouders. Steven dook omlaag en hamerde op een toetsenbord. Videobeelden werden teruggespoeld. Drie figuurtjes renden schokkerig rond, deden van alles in een hoog tempo, achteruit. Steven mat zich een tv-stem aan en zei: 'Oké, laten we nog eens gaan kijken hoe het allemaal in zijn werk ging, en laten we de man van de dag eens vragen hoe het voelde om zo te scoren.'

Hij speelde de beelden weer op normale snelheid vooruit af. Op de schermen dreef Karel bemoedigend glimlachend Patty en Shorty naar de deur van kamer tien. Uit de luidsprekers klonk zijn stem: 'Ga maar naar binnen om je spullen te pakken. Dit is in twee minuten gepiept.'

'Maar het was scoren in twee keer,' zei de echte Karel met een geheel eigen tv-stem, die krakerig klonk alsof de verbinding met de Balkan niet al te best was. 'Het eerste schot was op de paal.'

Op de schermen zei Patty: 'We hebben al gepakt.'

In de zitkamer zei Karel: 'En vanaf dat punt was het improviseren geblazen. Het leek me dat er vroeg of laat wel iets zou gebeuren. Ik wist gewoon dat ik er alleen maar voor hoefde te zorgen dat ze naar binnen zouden gaan, zodat ik de deur achter hen dicht kon doen. Uiteindelijk had ik mazzel.'

De anderen joelden en juichten opnieuw, maar Mark zei: 'Dat was geen mazzel. Dat was een meesterlijk stukje toneel. We moeten die video bewaren en het script uit ons hoofd leren. Het was alsof je een maestro viool hoorde spelen. Je hebt dit wel eens eerder gedaan, volgens mij, waar of niet, Karel?'

Het werd stil in de zitkamer.

Op de schermen rolden de beelden verder met drie figuren die op een kluitje stonden tussen de Honda en kamer tien en op gedempte toon met elkaar spraken.

'Je nam afstand van ons door net te doen alsof je niet onze vriend was, zodat je van de weeromstuit de band met hen versterkte. Ze trapten er meteen in. Ze hebben het aan zichzelf te danken. Ze namen je bijna in vertrouwen, wat jij nog eens aanmoedigde door te bevestigen dat er bepaalde dingen niet klopten. Je deed er nog een schepje bovenop door een beetje onwillig in te stemmen met hun ontsnapping. Het was een grandioos voorbeeld van emotionele manipulatie. Het was een geweldige achtbaan. Ze maakten zich de hele ochtend zorgen, en plotseling was er hoop, die omsloeg in een gevoel van euforie. Zoals ze daar stonden te wachten met de tassen in de hand, klaar om te vluchten. En nu weten ze niet meer waar ze het moeten zoeken van ellende.'

Steven klikte naar de livebeelden. Patty en Shorty zaten op de rand van het bed, in het donker, roerloos.

'Het werkt beter op deze manier,' zei Karel. 'Dat garandeer ik je. Het is beter als ze in contact staan met hun gevoel. Dan worden ze ontvankelijker. Dan leveren ze later meer plezier op. Ik garandeer het je.'

Hij draaide zich om en liep naar de deur. 'Tot later,' zei hij.

Reacher zag de afslag naar links, honderd meter verderop. De weg boog schuin af van de tweebaansweg, alsof het nooit helemaal de bedoeling was geweest dat daar een nieuwe weg zou beginnen, en voerde vervolgens door appelboomgaarden. Hij liep ernaartoe. Toen hij halverwege was, moest hij even in de berm gaan staan om een enorme truck te laten passeren. Het was een gigantisch, brandschoon, vuurrood gevaarte. Overal waren goudkleurige sierlijntjes aangebracht. De grond trilde onder Reachers voeten. Hij keek hem na. Daarna liep hij weer verder en nam hij de afslag.

De zijweg was smaller dan de tweebaansweg, maar breed en stevig genoeg voor het soort primitieve vrachtwagens waarin ze destijds kolen, hout of tin hadden vervoerd. Aan weerszijden bogen de takken van de appelbomen door onder het gewicht van het fruit. Hij rook de zoete geur van de appels. Hij rook het hete droge gras. Hij hoorde het zoemen van insecten. Hoog in de lucht zweefde een havik op de thermiek.

Driekwart kilometer na het aarzelende begin maakte de weg opnieuw een bocht, alsof nu definitief voor een koers naar het westen was gekozen, weg van Laconia. Daarna liep hij rechtdoor, door nog meer appelboomgaarden, in de richting van een kleine schitterende stip. Een geparkeerde auto, dacht Reacher. Voorbij de auto leken de bomen een andere tint groen te hebben. Hij liep verder. Dichterbij gekomen zag hij dat het inderdaad een auto was. De schittering werd veroorzaakt door het felle zonlicht, en niet door de lak van de auto. Het was een verwaarloosde oude bak. Het bleek uiteindelijk een Subaru te zijn, ongeveer van hetzelfde type als die van de aannemer die hem een lift had gegeven en problemen had met de inspectie. Er was een genetische verwantschap, maar deze auto was twintig jaar ouder. Een soort voorvader. Hij stond met de neus tegen een houten hek dat dwars over de weg was geplaatst, waar het asfalt ophield. Achter het hek lag een appelboomgaard. Daarachter nog een hek, waarachter gewone bomen met grotere bladeren stonden.

Er zat een man in de Subaru.

Hij zat aan het stuur. Reacher zag de kraag van een spijkerjasje en een lange grijze paardenstaart. De man zat doodstil. Hij staarde voor zich uit door de voorruit.

Reacher liep langs de auto aan de passagierskant en bleef met zijn rug naar de man gekeerd staan, met zijn heupen tegen het hek. Het tweede hek stond honderd meter verderop. De bomen erachter leken allemaal reguliere bomen zoals je ze overal in New England aantreft. Ze stonden dicht op elkaar, maar in een willekeurig patroon, met elkaar concurrerend om bij het licht te komen. Zoals bomen groeien wanneer ze niet worden aangeplant, maar het resultaat zijn van met de wind meegevoerd zaad.

Het hek was bovendien recht.

Veelbelovend.

Achter zich hoorde hij het portier van de auto opengaan. 'Jij bent de man die met Bruce Jones heeft gesproken,' zei een stem.

'Is dat zo?' zei Reacher terwijl hij zich omdraaide.

De bestuurder van de Subaru was een magere man van een jaar of zeventig, lang, maar vel over been. Onder zijn spijkerjasje hadden zijn schouders veel weg van een klerenhanger.

'Ik heb die nieuwsbrief geschreven die hij je liet lezen,' zei de man.

'Was jij dat?'

'Niemand anders. Hij belde me. Hij dacht dat ik wel zou willen weten dat jij geïnteresseerd was. Dat klopte en dus stond ik hier op je te wachten.'

'Hoe wist je waar je moest zijn?'

'Jij bent op zoek naar Ryantown,' zei de man.

'En? Heb ik het gevonden?'

'Rechtdoor.'

'Die bomen daar?'

'In het midden staan ze minder dicht op elkaar. Daar krijg je een aardig beeld.'

'En daar word ik niet vergiftigd?'

'Tin kan gevaarlijk zijn. Meer dan honderd milligram tin per kubieke meter lucht is een gevaar voor de gezondheid en levensbedreigend. Het wordt erger als het tin een verbinding aangaat met koolstof. Dan ontstaan organotinverbindingen. Sommige daarvan zijn dodelijker dan cyaniden. Daar maakte ik me zorgen over.'

'Waar heeft het uiteindelijk toe geleid?'

'Het chemische onderzoek heeft niet opgeleverd wat het moest opleveren.'

'Ook al werkten er vooraanstaande wetenschappers van wereldfaam aan?'

'Uiteindelijk heeft dat bedrijf uit Colorado me verboden het land waarvoor ik ze met zoveel moeite juridisch aansprakelijk had gesteld, nog langer te betreden. Ze hebben de rechter gevraagd me een straatverbod op te leggen. Ik mag niet aan de andere kant van dat hek komen.'

'Jammer,' zei Reacher. 'Anders had je me een rondleiding kunnen geven.'

'Hoe heet jij?'

'Reacher.'

De man noemde een adres, een huisnummer en een straatnaam. Precies wat Reacher in hokje nummer vier op het scherm had zien staan in de resultaten van de volkstelling toen zijn vader twee was geweest.

'Dat was op de begane grond,' zei de man. 'Een deel van de vloertegels ligt er nog. In de keuken. Tenminste, ze lagen er acht jaar geleden nog.'

'Ben je er sindsdien niet meer geweest?'

'Je wint het nooit van de bureaucraten.'

'Wie zou erachter moeten komen?' vroeg Reacher. 'Even één keertje?'

De man gaf geen antwoord.

'Wacht,' zei Reacher.

Hij keek over het hek door de boomgaard van honderd meter diep naar het tweede hek en de bomen daarachter.

'Als dat daar Ryantown is, waarom houdt de weg dan hier al op?'

'Vroeger liep hij helemaal door,' zei de man. 'Officieel gebruikt de appelboer die strook land illegaal. Een jaar of veertig geleden vroor de toplaag van het asfalt kapot. Een jaar later vroor het fundament ook kapot en dus leende de boer in het voorjaar een bulldozer, zodat hij een paar extra appelbomen kon planten. Die zomer kwam er een werkploeg van de county en die repareerden wat ze nog als weg herkenden. Dat najaar heeft de boer dit hek geplaatst en sindsdien is het een voldongen feit. Maar ik wens hem sterkte als hij dat land ooit wil verkopen. Wat ze dan bij het kadaster vinden, levert geen fraai plaatje op.'

'Oké,' zei Reacher. 'Misschien kom ik je later nog een keer tegen.'

Hij hees zich op het hek, zwaaide er zijn benen over en liet zich aan de andere kant in de appelboomgaard zakken.

'Wacht,' zei de man. 'Ik ga mee.'

'Zeker weten?'

'Wie zou erachter moeten komen?'

'*Live free or die*,' zei Reacher. 'Ik zag het op je kenteken staan, het motto van New Hampshire.'

De man ging op de onderste balk van het hek staan en werkte zich vandaar op dezelfde manier over het hek als Reacher. Naast elkaar liepen ze langs glanzend groene appels op ooghoogte, stuk voor stuk groter dan een honkbal en sommige zelfs groter dan een softbal. Zo nu en dan struikelden ze over de oneffen grond, op plaatsen waar veertig jaar geleden na de strenge vorst iets minder zorgvuldig was opgeruimd. Na honderd meter kwamen ze bij het tweede hek en daarachter de bomen van een andere soort. Geen sierbomen, geen keurig in het gelid staande bomen met de geur van rijpend fruit, maar doorgeschoten loten eigenlijk. Dunner en kaler, omdat ze tussen de restanten van de oude weg waren opgeschoten en niet hadden geprofiteerd van de bulldozer of de sturende hand van de boer die jonge aanplant verzorgde. Rechtdoor zou dus de aangewezen weg zijn om Ryantown in te komen. Geen machete vereist, en zeker een beetje minder duwen en trekken. De man met de paardenstaart was het ermee eens. Hij keek er nu na acht jaar nog steeds op dezelfde manier tegenaan.

'Hoelang duurt het voordat we iets te zien krijgen?' vroeg Reacher.

'Meteen al,' zei de man. 'Kijk maar omlaag. Je loopt op de oude weg. Niemand heeft daar iets aan veranderd. Alleen de natuur en het weer.'

Maar die hadden wel hun best gedaan. Ze klommen over het hek en baanden zich een weg langs dunne stammen en armetierig struikgewas, over een pad dat zestig jaar te lijden had gehad onder weer en wind en onstuitbaar groeiende wortels. Keitjes waren omhooggewerkt en opzijgerold. Snel bereikten ze een soort binnenste ring, als het gat in een donut, waar de bomen overal dun waren, omdat de grond er overal zo slecht was. Je kon de weg nog wel volgen. Hij boog af naar waar Reacher water hoorde. De beek. Misschien was daar de gieterij. Er pal naast gebouwd, of eroverheen.

De man met de paardenstaart begon dingen aan te wijzen. Het eerste wat ze links van hen zagen, waren rechthoekige fundamenten ter grootte van een garage voor één auto. De kerk, zei de man. Met de rug naar al het andere gekeerd, alsof de kerk verleiding en het kwaad de rug toekeerde. Het volgende, rechts, was vergelijkbaar. De resten van een stenen fundament, niet meer dan enkele centimeters hoog, vrijwel geheel begroeid met mos, die strak om een rechthoek met iets weelderiger begroeiing lagen, omdat het een kruipruimte was geweest zonder keitjes, flagstones of wat voor plaveisel dan ook. Alleen aangestampte aarde waarop na een paar regenbuien van alles wel had willen groeien. Dat was het lokaal van het schooltje, zei de man. Beter dan je zou verwachten. Alle kinderen konden lezen en schrijven. Sommigen konden zelfs denken. Een leraar was toen nog iemand die werd gerespecteerd.

'Ben jij leraar geweest?' vroeg Reacher.

'Een tijdje,' zei de man. 'In een vorig leven.'

De gieterij bevond zich op de plek waar de weg de beek kruiste. Hij was half in het water en half op het land gebouwd. Het enige wat er nog van over was, was een gecompliceerd stelsel van met mos begroeide hoekige blokken steen, deels overwoekerd door waterplanten. Een van die funderingen was een massief blok waarop een schoorsteen had gestaan. Een ander massief blok was zo groot als een hele kamer. Misschien had daar zware machinerie op gestaan. Ovens, smeltkroezen, gietpannen. De man wees Reacher op een goot in de vloer waardoor afvalwater naar de beek had gestroomd.

Aan de andere kant van de straat waren de woningen van de arbeiders, in twee panden naast elkaar. Alleen de fundering ervan was nog zichtbaar. Beide panden hadden een centrale entree gehad met een trappenhuis, en beneden en boven, links en rechts een appartement. Twee panden met elk vier woningen. Acht woonhuizen in totaal. Ryantown, New Hampshire. Waarschijnlijk minder dan dertig inwoners.

'Het adres van Reacher moet de woning op de begane grond zijn geweest, helemaal rechts. Het dichtst bij de gieterij. Daar woonde per traditie de voorman. Misschien dus jouw grootvader.'

'Hij heeft ook een tijd in een ploeg wegwerkers van de county gezeten. Maar zijn adres bleef hetzelfde.'

'Tegen het einde van de Depressie is de gieterij een paar jaar dicht geweest. Het had geen nut om je grootvader op straat te zetten. Het was niet zo dat hij ontslagen werd en dat ze zijn huis nodig hadden, de gieterij werd gewoon gesloten. Die werd pas weer geopend toen de oorlog in volle gang was.'

Reacher keek omhoog naar de lucht. Het wemelde er van de vogels. In gedachten poetste hij de nieuwe bomen weg en bouwde hij de oude schoorsteen weer op. Hij vroeg zich af hoe het in het najaar van 1943 geweest moest zijn, toen de gieterij dag en nacht draaide en de lucht vol hing met rook.

'Ik ga er maar weer eens vandoor,' zei de man. 'Ik zou hier eigenlijk helemaal niet moeten zijn. Blijf jij nog rustig een tijdje, als je daar behoefte aan hebt. Ik wacht wel in de auto. Als je wilt, kan ik je een lift geven.'

'Bedankt,' zei Reacher. 'Maar wacht niet langer dan je zelf wilt. Ik vind het nooit een probleem om te lopen.'

De man knikte en verdween uit het zicht tussen de bomen, langs dezelfde weg die ze waren gekomen. Reacher liep naar het pand helemaal rechts. Er was niets over van wat de gemeenschappelijke entree moest zijn geweest, op één enkele stenen stoeptrede na. Het was een brede, lange steen over een greppel langs de weg. De greppel was gemaakt van keitjes die in een U-vorm waren gelegd, inmiddels voor een groot deel uit elkaar gevallen en overwoekerd. Hij stapte over de greppel in wat ooit de entree was. De betonnen vloer was door de tijd in stukken gebroken, die schots en scheef waren komen te liggen, zoals kruiende ijsschotsen op een rivier in de winter. Elke spleet, elke kier tussen de brokken was in beslag genomen door iets plantaardigs.

Van de muur rechts resteerde niets dan wat stompjes baksteen laag bij de vloer. Ze zagen eruit als tanden die tot op het tandvlees waren afgebroken. In het midden was een hardstenen dorpel, net zo laag, maar nog wel intact. De dorpel van de voordeur van de woning. Reacher stapte erover naar binnen. Er groeiden bomen door de vloer van de hal. Stammetjes niet dikker dan zijn pols, maar ze waren zes meter doorgeschoten, op zoek naar licht. Erachter en aan weerszijden lage rijen kapotte bakstenen, als een tot leven gekomen plattegrond van een architect, een poging tot een driedimensionale weergave. Twee slaapkamers, dacht Reacher, een woonkamer en een woonkeuken. Stuk voor stuk klein. Armetierig en petieterig, gemeten naar moderne maatstaven. Geen badkamer. Misschien was er buiten een plee geweest.

Het restant tegels zat op een schuin omhoogstekend stuk steen dat de keukenvloer moest zijn geweest. De tegeltjes waren een goedkoop standaardproduct geweest, het cement eronder was brokkelig en zat vol luchtgaten, maar niettemin waren de tegeltjes op een of andere miraculeuze wijze blijven zitten. Het patroon op de tegels was vervaagd en verwassen door zestig jaar blootstelling aan weer en wind, maar het wekte de indruk dat het ooit een laat-victoriaanse bonte kleurenpracht moest zijn geweest van acanthusbladeren, goudsbloemen en artisjokbloemen. Reacher probeerde het te zien door de ogen van een kind dat op handen en voeten rondkroop, zodat de kleuren om de beurt de aandacht opeisten. Voor zover hij zich kon herinneren was er maar één kleur die de volwassen Stan had geïnteresseerd, en dat was het olijfgroen van het uniform geweest. Misschien kwam dat wel door die keukenvloer.

Hij besloot te vertrekken en drong zich weer langs de bomen in de hal, stapte over de dorpel en liep door de centrale entree naar buiten. Dat was natuurlijk onzin, want hij had naar buiten kunnen stappen waar hij maar had gewild. Er was geen muur die hoger was dan tien centimeter. Maar hij wilde het gevoel hebben dat hij in voetsporen trad. Hij bleef staan bij de buitendeur die er niet was en ging op de drempel zitten, zoals een jochie op de drempel gezeten kon hebben, misschien na een zware regenbui, om het water door de greppel onder zijn voeten door te zien stromen.

Toen hoorde hij een geluid, een eind verderop naar rechts.

Een kreet. Een mannenstem. Zeer zeker geen kreet van plezier of extase. Ook niet echt verontwaardiging of woede. Alleen pijn. In de verte. Zo ongeveer waar de appelboomgaard moest zijn, de terugweg naar de Subaru. Reacher stond op en zocht zo snel hij kon zijn weg over het ontzette plaveisel van omgewoelde keitjes, tussen de bomen door, over de oude weg, langs het schooltje en langs de kerk, terug naar het hek.

Toen Reacher halverwege de boomgaard was, zag hij de oude man met de paardenstaart, precies vijftig meter verderop. Een andere man, die minstens de helft jonger was maar wel twee keer zo zwaargebouwd, stond achter hem en verdraaide zijn armen.

Reacher stapte over het hek en liep ernaartoe.

18

Een atleet zou vijftig meter in vijf, zes seconden kunnen afleggen, maar Reacher deed er eerder een halve minuut over. Een rustig tempo, maar doelbewust. Hij wilde iets duidelijk maken. Hij liep met grote passen en liet zijn schouders ontspannen hangen, zijn handen losjes langs zijn zij, zijn hoofd rechtop en zijn ogen strak op de man gericht. Een primitief signaal, stammend uit prehistorische tijden. De grote man wierp snel een blik in zuidelijke richting. Op zoek naar hulp misschien. Misschien was hij niet alleen.

Reacher kwam dichterbij.

De grote man keerde zich naar hem toe. Hij dwong de oude man om mee te draaien en gebruikte hem als een menselijk schild.

Reacher bleef op twee meter afstand staan.

'Laat hem los,' zei hij.

Slechts drie woorden, maar uitgesproken op een toon uit prehistorische tijden, met in de naklank van de S een boodschap die duidelijk maakte welke catastrofale gevolgen verzet zou hebben. De grote man liet de oude man los. Maar hij gaf niet op. Nee, zeker niet. Hij wilde dat Reacher dat begreep. Hij liet de man los alsof hij toch al van plan was zijn handen vrij te maken. Voor belangrijker zaken. Hij duwde de oude man opzij en deed een flinke stap naar voren, zodat hij iets meer dan een meter voor Reacher stond. Hij was begin twintig, had donker haar, was ongeschoren, was meer dan een meter tachtig lang en woog ongeveer negentig kilo. Hij had een door de zon gelooide huid en de spieren van iemand die lange dagen op het land werkt.

'Bemoei je er niet mee, dit zijn jouw zaken niet,' zei hij.

Is het soms Groundhog Day? dacht Reacher.

'Jij maakte je schuldig aan een misdrijf op openbaar grondgebied,' zei hij. 'Ik zou tekortschieten in mijn burgerplicht als ik je daarop niet had gewezen. Zo werkt beschaving.'

De man wierp opnieuw snel een blik naar het zuiden, en keek toen weer naar Reacher.

'Dit is geen openbaar grondgebied,' zei hij. 'Dit is de appelboomgaard van mijn opa. En jullie mogen hier geen van beiden komen.

Hij omdat hij dat niet mag, en jij omdat je in overtreding bent.'

'Dit is de weg,' zei Reacher. 'Je opa heeft die weg veertig jaar geleden gestolen. Toen hij nog een dappere jonge kerel was. Net zoiets als jij nu.'

De man wierp voor de derde keer een blik naar het zuiden, maar dit keer keek hij niet meer terug naar Reacher. Reacher keek in dezelfde richting en zag een tweede man aankomen, op een holletje tussen twee rijen bomen door, van een lichte glooiing omlaag. Hij zag er net zo uit als de eerste man, zij het dat hij een generatie ouder was. Niet meer dan één. Misschien de vader. Niet de opa. Hij droeg een kwalitatief betere spijkerbroek dan zoonlief en een schoner T-shirt. Zijn huid was nog iets donkerder verbrand, zijn haar was grijzer. Hij had dezelfde bouw, maar was in de vijftig.

'Wat is hier aan de hand?' vroeg hij toen hij hen had bereikt.

'Dat mag jij mij vertellen,' zei Reacher.

'Wie ben jij?'

'Ik ben gewoon iemand die op de openbare weg staat en jou een vraag stelt.'

'Dit is niet de openbare weg.'

'Dat is het probleem met ontkennen. Het kan de werkelijkheid geen barst schelen wat jij denkt. De werkelijkheid gaat ongestoord door. Dit is de weg. Altijd geweest, en dat is het nog steeds.'

'Wat is jouw vraag?'

'Ik zag die jongen van jou deze veel oudere heer fysiek belagen. Ik denk dat mijn vraag is welk licht dat werpt op jouw opvoedkundige kwaliteiten.'

'In dit geval een verdomd helder licht,' zei de nieuw aangekomen man. 'Wat zijn onze appels nog waard als de mensen denken dat ons water vergiftigd is?'

'Dat was allemaal acht jaar geleden,' zei Reacher. 'Het is met een sisser afgelopen. Wetenschappers van wereldfaam hebben gezegd dat er niets mankeert aan jullie water. Dus dat kun je zo langzamerhand wel vergeten. Een beetje bescheidenheid zou je sieren. Waarschijnlijk heb je zelf acht jaar geleden ook wel iets doms gezegd. Moet ik nu je armen omdraaien?'

'Officieel hebben deze mensen een contract met die onderneming in Colorado,' zei de oude man met de paardenstaart. 'Bij dat verblijfsverbod zat een bijlage. Daarin stond dat zij worden betaald als ze kunnen aantonen dat ik hier ben geweest. Ik hoopte dat zij dat allang vergeten waren. Kennelijk niet. Ze hebben mijn auto gezien.'

'Hoe bewijzen ze dat?'

'Dat hebben ze net gedaan. Ze hebben een tekstbericht met een foto opgestuurd. Daarom was hij weg, die heuvel op. Hier heb je geen bereik. Alleen daarboven.'

'*Law and order*,' zei de vader, 'dat is wat dit land nodig heeft.'

'Behalve als het erop aankomt een weg van de county te stelen om meer appels te kweken.'

'Ik word er doodziek van om dat steeds maar van jou te moeten aanhoren.'

'Dat is het geluid van de waarheid die achter de leugen aanrent.'

'Wat had je eigenlijk in het bos te zoeken?'

'Dat zijn jouw zaken niet,' zei Reacher.

'Misschien wel. Wij hebben banden met de eigenaar van dat land.'

'Je kunt geen tekstbericht met foto van mij naar hem sturen.'

'Waarom niet?'

'Omdat je dan je telefoon uit je zak moet halen. Dan pak ik hem af en breek ik hem doormidden. Ik denk dat het daarom niet kan.'

'We zijn met z'n tweeën. We hebben twee telefoons.'

'Niet genoeg. Je moet versterking oproepen. O jee, dat is ook zo, je hebt hier geen bereik. Alleen op de heuvel.'

'Jij bent een arrogante klootzak, wist je dat?'

'Ik geef de voorkeur aan realistisch boven arrogant,' zei Reacher.

'Voel je de behoefte om dat waar te maken?'

'Dat zou mij opzadelen met een ethisch dilemma, want het zou zoonlief voor de rest van zijn leven een trauma kunnen bezorgen als hij te zien krijgt hoe papa een pak slaag krijgt. Maar het zou papa ook een trauma kunnen bezorgen als zoonlief een pak slaag krijgt. Nadat is gebleken dat hij hem niet heeft kunnen beschermen, bedoel ik. Daar zou je je schuldig over kunnen gaan voelen. Ik denk dat het iets met ouderschap te maken heeft. Dat weet ik niet zo precies. Ik ben zelf geen vader. Ik kan het me alleen maar proberen voor te stellen.'

De man reageerde niet.

'Wacht,' zei Reacher.

Hij keek naar het zuiden, tussen de twee rijen bomen door, waar de helling begon.

'Jij was op weg terug,' zei hij. 'Je had je bericht al verstuurd boven op de heuvel. Die foto moet al even eerder zijn genomen. Dus waarom stond onze gezamenlijke vriend hier nog steeds met zijn armen op de rug?'

Geen antwoord.

'Het was de bedoeling dat ik een pak ransel zou krijgen,' zei de man met de paardenstaart. 'Om me een lesje te leren. Zodra dat bericht was verstuurd en ze hun beloning hadden veiliggesteld. Op dat moment wisten ze niet dat jij daar nog in het bos was.'

'Dat zou geen verschil mogen maken, toch?' zei Reacher. 'Voor mannen met een overtuiging?'

Hij keek eerst de vader en toen de zoon recht in de ogen.

'We staan hier tijd te verknoeien, jongens,' zei hij. 'Kom op, geef hem zijn pak ransel maar.'

Niemand verroerde een vin.

Reacher keek naar de zoon.

'Het is oké,' zei hij. 'Hij zal je geen pijn doen. Hij is zeventig. Je kunt hem als een veertje omverblazen. Niets om bang voor te zijn.'

Zoonlief bewoog zijn hoofd als een hond die een geur opvangt.

'Je moet kiezen,' zei Reacher. 'Je slaat hem of je bent bang voor hem.'

Geen reactie.

'Misschien speelt het geweten op. Misschien is dat het. Je wilt geen oude man slaan. Echt niet. Maar ja, denk eens aan de appels. Je werk. Ik snap het. Misschien kan ik een handje helpen. Als je mij nu eerst een pak slaag geeft, krijg je het gevoel dat je er iets voor gedaan hebt, dat je het hebt verdiend als je de oude man begint af te tuigen. Dan voel je je misschien minder bezwaard.'

Geen reactie.

'Waarom niet?' vroeg Reacher. 'Ben je ook bang voor mij? Ben je bang dat ik je pijn zal doen? Ik moet toegeven dat die kans bestaat. Daar ben ik heel eerlijk in. Transparant. Ik wil dat je een besluit neemt nadat je alle argumenten tegen elkaar hebt afgewogen. Want nu moet je echt een keuze maken. Je slaat mij of je bent bang voor mij.'

Geen reactie.

Reacher deed een stap naar voren. Het tegendeel van een riskante manoeuvre. Je kon het beste zo ongeveer tegen je tegenstander aan staan. Als zoonlief hem zou proberen te slaan, kon hij die klap maar het beste in een vroeg stadium opvangen, voordat hij geladen was met kracht en snelheid en momentum. En dat zou geen enkele moeite kosten. Als zoonlief tenminste zo stom was. Reacher was vijftien kilo zwaarder, bijna tien centimeter langer en zijn bereik was meer dan tien centimeter groter. Dat zag je meteen.

Zoonlief was zo stom.

Zijn schouder schokte achteruit, wat Reacher interpreteerde als een vroeg signaal van de intentie om een korte rechtse in zijn gezicht te plaatsen. Wat hem een keuze bood. Hij kon onmiddellijk reageren en met zijn linkeronderarm een weidse zwaai naar buiten maken, bedoeld om de korte rechtse af te weren, terwijl ondertussen zijn eigen korte rechtse doel trof. In alle opzichten de beste keuze, heel realistisch. Het zou snel en hard in zijn werk gaan, en abrupt, op een elegante manier. Maar forensisch zou het niet erg bevredigend zijn. Reacher had het gevoel alsof hij voor een jury stond. Alsof hij een bewijs presenteerde of gevraagd werd iets uit te leggen als getuige-deskundige. Hij had het gevoel dat het alleen effectief zou zijn als hij het moment iets kon rekken. Een misdrijf vereist zowel intentie als uitvoering en hij had het gevoel dat hij beide duidelijk zichtbaar moest maken, zozeer misschien wel dat er geen twijfel meer mogelijk was.

Dus rukte hij zijn hoofd opzij en liet hij de korte rechtse langs zijn oor suizen. In al zijn glorie, uitgegroeid tot een ware stoot, zonneklaar, onmiskenbaar, duidelijk qua bedoelingen. Vervolgens wachtte hij tot zoonlief de vuist die niets teweeg had gebracht, weer teruggetrokken had. Hij wachtte nog iets langer, ervoer het zelf als pijnlijk lang, maar louter en alleen om de jury ruimschoots de gelegenheid te geven te overleggen in het achterkamertje, en raakte zoonlief toen onder zijn kin met een stevige rechtse uppercut. Zoonlief zweefde heel even gewichtloos en zakte toen ruggelings in elkaar op het gras terwijl stof en pollen opstoven en rondtolden in het zonlicht. Alle spierspanning vloeide weg uit de armen en benen van zoonlief en zijn hoofd rolde opzij.

Reacher knikte naar de man met de paardenstaart. 'We gaan.'

Hij keek de vader aan. 'Een tip voor goed ouderschap,' zei hij. 'Laat hem hier niet op de weg liggen, want dan wordt hij misschien overreden.'

'Dit zal ik niet vergeten.'

'Dat is het verschil tussen jou en mij,' zei Reacher. 'Ik ben het al vergeten.'

Hij haalde de oude man in. Naast elkaar liepen ze de laatste vijftig meter terug naar de oude Subaru.

Uiteindelijk kwam Patty overeind. Ze liep naar de deur, naar het lichtknopje. Drie stappen. Toen ze de eerste stap deed, was ze ervan overtuigd dat het licht het zou doen, bij de tweede stap was ze overtuigd van het tegendeel. Als ze op afstand de deur konden vergrendelen en de jaloezieën konden laten zakken, konden ze toch zeker ook de elektriciteit uitschakelen? Maar opnieuw veranderde ze van gedachten. Waarom zouden ze? Dus toen ze de derde stap zette, was ze er weer van overtuigd dat het licht het wel zou doen. Vanwege de maaltijden. Waarom zouden ze hun maaltijden geven en verwachten dat ze die in het donker opaten? Tot de zaklampen haar te binnen schoten. Waar waren die voor bedoeld? Ze herinnerde zich de opmerking van Shorty. *Voor het geval je in het donker moet eten.* Misschien was dat toch niet zo'n domme opmerking.

Ze drukte op de schakelaar.

Het licht ging aan. Warm en geel. Ze had een hekel aan lamplicht overdag. Ze probeerde de deur open te doen. Nog steeds op slot. Ze drukte op de knoppen van de jaloezieën. Er gebeurde niets. Shorty zat doodstil in de geelkoperen gloed van de lamp naar haar te kijken. Ze keerde zich om en keek de kamer rond. Ze bekeek het meubilair. Ze keek naar hun bagage, die nog altijd op de plaats stond waar ze die hadden neergezet toen de sleepwagen niet terugkwam. Ze keek naar de muren, naar de sierlijst langs de rand van het plafond. Naar het plafond zelf. Het was een sneeuwwitte vlakte van perfect glad, ouderwets New England-wit, met als enige ornamenten een rookmelder en de plafondlamp, beide boven het bed.

'Wat zie je?' vroeg Shorty.

Patty keek naar hun bagage.

‘Hoe goed hadden we die verstopt?’ vroeg ze.

‘Waar?’

‘In de heg, Shorty.’

‘Vrij goed,’ zei hij. ‘Die koffer is zwaar. Die plette alles wat eronder zat. Je hebt het zelf gezien.’

‘En vervolgens had Peter mazzel en deed zijn pick-up het weer en reed hij het pad af om hem warm te laten draaien. Heen en weer, heel snel even. En toch had hij tijd genoeg om onze bagage te vinden.’

‘Misschien viel het licht van de koplampen erop toen hij keerde. Misschien was het van de andere kant beter zichtbaar. Ik stond aan de rechterkant. Hij zal wel tegen de wijzers van de klok in zijn gekeerd. Dan ziet alles er anders uit dan met een zaklamp. Jij hebt vanaf de weg gekeken.’

‘Hij had zelfs tijd om een nieuw handvat van touw te maken.’

Shorty zei niets.

‘Met touw dat hij toevallig bij zich had,’ zei Patty.

‘Waar zit je aan te denken?’

‘Er was nog meer,’ zei ze. ‘We hadden het erover dat Karel misschien wel mazzel zou hebben met een wrak en toen gebruikte hij bijna dezelfde bewoordingen, zo ongeveer op het moment dat hij ons zag. Achter op het terrein van een sloper.’

‘Misschien zegt hij dat wel heel vaak zo.’

‘Waarom hadden ze een handvat van touw gemaakt?’

‘Om ons te helpen, dacht ik.’

‘Meen je dat?’

‘Ik denk het. Ik begreep het niet.’

‘Ze zaten ons te voeren.’

‘O?’

‘Wij hadden het erover dat we touw nodig hadden om een handvat te maken, en dus is dat precies wat zij hebben gedaan. Om ons te laten zien hoe machtig ze zijn. En om ons te laten zien dat ze zich stiekem om ons te barsten lachen.’

‘Hoe kunnen zij nu weten waarover wij praten?’

‘Ze luisteren ons af,’ zei Patty. ‘Er zit een microfoon in de kamer.’

‘Dat is belachelijk.’

‘Kun jij het dan op een andere manier verklaren?’

'Waar zit dat ding?'

'Misschien in de lamp.'

Ze tuurden allebei met dichtgeknepen ogen naar de lamp, warm en geel.

'We hebben meestal buiten gepraat. Op die stoelen.'

'Dan moet daar ook ergens een microfoon zitten. Op die manier heeft Peter onze bagage gevonden. Hij hoorde ons praten over de plek waar we die zouden verstoppen. Ze hebben het hele plan afgeluisterd. Heen en weer met die klotequad. Daarom zei Mark "Jullie zijn vast moe". Want dat was anders een rare opmerking geweest. Hij wist wat we hadden gedaan, omdat we hem dat van tevoren hadden verteld.'

'Wat hebben we nog meer gezegd?'

'Een heleboel. Jij zei dat Canadese auto's misschien anders waren, en het eerstvolgende wat wij te horen kregen, was dat Canadese auto's anders zijn. Ze hebben ons de hele tijd afgeluisterd.'

'Wat nog meer?'

'Maakt niet uit wat nog meer. Het maakt niet uit wat we allemaal hebben gezegd. Wat uitmaakt is wat we nog gaan zeggen.'

'En dat is?'

'Niets,' zei Patty. 'We kunnen zelfs geen plannen maken, omdat ze alles horen wat we zeggen.'

19

Reacher en de man met de paardenstaart klommen over het hek en liepen naar de Subaru. 'Je was daarnet vrij ruw.'

'Valt wel mee,' zei Reacher. 'Ik heb hem maar één keer geraakt. Minder vaak kan niet. Het was het absolute minimum, waarop niet verder te beknibbelen viel. Het was bijna een gebaar van goede wil. Ik neem aan dat hij een tandartsverzekering heeft.'

'Zijn vader meende wat hij zei. Hij zal het niet vergeten. Die mensen hebben een reputatie wat dat betreft. Ze zullen zich verplicht voelen om te reageren.'

Reacher staarde de man aan. Het volgende geval van een déjà vu.

'Ze denken dat ze hier in de buurt de dienst kunnen uitmaken. Ze zullen zich zorgen maken dat het gerucht de ronde gaat doen. Ze willen niet dat mensen hen achter hun rug gaan uitlachen en dus zullen ze naar je op zoek gaan.'

'Wie?' zei Reacher. 'Opa?'

'Ze huren veel seizoenarbeiders in, die dus allemaal zo loyaal als de pest zijn.'

'Wat weet je allemaal nog meer over Ryantown?'

De man aarzelde even.

'Er is een oude man met wie je eens zou moeten praten,' zei hij. 'Ik vroeg me af of ik wel over hem moest beginnen, want ik denk echt dat je maar beter weer kunt vertrekken.'

'Achtervolgd door een grote schare vijandige fruitplukkers?'

'Het zijn geen aardige mensen.'

'Hoe erg kan het worden?'

'Je zou moeten vertrekken.'

'Waar is die oude man met wie ik zou moeten praten?'

'Je zou hem pas morgen kunnen ontmoeten. Er moet eerst een afspraak worden gemaakt.'

'Hoe oud is hij?'

'Ik denk dat hij de negentig wel gepasseerd is.'

'Afkomstig uit Ryantown?'

'Zijn neven woonden daar. Hij heeft er veel tijd doorgebracht.'

'Kan hij zich mensen herinneren?'

'Hij beweert van wel. Ik heb hem vragen gesteld over het tin. Vragen over kinderen die ziek werden. Hij kon een hele lijst met namen opnoemen, maar dat waren allemaal gewone kinderziekten. Dat leverde geen enkele aanwijzing op.'

'Dat was acht jaar geleden. Misschien is zijn geheugen achteruitgegaan.'

'Misschien.'

'Waarom pas morgen?'

'Hij woont in een verzorgingshuis. Een eind hiervandaan op het platteland, met beperkte bezoektijden.'

'Vannacht heb ik toch een motel nodig.'

'Dat kun je beter in Laconia zoeken. Dat zou veiliger zijn. Met meer mensen om je heen ben je moeilijker te vinden.'

'Misschien geef ik de voorkeur aan een landelijke ambiance.'

'Dertig kilometer verder naar het noorden is een motel. Dat schijnt goed te zijn, maar misschien niet voor jou. Het ligt diep verscholen in de bossen. Er komt geen bus en het is te ver om te lopen. Je kunt veel beter naar Laconia gaan.'

Reacher zei niets.

'Maar het zou nog beter zijn als je helemaal vertrekt. Ik kan je wel ergens naartoe brengen, als je dat wilt. Als dank dat je me hebt gered.'

'Dat was helemaal mijn schuld,' zei Reacher. 'Ik heb je overgehaald en daardoor kwam je in de problemen.'

'Maar toch wil ik je best ergens naartoe brengen.'

'Breng me maar naar Laconia,' zei Reacher. 'En maak dan maar een afspraak met die oude man.'

Reacher stapte uit op een kruispunt in het centrum. De man met de paardenstaart reed weg. Reacher keek naar links en naar rechts om te zien waar hij was. Hij bevond zich midden tussen de twee plaatsen delict waar vijfenzeventig jaar na elkaar twee twintigjarigen bewusteloos op het trottoir waren aangetroffen. Hij keek naar de voorbijgangers. Hij zag een paar mensen die uit Boston afkomstig zouden kunnen zijn. Maar niemand die iets fouts uitstraalde. Vooral paren. Hier en daar grijze haren. Waarschijnlijk winkelende mensen die na afloop van het seizoen op zoek waren naar koopjes van alles wat Laconia maar te bieden had. Nog niets verdachts. Morgen, had Shaw gezegd. Hoofd recherche. Die moest het weten.

Reacher liep een zijstraat in waar hij een hotelletje had gezien, niet beter of minder dan andere. Het was een smal pand met twee verdiepingen, kunstzinnig geschilderd in een pastelkleur. Hij betaalde voor een kamer en liep de trap op om een kijkje te nemen. De kamer lag aan de achterkant. Dat deed hem deugd. Dat verkleinde de kans op geluidsoverlast. Misschien zou hij ongestoord kunnen slapen en hooguit wakker worden van een wasbeer of een prairiehond, op zoek naar afval in de steeg. Of de hond van een van de buren. Maar niets wat erger was.

Hij ging weer de straat op omdat het nog klaarlichte dag was. Hij had honger. Hij had de lunch overgeslagen. Rond die tijd had hij in de keuken gekeken naar wat er resteerde van de oude tegelvloer. Het was geen grote ruimte geweest, waarschijnlijk sober ingericht. Waarschijnlijk niet veel bijzonders voor de lunch. Brood met pindakaas misschien, of een tosti. Of iets uit blik. Blik werd van tin gemaakt.

Een straat verderop vond hij een koffiebarretje waar ze de hele dag ontbijt serveerden. De ervaring had hem geleerd dat ze dan waarschijnlijk de hele dag zo'n beetje alles serveerden. Hij ging er naar binnen. Er waren vijf zitjes. Vier ervan waren bezet. De eerste drie door mensen van wie hij vermoedde dat ze van buiten de stad waren gekomen om te winkelen en die zich nu een verfrissend drankje veroorloofden na een vermoeiende aanval van koopwoede. In het vierde zitje zat iemand die hij kende.

Rechercheur Brenda Amos.

Ze was verdiept in het verorberen van een maaltijdsalade. Ongetwijfeld een maaltijd die vast al geruime tijd was uitgesteld vanwege de voortdurende chaos. Reacher was zelf politieman geweest. Snel even dit, snel even dat, rinkelende telefoons, eten als je de kans krijgt, slapen als je even rust hebt.

Ze keek op.

In eerste instantie drukte haar gezicht een en al verbazing uit, die al snel overging in teleurstelling. Hij haalde zijn schouders op en ging tegenover haar zitten.

'Shaw zei dat ik hier legaal kon rondlopen tot morgen.'

'Hij zei tegen mij dat je ermee had ingestemd om te vertrekken,' zei ze.

'Als ik Ryantown had gevonden.'

'En?'

'Kennelijk is er iemand met wie ik moet praten. Een heel oude man. Net zo oud als mijn vader nu zou zijn geweest. Een tijdgenoot.'

'Ga je vandaag met hem praten?'

'Morgen.'

'Dat is nou net waar we bang voor zijn. Je blijft hier maar plakken.'

'Bekijk het eens van de zonnige kant. Misschien komt er niemand deze kant op. Dat joch was een klootzak. Misschien denken ze wel dat hij het had verdiend. De harde hand, of hoe ze dat tegenwoordig ook mogen noemen.'

'Vergeet het maar.'

'Die heel oude man met wie ik moet praten, had neven in Ryantown. Hij kwam er regelmatig. Misschien speelden die jongens samen op straat. Met alle andere jongens daar uit de buurt. Straathonkbal of zo. Of vangbal over de beek.'

'Met alle respect, majoor, interesseer je je werkelijk voor dat soort dingen?'

'Een klein beetje, denk ik,' zei Reacher. 'In ieder geval genoeg om nog een nachtje te blijven hangen.'

'We willen hier geen problemen.'

'Die kun je altijd maar beter vermijden.'

'Ze hebben de rest van de dag nog om hun plan te trekken. Voor middernacht verzamelen ze en tegen de ochtend zijn ze hier. Het zijn geen enorme afstanden. Ze hebben een beschrijving van je bij zich. Daarom kondigt Shaw voordat de dag aanbreekt code rood af. Hij verklaart de hele stad tot oorlogsgebied. Waar woont die heel oude man?'

'In een verzorgingshuis een eind buiten de stad. Iemand die ik ben tegengekomen, pikt me op.'

'Iemand die je bent tegengekomen?'

'Een man die acht jaar geleden dacht dat het water vervuild was.'

'En was dat ook zo?'

'Blijkbaar niet. Dat ligt gevoelig.'

'Waar pikt hij je op?'

'Op dezelfde plek waar hij mij heeft afgezet.'

'Op een afgesproken tijdstip?'

'Precies om halftien. Dat heeft iets met bezoekuren te maken.'

Amos dacht even na.

'Oké,' zei ze. 'Je krijgt toestemming om dat te doen, maar alleen op mijn voorwaarden. Je verlaat op geen enkel moment je kamer, niemand krijgt je te zien, en morgenvroeg om halftien ga je in gestrekte draf rechtstreeks naar die auto, met gebogen hoofd. En dan rijd je de stad uit en kom je niet meer terug. Dat is wat ik je kan bieden, en anders jagen we je nu de stad uit.'

'Ik heb al voor mijn kamer betaald,' zei Reacher. 'Het zou niet eerlijk zijn om me nu de stad uit te jagen.'

'Ik meen het,' zei ze. 'Dit is het Wilde Westen niet. Het is wachten op slachtoffers onder onschuldige omstanders. Als ze jou niet raken, schieten ze twee voorbijgangers dood. Luister goed naar me. We accepteren hier geen schietpartijen vanuit rijdende auto's. Komt niets van in. Dit is Laconia, niet Los Angeles. En met alle respect, majoor, maar je zou ons daarin moeten steunen. Je zou beter moeten weten dan onschuldige omstanders blootstellen aan schietpartijen.'

'Rustig maar,' zei Reacher. 'Ik sta honderd procent achter jullie. Ik doe het allemaal op jullie manier. Dat beloof ik. Vanaf morgen.'

'Doe maar vanaf zonsondergang straks,' zei Amos. 'Neem het zekere voor het onzekere, om mij een plezier te doen.'

Ze gaf hem een visitekaartje.

'Bel me als je me nodig hebt.'

20

Omdat ze Canadees was, deed Patty eerst haar schoenen uit voordat ze op het bed stapte. Wankelend stond ze op de verende matras en schuifelde toen zijdelings naar het midden van het bed. Ze keek op naar de lamp.

'Doe alsjeblieft de jaloezieën omhoog,' zei ze luid. 'Om mij een plezier te doen. Ik wil daglicht zien. Dat kan toch geen kwaad? Er komt hier nooit iemand.'

Ze klom weer van het bed en ging op de rand zitten om haar schoenen weer aan te doen. Shorty keek naar het raam alsof hij een sportwedstrijd volgde op tv. Met evenveel gespannen aandacht.

De jaloezieën bleven omlaag.

Hij haalde zijn schouders op.

'Goed geprobeerd,' zei hij zonder geluid te maken.

Ze wachtten opnieuw.

Plotseling kwamen de jaloezieën in beweging. De motor zoemde, een blauwe streep helder, bijna verblindend middaglicht stroomde naar binnen, eerst een smalle reep, die steeds breder werd, totdat de hele kamer was gevuld met zonlicht.

Patty keek omhoog naar het plafond.

'Bedankt,' zei ze.

Ze liep naar de deur om de warme, gele lamp uit te doen. Drie stappen. De eerste stap gaf haar een goed gevoel, omdat ze van daglicht hield. De tweede stap gaf haar een nog beter gevoel omdat het haar was gelukt hen iets voor haar te laten doen. Er was nu sprake van communicatie. Ze had hun duidelijk gemaakt dat ze een mens van vlees en bloed was. Maar bij de derde stap sloeg het gevoel om, omdat ze besefte dat ze hun een wapen in handen had gegeven. Ze had hun verteld waar ze bang voor was.

Ze zette haar ellebogen op de vensterbank, legde haar voorhoofd tegen het glas en staarde naar buiten. Er was niets veranderd. De Honda, het parkeerterrein, het gras en de muur van bomen. Verder niets.

In de zitkamer aan de achterkant van het huis beëindigde Mark een telefoongesprek. Hij legde de hoorn weer op de haak. Hij keek op de schermen. Patty was blij. Hij keerde zich om naar de anderen.

'Luister,' zei hij. 'Dat was een buurman net aan de telefoon. Een oude appelboer, dertig kilometer naar het zuiden. Er was daar vandaag een kerel die voor problemen zorgde. Ze willen graag dat we een oogje in het zeil houden voor het geval hij deze kant op komt en een kamer wil. Dan sturen ze mensen om hem op te pikken. Kennelijk willen ze hem een lesje leren.'

'Die komt hier niet,' zei Peter. 'We hebben de borden bij de weg eraf gehaald.'

'Die appelboer zei dat het een grote, onbehouwen kerel was, en dat was precies hetzelfde wat onze vriend op het kantoor van de county zei. Die had het over een grote, onbehouwen kerel die Reacher heette en die bezig was met zijn familiegeschiedenis. Hij heeft dossiers opgevraagd van vier verschillende volkstellingen, waarvan er minstens twee waren met een adres in Ryantown. En in Ryantown woonden misschien verre familieleden van mij. Dat Ryantown ligt precies in een hoekje van dat land van die appelboer. Die Reacher is bezig om het land van de Reachers in kaart te brengen. Hij gaat van het ene perceel naar het andere. Een of andere idiote hobbyist.'

'Denk je dat hij ook hiernaartoe komt?'

'De naam van mijn grootvader staat nog steeds in de papieren. Maar dat was na Ryantown, nadat ze rijk waren geworden.'

'Dit kunnen we nu niet gebruiken,' zei Robert. 'We hebben wel iets belangrijkers aan ons hoofd. De eerste komt over minder dan twaalf uur.'

'Hij komt hier niet,' zei Mark. 'Hij is van een andere tak van de familie. Ik heb nog nooit iets over zo iemand gehoord. Hij beperkt zich wel tot zijn eigen tak. Natuurlijk. Dat doen ze allemaal. Er is geen enkele reden voor hem om hiernaartoe te komen.'

'We hebben net de jaloezieën opgetrokken.'

'Laat maar omhoog,' zei Mark. 'Hij komt hier niet.'

'Ze zouden gebaren kunnen maken om hulp.'

'Hou het pad maar in de gaten, en de bel.'

'Waarom zouden we, als hij toch niet komt?'

'Omdat er misschien iemand anders komt. Er is van alles mogelijk. We moeten nu extra waakzaam zijn. Want nu moeten we het gaan verdienen, jongens. Aandacht voor details vandaag is het dividend van morgen.'

Steven schakelde de beide schermen links en rechts van het grote centrale scherm over naar camera's die vanuit twee standpunten de donkere ingang van de tunnel met het pad bestreken, één camera close-up, de andere groothoek.

Alles zag er roerloos en stil uit.

Reacher deed wat Amos van hem gevraagd had. Hij ging terug naar zijn kamer en bleef daar de rest van de middag. Niemand zag hem. Dat vond hij prima. Maar het avondeten werd een probleem. Zijn huidige onderkomen was niet meer dan een klein, elegant gastenverblijf zonder roomservice. Waarschijnlijk helemaal zonder catering, afgezien van door de bakker in de ochtend geleverde muffins voor het ontbijtbuffet. Gratis, in de lobby. Maar nu nog niet. Dat duurde nog op zijn minst twaalf uur. Waarschijnlijk eerder veertien uur. In die tijd kon je wel verhongeren.

Hij keek uit het raam. Dat had hij net zo goed niet kunnen doen, want hij zag niets dan de achterkant van de huizen aan de volgende straat. Hij wist dat het tentje dat de hele dag ontbijt serveerde om de hoek was. Wie zou hem zien als hij daarnaartoe ging? Misschien een of twee voorbijgangers op zo'n klein stukje, in een stadje als Laconia, tegen zonsondergang. En de klanten in dat koffiebarretje natuurlijk. En het personeel in de bediening, maar die hadden hem al bij de lunch gezien, nog niet zo lang geleden. Dat was niet zo best. Ja, zouden ze kunnen zeggen, hij zit hier de hele tijd. Hij is gewoon een vaste klant. Dus als ze naar hem op zoek gingen, zouden ze zich beperken tot de onmiddellijke omgeving, waarbij het hotelletje met het kunstzinnig vervaagde schilderwerk doelwit nummer één zou zijn. Pal in de roos. Een voor de hand liggende plek. Misschien wel de moeite waard om meteen eens te gaan kijken. Misschien meteen morgenvroeg, nog voordat beschaafde mensen opstonden.

Niet zo best.

Dan moest hij toch maar een eindje verder de straat op. Hij liep weg bij het raam en riep in gedachten een denkbeeldige plattegrond op van wat hij tot nu toe van Laconia had gezien. Het eerste logement, het stadsarchief, het kantoor van de county, het politiebureau, dit tweede onderkomen en alle etablissementen daartussenin, waar hij had gegeten, koffie had gedronken en naar de etalages met tassen en schoenen en keukengerei had gekeken. Hij wilde ergens eten waar hij nog niet eerder was geweest. Hij ging ervan uit dat ergens twee keer gezien worden tien keer zo erg was als één keer. Noem het maar een vuistregel. Het was altijd beter om ergens als vreemdeling voor het eerst te komen. Hij herinnerde zich een bistro met een raam aan de straatkant waar voor de onderste helft een gordijntje hing, en ouderwetse gloeilampen binnen, gloeiende kluwens witheet draad. Waarschijnlijk weinig personeel en een kleine maar discrete clientèle. Hij was erlangs gekomen, maar niet naar binnen gegaan. Zes straten verderop, of zeven. Die afstand was niet ideaal, maar hij kon natuurlijk een zigzagkoers door stillere zijstraten volgen om er te komen.

Veilig genoeg.

Hij liep de trap af, stapte naar buiten, de schemering in en begon te lopen. De plattegrond in zijn geheugen werkte prima. Hij aarzelde maar één keer, maar gokte uiteindelijk goed. Hij liep regelrecht naar de bistro. Acht straten verderop, niet zeven of zes. Verder weg dan hij had gedacht. Hij was nu best een tijdje buiten geweest. Hij had achttien voorbijgangers geteld. Ze hadden hem niet allemaal gezien, maar sommige wel. Niemand leek verdacht. Het waren allemaal gewone mensen. Op het trottoir voor de bistro ging hij op zijn tenen staan zodat hij naar binnen kon kijken over het gordijntje voor de onderste helft van het raam. Om een indruk te krijgen. Als het op eten aankwam, had hij geen smaak. Hij vond alles lekker. Maar hij wilde wel altijd een tafel in een hoek, zodat hij met zijn rug naar de muur kon zitten, en een beetje drukte, maar niet te veel, en een paar klanten, maar niet te veel. Het voornaamste was een snelle bediening en een minieme kans later te worden herinnerd. Dit restaurant leek aan die vereisten te voldoen. Achter in de hoek was een vrije tafel voor twee. De serveersters maakten een frisse en alerte indruk. Het restaurant was voor ongeveer de helft vol. Er zaten zes mensen te eten. Allemaal prima. Ideaal in elk opzicht. Zij het dat twee van de zes mensen die er zaten te eten Elizabeth Castle en Carter Carrington waren.

Een tweede afspraakje. Misschien wel intiem. Hij wilde hun avond niet bederven. Ze zouden zich verplicht voelen hem uit te nodigen bij hen te komen zitten. Nee zeggen zou geen optie zijn, want dan zou hij in zijn eentje twee tafels verderop zitten te eten. Ze zouden zich ongemakkelijk voelen en bespied. Het zou allemaal erg vreemd, gespannen en gekunsteld zijn.

Maar hij was Amos iets verschuldigd. Zij had haar nek uitgestoken. *Je verlaat op geen enkel moment je kamer, niemand krijgt je te zien*. Hoelang kon hij nog blijven rondwandelen?

Uiteindelijk werd het besluit voor hem genomen. Om de een of andere reden keek Elizabeth Castle op. Ze zag hem. Haar mond ging open en haar lippen vormden de O die verbazing uitdrukte en die onmiddellijk overging in een glimlach die volstrekt ongekunsteld was. Ze wuifde, een enthousiaste begroeting, en wenkte dat hij binnen moest komen om hen gezelschap te houden.

Hij ging naar binnen. Het was op dat moment de weg van de minste weerstand. Hij doorkruiste het restaurantje. Carrington stond op om hem de hand te schudden, een beetje ouderwets. Elizabeth Castle boog zich over de tafel en trok een derde stoel bij. Carrington gebaarde met zijn hand als een gerant en zei: 'Ga zitten.'

Reacher ging zitten, met zijn rug naar de deur en uitzicht op een muur.

De weg van de minste weerstand.

'Ik wil jullie avond niet bederven,' zei hij.

'Doe niet zo gek,' zei Elizabeth Castle.

'Gefeliciteerd dan,' zei hij. 'Allebei.'

'Waarmee?'

'Jullie tweede afspraakje.'

'Vierde,' zei ze.

'Echt?'

'Eten gisteravond, koffiepauze vanochtend, lunchpauze vanmiddag, en nu weer eten. En we zijn elkaar tegengekomen dankzij jouw perikelen, dus is het fantastisch dat je langskwam. Bijna een voorteken.'

'Dat klinkt niet goed.'

'Hoe noem je het dan als het wel goed is?'

'Een goed voorteken,' zei Carrington.

'Ik heb Ryantown gevonden,' zei Reacher. 'Het klopte allemaal met de informatie van de volkstelling. Hij stond geregistreerd als voorman van de tingieterij en het adres was precies tegenover de tingieterij. Die heeft een tijdje stilgelegen, wat verklaart waarom hij later bij een ploeg wegwerkers van de county is gaan werken. Ik neem aan dat hij weer voorman is geworden toen de tingieterij opnieuw werd opgestart. Ik heb niet naar de eerstvolgende volkstelling gekeken, want mijn vader was toen al het huis uit.'

Carrington knikte en zei niets, op een manier die Reacher nadrukkelijk en terughoudend vond, alsof hij genoeg te zeggen had maar zijn mond hield, omdat het tegen zijn goede manieren en gevoel voor etiquette indruiste.

'Wat is er?' vroeg Reacher.

'Niets.'

'Dat geloof ik niet.'

'Oké, iets.'

'Wat voor iets?'

'Daar hadden we het net over.'

'Tijdens een afspraakje?'

'Jij bent de aanleiding voor ons afspraakje, dus is het logisch dat het dan ter tafel komt. Ongetwijfeld blijven we tot in lengte van dagen over jouw geval praten. Uit pure nostalgie.'

'Waar hadden jullie het over?'

'Dat weten we niet echt,' zei Carrington. 'We zitten er een beetje in onze maag mee. We kunnen er niet precies de vinger op leggen. We hebben naar de oorspronkelijke documenten gekeken. Het zijn allebei prachtige volkstellingen. Je krijgt er een gevoel voor. Je gaat patronen zien. Je gaat de goede tellers onderscheiden van de luie tellers. Je gaat fouten zien. Je krijgt een oog voor leugens. Meestal over lezen en schrijven bij mannen, en leeftijd bij vrouwen.'

'En jullie hebben in de documenten iets gevonden wat niet klopt?'

'Nee,' zei Carrington. 'Die lijken betrouwbaar. De tellingen zijn echt heel goed uitgevoerd. Beter dan de meeste die ik onder ogen heb gehad. Met name die van 1940 is een schoolvoorbeeld van een goede volkstelling. We geloven elk woord dat erin staat.'

'Dan valt er verder weinig te betwijfelen, dunkt me.'

'Zoals ik al zei, je ontwikkelt er een gevoel voor. Je begeeft je in hun wereld, je komt naast ze te staan. Je wordt een van hen door die documenten. Maar jij weet wat er daarna gaat gebeuren en dat weten zij niet. Dus sta je er toch een beetje buiten. Je weet hoe de film afloopt. Dus je denkt wel net zoals zij, maar je weet ook al wie van hen in de toekomst verstandig en wie van hen onverstandig op de loop der dingen zal reageren.'

'En?'

'Er klopt iets niet in het verhaal dat je me hebt verteld.'

'Maar niet in de documenten.'

'In een ander deel.'

'Maar je weet niet wat.'

'We kunnen er de vinger niet op leggen.'

De serveerster kwam en nam de bestelling op. Het gesprek nam een wending en Reacher liet het niet terugkeren naar het eerdere onderwerp. Hij wilde hun avond niet bederven. Hij liet hen bepalen waar het gesprek over ging en nam eraan deel als het zo te pas kwam.

Hij nam alleen het hoofdgerecht en stond toen op om te gaan. Hij gunde hun een dessert met z'n tweeën. Dat leek hem het minste wat hij voor hen kon doen. Ze maakten geen bezwaar. Hij stond erop dat ze twintig dollar aannamen. Ze zeiden dat het te veel was. Hij zei dat de serveerster de rest maar moest houden als fooi.

Hij liep naar buiten en sloeg rechts af, terug langs dezelfde weg. Het was duidelijk donkerder op straat. Het was ook stiller. Er was weinig verkeer. Er liep niemand op de trottoirs. De winkels waren allemaal gesloten. Achter hem kwam een auto aan rijden, maar die reed door, misschien iets langzamer dan de bestuurder zou willen, zoals alle auto's 's avonds in steden waar dan ook. Niets om je zorgen over te maken, was de conclusie nadat ergens in zijn achterhoofd de duizenden deeltjes informatie over snelheid, richting, intentie en consequenties razendsnel waren beoordeeld en de uitkomst niet anders dan normaal kon worden aangemerkt.

Maar toen verscheen er iets wat niet normaal was.

Koplampen die Reachers kant op kwamen. Honderd meter verderop. Groot en verblindend, hoog en wijd uit elkaar. Een groot voertuig. Koplampen keurig horizontaal naast elkaar alsof het voertuig over de middenstreep van de weg reed. Het voertuig reed langzaam. Dat was wat uiteindelijk de alarmbellen deed rinkelen. De snelheid klopte niet. De snelheid paste niet bij de context. Het was de voorzichtige gang van het spitsuur, maar net iets langzamer, alsof de bestuurder ook nog met iets anders bezig was. Iemand van deze tijd zou onmiddellijk hebben gedacht dat de bestuurder met zijn telefoon in de weer was, maar Reacher kreeg de indruk dat de bestuurder op zoek was naar iets. Vandaar die koers over het midden van de weg. Daarom die felle koplampen. Hij hield beide trottoirs tegelijk in de gaten.

Op zoek naar wat?

Op zoek naar wie?

Het was een groot voertuig. Misschien een patrouillewagen. Het was patrouillewagens toegestaan langzaam midden op straat te rijden. De politie mocht zoeken naar wat of wie ze maar wilden zoeken.

Reacher werd gevangen in het schijnsel van de koplampen. Het licht spoelde over hem heen, hard, blauw en fel. Het volgende moment was het schijnsel over hem heen gegleden en liep hij in een half grijze wereld, half verlicht door de reflectie van het felle licht op een lichte nachtnevel verderop. Hij keerde zich om en zag een pick-up, hoog, glimmend, fraai, onvoorstelbaar lang, twee achter elkaar geplaatste banken en een lange, lange laadbak. Grote, verchroomde wielen draaiden langzaam rond, zo ontspannen als maar kon.

Binnen in de cabine gebeurde van alles. Het zag eruit als een explosie van onmetelijk plezier, alsof iemand een niet te winnen weddenschap had gewonnen. Het onmogelijke was gebeurd. Vijf gezichten waren op hem gericht. Vijf paar ogen zogen zich aan hem vast. Vijf monden vielen open. Een van de monden bewoog en zei iets.

'Dat is hem.'

Het was de appelboer die dat zei.

21

De appelboer zat op de achterbank achter de bestuurder. Niet echt de plek waar de aanvoerder van een patrouille zou zitten. Geen troon waarop de man die de lakens uitdeelt zou plaatsnemen. Anders dan de passagiersstoel. Misschien zag hij zich meer als een soldaat in actieve dienst. Gewoon een van de jongens. Dat was bemoedigend. Misschien betekende het dat de appelboer niet veel in zijn mars had. Het was altijd plezierig om te weten dat er één tegenstander was die je met gemak kon uitschakelen.

De andere vier waren een generatie jonger. Ze verschilden niet zo heel veel van zoonlief in de boomgaard. Zelfde bouw, zelfde spierbundels, zelfde gelooide huid. Hetzelfde soort mens, maar armer. Andere opa. Niemand heeft ooit beweerd dat het leven eerlijk was. Maar ze leken volop bereid om een handje te helpen. De pluktijd kwam eraan. Misschien had de kleine nieuwe schoentjes nodig.

De pick-up kwam met piepende banden tot stilstand. Alle vier de portieren klapten min of meer achter elkaar open. Er sprongen vijf mannen uit. Harde hakken van laarzen klakten op het asfalt. Twee mannen liepen om de pick-up heen. Alle vijf stelden zich schouder aan schouder op. De appelboer in het midden. Ze zagen er allemaal grijs en spookachtig uit in het gereflecteerde licht, als een vervaagd billboard voor een oude zwart-witfilm, een of ander sentimenteel verhaal. Misschien was hun moeder jong gestorven en had papa hen helemaal alleen grootgebracht. Nu waren ze hem daarvoor dankbaar. Of misschien vormde een hopeloos verdeeld gezin nu voor het eerst één front tegen een immense dreiging van buitenaf. Dramatisch effectbejag. Ze geloofden in hun rol.

Reacher dacht aan Brenda Amos.

We willen hier geen problemen.

Maar ze had het over slachtoffers onder onschuldige omstanders gehad en die kans was onder deze omstandigheden miniem. Er zouden geen slachtoffers vallen, er was verder niemand op straat. Er kwamen geen wapens aan te pas. Er gebeurde helemaal niets. Voorlopig althans. Niet meer dan een wedstrijdje staren. En poseren. Want dat was wat hijzelf waarschijnlijk ook deed. Hij liet zien dat hij ontspannen was en zich geen zorgen maakte, dat hij er op zijn gemak bij stond, bijna glimlachend, maar net niet helemaal, alsof hij net had bedacht dat hij nog even tijd moest vrijmaken voor een vervelend klusje, voordat hij een voor het overige prima verlopen dag kon afsluiten. Tegenover hem waren de vijf nog steeds hard in de weer met hun schouder-aan-schoudergedoe, de armen over elkaar geslagen voor een vooruitgestoken borst, de kin omhoog en staren. Heel langzaam begon het tot Reacher door te dringen dat die show helemaal niet bedoeld was als een toneelstukje, maar dat er iets anders schuilging achter dat plotse vertoon van solidariteit. Het was bedoeld om een weinig subtiele boodschap uit te dragen. Ze lieten zien dat het om aantallen ging. Niet meer en niet minder. Het was vijf tegen één.

'Je moet met ons meekomen,' zei de appelboer.

'O ja?' zei Reacher.

'En zonder gedonder.'

Reacher zei niets.

'Nou?' vroeg de appelboer.

'Ik probeer uit te vogelen waar dat terecht zou komen op een schaal met waarschijnlijkheden, als tien betekent buitengewoon waarschijnlijk dat het zal gebeuren, en één dat het nog in geen honderdduizend jaar zal gebeuren. Ik moet zeggen dat de cijfers die zich in mijn hoofd aandienen uiterst laag zijn.'

'Aan jou de keuze,' zei de appelboer. 'Je zou jezelf een paar blauwe plekken kunnen besparen. Maar je gaat mee, goedschiks of kwaadschiks. Jij hebt mijn zoon geslagen.'

'Met één hand,' zei Reacher. 'Het was maar een tikje. Zoonlief heeft een glazen kinnebak. Je moet beter voor hem zorgen. Je moet hem uitleggen waarom hij niet met volwassenen moet spelen. Het is wreed als je hem die kennis onthoudt. Daarmee bewijs je hem geen dienst.'

De appelboer zei niets.

'Zijn deze jongens beter?' vroeg Reacher. 'Ik hoop het maar. Anders moet je het even aan ze uitleggen. Dit is geen spelletje voor kinderen.'

Er rimpelde iets langs de rij mannen, een klein spasme. Longen zogen zich plots vol lucht, de over elkaar geslagen armen verschoven, nekspieren werden gespannen en hoofden stonden ineens strak boven de schouders.

We willen hier geen problemen.

'We hoeven dit niet per se te doen,' zei Reacher.

'Jawel, het moet wel,' zei de appelboer.

'Dit is een vriendelijk stadje. We moeten er geen puinhoop van maken.'

'Kom maar mee dan.'

'Waarnaartoe?'

'Dat merk je wel.'

'Dat hadden we al besproken. De kans daarop is nog steeds vrijwel nihil. Maar goed, ik ben best bereid om te luisteren als je me iets te bieden hebt.'

'Wat?'

'Je zou me kunnen betalen, of je zou me iets kunnen aanbieden.'

'We bieden je de kans om jezelf een paar extra blauwe plekken te besparen.'

Reacher knikte.

'Dat zei je al,' zei hij. 'En het leidde tot een paar vragen.'

Hij keek de rij langs, van links naar rechts en weer terug.

'Waar zijn jullie geboren?' vroeg hij.

Geen van de vier jonge mannen gaf antwoord.

'Vertel het me maar,' zei Reacher. 'Het is van belang voor jullie toekomst.'

'Hier in de buurt,' zei een van de vier.

'En vervolgens zijn jullie hier opgegroeid?'

'Ja.'

'Niet in het zuiden, of de Bronx of South-Central L.A.?'

'Nee.'

'Niet in een sloppenwijk van Rio de Janeiro? Of van Baltimore of Detroit?'

'Nee.'

'Ooit voor de politie gewerkt?'

'Nee.'

'Ooit gezeten?'

'Nee.'

'Militaire dienst?'

'Nee.'

'Geheime, clandestiene training bij de Mossad? Of de SAS in Groot-Brittannië? Of het Franse Vreemdelingenlegioen?'

'Nee.'

'Maar je begrijpt wel dat dit iets anders is dan appels plukken?'

De jongen gaf geen antwoord.

Reacher sprak de appelboer weer aan.

'Zie je het probleem?' zei hij. 'Dat hele gedoe met die blauwe plekken werkt gewoon niet. Het is niet logisch. Het is een optische illusie. Je zegt dat ik iets kan vermijden wat er helemaal niet is. Je kunt me geen blauwe plekken bezorgen. Niet met dit stelletje. Je moet beter je best doen. Je moet je verbeeldingskracht gebruiken. Je moet me iets moois in het vooruitzicht stellen. Misschien zou ik een flinke smak geld verleidelijk vinden. Of de sleutels van de pick-up. Of misschien kan een van die jongens me zijn zus uitlenen. Gewoon, één nachtje. Dat hij zelf even iets anders gaat doen.'

Natuurlijk wist Reacher dat ze allemaal zouden reageren, en dat was dan ook precies zijn bedoeling. Hij wist alleen niet wie van hen als eerste en het snelste zou reageren, dus ontspande hij, nam in gedachten al wel de tegenmaatregelen door, maar zonder zich te fixeren op een bepaald doel. Hij hield zijn opties zo lang mogelijk open, in de hoop dat een en ander duidelijk zou worden voordat er geen weg meer terug was en hij definitief zou moeten kiezen. Dat lukte. De jongen links van het midden deed net even voor de anderen een stap naar voren, woedend vanwege de beledigingen en beschimpingen. Reacher zette zich schrap en haalde uit. Naar verluidt halen de snelste vuisten bij het boksen zo'n vijftig kilometer per uur, veel sneller dan de vuisten van Reacher, die al tevreden was met dertig kilometer per uur, maar zelfs bij die relatief geringe snelheid overbrugde zijn vuist de meter die hem scheidde van zijn tegenstander in een tiende van een seconde. Vrijwel ogenblikkelijk. Hij raakte de jongen midden op zijn gezicht. Reacher trok zijn vuist even snel als hij had geslagen weer terug, alsof hij een commando uitvoerde op het exercitieterrein, en stond er meteen weer even ontspannen en op zijn gemak bij als een seconde eerder, alsof er niets was gebeurd, alsof je met je ogen had geknipperd en iets had gemist.

Vanwege het dramatische effect.

De jongen zakte in elkaar.

Vijftig meter verderop stapten Elizabeth Castle en Carter Carrington de bistro uit. Hij zei iets, zij lachte. Het geluid klonk hard in de lege straat. De jongens van de pick-up keken over hun schouder, met uitzondering van de jongen die op de grond lag. Die deed niets.

Vijftig meter verderop pakte Carter Carrington Elizabeth Castles hand. Ze begonnen te lopen, in de richting van Reacher en zijn tegenstanders. Ze kwamen dichterbij. Ze werden strak en helder uitgelicht door de koplampen van de stilstaande pick-up, net als Reacher eerder. Reacher keek even naar hen en richtte zich toen tot de appelboer: 'Nu mag jij zelf kiezen. Daar komt de stadsadvocaat, op zijn minst een zeer geloofwaardige getuige. Wat mij betreft blijven we nog even staan en ploeteren we nog even door. Wat vind jij?'

De appelboer keek schichtig de straat in, naar het naderende stel. Volledig uitgelicht. Nog maar veertig meter. Hun hakken klonken luid op de klinkers. Elizabeth Castle lachte opnieuw.

De appelboer zei niets.

Reacher knikte.

'Ik begrijp het wel,' zei hij. 'Je houdt er niet van om dingen los te laten, want jij bent de baas. Ik snap het. Dus ik zal het je gemakkelijk maken. Ik zal ervoor zorgen dat we elkaar nog een keer tegenkomen. Binnenkort. Dan kom ik nog een keer naar Ryantown. Ik weet zeker dat ik dat zal doen. Dus houd het maar in de gaten.'

Hij liep weg. Hij keek niet om. Achter zich hoorde hij in eerste instantie niets, toen commando's op gedempte toon, schuifelende voeten, de pick-up die achteruitreed, kreunen en hijgen toen de neergeslagen jongen van de straat werd getild en op de achterbank gehesen. Reacher hoorde portieren dichtslaan. Hij liep een zijstraat in en alle geluiden stierven weg. Hij hoorde niets meer tot hij zijn kamer bereikte. Daar bleef hij de rest van de nacht. Hij keek naar een oninteressante wedstrijd van de Red Sox, die in Boston speelden, en naar het late plaatselijke nieuws, ging daarna naar bed en zakte weg in een gezonde slaap.

Tot één minuut over drie 's nachts.

22

Patty was nog steeds wakker om één minuut over drie. Ze had nog helemaal niet geslapen. Shorty had haar lang gezelschap gehouden, maar had uiteindelijk zijn ogen dichtgedaan. Even een dutje, had hij gezegd. Dat duurde ondertussen een uur. Hij snurkte. Ze hadden de vierde van de zes maaltijden gegeten. Ze hadden het vierde van de zes flesjes water gedronken. Ze hadden van alles nog twee over. Ontbijt en lunch van de volgende dag. En wat dan? Ze had geen idee. Daarom was ze nog steeds wakker om één minuut over drie en had ze nog helemaal niet geslapen. Ze begreep het niet.

Ze hadden een warme, comfortabele kamer met elektriciteit en warm en koud stromend water. Er was een douche en een toilet. Er waren handdoeken en tissues en er was zeep. Ze waren niet aangerand, mishandeld, bedreigd, uitgescholden, met geen vinger aangeraakt of op welke manier dan ook onheus bejegend. Afgezien van het feit dat ze tegen hun wil waren opgesloten. Waarom? Wat was daarvoor de reden? Wat was de bedoeling? Wat stelde zij nu voor, wat stelde Shorty nu voor in de kosmische loop der gebeurtenissen? Wie stelde nu enig belang in hen?

Ze nam die vraag serieus. Ze waren arm en iedereen die ze kenden was arm. Losgeld was totaal niet aan de orde. Ze beschikten niet over industriële geheimen. Ze bezaten geen specialistische kennis. Er werden al honderden jaren aardappels verbouwd en bomen verzaagd in Noord-Amerika. Misschien al wel duizenden jaren. Beide procedés waren wel zo'n beetje uitontwikkeld.

Dus waarom? Ze waren vijfentwintig en gezond. Een tijdje dacht ze aan orgaanroof. Misschien werden hun nieren geveild op internet. Of hun hart, de longen, het hoornvlies van hun ogen. En alles wat er verder nog goed was. Beenmerg of zo. De hele lijst die je moest invullen voor je in aanmerking kwam voor een rijbewijs. Maar ze bedacht zich. Niemand had een poging gedaan hun bloedgroep vast te stellen. Er waren geen achteloze vragen gesteld. Geen ongelukjes met krassen, schaafwondjes of sneetjes. Geen eerste hulp. Geen met bloed doordrenkt wondverband. Je kon een nier niet verkopen als de bloedgroep niet bekend was. Dat was iets wat mensen moesten weten.

Ze ontspande, even. Het duurde niet lang. Ze begreep het niet. Wat stelde zij nu voor, wat stelde Shorty nu voor? Waar waren zij goed voor?

Reacher werd wakker om één minuut over drie. Zelfde verhaal, in één klap klaarwakker, alsof er een knop was omgedraaid.

Zelfde reden.

Een geluid.

Een geluid dat zich niet herhaalde.

Niets.

Hij liep op blote voeten naar het raam en tuurde naar buiten, naar de steeg. Niets. Geen flits van een wasbeer, geen spookachtige schim van een prairiehond, geen hongerige hond. Een rustige nacht. Maar kennelijk toch niet, opnieuw precies om één minuut over drie. Hij betwijfelde of de serveerster die avond wel aan het werk was gegaan in de bar. Waarschijnlijk was ze ontslagen of was ze bang voor represailles. En als ze een nieuwe baan had gekregen, ergens anders, zou ze niet op precies hetzelfde tijdstip thuiskomen. Bovendien stond die jongen haar niet meer bij haar voordeur op te wachten. Die lag in het ziekenhuis. Bovendien was de steeg waar ze woonde nu vier straten verderop. En zijstraten. Er zat genoeg bebouwing tussen. Ver buiten de straal. Hij was er niet dicht genoeg bij om een kreet om hulp op te vangen.

Dat moest betekenen dat het tijdstip toeval was. Hij hoorde in gedachten de stem van Brenda Amos: *Voor middernacht verzamelen ze en tegen de ochtend zijn ze hier. Het zijn geen enorme afstanden.*

Was het al ochtend? Officieel wel, dacht hij. Hij stelde zich middernacht voor in Boston, een auto die tankte en wegreed in het duister. Zou die drie uur en één minuut later in Laconia kunnen zijn? Makkelijk. Waarschijnlijk wel twee keer. Hij stelde zich voor dat de man de tijd nam, langzaam rondreed, zich een beeld vormde van het stratenplan, misschien hier of daar een receptionist of een hoteleigenaar een vraag stelde over een grote man met een gewonde hand, zijn verontschuldigingen aanbood als het antwoord negatief was, een briefje van vijftig in een borstzakje stopte en weer verderging, terug in de auto, op zoek naar een volgende schuilplaats. Tot hij vroeg of laat iemand zou treffen die zou zeggen: 'Zeker, tweede verdieping, kamer aan de achterkant.'

Reacher haalde zijn broek onder de matras vandaan en trok hem aan. Hij knoopte zijn overhemd dicht en strikte zijn veters. Hij pakte zijn tandenborstel uit het glas in de badkamer en stopte hem in zijn zak. Klaar voor vertrek.

Hij liep de trap af naar de lobby. Nog drie uur tot het ontbijtbuffet. Hij wachtte achter de voordeur en luisterde. Hij hoorde niets. Hij liep naar buiten. Hij hoorde het zachte zoeven van een auto in de verte. Hij zag niemand. Hij liep naar de hoek van de straat. Ook niets. Hij hoorde de auto opnieuw. Hetzelfde geluid uit een andere hoek. Ver weg. Daarna dichterbij. Alsof de auto een hoek om was gegaan, een straat dichterbij in. Zonder duidelijke bestemming en alsof hij alleen maar rondjes reed, steeds dichter om een middelpunt. Zo nu en dan rechts afslaand.

Louter en alleen om zijn eigen nieuwsgierigheid te bevredigen liep Reacher vier straten door tot hij de steeg vond tussen de tassenwinkel en de schoenenwinkel, waar de serveerster woonde. Het was er rustig. Er was niemand. Niets verroerde zich. Alleen duistere, lege ramen, nachtnevel en stilte.

Hij hoorde de auto opnieuw. Ver weg achter zich. Het zachte zoeven van de banden. Een kleine klap als de banden over een naad in het wegdek reden. Drie straten verderop, dacht hij. Niet meteen in het zicht. De zijstraat liep niet recht.

Hij ging terug naar het hotelletje. Hij liep door poelen geel lantaarnlicht. Op een bepaald moment bleef hij stilstaan in het donker om te luisteren. Hij hoorde de auto nog steeds langzaam rijden. Nog steeds drie straten verderop, zo nu en dan rechts afslaand. Het ene rondje na het andere.

Hij liep verder. De auto kwam een zijstraat dichterbij, was een straat eerder rechts afgeslagen. Hij reed nu nog maar twee straten verderop. Het ene rondje na het andere. Een gigantische spiraal op een plattegrond. Een zoekpatroon, maar dan wel een lui zoekpatroon. Het zou niets opleveren. Er zou wel een heel voetbalelftal mannen met een gewonde hand kunnen rondlopen die je met zo'n trage spiraal stuk voor stuk zou mislopen. Het zou puur toeval zijn als je wel een van die mannen zou treffen.

Dus misschien was het geen zoekpatroon. Misschien nog steeds een eerste ronde om het stratenplan te leren kennen. Het was nog vroeg. Het was altijd verstandig je goed voor te bereiden. Rekening te houden met een zekere mate van professionaliteit. Vluchtroutes moesten in kaart worden gebracht. Lastige afslagen in het geheugen geprent. Steegjes moesten in beeld worden gebracht, qua breedte en bestemming.

De auto sloeg twee straten achter hem rechts af.

Hij liep verder. Nog twee straten, wat een vierdimensionaal probleem opleverde. Waar zou hij zijn als de auto bij een volgende ronde dicht langs het hotelletje reed? Waar zou de auto zijn als Reacher bij de voordeur was? In wezen dezelfde vraag. Tijd en afstand en richting. Net als het schieten op een bewegend doelwit. Waar zou de rennende man zijn als de kogel dat punt bereikte?

Hij bleef staan. De timing zou verkeerd uitpakken. Hij kon beter nog een kwart rondje afwachten. Hij kon beter bij de voordeur aankomen net nadat de man er voorbij was, niet net voordat hij erlangs zou rijden. Kwestie van gezond verstand natuurlijk. Hij liep op zijn gemak naar de hoek en wachtte. De straat was verlaten. Nog steeds het holst van de nacht.

Alleen verkoos de auto het om opnieuw een straat te vroeg af te slaan. Veel te vroeg, vergeleken met het patroon tot nu toe. Volstrekt onvoorspelbaar. Hij kwam aanrijden door de straat links van Reacher, met groot licht, volop schijnsel op beide trottoirs. Reacher werd uitgelicht als een filmster. De auto bleef vijf meter voor hem staan met stationair draaiende motor en verblindend felle koplampen. Achter die koplampen ging een portier open. Reacher maakte aanstalten om naar rechts weg te duiken, vooruit, het licht in. Dat was veiliger, want de man was waarschijnlijk rechtshandig. Een paniekerige ruk, veroorzaakt door de plotselinge duik, zou de hand met het wapen omhoog doen schieten, naar buiten, niet omlaag en naar binnen.

Als hij een wapen had.

'Laconia, politie,' zei een stem achter het licht. 'Handen omhoog.'

'Ik kan je niet zien,' zei Reacher. 'Doe dat licht uit.'

Dat was bedoeld als een soort test. Een echte smeris zou misschien het licht uitdoen, een nepsmeris zou het zeker niet doen. Hij bereidde zich nog steeds voor op een duik naar rechts. Daarna zou hij de klus kunnen klaren door op een of andere manier contact met dat geopende portier te maken. Dat zou tegen de man erachter slaan en daarna was het een eerlijk gevecht van man tegen man.

Het licht ging uit.

Reacher knipperde een paar keer met de ogen. Langzaam keerde de gele nachtgloed terug, zacht door de nevel die in de lucht hing, hard waar het asfalt nat was. De auto was een patrouillewagen van de politie van Laconia, schoon en nieuw. Binnenin hing een oranje gloed van technologische snufjes. De man die achter het geopende portier stond, was in uniform. Op zijn naamplaatje stond Davison. Hij was halverwege de twintig en misschien iets magerder dan hij zou willen zijn. Maar hij maakte een slimme indruk en straalde alertheid en vastberadenheid uit. Zijn uniform zat keurig in de vouw. Hij had zijn haar gekamd. Zijn riem met zijn uitrusting zag er prima uit. Hij was klaar voor wat komen zou. Eindelijk was de ronde 's nachts een keer de moeite waard.

'Handen omhoog,' zei hij opnieuw.

'Dat is niet echt nodig,' zei Reacher.

'Draai je om dan, dan kan ik je boeien.'

'Dat is ook niet echt nodig.'

'Het is voor zowel je eigen veiligheid als die van mij,' zei Davison.

Dat moest uit een rollenspel van de politieschool afkomstig zijn, dacht Reacher. Een les die misschien door een psycholoog werd gegeven. Misschien was het huiswerk geweest om te zoeken naar een tekst die zo volstrekt onbegrijpelijk was dat verdere weerstand werd voorkomen door de belangrijkste delen in de hersenen lam te leggen. Hoe konden handboeien nou een bijdrage leveren aan zíjn veiligheid?

'Agent, volgens mij is er geen sprake van een redelijk vermoeden dat er een misdrijf gaande is,' zei Reacher.

'Dat hoeft ook niet,' zei agent Davison.

'Is er op dit moment sprake van een constitutionele crisis zonder dat ik daar weet van heb?'

'U bent iemand op wie gelet wordt. U werd vermeld in de briefing aan het begin van de wacht. Ze hebben een schets uitgedeeld. U zou zich niet op straat mogen vertonen.'

'Wie deed die briefing?'

'Rechercheur Amos.'

'Wat heeft ze nog meer gezegd?'

'Dat we het meteen moesten rapporteren als we een kentekenplaat uit Massachusetts zagen.'

'En heb je die gezien?'

'Nog niet.'

'Ze vat het serieus op,' zei Reacher.

'Ze moet wel. We kunnen ons niet permitteren dat er iets ergs gebeurt. Dan worden we aan het kruis genageld.'

'Ik ga nu terug naar mijn hotel.'

'Nee meneer, u moet met mij mee.'

'Sta ik onder arrest?'

'Meneer, rechercheur Amos heeft ons verteld dat u een functie hebt vervuld bij de MP. We willen u graag op alle mogelijke manieren van dienst zijn.'

'Ja of nee?'

'Het scheelt maar een haartje,' zei de agent slim, alert en vastberaden. En zelfverzekerd. En zeker van zijn opdracht, en de wet en zijn superieuren.

De tijd van zijn leven.

Reacher dacht aan koffie. Pas over drie uur in de lobby van het hotel, maar zonder twijfel dag en nacht verkrijgbaar op het politiebureau.

'Arresteren lijkt me niet nodig,' zei hij. 'Ik rij wel vrijwillig mee. Maar alleen als ik voorin kan zitten.'

Ze stapten in. De agent reed in hetzelfde rustige tempo verder. Dezelfde snelheid die Reacher al in de verte had gehoord, rustig en doelbewust, kalmpjes door de bochten en plichtsgetrouw de rondjes draaiend die de nachtelijke patrouille nu eenmaal vereiste. De plek waar Reacher zat was eigenlijk volgebouwd met alles wat niet meer op de console in het midden paste. Er was een laptop op een flexibele standaard, houders en holsters voor allerlei specialistische apparatuur. Het vinyl van het dashboard glansde. De auto rook nieuw. Misschien was de auto pas een maand oud.

Op een gegeven moment sloeg Davison in de buurt van het stadsarchief een hoek om, een bredere straat in. In de richting van het politiebureau, herinnerde Reacher zich. Rechttoe, rechtaan, bijna een kilometer. Davison reed iets harder dan eerder. Met zwier. Een beetje snoevend. De meester van het nachtelijk universum. Hij stopte voor de deuren van de grote hal en stapte uit. Reacher stapte ook uit. Samen liepen ze naar binnen. Davison legde de situatie uit aan de dienstdoende agent achter de balie, die eigenlijk maar één duidelijke vraag had.

'Tot halftien. Moet ik hem opsluiten?'

Davison keek Reacher aan.

'Moet dat?' vroeg hij.

'Dat hoeft niet echt,' antwoordde Reacher.

'Zeker weten?'

'Ik wil ook niet dat er iets verkeerds gebeurt. Het enige wat ik wil is koffie.'

Davison keerde zich weer naar de dienstdoende agent.

'Zoek maar een kantoortje waar hij kan wachten en breng hem dan maar een kop koffie.'

Achter in de hal zwaaiden dubbele deuren open. Brenda Amos kwam de hal in.

'We nemen mijn kantoor,' zei ze.

23

De eerste kwam ruim voor de dag aanbrak aan. Een vaste klant. Hij woonde helemaal in het noorden van Maine in een houten huis midden in tweehonderd vierkante kilometer bos, allemaal zijn eigendom. Hij reed zoals gewoonlijk alleen 's nachts in een aftandse oude Volvo-stationwagen, waar je geen tweede keer naar zou kijken, maar voor het geval dat toch een keer gebeurde, was hij uitgerust met valse kentekenplaten uit Vermont en een kenteken dat nooit was uitgegeven. Zijn telefoon gaf aan waar hij van de weg af moest, maar natuurlijk herinnerde hij het zich van zijn eerste bezoek. Onmogelijk om dat te vergeten. Hij herinnerde zich het begin van het pad en het pokdalige asfalt en de dikke rubberen kabel, die ergens een bel deed overgaan, zodat iemand hem zou verwelkomen.

Hij werd dit keer verwelkomd bij de receptie van het motel. Door Mark. De anderen waren nergens te bekennen. Die waakten bij de beveiligingscamera's, dacht de nieuw aangekomene. Dat hoopte hij tenminste. Hij accepteerde kamer drie die Mark hem aanbood. Mark keek toe toen hij de stationwagen parkeerde. Hij keek toe toen hij zijn bagage naar binnen droeg. Mark vroeg zich waarschijnlijk af in welke tas het geld zat, dacht de gast. Hij zette zijn spullen bij de kast en liep weer naar buiten, de schemering in die aan de dageraad voorafging. De zachte, nevelige lucht. Hij kon zich niet bedwingen. Hij sloop over het plankier langs kamer vier, vijf, naar een Honda Civic die er als een dood, ineengedoken zwart dier bij stond. Daar stapte hij van het plankier het terrein op en stelde zich op achter de Honda, zodat hij van een afstandje kamer tien in zijn geheel kon zien. Een eerste blik. Kamer tien was bezet. Dat had in de e-mail gestaan. Nu was er niets te zien. Alles was rustig. De jaloezieën waren omlaag. Er brandde geen licht binnen. Er klonk geen enkel geluid. Er gebeurde niets.

De nieuwe gast bleef een minuut staan kijken en liep toen terug naar kamer drie.

Reacher schonk voor zichzelf een kop koffie in uit de koffiepot in de recherchekamer, daarna nam Amos hem mee naar haar kantoor.

Er was niets veranderd. Een traditioneel kantoor, maar binnen was alles nieuw: bureau, stoelen, kasten, computer.

'Ik had je gevraagd om je gedeisd te houden, om mij een plezier te doen,' zei ze.

'Iets maakte me wakker.'

'Is er een wet die je voorschrijft om dan op te staan?'

'Soms.'

'Het had het moment kunnen zijn waarop zij aankwamen in de stad.'

'Precies. Ik vond dat ik op zijn minst mijn broek moest aantrekken. Toen ben ik buiten gaan kijken. Er was niets aan de hand. Het enige wat echt opviel, was het uitstekende patrouilleren van agent Davison. Dat vind ik prima. Ik blijf net zo lief hier wachten. Eind goed, al goed. Het spijt me alleen dat je zo vroeg je bed uit moest.'

'Ja, dat spijt mij ook,' zei rechercheur Amos. 'Je bent ook de deur uit geweest voor je avondeten.'

'Hoe weet je dat?' vroeg hij.

'Raad eens.'

Omdat er bloed op straat lag, dacht hij, of omdat de mannen van de appelboerderij een straat verderop toevallig waren aangehouden bij een controle. Of beide. Zoiets moest het zijn.

'Ik heb geen idee,' zei hij.

'Dat heeft Carter Carrington ons verteld,' zei ze. 'Je bent naar een bistro gelopen waar hij ook was, acht straten verderop. En weer acht straten terug. Dat is niet hetzelfde als je gedeisd houden.'

'Op dat moment dacht ik dat wel, op een ingewikkelde manier.'

'Je had me moeten bellen. Ik heb je mijn kaartje gegeven. Dan had ik een pizza naar je kamer gebracht.'

'Waarom vroeg je Carrington naar mij?'

'Dat hebben we niet gedaan. We hadden juridisch advies nodig en bij het gesprek dat daarop volgde, kwam jouw escapade naar die bistro ter sprake.'

'Juridisch advies? Waarover?'

'Wie we kunnen vastzetten, voordat ze werkelijk iets hebben gedaan wat niet door de beugel kan.'

'En wat was het antwoord?'

'Tegenwoordig zo ongeveer iedereen.'

‘Misschien komt er helemaal niemand,’ zei Reacher. ‘Die jongen was een klootzak.’

‘Vergeet het maar.’

‘Oké, maar misschien staat het niet bovenaan hun lijstje. Misschien moeten ze eerst nog langs de stomerij. Om halftien ben ik weg. Dan vinden ze me hier niet meer.’

‘Ik hoop van ganser harte dat alles wat je net zei waar is.’

‘Laten we hopen dat het in ieder geval gedeeltelijk uitkomt.’

‘We hebben nieuws,’ zei ze. ‘Een beetje bemoedigend voor ons, maar minder voor jou.’

‘En dat is?’

‘De inschatting is op dit moment dat de kans op schietpartijen vanuit auto’s kleiner geworden is. We denken nu dat het zelfs onwaarschijnlijk is. Shaw heeft gebeld met de politie in Boston. Die denken dat ze hier niets zullen proberen. Ze denken dat ze er de voorkeur aan zullen geven je in een auto mee te nemen naar Boston om je daar van een flatgebouw te gooien. Zo doen ze dat. Dat is een soort handtekening. Een soort persbericht. Het is indrukwekkend, ook letterlijk. Ik zie dat jou liever niet overkomen.’

‘Maak je je zorgen om mij?’

‘Louter en alleen omdat ik me beroepshalve verantwoordelijk voel.’

‘Ik stap niet bij die man in de auto,’ zei Reacher. ‘Ik denk dat ik je dat wel kan garanderen.’

Amos reageerde niet.

Haar deur ging op een kier open. Iemand stak zijn hoofd om de hoek en zei: ‘Mevrouw, er wordt over de radio gerapporteerd dat er een kenteken uit Massachusetts de stad in komt, uit het zuidwesten. Een zwarte Chrysler 300-personenwagen. Volgens de dienst voor het wegverkeer van Massachusetts staat die auto geregistreerd op naam van een expediteur gevestigd op Logan Airport in Boston.’

‘Wie rijden er in zwarte Chryslers 300?’

‘Een paar limousinebedrijven, een paar verhuurbedrijven, maar zonder meer de georganiseerde misdaad.’

‘Waar is die Chrysler nu?’

‘Nog steeds in het zuiden van de stad. Er rijdt een patrouillewagen achteraan.’

'Kunnen ze naar binnen kijken?'

'De Chrysler heeft getint glas.'

'Donker genoeg om ze aan te houden?'

'Mevrouw, we kunnen alles doen wat u ons opdraagt.'

'Doe voorlopig niets. Blijf maar in de buurt en laat zien dat je in de buurt bent. Hang de vlag maar uit.'

Het hoofd verdween en de deur ging weer dicht.

'Dus,' zei Amos. 'Daar gaan we dan.'

'Nog niet,' zei Reacher. 'Nog niet met deze man.'

'Hoeveel aanwijzingen heb je nodig?'

'Daar gaat het om,' zei Reacher. 'Het is een grote zwarte personenwagen met getint glas. Een schitterend ding. Je komt er meteen achter dat hij uit Boston komt. Hij is eigendom van een expediteur op een grote internationale luchthaven. Ze hadden er net zo goed een neonreclame op kunnen zetten. Het is een afleidingsmanoeuvre. Ze willen dat je erachteraan rijdt. Hij gaat de hele dag hier rondrijden met een snelheid van precies negenenveertig kilometer per uur. Hij geeft keurig richting aan wanneer hij afslaat en je kunt er donder op zeggen dat zijn achterlichten het prima doen. Ondertussen is de echte crimineel onderweg als elektricien in een busje. Of als loodgieter, of om bloemen te bezorgen. Of wat dan ook. We moeten ervan uitgaan dat die lui met een zekere mate van gezond verstand te werk gaan. De echte crimineel glipt op een bepaald moment de stad in zonder dat iemand het doorheeft. Hopelijk na halftien. Dat zou hoe dan ook verstandig zijn, want tegen die tijd zijn jullie al meer dan zes uur op het oorlogspad. Vanwege die afleidingsmanoeuvre. De vermoeidheid gaat toeslaan. Dat weet hij. Hij wacht. Ik ben dan allang weg.'

'We vertrouwen er wel heel erg op dat jouw vriend van gisteren vandaag weer komt opdagen.'

'Ik denk het wel.'

'En komt hij ook?'

'Wel of niet, het zou me allebei absoluut niet verbazen. Zo'n soort man was het.'

'En op tijd?'

'Zelfde antwoord.'

'En als hij niet komt opdagen? Dan zit je hier de hele dag en ik heb Shaw beloofd dat dát nu juist niet zou gebeuren.'

Reacher knikte.

'Ik wil jou geen problemen bezorgen,' zei hij. 'Het spijt me als dat nu al gebeurt. Ik geef de man een halfuur. Meer niet. Als hij er om tien uur nog niet is, mag je me hoogstpersoonlijk een lift naar de stadsgrens geven. Wat vind je daarvan?'

'En wat dan?'

'Dan is Shaw blij omdat ik me niet langer op zijn grondgebied bevind.'

'Dat is maar een lijn op een kaart. Ze kunnen je volgen. Elektriciens gaan van de ene klus naar de andere. Loodgieters ook, en mensen die bloemen bezorgen ook.'

'Maar dan wordt in ieder geval de county opgezadeld met de papierwinkel, niet de stad.'

'En dan loop jij het risico.'

'Nee, de elektricien. Die verdwijnt in de papierwinkel, niet ik. Ik heb immers geen keuze? Ik kan hem moeilijk met een klopje op de schouder en een reep chocola terugsturen naar Boston. Niet onder de huidige omstandigheden. Dat zou een heel verkeerde indruk wekken.'

'Dan sturen ze een vervanger. Twee.'

'Dan wordt het een probleem van de county, niet van jullie.'

'Je zou niet in de buurt moeten blijven.'

'Dat wil ik ook niet,' zei Reacher. 'Geloof me, ik hou ervan om op pad te zijn. Maar aan de andere kant heb ik een hekel aan mensen die proberen me weg te jagen. En helemaal aan mensen die me van gebouwen af willen gooien. Wat ik overigens nogal ambitieus vind. Ze zijn nogal zeker van hun zaak. Alsof ik maar bijzaak ben.'

'Pas maar op dat je ego het nemen van goede besluiten niet in de weg zit.'

'Met die opmerking zet je in één keer alle grote generaals in onze geschiedenis bij het grofvuil.'

'Je bent geen generaal geweest. Maak niet dezelfde fout.'

'Dat zal ik niet doen,' zei Reacher. 'Ik betwijfel of ik de kans zal krijgen. Ik betwijfel of onze wegen elkaar ooit zullen kruisen. Over een dag ben ik weg. Hoogstens twee dagen. Die jongen herstelt wel weer. Tegen de kerst is alles vergeten. Het leven gaat door. Hopelijk zit ik dan ergens waar het lekker warm is.'

Amos reageerde niet.

Haar deur ging opnieuw op een kier open en hetzelfde hoofd werd om de hoek gestoken. 'De zwarte Chrysler rijdt rondjes door het centrum, zonder een duidelijk doel. Hij houdt zich tot nu toe aan alle verkeersregels en de patrouillewagen rijdt erachter.'

Het hoofd verdween en de deur ging weer dicht.

'Afleiding,' zei Reacher.

'Wanneer komt de echte crimineel?'

Hij gaf geen antwoord.

Bij de tweede die aankwam waren heel wat meer bewegende delen betrokken dan bij de eerste. De reis was een complete onderneming. Peter reed met zijn Mercedes-SUV naar een klein vliegveld bij Manchester, meer een veldje voor sportvliegers dan wat anders. Geen toren, geen logboeken, geen meldingsplicht. Peter parkeerde voorbij het hek, aan het einde van de landingsbaan. Hij wachtte met het raampje omlaag.

Vijf minuten later hoorde hij in de verte het geronk van een propellervliegtuig. Ver weg zag hij lichten knipperen in het bleke schijnsel van de vroege ochtend. Een tweemotorige Cessna, zo'n soort ding, huppelend en springerig en gewichtloos hooggehouden door de wind. Het toestel kwam laag aanvliegen, landde en remde meteen af, rommelig, haastig, als een nerveuze vogel, met een gebrul van de motoren. Peter knipperde met groot licht en de Cessna taxiede naar hem toe.

Het was een luchttaxi uit Syracuse, New York, geboekt door een lege vennootschap die eigendom was van een tiental andere lege vennootschappen, voor een passagier die in het bezit was van een rijbewijs uit Illinois waarop de naam Hogan stond. Hij was vlak voor vertrek uit Syracuse daar geland in een gecharterde Gulfstream vanuit Houston in Texas. Die Gulfstream was geboekt door een andere lege vennootschap die eigendom was van een tiental andere lege vennootschappen, voor een passagier die in het bezit was van een rijbewijs waarop de naam Hourihane stond. Geen van die rijbewijzen was echt, en niemand wist waar hij voorafgaand aan zijn vertrek uit Houston vandaan was gekomen.

Hij klom uit het vliegtuigje en Peter hielp hem zijn spullen in de Mercedes te zetten. Drie tassen en twee koffers. Het geld zou wel in een van de tassen zitten, dacht Peter. De bijdrage. Een aanzienlijk gewicht, zelfs in briefjes van honderd.

Het vliegtuigje keerde schuddend en schommelend om zijn as, een oorverdovende halve draai, en haastte zich toen de startbaan op en de lucht in. Peter reed de andere kant op, het hek door, en links en rechts over binnenwegen. De tweede nieuwkomer zat op de stoel naast Peter. Hij leek opgewonden. Hij zweette een beetje. Hij wilde iets zeggen, dat was Peter wel duidelijk. Maar hij zei niets. Aanvankelijk tenminste. Aanvankelijk zei hij helemaal niets. Hij staarde voor zich uit door de voorruit en schommelde op zijn stoel, kleine beweginkjes, het ene moment voor- en achteruit, dan weer van links naar rechts.

Maar uiteindelijk moest hij het weten.

Hij moest het vragen.

'Hoe zijn ze?' vroeg hij.

'Perfect,' zei Peter.

24

De dag brak aan, stralend en fris. Een agent meldde zich om de bestelling op te nemen voor het ontbijt, dat werd klaargemaakt in een *diner* twee straten verderop. Reacher bestelde een boterham met gebakken ei. Tien minuten later stond de sandwich voor hem, warm gehouden in vettig aluminiumfolie. Hij smaakte best goed. Misschien een beetje rubberachtig, maar wel voedzaam. Eiwitten, koolhydraten en vet. Hij haalde koffie bij de pot in de recherchekamer. Daar was niemand, het duurde nog een uur voordat de dagploeg zou aantreden.

Uit de luidspreker op een van de bureaus klonk zacht het geluid van de politieradio. Reacher liep ernaartoe en luisterde. Een bij vlagen onderbroken ruis van statische elektriciteit, alsof iemand te dicht bij de microfoon ademde, zendercodes en codewoorden en verwijzingen die hem niets zeiden, maar hij begreep wel waarover het ging. De verbindingsofficier was in contact met twee patrouillewagens. De verbindingsofficier zat waarschijnlijk een paar deuren verderop. De patrouillewagens reden rondjes door het centrum, waarbij eentje vlak achter de Chrysler reed, gevolgd door de tweede, die zich een straat verderop bevond. De reguliere patrouille zou 's nachts waarschijnlijk maar door één auto worden uitgevoerd, dacht Reacher. Er werd geld gespendeerd aan overuren.

Iemand, zo te horen Davison, zei: 'Hij rijdt nu door de drive-in voor koffie.'

'Dat is goed,' zei de verbindingsofficier. 'Dat betekent dat hij vroeg of laat de auto uit moet voor een sanitaire stop. Misschien krijg je hem dan te zien.'

Nergens voor nodig, dacht Reacher. De man zou een meter zevenenzeventig lang zijn en een meter vijfenzeventig breed. Hij zou een donkere kasjmieren jas aanhebben, met daaronder een roze button-down shirt. Zijn vettige zwarte haar zou glad achterover op zijn hoofd liggen. Hij zou een pilotenbril op hebben en een gouden ketting om zijn hals. Alsof ze hem hadden opgepikt bij een castingbureau. Alles wat maar nodig was om op te vallen.

'De camera's bij het klaverblad van de snelweg hebben een auto met een kentekenplaat uit Massachusetts in beeld, die onze kant op komt. Een donkerblauwe bestelbus van een bedrijf uit Boston, gespecialiseerd in het reinigen van Perzische tapijten. Als hij niet afslaat, rijdt hij over tien minuten de stad in.'

'Laat maar even gaan,' zei de verbindingsofficier. 'We krijgen nog genoeg ruis de komende uren. Straks komen de FedEx en UPS en van alles en nog wat.'

Ademgeruis dicht bij de microfoon. Reacher had wel eens Perzische tapijten gezien. Vooral in oude huizen, huizen van rijke mensen, of oude huizen van rijke mensen. Hij wist dat ze veel geld kostten en dat het vaak gekoesterde erfstukken waren. Dat betekende dat het reinigen ervan een delicate klus was. Ongetwijfeld moest je de experts op dat gebied met een lantaarntje zoeken. Het was dus onmiddellijk volstrekt aannemelijk dat een kritische klant in Laconia zich tot een bedrijf helemaal in Boston zou wenden om zijn tapijt te laten doen. Inclusief halen en brengen waarschijnlijk, een zorgvuldig samengesteld servicepakket voor een zorgvuldig samengestelde prijs.

Prima.

Maar.

Hij schonk koffie bij en liep terug naar het kantoor van Amos. Ze zat aan haar bureau met haar hand op de telefoon, alsof ze net de hoorn op de haak had gelegd, al kon het natuurlijk ook zijn dat ze zich niet meer kon herinneren wie ze eigenlijk wilde bellen.

'Ik hoorde net de radio in de recherchekamer,' zei hij.

Ze knikte.

'Ik ben op de hoogte,' zei ze. 'De afleidingsmanoeuvre haalt koffie.'

'En er is een blauw bestelbusje van de snelweg gekomen.'

'Weet ik ook.'

'Ideeën?'

'Het is een bestelbusje,' zei ze. 'Ik kan wel honderd redenen bedenken waarom er niets mee aan de hand is.'

'Negenennegentig,' zei Reacher.

'Wat is ermee aan de hand dan?'

'Hoeveel Perzische tapijten heb jij ooit gezien?'

'Een paar.'

'Waar?'

‘Bij een oude dame waar we vroeger op bezoek kwamen. In een groot, oud huis. We moesten tante tegen haar zeggen. We mochten nergens aan komen.’

‘Precies, een oude zeurkous. Een rijke oude pietlut. Zo een die ongetwijfeld alles heel goed heeft geregeld. Waarschijnlijk worden alle mahoniehouten meubels keurig netjes gepoetst op het moment dat het tapijt de deur uit is om te worden gereinigd. En dat gebeurt iedere keer als er een labrador de pijp uit is. En dan kan meteen even het porselein van haar overgrootmoeder worden schoongemaakt. Wat zou het vroegste tijdstip zijn waarop een dergelijke deftige dame uit New Hampshire bereid zou zijn de deur voor iemand open te doen?’

Amos zei niets.

‘Die bestelbus komt te vroeg,’ zei Reacher. ‘Dat is wat ermee aan de hand is. Het is nog maar net licht. Die bestelbus komt hier niet voor een klant in Laconia.’

‘Moet ik hem laten aanhouden?’

‘Maakt mij niet uit,’ zei Reacher. ‘Ik overleef het altijd wel. Maar als het je om de man gaat, kan het een mooie arrestatie opleveren. Die heeft artillerie bij zich. Waarschijnlijk een grote shotgun, als hij tenminste serieus van plan is om mij in zijn bestelbus te krijgen.’

‘Jij hebt ongeveer het formaat van een opgerold tapijt,’ zei ze. ‘Uit een grote kamer. Misschien vervoeren ze tegenwoordig mensen op die manier, omdat de nieuwe generatie auto’s een veel kleinere kofferbak heeft.’

Reacher vroeg zich af of ze een grapje maakte, of niet.

‘Aan jou de keus,’ zei hij. ‘Misschien is het goed voor je gemoedsrust als jullie even in die bestelbus gaan kijken.’

‘Ik zou er een heel SWAT-team voor nodig hebben, als dat klopt van die shotgun.’

Reacher reageerde niet.

Ze dacht even na en pakte de telefoon. ‘Hou die blauwe bestelbus van de tapijtreiniger in het oog,’ zei ze tegen degene die opnam. ‘Ik wil weten waar hij heen gaat.’

Een uur later was de werkdag in volle gang. De dagploeg had zich gemeld. Reacher zorgde ervoor dat hij niet in de weg liep. Een allegaartje van nieuwtjes bereikte zijn oren: via de radio, die nog steeds zacht aan stond, en door middel van de mededelingen die mensen vanachter hun bureaus naar elkaar riepen om elkaar op de hoogte te houden van de voortgang van het een en ander. Soms ook legde hij actief zijn oor te luisteren als er haastig werd overlegd ergens in de wandelgangen. De Chrysler reed nog steeds rond als afleidingsmanoeuvre, opvallend braaf, uiterst voorzichtig bij elk kruispunt, en voorrang gevend aan voetgangers en lokale bestuurders van voertuigen wanneer het maar enigszins mogelijk was. Hij had nog niet bijgetankt. Hij was ook nog niet naar de wc geweest. Men kon het er niet over eens worden wat van die twee de grootste prestatie was.

Maar ze waren de blauwe bestelbus kwijtgeraakt. Tegen die tijd hielden drie patrouillewagens zich met de zaak bezig. Een achter de Chrysler en twee die over de toegangswegen in het zuiden van de stad patrouilleerden. De bestelbus was één keer gezien, maar daarna niet meer. Er waren twee theorieën om dat te verklaren. Misschien stond de bestelbus geparkeerd op een verborgen plek, in een steeg of op een binnenplaats, en dat zou hem automatisch verdacht maken, maar het kon ook zijn dat hij de stad linea recta weer uitgereden was naar het noordwesten, naar een klant verderop, waaruit vanzelf volgde dat de bestelbus niet meer verdacht was.

Reacher vroeg zich af of de appelboer een Perzisch tapijt in zijn huis had liggen.

'Het is bijna tijd om te vertrekken,' zei Amos.

'Misschien loop ik nog even door een paar steegjes en over een paar binnenplaatsen,' zei Reacher.

'Jij loopt nergens meer door en over. Jij rijdt met mij mee in een auto die aan alle kanten laat zien dat hij van de politie is. Niemand zal zo stom zijn om je aan te vallen als je in een politieauto zit.'

'Maak je je zorgen om mij?'

'Louter en alleen vanuit een professioneel standpunt. Ik wil je hier weg hebben. Voorgoed. Eens en voor altijd. Zonder vertraging. Want dan is mijn probleem opgelost. En om aan alle twijfel bij voorbaat een eind te maken, wil ik het met mijn eigen ogen zien gebeuren.'

'Misschien moet je daarna die Chrysler aanhouden en tegen de man zeggen dat het allemaal voorbij is. Hij zal je dankbaar zijn. Zo langzamerhand moet zijn blaas op knappen staan.'

'Misschien doe ik dat wel.'

'Je zou hem kunnen vertellen in welke richting ik ben vertrokken. Zeg maar dat ik hem, en zijn maat in die bestelbus, graag zou willen spreken.'

'Laat het alsjeblieft lopen,' zei ze. 'We zitten niet meer bij de MP.'

'Sta jij er zo tegenover?'

'Meestal wel,' zei ze.

Ze regelde een aantal zaken over de telefoon, pakte haar tas en liep voor Reacher uit naar de parkeerplaats, waar ze een patrouillewagen koos die nog nat was van de autowasstraat. De sleutels zaten in het contact. Reacher ging voorin zitten, ingeklemd tussen de laptop en specialistische apparatuur. Hij wees haar de weg naar de hoek van de zijstraat met de B&B, waar hij de vorige dag was uitgestapt. Onderweg keek hij naar het overige verkeer, maar zag geen blauwe bestelbus. Hij zag ook geen zwarte Chrysler. Bij een van de stoplichten was een opstopping, een laatste stuiptrekking van het spitsuur. Amos keek op haar horloge. Het zou erom spannen. Ze zette de zwaailichten op het dak aan en schoof de rijbaan van de tegenliggers in.

Vlak voor hen zagen ze de Subaru. Hij stond precies op de afgesproken tijd en precies op de afgesproken plek geparkeerd langs de stoeprand. In de Subaru het magere silhouet. Blauw spijkerjasje, een potlooddunne nek en een lange grijze paardenstaart.

'Is dat hem?' vroeg Amos.

'Zonder mankeren,' zei Reacher.

'Misschien heb ik iemand een goede dienst bewezen in een vorig leven.'

Ze parkeerde de patrouillewagen achter de Subaru. Het silhouet maakte een schokkerige beweging met het hoofd. Alsof het plotseling in de achteruitkijkspiegel keek. Toen ging de Subaru ervandoor, zomaar ineens. Hij verdween voor hen, reed met jankende motor weg van de stoeprand, de straat uit.

Zo hard als maar mogelijk was.

'Wat...' zei Amos.

'Erachteraan,' zei Reacher. 'Kom op, gaan. Nu!'

Ze wierp een blik over haar schouder, gaf plankgas en zette de achtervolging in.

'Wat gebeurde er?' vroeg ze.

'Hij werd bang,' zei Reacher. 'Je had je zwaailicht nog aan, alsof je hem wilde aanhouden.'

'Hij stond stil.'

'Misschien dacht hij dat je hem wilde arresteren.'

'Waarom zou ik? Stond hij bij een brandkraan?'

'Misschien had hij wiet in de auto. Of geheime documenten, of wat dan ook. Misschien denkt hij dat jij een exponent bent van de *deep state*. Je moet niet vergeten dat we te maken hebben met een oude kerel met een paardenstaart.'

Ze reden honderd meter achter de man, verkleinden de afstand tot tachtig, vijftig en uiteindelijk twintig. De Subaru deed zijn uiterste best, maar kon niet op tegen een hedendaagse patrouillewagen met zwaailichten en sirenes. De Subaru sloeg rechts af. Tien, twaalf seconden lang verloren ze hem uit het oog, maar toen ze zelf de bocht om gingen, zagen ze de Subaru bij de volgende zijstraat opnieuw afslaan.

'Hij rijdt naar huis,' zei Reacher. 'Ergens ten noordwesten van hier.'

Amos sneed een stuk af via een zijstraat en kwam uit vlak achter de Subaru in een straat met eenrichtingsverkeer. Voor hen was een stoplicht met nog een kleine opstopping. Twee rijbanen, vijf auto's in de linkerrijbaan, zes in de rechter. Een laatste stuiptrekking van het spitsuur. Het licht sprong op groen, maar iedereen bleef staan. Iemand blokkeerde het kruispunt. Geen blauwe bestelbus, geen zwarte Chrysler. De Subaru remde hard en sloot aan bij de kortste rij. Hij was nu de zesde auto in de linkerrijbaan, twee centimeter achter nummer vijf. Amos zette haar auto twee centimeter achter de Subaru stil. Links een trottoir, rechts een rij auto's, roerloos. De Subaru stond er zo vast als een huis.

'Hij heeft in feite een aantal overtredingen begaan,' zei Amos.

'Laat maar lopen,' zei Reacher. 'Bedankt voor alles.'

Hij stapte uit en liep langs de auto naar de Subaru. Hij tikte op het raampje aan de passagierskant. De oude man bleef een hele tijd recht voor zich uit staren, weigerde absoluut een blik opzij te werpen, gevangen in zijn principes, maar uiteindelijk keek hij toch met veel tegenzin even opzij. Zijn uitdrukking veranderde van rigide halsstarrigheid in verbazing. Hij keek opnieuw in de achteruitkijkspiegel naar de zwaailichten. Hij was in verwarring. Hij begreep het niet.

Reacher trok het portier open en stapte in.

'Ze heeft me een lift gegeven,' zei hij. 'Meer niet. Het was niet de bedoeling om jou de stuipen op het lijf te jagen.'

Voor hen sprong het licht opnieuw op groen. Dit keer kwam de stroom auto's wel in beweging. De man met de paardenstaart begon te rijden, terwijl hij uit een ooghoek de patrouillewagen achter zich in de gaten hield. Amos sloeg af bij het stoplicht. Reacher draaide zich half om op zijn stoel en keek haar na.

'Waarom geeft een smeris jou een lift?' vroeg de oude man.

'Ik zat voor mijn eigen veiligheid vast op het bureau,' zei Reacher. 'De lui van de appelboerderij waren gisteravond in de stad.'

Die uitleg leek de man tevreden te stellen. Hij knikte.

'Dat zei ik al,' zei hij. 'Ze laten het er niet bij zitten.'

'Zonet had je er niet vandoor moeten gaan,' zei Reacher. 'Tactisch niet erg slim. De politie krijgt je uiteindelijk altijd te pakken.'

'Heb jij bij de politie gewerkt?'

'In het leger,' zei Reacher. 'Lang geleden.'

'Ik weet dat ik er niet vandoor had moeten gaan,' zei de man. 'Maar het is een oude gewoonte.'

Verder zei hij niets. Hij reed. Reacher hield het verkeer in de gaten. Geen blauwe bestelbus. Ze sloegen links af en rechts af en reden kennelijk in noordwestelijke richting. In de richting van de appelboerderij en Ryantown. Die kant op.

'Heb je een afspraak gemaakt?' vroeg Reacher.

'Ze verwachten ons.'

'Bedankt.'

'Het bezoekuur begint om tien uur.'

'Geweldig.'

'De oude man heet Mortimer.'

'Dat is goed om te weten,' zei Reacher.

Ze bereikten de hoofdweg de stad uit en sloegen drie kilometer verder links af, de weg in die Reacher een dag eerder had gezien. De weg die naar de plek zonder water voerde. Ze reden erover naar het westen, door bossen, langs weiden. Reacher keek uit het raam. Verder naar rechts lag de grond van Bruce Jones, met de twaalf honden, dan daarachter de boomgaarden, en tot slot Ryantown zelf, overwoekerd en spookachtig.

'Hoe ver is het nog?' vroeg hij.

'We zijn er bijna,' zei de man.

Drie kilometer verder zag Reacher links een soort complex. Nog een heel eind weg. Iets nieuws. Lange, lage gebouwen op onontgonnen terrein. Er liepen nieuwe, keurig zwarte asfaltwegen over het terrein, met kraakheldere witte belijning. Er stonden onlangs aangeplante bomen, die er bleekjes en slank en kwetsbaar uitzagen naast hun knoestige, verweerde soortgenoten. De gevels van de gebouwen waren witgepleisterd, met raamkozijnen van metaal en aluminium regenpijpen met onderaan een knik, zodat het uiteinde een meter het veld in stak. Bij de hoofdingang stond een bord met iets over verzorging.

'Dit is het,' zei de oude man.

De klok in Reachers hoofd sloeg tien uur.

De derde kwam even steels en evenzeer op eigen kracht als de eerste. De heer in kwestie had zelf zijn auto bestuurd tijdens een rit met als beginpunt een groot huis in een klein stadje op het platteland van Pennsylvania. Allereerst maakte hij gebruik van een auto die officieel vier maanden eerder in het westen van de staat New York in de shredder was gegaan. Hij had zich ruim van tevoren voorbereid. Hij was van mening dat je altijd goed voorbereid moest zijn. Hij had de hele reis in gedachten gerepeteerd, keer op keer. Hij had voetangels en klemmen gezocht. Hij wilde er klaar voor zijn. Hij had twee allesomvattende doelen: hij wilde niet gepakt worden en hij wilde niet te laat komen.

Zijn plan draaide om anonimiteit, natuurlijk, ongezien en snel kunnen verdwijnen en het niet achterlaten van sporen. Moest wel. Bij fase één reed hij zonder te stoppen in de auto zonder papieren naar de garage van een vriend, achter een tankstation naast de Massachusetts Turnpike, even ten westen van Boston. Hij kende die man van weer een andere club. Een andere gedeelde interesse. Een hecht, gepassioneerd groepje mannen. Geheim en geharnast. Loyaal en behulpzaam naar elkaar. Daar maakten ze een punt van. Obsessief. Wat een medelid wilde, gebeurde. Er werden geen vragen gesteld.

Overdag handelde de vriend in auto's. Die kocht hij op veilingen als het leasecontract was afgelopen, om ze weer te verkopen. Ze kwamen en gingen, schoon en vuil, gebruikt en misbruikt, vol butsen en deuken, maar ook zonder een enkele kras. Er stonden er altijd wel enkele tientallen. Die dag stonden er drie die in het bijzonder in aanmerking kwamen. Alle drie bestelbusjes, onopvallend, onzichtbaar. Niemand let op een bestelbusje. Een bestelbusje was als een gat in de lucht.

Het beste exemplaar zag er netjes uit. Donkerblauw met goudkleurige belettering. Hij stond er nog niet zo lang en was teruggehaald van een failliete tapijtreiniger in de stad. Ooit een chique onderneming, zo te zien. Perzische tapijten. Vandaar de goudkleurige belettering en de keurige staat van onderhoud. De man uit Pennsylvania laadde er zijn spullen in en startte de motor. Hij voerde het adres in in de gps op zijn mobiele telefoon en reed naar het noorden. Hij volgde een tijdje de snelweg en sloeg toen af naar Manchester in New Hampshire, en vervolgens naar een stadje dat Laconia heette, waar nooit iets gebeurde.

Daar kreeg hij de zenuwen. Toen was hij er bijna mee gestopt. Hij zag twee patrouillewagens die heel duidelijk iedereen in het oog hielden die uit het zuiden kwam. Duidelijk op zoek. Ze staarden naar hem. Alsof ze wisten dat hij zou komen. Alsof iemand een kwartje had laten vallen. Hij raakte in paniek, dook een steegje in en parkeerde bij een laadplatform achter een winkel. Hij las zijn e-mail, zijn geheime account op zijn geheime telefoon. De webmailpagina, met de vertalingen in buitenlandse schriftsoorten.

Er was geen bericht dat alles was geannuleerd.

Geen waarschuwing, geen alarm.

Hij haalde diep adem. Hij kende de scene. Al die clubs hadden veiligheidskleppen, knoppen voor een noodstop waar je bij kon, gegarandeerd, wat er ook gebeurde, wat er verder ook allemaal aan de hand was. Het resultaat zou een automatisch gegenereerd bericht zijn. Misschien onopvallend, uit veiligheidsoverwegingen, maar te begrijpen als code. De kinderen voelen zich niet zo lekker vandaag, zoiets.

Er was geen bericht.

Hij keek nog een keer.

Geen bericht.

Hij reed achteruit de steeg uit en vervolgde zijn weg. Al snel had hij de stad achter zich gelaten. Hij zag geen patrouillewagens meer. Hij ontspande. Hij voelde zich meteen beter. In feite voelde hij zich geweldig. Hij had het gevoel dat hij het verdiende. Hij ging het gevaar niet uit de weg. Hij reed door bossen, langs paardenweiden en koeienweiden. Links van hem begon een zijweg met een flauwe bocht door appelboomgaarden, maar volgens zijn telefoon moest hij die niet inslaan. Hij bleef rechtdoor rijden, nog eens een kilometer of vijftien door open landschap. Toen nog eens vijftien kilometer door bossen. De bestelbus raakte bijna de bomen, waarvan de kruinen zich boven de weg sloten. Het was een groene, geheimzinnige wereld.

Uiteindelijk gaf zijn telefoon aan dat hij dicht in de buurt kwam van de laatste afslag, minder dan een kilometer, links, over een smal pad dat op de telefoon een paar centimeter het bos in kronkelde. Hij reed het pad op, een slecht geasfalteerde weg waarvan een deel van de toplaag ontbrak. Hij reed over een kabel die vast en zeker ergens een bel deed rinkelen.

Drie kilometer verder reed hij een open terrein op. Het motel was recht vooruit. Er stond een Volvo-stationwagen voor wat kamer drie moest zijn. Even anoniem als een bestelbusje. Er zat een man in een tuinstoel onder het raam van kamer vijf. Zonder duidelijk transportmiddel. Voor kamer tien stond een blauwe Honda Civic met vreemde kentekenplaten. Misschien kwam die wel uit het buitenland.

Bij de receptie maakt hij kennis met Mark. Voor het eerst stonden ze oog in oog met elkaar, al hadden ze natuurlijk wel gecorrespondeerd. Hij kreeg kamer zeven. Hij parkeerde het bestelbusje. De man in de tuinstoel keek toe. Hij zette zijn bagage in de kamer en liep weer naar buiten. Hij knikte naar de man in de tuinstoel, maar hij liep de andere kant op, over het terrein, naar kamer tien. Gewichtig. Bijna ceremonieel. Een eerste blik. Op vrijwel niets, zo bleek. De jaloezieën van kamer tien waren omlaag. In kamer tien was het stil. Er gebeurde niets.

25

Het verzorgingshuis leek Reacher een goedkope maar oprechte poging om oude mensen een fatsoenlijke woonomgeving te bieden. Het leek hem een prettige plek. Niet voor zichzelf. Volgens hem zou hij daar niet oud genoeg voor worden, maar andere mensen zouden het er heerlijk kunnen hebben. Het interieur was licht, de sfeer was aangenaam, zij het misschien een beetje geforceerd. Ze werden bij de receptie opgevangen door een opgewekte vrouw, die hen toesprak zoals nabestaanden van een zojuist overledene worden toegesproken, maar toch net even anders. Iets levendiger, een uniek toontje. Misschien geleerd tijdens de opleiding. Misschien geleerd bij rollenspelen, alsof de bezoekers van een verzorgingshuis een aparte klasse van mensen vormen. Niet de nabestaanden van een zojuist overledene, maar de nabestaanden van een bijna overledene. De aanstaande nabestaanden.

De vrouw wees en zei: ‘Meneer Mortimer zit in de huiskamer op u te wachten.’

Reacher liep achter de man met de paardenstaart aan door een lange gang met een aangename sfeer naar een stel dubbele deuren. Daarachter stond een aantal gemakkelijk schoon te houden stoelen in een kleine kring. In een van die stoelen zat een heel oude man. Dat moest meneer Mortimer zijn. Hij had piekerig, wit haar en een bleke, doorschijnende huid. Alsof die huid er eigenlijk niet echt was. Alle aderen en vlekken waren duidelijk zichtbaar. Hij was mager. Hij had de grote oren van een oude man, omhangen met hoorapparaten. Hij was nog net sterk genoeg om rechtop te zitten, maar het hield niet over. Zijn polsen waren zo dun als een potlood.

Er was verder niemand in de huiskamer. Geen verpleegkundige, geen assistent-verpleegkundige, geen verzorgende, geen activiteitenbegeleider, geen arts, en zelfs geen andere bejaarde.

De man met de paardenstaart liep naar de oude man toe, boog zich voorover, zakte iets door de knieën zodat hij hem recht in de ogen kon kijken, stak zijn hand uit en zei: ‘Meneer Mortimer, het is me een genoegen u weer te zien. Herkent u mij nog?’

De oude man schudde hem de hand.

'Natuurlijk herinner ik me je,' zei hij. 'Ik zou je wel persoonlijk willen begroeten, maar je hebt me gewaarschuwd dat ik nooit hardop je naam mocht zeggen. De muren hebben oren, zei je. Er zijn overal vijanden.'

'Dat is heel lang geleden.'

'Hoe is het afgelopen?'

'Onduidelijk.'

'Heb je soms weer mijn hulp nodig?'

'Mijn vriend, meneer Reacher, wil u graag iets vragen over Ryantown.'

Mortimer knikte peinzend. Zijn trage, waterige blik zoomde uit, ging omhoog en kwam op Reacher tot stilstand.

Hij stelde scherp.

'Er woonde een gezin Reacher in Ryantown,' zei hij.

'De zoon was mijn vader,' zei Reacher. 'Hij heette Stan.'

'Ga zitten,' zei Mortimer. 'Ik krijg een stijve nek van dat omhoogstaren.'

Reacher ging in een van de stoelen tegenover Mortimer zitten. Van dichtbij leek Mortimer bepaald niet jonger, maar hij straalde wel levendigheid uit. Alles wat er zwak aan hem was, was fysiek, niet geestelijk. Hij stak een hand op, krom en knokig, als een soort waarschuwing.

'Ik had een paar neven daar,' zei hij. Zijn stem klonk laag, gruizig en vochtig. 'Wij woonden in de buurt. We kwamen vaak bij hen en zij bij ons en soms werden we daar gedumpt als we het thuis moeilijk hadden, en soms werden zij bij ons gedumpt als ze het daar moeilijk hadden, maar alles bij elkaar moet ik je zeggen dat mijn herinneringen aan Ryantown nogal vaag zijn. Ten opzichte van wat jij graag zou willen horen, bedoel ik, over je vader als jongen, en over je grootouders misschien ook. Ik ben er alleen maar zo nu en dan op bezoek geweest.'

'U kon zich wel herinneren welke kinderen ziek waren.'

'Alleen omdat daar voortdurend over werd gepraat. Het leek goddomme wel een mededelingenrondje iedere ochtend. Die heeft dit en die heeft dat. De mensen waren bang. Je kon polio krijgen. Kinderen gingen toen nog dood aan van alles en nog wat. Dus je moest weten bij wie je wel en niet mocht komen. Als je rodehond had, werd je uitgeleend om met alle kleine meisjes te gaan spelen. Als ze ergens aan het asfalteren waren, moest je teer snuiven. Dat hielp tegen tuberculose. Daarom weet ik nog wie er ziek waren. De mensen waren knettergek vroeger.'

'Werd Stan Reacher ook ziek?'

Dezelfde knokige, kromme hand werd opgestoken. Dezelfde waarschuwing.

'Die naam is nooit gevallen in het mededelingenrondje,' zei hij. 'Voor zover ik me kan herinneren. Maar dat betekent nog niet per se dat ik weet wie het was. Iedereen had neven en nichten die er over de vloer kwamen. In barre tijden werd iedereen van hot naar her gestuurd. Dus wat ik bedoel te zeggen, is dat het een komen en gaan van mensen was. En dat gold zeker voor de kinderen. Ik kan me meneer Reacher herinneren, de voorman van de gieterij. Die was heel bekend. Dat was een vast punt. Maar ik zou er geen eed op durven doen wie van de kinderen zijn zoon was. We zagen er allemaal hetzelfde uit. Je wist ook nooit precies waar iemand woonde. Ze kwamen allemaal door dezelfde voordeur naar buiten rennen. Ik denk dat er een stuk of negen waren in die woonkazerne van de voorman. Eentje kon goed honkballen. Ik heb gehoord dat hij nog semiprof is geworden in Californië. Kan dat jouw vader zijn geweest?'

'Mijn vader was vogelaar.'

Mortimer dacht even na. Zijn fletse oude ogen staarden niets ziend het verleden in. Toen glimlachte hij, een beetje droef en filosofisch. Alsof hij zich verbaasde over de mysteries van het leven. 'Weet je,' zei hij. 'Ik was die vogelaars helemaal vergeten. Wat bijzonder dat jij je dat herinnert en ik niet. Je moet wel een geweldig geheugen hebben.'

'Het gaat niet om mijn geheugen,' zei Reacher. 'Het is niet iets wat ik me van die tijd kan herinneren. Dit ben ik pas later over hem te weten gekomen. Ik neem aan dat hij er al vroeg mee begonnen is. Ik weet dat hij op zijn zestiende lid was van een vereniging. Maar u zei vogelaars. Waren het er meer dan een?'

'Er waren twee vogelaars,' zei Mortimer.

'Wie waren dat?'

'Ik kreeg de indruk dat de ene een neef was die er niet de hele tijd woonde. De ander wel. Maar ze waren vaak samen. Als goede vrienden. Afgaande op wat jij zegt, moet een van de twee Stan Reacher zijn geweest. Ik zie ze voor me. Ik moet zeggen dat ze het vogeltjes kijken behoorlijk opwindend maakten. Ik moet bekennen dat ik de eerste keer dat ik ze tegenkwam best zin had om ze een oplawaai te verkopen omdat ze van die sulletjes waren die vogels keken, maar in de eerste plaats had ik dan een leger moeten meebrengen, want die jongens konden knokken als geen ander, en in de tweede plaats hadden ze binnen de kortste keren iedereen aan het vogels kijken, met veel plezier, om de beurt met de verrekijker. We hebben roofvogels gezien. We zagen een keer een adelaar met een prooi zo groot als een puppy.'

'Had Stan een verrekijker?'

'Een van die twee jongens had er een. Ik weet niet of dat Stan was.'

'Ik zou denken degene die permanent in Ryantown woonde.'

'Ik zou niet kunnen zeggen wie van de twee dat was. Ik kwam er heel onregelmatig. Van tijd tot tijd was een van de twee er niet. Soms waren ze er allebei niet. Iedereen was wel eens een tijd weg. Ze stuurden je weg, voor beter eten of om een epidemie te ontlopen, of op vakantie. Zo ging dat. De mensen kwamen en gingen.'

'Ik vraag me af hoe hij zich een verrekijker kon veroorloven, terwijl het zulke zware tijden waren.'

'Ik ging ervan uit dat die gestolen was.'

'Had u daar ook een reden voor?'

'Ik bedoel er niks kwaads mee,' zei Mortimer.

'Natuurlijk.'

'We waren allemaal prima kinderen. We zouden nooit inbreken bij een winkel, maar we stelden ook niet al te veel vragen als iets zomaar onze kant op kwam. Anders kreeg je nooit iets. Ik denk dat we aan iets fouts dachten vanwege zijn vader. Wie van die twee dan ook Stan was. We vonden allemaal dat de voorman van de fabriek, meneer Reacher, niet deugde. Dus ik denk dat we heel makkelijk geneigd waren om te denken: zo vader, zo zoon. Al weet ik niet precies wie nu Stan was. Dat is de kracht van geruchten, denk ik. Ik kwam er alleen logeren, dus ik wist er het fijne niet van.'

'Hoezo niet deugen?'

'Iedereen was bang voor hem. Hij liep altijd te schreeuwen, deelde klappen uit en sloeg mensen in elkaar. Als ik er nu op terugkijk, dronk hij waarschijnlijk. Hij dacht dat de mensen hem niet mochten omdat hij voorman was in de fabriek. Dat was ook voor de helft waar, alleen had hij niet begrepen waarom. Wij als kinderen verdachten hem van allerlei schurkenstreken. Zoals in de boeken die je op school te lezen kreeg, zoiets als Zwartbaard. Ik bedoel er niets mee, maar je vroeg ernaar.'

'Had hij een baard?'

'Niemand had een baard. Die zou in de fik vliegen in de gieterij.'

'Kunt u zich herinneren dat Stan vertrok om bij de mariniers te gaan?'

Mortimer schudde zijn hoofd.

'Daar heb ik nooit iets over gehoord,' zei hij. 'Ik denk dat ik een jaar of twee ouder was. Toen zat ik zelf al in dienst.'

'Waar was u gelegerd?'

'In New Jersey. Ze hadden me niet nodig. De oorlog was afgelopen. Ze hadden al te veel mensen. Niet lang daarna hebben ze de dienstplicht afgeschaft. Ik heb nooit iets gedaan. Tijdens de parade op Onafhankelijkheidsdag voelde ik me altijd een oplichter.'

Hij schudde zijn hoofd en keek weg.

'Wat kunt u zich nog meer herinneren van Ryantown?' vroeg Reacher.

'Niets bijzonders. Het was een karige bedoening, waar hard gebuffeld werd. Iedereen werkte de hele dag en sliep de hele nacht.'

'En Elizabeth Reacher? De vrouw van James Reacher?'

'Je bedoelt jouw grootmoeder?'

'Ja.'

'Die naaide dingen,' zei Mortimer. 'Dat herinner ik me.'

'Kunt u zich nog herinneren hoe ze was?'

Mortimer dacht even na.

'Dat is een lastige vraag,' zei hij toen.

'Ja?'

'Ik wil niet onbeleefd overkomen.'

'Zou dat moeten?'

'Misschien moet ik zeggen dat ze erg eenzelvig was en het daarbij laten.'

‘Ik heb haar nooit ontmoet,’ zei Reacher. ‘Ze was al jaren dood toen ik geboren werd. Het maakt mij dus niet zoveel uit. We hoeven er geen doekjes om te winden.’

‘Over je grootvader praten is tot daaraan toe. Hij had een functie in het openbaar, als voorman in de gieterij, maar praten over je grootmoeder is een heel ander verhaal.’

‘Was ze zo erg?’

‘Ze was een harde vrouw. Koud. Ik heb haar nooit zien glimlachen. Ik heb haar nooit iets aardigs horen zeggen. Ze keek altijd stuurs. Verbitterd. Ze hadden elkaar verdiend, meneer en mevrouw Reacher.’

Reacher knikte.

‘Kunt u me nog meer vertellen?’ vroeg hij.

Mortimer bleef zo lang zwijgen dat Reacher het idee had dat hij in een geriatrisch coma was geraakt. Of was overleden. Maar Mortimer kwam weer tot leven en hief een knokige, kromme hand. Dit keer niet als waarschuwing, maar om aandacht te vragen. Als een conferencier die het publiek tot stilte maant voordat hij met de clou van de grap voor de dag komt.

‘Er is één ding dat ik je kan vertellen,’ zei hij. ‘Omdat je mijn geheugen weer hebt opgefrist, en omdat je vader er misschien bij betrokken was. Ik kan me herinneren dat er een keer een heleboel opwinding was over een zeldzame vogel. Een hele heisa. De eerste keer dat die vogel was gezien in New Hampshire. Zoiets. De beide vogelaars schreven er een stuk over voor de vereniging. Voor de notulen van hun bijeenkomst, of de boeken met waarnemingen, of zo. Een van die twee was inmiddels secretaris van de vereniging. Ik weet niet wie van de twee. Dat stuk ging over alles wat van invloed kon zijn op het al dan niet aanwezig zijn van die vogel daar. Heel indrukwekkend. Ik geloof dat het werd overgenomen door een hobbytijdschrift. Associated Press meldde dat het de eerste keer was dat Ryantown buiten de county in het nieuws kwam.’

‘Wat voor vogel was dat?’

‘Dat herinner ik me niet meer.’

‘Jammer,’ zei Reacher. ‘Het moet een enorme sensatie zijn geweest.’

De hand van Mortimer ging weer omhoog.

Opwinding.

'Dat kun je uitzoeken,' zei hij. 'Vanwege die vereniging van vogelaars. In de bibliotheek hebben ze alle oude notulen en verslagen. Een complete verzameling van al die clubs en verenigingen. Dat is een onderdeel van de geschiedenis, zeggen ze. Een aspect van de cultuur. Persoonlijk vond ik de tv beter toen die kwam.'

'Welke bibliotheek?' vroeg Reacher.

'In Laconia,' zei Mortimer. 'Daar waren die verenigingen.'

Reacher knikte.

'Het kost waarschijnlijk drie maanden om iets te vinden,' zei hij.

'Nee, ze hebben het daar allemaal bij elkaar,' zei Mortimer. 'Er is daar een grote zaal met planken als de spaken van een wiel. Dat is de afdeling met naslagwerken. Ze hebben alles wat je maar wilt. Daar moet je naartoe. Daar kun je er ook achter komen wat voor vogel het was. Misschien was dat stuk wel door je vader geschreven. Uiteindelijk immers een kans van vijftig procent. Hij of die andere jongen.'

'Het filiaal in het centrum?'

'Dat is het enige filiaal.'

Ze lieten de oude heer Mortimer achter in zijn gemakkelijk schoon te houden stoel en liepen door de lange gang met de aangename sfeer terug naar de receptie om zich af te melden. De opgewekte vrouw wenste hun onverstoorbaar en welgemeend een goede reis terug. Ze liepen naar de oude Subaru.

'Ken je de bibliotheek in Laconia?' vroeg Reacher.

De man met de paardenstaart knikte.

'Zeker,' zei hij.

'Kun je daar voor de deur parkeren?'

'Waarom?'

'Zodat ik heel snel kan uitstappen en naar binnen kan gaan.'

'Het regent niet.'

'Om andere redenen.'

'Nee,' zei de man. 'Het is een groot, vrijstaand gebouw. Het ziet eruit als een kasteel. Je moet eerst door het parkje.'

'Is dat ver?'

'Een paar minuten lopen.'

'Hoeveel mensen zie ik dan? Daar in dat park?'

'Op een mooie dag als vandaag zou het er wel eens redelijk druk kunnen zijn. Mensen houden van de zon. Ze hebben een lange winter voor de boeg.'

'Hoe ver is de bibliotheek van het politiebureau?'

'Het klinkt alsof je een probleem hebt.'

Reacher aarzelde even.

'Hoe heet je?' vroeg hij. 'Jij weet hoe ik heet, maar ik weet niet hoe jij heet.'

'Voluit is dat de eerwaarde vader Patrick C. Burke.'

'Ben jij pastoor?'

'Op dit moment zonder parochie.'

'Hoelang al?'

'Ongeveer veertig jaar.'

'Iers?'

'Mijn familie is afkomstig uit County Kilkenny.'

'Ben je daar ooit terug geweest?'

'Nee,' zei Burke. 'Vertel eens iets meer over je probleem.'

'De appelboeren zijn niet de enigen die boos op me zijn. Ik heb blijkbaar ook iemand in Boston tegen de haren in gestreken. Een ander soort familie. Waarschijnlijk ook een ander soort reactie. De politie van Laconia heeft geen zin in een tweede Valentijnsdagbloedbad. Ik mag de stad niet meer in.'

'Wat heb je die mensen in Boston geflikt?'

'Ik heb geen idee,' zei Reacher. 'Ik ben al jaren niet meer in Boston geweest.'

'Wie ben jij eigenlijk precies?'

'Ik ben gewoon iemand die een wegwijzer zag en die kant op is gelopen. Het liefst ga ik nu weer verder, maar ik wil eerst weten om wat voor vogel het ging.'

'Waarom?'

'Ik weet niet waarom. Waarom niet?'

'Maak je je geen zorgen over die mensen uit Boston?'

'Niet echt,' zei Reacher. 'Ik kan me niet voorstellen dat ze een beetje rondhangen bij de bibliotheek en een boek lezen. Ik maak me zorgen over de politie. Ik heb min of meer beloofd dat ik niet terug zou komen en ik wil ze niet teleurstellen. Met name een vrouw die daar werkt niet. Ze is ook MP geweest.'

'Maar je wilt wel weten wat voor vogel het was.'

'Omdat het daar te vinden is.'

Burke keek weg.

'Wat is er?' vroeg Reacher.

'Ik heb nog nooit een agent in het park van de bibliotheek gezien,' zei Burke. 'Nog nooit. De kans is groot dat ze er nooit achter zullen komen dat je daar bent geweest.'

'Nu breng jij mij in de problemen.'

'Live free or die.'

'Als je er maar zo dicht mogelijk in de buurt parkeert,' zei Reacher.

Dertig kilometer naar het noorden trok Patty Sundstrom opnieuw haar schoenen uit. Ze stapte op het bed en hield zich op blote voeten zo goed en zo kwaad als het ging in evenwicht op het wiebelige matras. Ze schuifelde weer zijdelings naar het midden van het bed, keek omhoog en sprak tegen de lamp.

'Doe alsjeblieft de jaloezieën weer omhoog. Om mij een plezier te doen, en omdat het niet meer dan fatsoenlijk is om dat te doen.'

Ze stapte weer van het bed af, ging op de rand zitten en trok haar schoenen weer aan. Shorty keek naar het raam.

Ze wachtten.

'Dit keer duurt het langer,' zei Shorty zonder geluid te maken.

Patty haalde haar schouders op.

Ze wachtten.

Er gebeurde niets. De jaloezieën bleven omlaag. Ze zaten in het schemerduister. Geen elektrisch licht. Dat was wel te doen, maar het was geenszins naar de zin van Patty.

Toen ging de tv aan.

Helemaal vanzelf.

Er klonk een vaag geknetter en geruis toen de circuits tot leven kwamen. Over het blauw oplichtende scherm rolde een regel vreemde tekens, als een computercode die je eigenlijk niet hoorde te zien.

Het blauwe scherm trok zijdelings weg en werd vervangen door een ander beeld.

Een man.

Mark.

Hij was met hoofd en schouders in beeld en zat te wachten als een verslaggever op locatie. Hij stond voor een zwarte muur en keek in de camera.

Keek naar hen.

Hij begon te spreken.

'Jongens, we moeten praten over dat verzoek van Patty.'

Zijn stem klonk uit de luidspreker van de tv, net als bij gewone tv-programma's.

Patty zei niets.

Shorty verstijfde.

'Ik zou met alle plezier de jaloezieën weer willen optrekken, als jullie dat echt willen, maar ik ben bang dat jullie er een tweede keer niet half zo blij mee zouden zijn als de eerste keer. Het zou me enorm helpen een ethisch verantwoorde beslissing te nemen als ik van jullie nog een keer te horen kreeg dat jullie dat echt willen.'

Patty ging staan en wilde haar schoenen weer uitdoen.

'Je hoeft niet op het bed te gaan staan,' zei Mark. 'Ik kan je zo ook horen. De microfoon zit niet in de lamp.'

'Waarom houden jullie ons hier vast?'

'Daar komen we snel op terug. Zeker voor het einde van de dag.'

'Wat willen jullie van ons?'

'Het enige wat ik nu graag van jullie wil, is jullie instemming om de jaloezieën op te trekken.'

'Waarom zouden we dat niet willen?'

'Betekent dat ja?'

'Wat gaat er met ons gebeuren?'

'Dat bespreken we over niet al te lange tijd. Zeker voor het einde van de dag. Nu hoeven we alleen maar een besluit te nemen over de jaloezieën. Omhoog of omlaag?'

'Omhoog,' zei Patty.

De tv ging weer uit. Het scherm werd grijs, de circuits ruisten en het kleine stand-byledje ging rood branden.

De motor van de jaloezieën begon te brommen, de jaloezieën gingen omhoog, langzaam en gestaag. Een reep warm zonlicht werd steeds breder. Het uitzicht was niet veranderd. De Honda, het parkeerterrein, het gras en de muur van bomen. Maar het was prachtig.

De manier waarop het licht erop viel. Patty zette haar ellebogen op de vensterbank en legde haar voorhoofd tegen het glas.

'De microfoon zit niet in de lamp,' zei ze.

'We zouden niet moeten praten, Patty,' zei Shorty.

'Hij zei dat ik niet op het bed hoefde te klimmen. Hoe wist hij dat ik dat deed? Hoe wist hij dat ik dat op dat moment wilde doen?'

'Patty, je praat hardop.'

'Er is niet alleen een microfoon, ze hebben ook een camera. Ze zitten naar ons te kijken. Ze hebben de hele tijd al naar ons zitten kijken.'

'Een camera?' zei Shorty.

'Hoe kon hij anders weten dat ik net ging staan om op het bed te klimmen? Hij zag dat ik dat deed.'

Shorty keek om zich heen.

'Waar zit die camera dan?' vroeg hij.

'Dat weet ik niet,' zei ze.

'Hoe zou hij eruitzien?'

'Ik weet het niet.'

'Het is een raar gevoel.'

'Vind je?'

'Zaten ze ook te kijken toen we lagen te slapen?'

'Ik neem aan dat ze kunnen kijken wanneer ze maar willen.'

'Misschien zit hij in het armatuur van de lamp,' zei Shorty. 'Misschien bedoelde hij dat. Misschien bedoelde hij dat de camera in de lamp zat, niet de microfoon.'

Patty gaf geen antwoord. Ze liep weg bij het raam en ging naast Shorty op bed zitten. Ze legde haar handen op haar knieën en staarde naar buiten. De Honda, het parkeerterrein, het gras. De muur van bomen. Ze wilde zich niet bewegen. Geen spier. Zelfs haar ogen niet. Ze zaten naar haar te kijken.

Opeens keek er een man door het raam naar binnen.

Hij stond buiten op het plankier en loerde om het hoekje van het raam, met één oog. Hij deed een stap naar voren en kwam helemaal in beeld. Hij was groot, had grijs haar en de door de zon gebruinde huid van iemand met geld. Hij stond breeduit naar binnen te staren. Een nieuwsgierige, open blik in de ogen. Hij keek naar haar. Naar Shorty. Weer naar haar. Toen keerde hij zich om en wuifde. Hij wenkte en zei iets. Patty kon niet verstaan wat. Het glas was geluidwerend, maar het leek of hij zei dat de jaloezieën nu omhoog waren.

Blij en triomfantelijk.

Een tweede man verscheen in beeld.

En een derde.

De drie mannen stonden naast elkaar naar binnen te kijken schouder aan schouder, hun neus nog geen centimeter van het glas.

Ze staarden, wikten en wogen en maakten inschattingen. Ze knepen hun ogen peinzend samen. Ze persten hun lippen op elkaar.

Langzaam verscheen er een flauwe, tevreden glimlach om hun mond. Ze waren ingenomen met wat ze te zien kregen.

'Mark, ik weet dat je me kunt horen,' zei Patty.

Geen reactie.

'Mark, wie zijn die mensen?'

Zijn stem klonk uit het plafond.

'Dat bespreken we over niet al te lange tijd. Zeker voor het einde van de dag.'

26

De bibliotheek was gehuisvest in een fraai gebouw, opgetrokken uit rode en witte natuursteen, in een neostijl die het ook heel goed gedaan zou hebben op de campus van een universiteit of in een pretpark. Zoals Burke had gezegd werd de bibliotheek aan alle kanten omgeven door een park met bomen en struiken, gazons en perken met bloemen. Reacher liep over een verhard pad van de plek waar de eerwaarde vader Burke de Subaru had geparkeerd. Er wandelden mensen in het park, er zaten mensen op banken, er lagen mensen in het gras. Niemand viel uit de toon. Niemand trok de aandacht. Nergens politie te zien.

In een straat aan de andere kant van het park stond een witte bestelbus geparkeerd langs de stoeprand. Recht tegenover de Subaru. IJsblauwe belettering op de zijkant. Boven op elke letter een toef sneeuw. Een reparatiebedrijf voor airconditioning. Reacher liep verder. Twee minuten, had Burke gezegd. Veel te ruim geschat, het zou eerder vijftig seconden zijn. Tot dusverre was hij vier mensen tegengekomen op het smalle, kronkelende pad. Je passeerde elkaar rakelings. Vier andere mensen, die op banken en op het gras zaten, hadden naar hem gekeken. Drie mensen hadden geen aandacht aan hem besteed. Ze hadden hun ogen dicht of waren aan het dagdromen.

Hij liep de treden op en ging door de deur naar binnen. In de hal was dezelfde rode en witte natuursteen gebruikt als buiten. Graniet, dacht hij. Dezelfde zwierige stijl. Hij vond de trap die naar de kelder leidde en kwam terecht in een grote ondergrondse ruimte met planken als de spaken van een wiel. De naslagwerken, precies zoals de oude heer Mortimer had gezegd. Ze hadden er alles, volgens zijn zeggen.

Er zat een vrouw achter een bureau, half verscholen achter het scherm van een computer. Een jaar of vijfendertig. Lang, zwart haar, een waterval van kleine krulletjes. Ze keek op en vroeg: 'Kan ik u helpen?'

'De vogelaarsclub,' zei Reacher. 'Iemand heeft me verteld dat u hier alles van die club hebt.'

De vingers van de vrouw ratelden op het toetsenbord.

'Ja,' zei ze. 'Dat hebben we. Welke jaren?'

Reacher had nooit meegemaakt dat zijn vader geen vogelaar was. Er was geen tijd ervoor en geen tijd erna. Ook niet in de manier waarop zijn vader erover had gepraat. Hij maakte de indruk dat hij vanaf zijn geboorte een vogelaar was geweest. Niet eens zo ongeloofwaardig. Veel mensen hebben hun hele leven een hobby waar ze heel jong mee begonnen zijn. Misschien was hij wel heel jong lid geworden van die club. Maar ze zouden hem op jonge leeftijd nog niet het schrijven van de notulen hebben toevertrouwd. Dat laat je niet door een jongetje doen. Het hobbytijdschrift zou hem niet serieus hebben genomen. Ze zouden hem nog niet tot secretaris hebben gekozen. Pas jaren later. Dus om te beginnen gaf Reacher de vrouw vier opeenvolgende jaren, vanaf het moment dat Stan veertien was geweest tot het moment dat hij zich aanmeldde voor de mariniers.

'Gaat u maar zitten,' zei de vrouw. 'Dan breng ik ze zo.'

Hij ging aan een leestafel zitten, een van de vele midden in de zaal. Drie minuten later bracht de vrouw hem wat hij had aangevraagd. Dat was drie maanden sneller dan Elizabeth Castle hem eigendomsakten zou hebben kunnen bezorgen. Hij besloot dat hij het ter sprake zou brengen als hij haar ooit weer zou tegenkomen.

De archieven waren gebundeld in vier grote boeken met kastanjebruin gemarmerde omslagen, vlekkerig en vervaagd door de jaren. Elk boek was vier centimeter dik. De sneden waren ook gemarmerd, in ronde verenpatronen. De pagina's binnenin waren genummerd, gelinieerd, vergeeld en bros. Ze waren keurig volgeschreven met een vulpen. De inkt was vervaagd en verbleekt van ouderdom.

'Moet ik geen witte handschoenen aan?' vroeg Reacher.

'Nee,' zei de vrouw. 'Dat is een fabeltje. Meestal doet dat meer kwaad dan goed.'

Ze liep terug naar haar bureau. Hij opende het eerste boek. Het ging verder waar het vorige boek was opgehouden, het jaar waarin Stan dertien was. Op de eerste pagina stonden meteen de notulen van de volgende bijeenkomst. Die was gehouden in het zaaltje van een restaurant in het centrum. Stan Reacher werd niet vermeld op de presentielijst. Er was uitgebreid gediscussieerd over een naamswijziging voor de vereniging, die op dat moment *The Society of Laconia*

Birdwatchers heette. Een deel van de leden zag meer in *The Laconia Audubon Society*. Meer aanzien en veel wetenschappelijker. Professioneler, minder amateuristisch. De discussie leidde uiteindelijk niet tot een concreet voorstel tot wijziging.

Bij de daaropvolgende bijeenkomst was Stan Reacher evenmin aanwezig. Zo te zien had toen iemand onevenredig veel tijd in beslag genomen met oeverloos gezever over de fundamentele doelstellingen van de vereniging. Deze man was van mening geweest dat de vereniging nauwgezet een uitgebreide lijst moest bijhouden van vakkundige reparatiebedrijven van verrekijkers. Dat zou de leden, zo meende hij, zeer ten goede komen. Reacher was blij dat dat Stan bespaard was gebleven. Als kind had hij blijkbaar beduidend meer geduld kunnen opbrengen dan als volwassene.

Hij legde het eerste boek weg en pakte het tweede. Het verschilde uiterlijk niet van het eerste. Hij sloeg het op een willekeurige pagina open, in het midden, waar hij een verslag aantrof over de trek van kolibries. Het hoorde thuis in een rubriek die 'Verslagen van waarnemingen' heette en was in een uiterst precies handschrift geschreven door iemand die A.B. Smith heette. Het was opgezet als een wetenschappelijk artikel, waarin eerst het werk van anderen werd samengevat, voordat de schrijver een eigen mening poneerde over hoe het mogelijk was dat een kolibrie die in Noord-Amerika uit het ei was gekropen vervolgens drieduizend kilometer vliegend aflegde om uiteindelijk neer te strijken op een plek zo groot als een zakdoek. Meneer of mevrouw Smith veronderstelde dat het beestje behept moest zijn met een van de ouders geërfd instinct, op mysterieuze wijze doorgegeven op celniveau door een mechanisme dat tot dan toe onbekend was. DNA, dacht Reacher. Twintig jaar later ontdekt. Hij wist hoe het verder ging in de film.

Hij sloeg het derde boek eveneens op een willekeurige pagina open en bladerde verder, tot hij een minuut later de bijeenkomst vond waarbij zijn vader tot secretaris gekozen was. Het stond er gewoon, Stan Reacher, *nem con*. De afkorting van het Latijnse *nemine contradicente*, wat betekende dat niemand had tegengestemd, wat inhield dat niemand anders de klus wilde doen. Heel begrijpelijk, maar Stan kreeg langzamerhand greep op de zaken. De bijeenkomsten verliepen gestructureerder. Er werd meer over vogels gepraat en minder over de naam van de vereniging of het repareren van verrekijkers. De met vulpen geschreven notulen zagen er nog altijd keurig uit, maar het was niet het handschrift van zijn vader. Zelfs geen jeugdige variant van diens handschrift. Blijkbaar had hij het schrijfwerk gedelegeerd. Net als later in zijn leven. Daarom heeft het korps mensen in dienst die kunnen typen, placht hij te zeggen. Maar wat er stond, liet zich lezen alsof hij het had gedicteerd. *De secretaris oordeelde onmiddellijk dat het onderwerp niet aan de orde was. De secretaris beperkte de spreektijd voor discussie over de motie tot twee minuten.* Met andere woorden: mond dicht en opschieten. Net als later in zijn leven. Daarom had het korps kapiteins uitgevonden.

Reacher sloeg de bladen om. Nog een bijeenkomst, en nog een. Daarna weer een Verslag van waarneming. Er waren kaarten en tekeningen en grafieken, stuk voor stuk met kleurpotlood weergegeven. Kolommen tekst, met inkt geschreven. De zorgvuldig neergepende titel luidde 'Een historische waarneming boven Ryantown, New Hampshire'. Het artikel was aangeboden door S. Reacher en W. Reacher.

De jonge vogelaars. Allebei Reachers. Neven waarschijnlijk. Zoals de oude heer Mortimer al had gezegd. Iedereen had altijd neven over de vloer. Misschien waren hun vaders broers die bij elkaar in de buurt woonden, of achterneven, of neven in de tweede graad, of wat ze dan ook maar waren als het ingewikkeld werd. Stan en... wie? William, Walter, Warren, Wesley, Winston. Of Winthrop, of Wilbert of Waylon.

De vogel was een ruigpootbuizerd.

Ze dachten dat hij was verdwenen, maar hij was teruggekeerd. Geen twijfel mogelijk. Identificatie was het probleem niet. De naam zei het al, het was moeilijk om de vogel te verwarren met een andere soort. De vraag was waarom hij was teruggekeerd.

Het antwoord moest volgens S. en W. Reacher gezocht worden bij ongedierte. Gehuchten als Ryantown trokken ratten en muizen aan, die vervolgens werden vergiftigd, zodat de buizerds niets meer te eten hadden of juist zelf het loodje legden omdat ze giftig vlees aten. Natuurlijk trokken de weinige overlevende vogels naar elders om pas jaren later terug te keren toen de overheid allerlei grondstoffen in beslag nam die van belang waren voor de oorlogsvoering. Staal, rubber en aluminium natuurlijk, en benzine, maar ook allerlei andere spullen, zoals rattengif. Het militaire apparaat had het allemaal nodig. Voor niet gespecificeerde doeleinden. Er kwam niets meer op de voor burgers toegankelijke markt. Het ging met veel dingen op die manier. Het resultaat was dat de muizen en ratten in Ryantown gezonde, volgevreten beesten werden, en de buizerds halsoverkop terugkeerden van de plek waar ze hadden gewacht tot de chemische storm was overgewaaid en weer aan de slag gingen.

Was getekend, S. en W. Reacher.

W. Reacher stond niet op de presentielijst van die bijeenkomst. Evenmin op de presentielijst van de voorgaande bijeenkomst. Reacher bladerde terug en bladerde vooruit, maar kwam de naam nergens tegen. Niet één keer. Niet in de commissie, niet bij de leden, niet bij evenementen, niet bij excursies.

Neef W. was geen lid van de vereniging.

Reacher sloeg het boek dicht.

'Hebt u gevonden wat u zocht?' vroeg de vrouw vanachter haar bureau.

'Het was een ruigpootbuizerd,' zei Reacher. 'In Ryantown, in New Hampshire.'

'Echt?'

Ze klonk verbaasd.

'Omdat er geen rattengif meer was,' zei hij. 'Een overvloed aan prooidieren. Ik vind het heel geloofwaardig, een sluitende theorie.'

'Nee, ik bedoel, het is verbazingwekkend omdat iemand anders een jaar geleden naar precies hetzelfde op zoek was. Ik herinner het me nog. Het ging over twee jongens, toch? Lang geleden. Ze signaleerden de buizerd en schreven een stuk om die waarneming vast te leggen. Het stuk werd een maand of zo later afgedrukt in een of ander oud tijdschrift.'

Haar vingers ratelden op het toetsenbord.

'Het was meer dan een jaar geleden. Het was een ornitholoog van de universiteit. Hij was het artikel in dat oude tijdschrift tegengekomen, maar omdat het afkomstig was van een met de hand geschreven stuk, wilde hij het origineel zien. Om zeker te weten dat er bij het overnemen geen fouten waren gemaakt. We hebben een tijdje met elkaar gepraat. Hij zei dat hij een van de schrijvers kende.'

‘Een van de jongens?’

‘Ik geloof dat hij zei dat hij verwant was aan allebei.’

‘Hoe oud was die man?’

‘Nog niet zo oud. De jongens waren natuurlijk van een vorige generatie. Ooms of oudooms, of zo. De verhalen werden kennelijk van vader op zoon overgeleverd.’

‘Had hij verhalen?’

‘Een paar ervan waren heel erg boeiend.’

‘Welke universiteit?’

‘New Hampshire,’ zei ze. ‘In Durham.’

‘Kunt u me zijn naam en telefoonnummer geven?’

‘Niet zonder een goede reden.’

‘Misschien zijn wij ook verwant. Een van die jongens was mijn vader.’

De vrouw schreef de naam en het telefoonnummer op. Reacher vouwde het stuk papier dubbel en stak het in de achterzak van zijn broek, bij het visitekaartje van Brenda Amos. ‘Zal ik die boeken voor u terugleggen?’ vroeg hij.

‘Dat is mijn werk,’ zei ze.

Hij bedankte haar en liep de trap weer op naar de hal. Hij bleef even staan. Hij had alles afgehandeld in Ryantown. Hij had er verder niets meer te zoeken. In een opwelling liep hij naar het centrale trappenhuis dat zich in een ronde toren bevond, net als in een kasteel. Hij beklom de trap naar de eerste verdieping, om daar door de ramen nog even het uitzicht in zich op te nemen. Een laatste blik op Ryantown. Het was een goed uitkijkpunt. Vijftig meter verderop stond de Subaru, klein en dof, nog altijd langs de stoeprand geparkeerd. Hij stak de hal over en zag door de ramen daar de bestelbus van het reparatiebedrijf voor airconditioners. Hij stond er nog steeds, met de toefjes sneeuw op de ijsblauwe letters.

Er stonden drie mannen naast. Vijftig meter verderop. Klein op die afstand. Van dichtbij waarschijnlijk minder klein, want iedereen die het drietal passeerde, was kleiner dan zij. Ze hadden een soort overalls aan. Het was lastig te zien wat het precies waren. Daar zou hij eigenlijk een verrekijker voor nodig hebben. Net als die man op de bijeenkomst van de vereniging voor vogelaars. Het leek of die overalls nogal strak zaten, alsof de mouwen te kort waren.

Hadden ze bij klimaattechniek mensen nodig die zwaargebouwd waren? Waarschijnlijk niet. Waarschijnlijk hadden ze meer behoefte aan kleine mannetjes die zich op zolders en in kruipruimten beter konden bewegen.

Ze leken ongeduldig.

Reacher liep naar het raam links.

Bomen, struiken, en daarachter een stille straat.

Op het trottoir, een klein eindje verwijderd van de hoofdstraat, een agent.

Hij was alleen en te voet, en hij dook een beetje in elkaar. Op een speciale manier. Hij gedroeg zich onmiskenbaar als iemand met een wapen die zich schuilhoudt tot hij het bevel krijgt om in actie te komen. Daar was een zekere vorm van overleg voor nodig. Met wie?

Reacher liep naar het raam rechts.

Het vorige tafereel in spiegelbeeld. Bomen, struiken, een stille straat en een agent die er helemaal klaar voor was om zich om de hoek te vertonen en het wapen te richten.

Reacher ging weer terug naar het middelste raam met uitzicht op de bestelwagen. Erachter waren twee straten, waarvan de ene naar links en de andere naar rechts liep. Veel geparkeerde auto's. Doorsneemodellen. Tweedehandsjes of niet als zodanig herkenbare auto's van de politie. De drie mannen waren waarschijnlijk omsingeld, maar niet door een geweldige overmacht. Als er links en rechts twee man in hun eentje de flanken vormden, zouden er elders niet meer dan twee bij elkaar zijn. Dus vier maximaal. Een minimale bezetting voor een arrestatieteam.

Hij liep nog een keer naar het linkerraam. De agent sloop naar de hoek. Ongetwijfeld werd er in zijn oortje afgeteld. Reacher stak over naar het raam rechts. Zelfde verhaal, nog altijd een spiegelbeeld. Gesynchroniseerd. Nog een paar seconden. Het was een heel slecht plan. Daar kon Amos onmogelijk bij betrokken zijn. Shaw ook niet, die had er slim genoeg uitgezien. Dit was een fout die werd gemaakt door een commandant in uniform.

Rechts sloop de agent de hoek om.

Reacher haastte zich naar de andere kant van de hal.

Zelfde verhaal.

Hij keerde terug naar het middelste raam en arriveerde daar nog net op tijd om te zien dat de airconditioningreparateurs het enige deden wat ze onder de omstandigheden konden doen. Ze struinden door een perk met bloemen en liepen het park van de bibliotheek in. Ze keerden de situatie binnenstebuiten, alsof je een T-shirt over je hoofd uittrekt. Alle anderen bevonden zich nu achter hen. Voor hen en overal om hen heen was de kans op onschuldige slachtoffers zo groot dat geen enkele agent nog de trekker zou overhalen. Vergelijkbaar met een slimme zet bij een schaakpartij. Mat in twee.

Ze bleven doorlopen. Langzaam, zich steeds bewust van de omstandigheden. Niet de eerste keer dat ze aan een rodeo meededen. Achter hen reageerden de agenten niet erg adequaat. De twee die te voet waren, sprintten terug de stille straat in, om de flanken opnieuw te bezetten. Vanuit de verte kwamen nog twee agenten aanrennen. Ze verspreidden zich, liepen het park niet in, maar bleven op de straat en vormden min of meer een kordon. Aan alle vier de kanten van het blok een agent. Omdat het gezond verstand dicteerde dat die drie gasten er ooit een keer weer uit moesten komen.

Vooralsnog bleven die ongestoord verder lopen. Ze waren inmiddels halverwege de bibliotheek. Kalmpjes aan. Wandelend. Logisch, want het eerstvolgende wat ze zouden doen, was zich razendsnel omdraaien en de hele situatie opnieuw binnenstebuiten keren. Als ze daar niet te lang mee wachtten, konden ze hun bestelbus zonder tegenstand van betekenis bereiken. De agenten waren er nog niet klaar voor. Daarna zouden ze er als de weerlicht tussenuit kunnen knijpen. Zouden drie patrouillewagens hen kunnen tegenhouden? Waarschijnlijk niet.

Maar ze draaiden zich niet om. Ze bleven doorlopen. Ze hadden nu driekwart van de afstand naar de bibliotheek afgelegd. Reacher ging haastig van het ene naar het andere raam. De agenten hadden nu hun positie ingenomen, ieder aan een kant, met getrokken pistool. Beiden bij een symbolisch hekje dat de uitgang van het park markeerde, maar allebei er zich ook heel erg van bewust dat de drie mannen geen in- of uitgang nodig hadden gehad om het park in te gaan. Een perk met niet al te hoge bloemen volstond. Dat wisten ze. Ze hielden hun ogen open. Het waren niet de minst capabele agenten die Reacher ooit aan het werk had gezien.

De drie mannen kuierden verder. Hadden ze een alternatief transport in gedachten? Het zou best kunnen dat ze met drie verschillende voertuigen waren gekomen. Misschien hadden ze die op strategische plekken geparkeerd. Of zou die zwarte Chrysler als back-up dienen? Per slot van rekening waren er nog drie plaatsen vrij in die Chrysler. Hij was nergens te zien. Niet door het middelste raam, niet door het raam ertegenover, niet links en niet rechts.

De drie man kuierden verder. Ze waren nu heel dicht bij de bibliotheek. Misschien waren ze geïnteresseerd in de architectuur, of in kleurstellingen in romaanse stijl. Rood graniet uit New Hampshire en wit graniet uit Maine in complexe, gelaagde patronen, zoals je in Rome en Florence kon zien.

Reacher keek naar beneden en zag hen de treden oplopen naar de ingang, pal onder zich. Hij liep naar de trap en zag hen de hal inkomen. Het waren overduidelijk geen werklui. Die overalls waren veel te krap. Die waren geleend voor de gelegenheid, samen met de bestelbus. Ongetwijfeld was iemand iemand anders nog iets verschuldigd.

Ze waren alle drie bijna een meter negentig en breedgeschouderd. Ze hadden grote handen en grote voeten, stierennekken en koppen zo hard en gesloten als een samengebalde vuist. Ongeveer begin veertig. Niet de eerste keer dat ze aan een rodeo meededen. Twee van hen hadden zwart haar, de derde was grijs. Ze bleven maar op hun gemak doorkuieren. Misschien waren ze wel van plan om zo aan de andere kant weer naar buiten te lopen. In zekere zin logisch, want het was de kortste weg van de ene kant van het park naar de andere.

Maar ze liepen niet door.

Ze bleven midden in de hal stilstaan.

Misschien wilden ze een boek lenen. Misschien hadden ze een recensie gelezen, maar misschien ook niet. Misschien was de zwarte Chrysler eindelijk aangehouden wegens een overtreding toen de man aan het stuur even niet oplette. Of op grond van een oud opsporingsbevel uit Massachusetts. Opgeduikeld toen Reacher in de kelder over de ruigpootbuizerd zat te lezen. Waarschijnlijk had politiechef Shaw de telefoonlijnen weer roodgloeiend gestookt. Hij had al een communicatiekanaal geopend.

Het protocol vereiste dat de bestuurder van de Chrysler op het allerlaatste moment nog had kunnen melden dat hij op het punt stond te worden aangehouden. In dat geval zouden die drie mannen ervan uitgaan dat hij hen onmiddellijk zou verlinken. Dat zou het meest voor de hand liggend zijn. Je moet er het beste van hopen, maar je voorbereiden op het ergste. Dat was niet alleen een vuistregel van Reacher. Nu moesten ze zelf de nodige maatregelen treffen. Een openbaar gebouw met veel mensen was een goede eerste stap. Dat zou hun tijd geven om een keer diep adem te halen, want de politie zou voorzichtig optreden.

In het ergste geval was het ook een goede tweede stap, en een goede derde, en een goede vierde, enzovoort. Je kon er een beleg mee doorstaan. Er waren gijzelaars zat. Misschien zouden ze hun pijlen eerst richten op de gemeenteambtenaren. Die legden meer gewicht in de schaal bij overheidsdienaren met wie moest worden onderhandeld. Een langdurige, gespannen gijzeling. Tv-camera's op straat. Onderhandelaars aan de telefoon. Dozen met pizza bij de ingang, in ruil voor de oudste bibliothecaresse.

Hoe groot was de kans dat het die kant op zou gaan?

Niet heel erg groot.

Maar je moest je op het ergste voorbereiden.

We willen hier geen problemen.

Het was maar beter om alle gedoe voor te zijn.

Reacher daalde drie treden af. Luide voetstappen op het natuursteen. Een zelfverzekerde tred. De drie mannen keken automatisch op. Toen verscheen er een blik van verbazing in hun ogen die onmiddellijk plaatsmaakte voor behoedzaamheid, ingegeven door ervaring.

Reacher hield zijn rechtervuist omhoog, met de knokkels naar voren. Dat leek geen enkele betekenis voor hen te hebben. Misschien hadden ze niet dezelfde conclusies getrokken als Amos en Shaw. Misschien hadden ze minder ver doorgedacht. Het leek erop dat ze vertrouwden op elementaire biometrische informatie – lengte, gewicht, ogen, haar – en de bij de laatste waarneming gedragen kleding. In Reachers geval een pakket dat je zelden een tweede keer zou tegenkomen in de natuur.

Vandaar de behoedzaamheid: de ervaring had hun geleerd dat ze nu op zichzelf waren aangewezen. Hun missie was al mislukt, het kon alleen nog maar erger worden. Maar ze waren getraind om niet op te geven. Dat soort lui waren het, met een diep verankerde, oeroude wedstrijdmentaliteit. Daarom bleef Reacher ook op de trap staan, zodat ze gedwongen waren tegen hem op te kijken. Hij was sowieso groter dan zij, een gegeven waar hun oeroude wedstrijdmentaliteit een flinke kluif aan zou hebben.

Om hen heen trokken mensen zich terug, zoals olie en water elkaar afstoten. Een heel ander oeroud instinct. Reacher had het al talloze malen meegemaakt, voor de ingang van kroegen en op dansvloeren. Zodra er sprake was van agressie ontstond er plotseling een groot gat, een brede ring waarin zich niemand bevond. Zoiets gebeurde hier ook. Ineens was de hele hal verlaten, er was niemand meer, op de vier betrokkenen na. Drie beneden en één halverwege de trap.

Ze hadden hun wapens in de bus laten liggen, dacht Reacher. Toen ze het schip hadden verlaten. Die overalls zaten te krap. Die waren gemaakt voor kleinere mannetjes. De stof zat strakgespannen. De contouren van zware stalen voorwerpen zouden door de stof heen te zien zijn. Alsof je er met een zaklantaarn op scheen, alsof je er een röntgenfoto van had gemaakt. Ze hadden geen wapens bij zich. Van dichtbij was het overduidelijk.

Ze deden een stap in zijn richting. Reacher zag iets van enthousiasme glinsteren in hun ogen, opwinding, en hij snapte wel waarom. Voor hen was hij twee vliegen in één klap. Een gijzelaar die hun een vrijgeleide de stad uit zou bezorgen én hij was wat hun baas hun had opgedragen te gaan halen. In alle opzichten een geweldige ontwikkeling.

Maar vervolgens aarzelden ze, en opnieuw snapte Reacher wel waarom. Ze hadden hun wapens achtergelaten in de bus. Ze moesten hem ongewapend overmeesteren, een aanval tegen de heuvel op, met drie tegen één. Tactisch geen groot probleem. Het probleem zat hem in de inschatting van de verliezen. Die zouden zomaar kunnen oplopen tot drieëndertig procent. Als je dit als oorlogsstrategie, in ambtelijke taal, zou opschrijven, leek het een fluitje van een cent. Maar het was een stuk ingewikkelder als je in een situatie kwam waar je zelf die drieëndertig procent was. De man voorop zou een trap in zijn gezicht krijgen. Geen twijfel mogelijk. Dat wisten ze. Het was niet de eerste keer dat ze aan een rodeo meededen. Gebroken tanden, gebroken kaak. Wie wilde voorop?

Ze wachtten.

Reacher hielp ze een handje. Hij deed nog een stap omlaag. Een heel subtiel verschil. Hij stond nog steeds hoger, was nog steeds groter, maar wel dichterbij. Misschien wel zo dichtbij dat ze iets van een omsingeling konden uitproberen. Alle drie samen, tegelijkertijd. Zoveel druk zetten en zo dicht op elkaar dat er niet werkelijk meer sprake was van één man die als eerste de klappen zou krijgen. Of één man die achteraan liep, of één man die in het midden liep. Ze zouden als een eenheid handelen, als een nieuwe diersoort, een kolossale diersoort van bijna driehonderd kilo met zes handen en zes voeten.

Dat had zomaar heel effectief kunnen zijn als Reacher was blijven staan waar hij stond, maar dat deed hij niet. Toen ze op hem afstormden, deed hij weer een stap omhoog en trapte hij de eerste in zijn gezicht. Vervolgens draaide hij om zijn as en ramde hij zijn rechterelleboog in het gezicht van de man links, draaide terug om zijn as en ramde diezelfde elleboog in het gezicht van de man rechts. De zwaartekracht en het graniet uit New Hampshire maakten het karwei af. De drie mannen sloegen als een slappe zak rammelende botten achterover en belandden met krakende schedels op de vloer. Achteraf leek de man die het laatst geraakt was er nog het beste aan toe. Hij bewoog nog. Reacher daalde de laatste treden af en trapte hem tegen zijn hoofd. Eén keer. Minder vaak kon niet. Maar wel hard, om verdere deelname te ontmoedigen.

De buitendeur ging open, Brenda Amos kwam naar binnen.

27

Amos droeg geen uniform, natuurlijk niet, ze was immers rechercheur, maar vooral ook omdat ze een rol speelde. Ze was geen politievrouw die omzichtig en op haar hoede met getrokken wapen een pand in sloop waar een gijzeling gaande was. Ze was gewoon een doorsneeburger, die even snel naar de bibliotheek ging om een mooi boek te lenen. Ze was undercover. Ongetwijfeld had ze zich vrijwillig aangemeld voor deze klus. Misschien had ze er wel op gestaan het te mogen doen. Waarom niet? Iemand moest toch de rotzooi van anderen opruimen. Zij was MP geweest. Waar kon je haar anders voor gebruiken? Ze had een handtasje dat er duur uitzag. Waarschijnlijk tweedehands van een vlooienmarkt. In dat tasje zaten waarschijnlijk haar legitimatie en haar pistool. Misschien een reservemagazijn. Maar dat kon je aan de buitenkant niet zien. Ze was gewoon een doorsneevrouw die tijdens de lunchpauze een boek kwam lenen. Ze was monter, opgewekt en onopvallend.

Maar nu niet meer.

Ze bleef stokstijf staan.

'Volgens mij is dit een toevallige samenloop van omstandigheden,' zei Reacher.

Ze keek naar de drie mannen op de vloer.

Ze keek naar hem.

Ze zei niets. Hij snapte wel waarom. Ze wist niet aan welk gevoel ze uiting moest geven. Was ze kwaad of blij? Beide natuurlijk. Ze was kwaad op hem, zeker, heel erg, maar haar problemen waren ook opgelost, want haar vierkoppige arrestatieteam was nu ineens even machtig als een complete pantserdivisie. Ze hoefde die drie kreunende, groggy mannen alleen maar in de boeien te slaan. Daar werd ze blij van. Heel erg. Even blij als kwaad. En daar werd ze dan weer kwaad van, dit keer op zichzelf, omdat zoiets haar zo blij kon maken.

'Ik bied mijn verontschuldigingen aan,' zei Reacher. 'Ik moest iets opzoeken over een vogel, maar nu vertrek ik echt.'

'Hoog tijd,' zei ze.

'Om mijn verontschuldigingen aan te bieden?'

'Om te vertrekken,' zei ze. 'Dit is heel aardig van je, maar wel gevaarlijk. Hier reageren ze weer op.'

'Omdat ze zo hun eigen mores hebben?'

'De volgende keer sturen ze iemand die beter is.'

'Dat hoop ik.'

'Ik meen het,' zei ze. 'Niet goed voor jou en niet goed voor mij.'

'Ik weet wat ik weten wilde,' zei Reacher. 'Ik vertrek.'

'Hoe?'

'Met de Subaru. Die staat op me te wachten. Vijf minuten geleden tenminste. Maar misschien heb jij hem weggejaagd, net als de vorige keer.'

Amos haalde een walkietalkie uit haar tas en stelde de vraag. Een seconde later klonk na wat statische ruis een stem die van Davison kon zijn, met de mededeling dat de Subaru nog steeds langs de stoeprand geparkeerd stond, motor uit, chauffeur achter het stuur. Amos bedankte en verbrak de verbinding. Ze keek naar de mannen op de vloer.

'Waarom kwamen ze hier binnen?' vroeg ze.

'Ik hoopte dat ze op zoek waren naar de toiletten om zich daar van die overalls te ontdoen. Daarna hadden ze zich kunnen opsplitsen en alle drie een andere kant op kunnen gaan, en dan als onschuldige burgers naar buiten lopen. Ze hadden voor een beetje verwarring kunnen zorgen. Dat zou de veiligste oplossing voor het probleem zijn geweest. Maar voor het geval ze iets heel anders in gedachten hadden, leek het me verstandig om als openingszet maar eerst terug te slaan.'

Amos zei niets. Hij snapte wel waarom. Kwaad of blij, of allebei; ze had nog steeds geen keuze gemaakt. Toen zette ze opnieuw de walkietalkie aan en verordonneerde de vier agenten in uniform naar binnen. Zo snel mogelijk.

'En jij maakt nu dat je in die Subaru komt, onmiddellijk.'

'En dan de stad uit?'

'Langs de kortste weg.'

'En nooit meer terugkomen?'

Ze aarzelde even.

'Voorlopig niet,' zei ze.

Hij stapte over een arm en een been en liep de deur uit waardoor hij naar binnen was gekomen. Hij nam hetzelfde pad terug, passeerde mensen die liepen te wandelen, op bankjes zaten of lagen te zonnen in het gras. Hij passeerde het hekje en stak het trottoir over naar de Subaru. Hij tikte beleefd op het glas om zijn komst aan te kondigen, deed het portier open en stapte in.

'Heb je gevonden wat je zocht?' vroeg Burke.

'Het was een ruigpootbuizerd,' zei Reacher.

'Ik ben blij voor je dat je dat nu weet.'

'Dank je.'

'Ik zag net agenten in het park. Dat heb ik nog nooit meegemaakt. Een stuk of wat die van alle kanten aan kwamen hollen. En ik had nog wel tegen jou gezegd dat ze nooit ergens te bekennen waren.'

'Misschien was er iets urgents. Misschien had iemand een boete niet betaald.'

'Als je wilt kan ik je wel een lift naar de snelweg geven.'

'Nee,' zei Reacher. 'Ik ga terug naar Ryantown. Nog een laatste keer kijken. Kom maar niet mee. Laat mij er maar uit aan het einde van de weg. Jij moet er niet meer bij betrokken raken.'

'Jij ook niet. Blijf daar weg. Ze staan je op te wachten.'

'Dat hoop ik,' zei Reacher. 'Ik heb min of meer beloofd dat ik zou komen. Ik wil graag dat mensen denken dat ik een man van mijn woord ben.'

'De snelweg zou beter zijn.'

'Volgens mij heb je er wel eens anders over gedacht. In ieder geval een paar keer. Misschien nog wel vaker. Op verschillende momenten in je leven. Om te beginnen een jaar of veertig geleden.'

Burke gaf geen antwoord. Hij startte de motor en voegde zich in het verkeer. Hij sloeg af op een plek die naar Reachers idee naar Ryantown leidde. Reacher ging er eens lekker voor zitten, maar toen voelde hij iets kreukelen in zijn achterzak: het briefje van de bibliothecaresse met naam en telefoonnummer van de ornitholoog van de universiteit in Durham.

Hij diepte het briefje uit zijn achterzak op.

'Heb jij een mobiele telefoon?' vroeg hij.

'Een oudje,' zei Burke.

'Doet hij het?'

'Meestal wel.'

'Mag ik hem even?'

Burke haalde zijn telefoon uit zijn zak en gaf hem aan Reacher zonder zijn blik van de weg te halen. Reacher pakte de telefoon aan. Het was inderdaad een oudje. Niet zoiets als een klein flatscreen-tv'tje. Er zaten echte knoppen op en hij was nogal log en dik. Reacher kreeg het ding aan de praat. Het bereik was goed. Ze reden nog in de stad. Hij koos het nummer van de ornitholoog in Durham. De telefoon ging herhaalde malen over tot er uiteindelijk werd opgenomen door een secretaresse. De man was in vergadering en mocht niet worden gestoord. Reacher liet een boodschap achter over Ryantown, de buizerd, de theorie over het rattengif en dat de S. van S. en W. Reacher zijn vader was geweest. Hij voegde eraan toe dat hij via het nummer waarmee hij belde nog een uur of twee bereikbaar was. Daarna niet meer, misschien zouden ze elkaar dan een andere keer nog eens spreken.

Hij verbrak de verbinding en gaf de telefoon terug aan Burke.

'Het probleem kan ook door tin zijn veroorzaakt,' zei Burke. 'Niet door rattengif.'

'De vogels kwamen terug tijdens de oorlog, op het hoogtepunt van de productie, toen de gieterij dag en nacht op volle toeren draaide.'

'Precies, toen de overheid de grote klant was. De kwaliteit werd zorgvuldig gecontroleerd. Verontreiniging was uit den boze. Het productieproces werd veel schoner en efficiënter. Veel minder afval.'

'Ik denk dat het rattengif was.'

'Omdat je vader dat heeft geschreven.'

'Omdat het logisch is.'

'Waarom zou de overheid beslag leggen op al het rattengif?'

'Ik weet hoe het verder ging in de film,' zei Reacher. 'Het militaire apparaat zag aankomen dat het vroeg of laat immense opslagfaciliteiten nodig zou hebben, van honderden vierkante kilometers in honderden landen, vol eten en kleren, alles wat knaagdieren lekker vinden. Dus is iemand een voorraad gaan aanleggen van rattengif, en nog eens honderden andere vreemde zaken die ze wellicht nodig hadden, of zouden kunnen hebben. Zo werkt het militaire apparaat. Daar zijn ze in het leger goed in. Een deel van die spullen is er nog steeds, verspreid over de hele wereld.'

Ze reden verder, het bos uit, langs de eerste paardenweiden.

De vierde kwam op een even omslachtige manier als de tweede. Opnieuw speelde ook privévervoer door de lucht een rol, wat in zekere zin nog altijd even anoniem was als het aanhouden van een taxi op de hoek van de straat. Natuurlijk niet in het dure segment van de Gulfstreams en de Learjets en vliegvelden voor zakenlui, maar op de groezelige onderste sport van de ladder, op de grasveldjes waar vliegende doodskisten opstegen en landden. Propellervliegtuigjes met een beperkte actieradius, even haveloos en vaak overgespoten als taxi's in de grote stad, die op lage hoogte onder de radar vlogen. Vluchten waarvan geen logboeken, geen vluchtplannen of wat dan ook werden bijgehouden. Alles op zicht. Geen enkele reden om te communiceren met verkeerstorens. Zelfs geen verplichting tot het voeren van een radio.

Je kon gemakkelijk twee, drie of vier van die vluchten aan elkaar koppelen om onopgemerkt een aanzienlijke afstand te overbruggen. Dat was dan ook de strategie waaraan de vierde zich had gehouden. De laatste keer dat hij landde, was bij een vliegclub in de buurt van Plymouth in New Hampshire. Niemand wist waar hij oorspronkelijk vandaan was gekomen. Steven had geprobeerd zijn IP-adres te lokaliseren, maar het was hem niet gelukt. Het ene moment leek het het adres van een computer bij NASA, in Houston, Texas, meteen daarna leek het alsof die computer ergens in het Kremlin stond, in Moskou, Rusland. Vervolgens in Buckingham Palace, in Londen, Engeland. Een ingenieus stukje software, ontworpen voor een man die veel waarde hechtte aan zijn privacy en genoeg geld had om ervoor te betalen. Dat kon deze man kennelijk. Steven pakte de auto om hem op te halen en het eerste wat hij zag, was de tas met geld.

Een zachtleren weekendtas van misschien niet de allerbeste kwaliteit en zeker niet voorzien van een monogram. Hij was anoniem en kon dus worden gemist. Er waren waarschijnlijk twee manieren om het te doen, dacht Steven. Sommige mensen zouden het geld waarschijnlijk het liefste allemaal uittellen, het ene pak bankbiljetten na het andere van de ene hand in de andere, een fysiek proces dat de overdracht van geld, de betaling, echter leek te maken. Anderen zouden waarschijnlijk gewoon een tas op tafel gooien en daar laten liggen. Een doffe bons en weglopen. Zonder iets te zeggen. Zonder om te kijken. *Cool*. Vandaar die tas die gemist kon worden.

De man had nog twee tassen van een betere kwaliteit, en ook nog eens twee koffers. Steven hielp hem met uitladen. De man stond erop de zware dingen zelf te dragen. Hij was mager, lang en gespierd, een jaar of zestig, met spierwit haar en een vuurrood gezicht. Hij droeg een spijkerbroek en oude, versleten laarzen. Hij kwam uit het westen, dacht Steven. Montana, Wyoming, Colorado. Vast en zeker. Niet uit Houston, Moskou of Londen.

Ze laadden de spullen in de Mercedes. Steven reed naar het zuiden over een weg die voor het grootste deel door het bos liep. De man zei niets. Een halfuur later reden ze het pad op, tussen de door de vorst omhooggestuwde palen, waaraan geen borden meer hingen die naar het motel verwezen. Ze reden door de tunnel over de draad die de bel deed rinkelen. Drie kilometer en tien minuten later zeulde de man zijn bagage zijn kamer in. Toen hij daarmee klaar was, liep hij weer naar buiten, naar het plankier, naar het parkeerterrein, om kennis te maken met een klein groepje andere mannen, dat hem als een soort welkomstcomité stond op te wachten, klaar om hem te begroeten. De eerste drie. De vroege vogels.

Eerst knikten ze elkaar bij wijze van groet toe. Toen raakten ze in gesprek. Aanvankelijk over hoe ze daar waren gekomen. Een neutraal onderwerp. Ze wisselden een paar details uit. Ze gaven niet helemaal openheid van zaken, maar de sfeer was niettemin hartelijk en ontspannen. Eén vertelde dat hij in een Volvo-stationwagen was gekomen. Hij keerde zich half om en wees naar de auto die voor zijn kamer stond. Hij woonde het grootste deel van het jaar in een huis in de bossen. Het was een bleke, pezige man van een jaar of zeventig, die een rood houthakkershemd aanhad. Van nature geen prater, zo te zien, maar op dat moment glom hij van de onderdrukte spanning. Hij zag er een beetje koortsig uit. Een zweem van transpiratie rond zijn mond.

De man kwam uit Maine, dacht de vierde. Hij was komen afzakken, had hij gezegd, dat wil zeggen dat hij naar het zuiden was gereden en dus in het noorden woonde. De kentekenplaten op zijn auto kwamen uit Vermont, maar die waren vast en zeker vals. Het moest de andere grote staat zijn. Een huis in de bossen.

De tweede zei niet waar hij vandaan kwam, maar hij lepelde een lang verhaal op over chartervluchten en vervalste rijbewijzen.

Het verhaal was net lang genoeg om aan de hand van de gebruikte klinkers te kunnen concluderen dat de man lang in het zuiden van Texas had gewoond. Niet geboren en getogen. Hij was een jaar of vijftig en stevig gebouwd. Iemand met een vanzelfsprekende plattelandsbeschaafdheid, de beleefdheid van een stofzuigerverkoper die langs de deuren ging. Maar hij was ook opgewonden. Dezelfde koortsigheid. Dezelfde trillerigheid.

De derde was zo knap als een filmster en had het fysiek van een sporter. Slank en soepel als een tennisser. Iemand die in sportief opzicht geweldig presteert tijdens zijn studie, en daarna nog twintig jaar. Hij straalde een zeker zelfvertrouwen uit. Alsof hij helemaal op zijn plaats was. Alsof hij gewend was bewonderd te worden. Hij vertelde dat hij naar het noorden was gekomen in een auto die niet bestond en het laatste stuk had afgelegd in een bestelbus. Hij wees naar de bus. Perzische tapijten. Hij kwam uit het westelijke deel van de staat New York, of uit Pennsylvania, dacht de vierde, afgaande op zijn stem en de manier waarop hij zich gedroeg. Die veronderstelling werd ondersteund door de route die hij had genomen, de afstand en het feit dat hij naar het noorden was gereden.

'Hebben jullie ze al gezien?' vroeg de vierde.

'De jaloezieën zijn omhoog,' zei de tweede. 'Maar op het moment verstoppen ze zich in de badkamer.'

'Hoe zijn ze?'

'Ze zijn geweldig.'

'Kun je daar nog meer over zeggen?'

'Ik denk dat ze heel interessant zullen zijn.'

De man uit Maine nam het over en zei: 'Ze zijn allebei vijfentwintig. Ze zijn allebei sterk en gezond. Zo te zien hebben ze een nauwe emotionele band. We hebben een paar tapes bekeken. Zo nu en dan verliest ze haar geduld met hem omdat hij zo traag is van begrip, maar uiteindelijk komt hij overal ook wel achter. Ze lossen hun problemen samen op.'

'Zij is de slimste,' zei de tweede. 'Geen twijfel mogelijk.'

'Zien ze er goed uit?'

'Onopvallend,' zei de knappe man. 'Niet lelijk. Ze zijn allebei gespierd. Hij is boer en zij werkt op een houtzagerij. Ze komen uit Canada, dus als kind hebben ze geprofiteerd van de goede gezondheidszorg daar. Je zou haar potig kunnen noemen. Dat lijkt me wel een juiste omschrijving. Hij niet echt. Hij heet niet voor niets Shorty. Hij is klein van postuur. Maar ze zijn van hoge kwaliteit. Ik moet zeggen dat ik aangenaam verrast was toen ik ze zag.'

'Ik ook,' zei de man uit Maine.

'Dat zei ik al,' zei de tweede. 'Ze zijn geweldig.'

'Hoeveel spelers komen er in totaal?'

'Nog twee,' zei de tweede. 'We zijn met z'n zessen. Als die twee tenminste op tijd zijn.'

De vierde knikte. Regels waren regels. Als je te laat kwam, was het einde verhaal. *Kamer tien is bezet*. De klok begon op dat moment te tikken. Er was een deadline voor aankomst. Geen excuses, geen uitzonderingen. Vandaar de aan elkaar gekoppelde keten luchttaxi's. De bijna ondoenlijke afstanden.

'Waarom is er geen raam in hun badkamer?' vroeg hij.

'Dat is niet nodig,' zei de tweede. 'Er zijn camera's. Ga maar naar het huis om te kijken.'

28

De eerwaarde vader G. Burke stond erop zo ver te rijden als zijn verblijfsverbod hem toestond, het hele eind tot aan het veertig jaar oude hek, waarachter nu geen wegdek meer lag. Hij zei dat hij daar zou wachten. Reacher zei dat dat niet nodig was, maar Burke hield vol. Op zijn beurt stond Reacher erop dat Burke zijn auto zou keren. De neus naar de bewoonde wereld gekeerd, niet naar de appelboomgaard. Klaar om razendsnel te vertrekken als het nodig mocht blijken. In het ergste geval. Keren op dat smalle stuk weg bleek een hele opgave. Vooruit, achteruit, via de ene berm naar de andere, maar uiteindelijk lukte het. De Subaru stond als een dragster klaar voor de start.

Reacher stond er ook op dat Burke zijn motor liet draaien. Jazeker, milieuvervuilend, en benzine was duur. Maar het was beter dan onhandig prutsen met de contactsleutel, en beter dan een motor die niet wilde aanslaan als het erop aankwam. Als het nodig mocht blijken. In het ergste geval. Burke legde zich erbij neer. Tot slot stond Reacher erop dat Burke zich niet bezwaard moest voelen om zonder hem te vertrekken. Meteen, zonder waarschuwing, wanneer hij het maar nodig mocht achten, om welke reden dan ook, ingegeven door onderbuikgevoelens of instinct.

'Niet aarzelen,' zei Reacher. 'Niet nadenken. Geen seconde wachten.'

Burke gaf geen antwoord.

'Ik meen het,' zei Reacher. 'Als ze op jou afkomen, betekent het dat ze langs mij zijn gekomen en in dat geval wil jij ze zeker niet tegenkomen.'

Burke legde zich erbij neer.

Reacher stapte uit en sloot het portier. Hij zwaaide zijn benen over het hek en begon te lopen. Het was hetzelfde weer. Dezelfde geuren. De zware geur van het rijpe fruit, het warme, droge gras. Hij hoorde hetzelfde gezoem van dezelfde insecten. Boven zijn hoofd draaide een buizerd rondjes op de thermiek. Verderop nog twee, een eind bij elkaar vandaan. Te ver weg om te kunnen zeggen welke soort het was. Zijn vader zou hebben gezegd dat het typerend gedrag was voor roofvogels. Elke vogel eiste een eigen jachtterrein op. Als jeugdbendes in een grote stad. Mijn straathoek, jouw straathoek en waag het niet om op mijn gebied te komen. Zoals harde jongens, waar dan ook.

Reacher liep verder en keek recht voor zich. Hij keek expres niet naar links toen hij de top van de heuvel bereikte, waar ze hem zouden kunnen opwachten. Die lol gunde hij ze niet. Ze moesten maar naar hem toe komen. Hij liep verder. Halverwege de boomgaard, op de plek waar hij de jongen onderuit had gemept, was niets meer te zien van wat er zich had afgespeeld, geen enkel spoor. Misschien was het gras er een beetje vertrapt. Misschien zouden ze er in een politieserie op tv iets van kunnen maken. Maar niet in de echte wereld. Hij liep verder.

Uiteindelijk bereikte hij ongestoord het tweede hek. Het was een en al rust en stilte. Niets verroerde zich. Recht voor hem waren de bladeren donkerder, het rook er zuurder. De schaduwplekken waar de zon niet doordrong, leken kouder. Hij wierp een blik over zijn schouder. Niets.

Hij klom over het hek.

Ryantown, New Hampshire.

Net als de vorige dag liep hij door de hoofdstraat en ontweek de heen en weer zwaaiende ragdunne stammen, struikelde zo nu en dan over ontzette keitjes, passeerde de amper boven de grond uitstekende restanten van de kerk en de school, en zocht zijn weg naar de ruïnes van de woonhuizen. Naar de contouren van het rechtergebouw, naar wat er restte van de keuken in de hoek achterin, het stuk vloer met tegels. Hij zag zijn grootvader voor zich, die als een gladgeschoren Zwartbaard riep en schreeuwde, klappen uitdeelde en mensen tegen de vlakte sloeg. Waarschijnlijk dronken. Hij zag zijn grootmoeder voor zich, hard, koud, verzuurd. Nooit een glimlach, nooit een vriendelijk woord, altijd boos. Woest het soort lakens naaiend waar ze zelf nooit onder zou liggen.

Hij zag voor zich hoe zijn vader rondkroop over de vloer. Of misschien ook niet. Misschien zat hij stil in een hoekje uit het raam te staren naar een stukje zinderende, blauwe lucht.

Je vader is op zijn zeventiende bij de mariniers gegaan, had Carrington gezegd. *Daar moet hij een reden voor hebben gehad.*

Hij bleef er nog een poosje staan en nam toen afscheid van de plek. Hij draaide zich om en liep terug. De keuken uit, door de hal, tussen de bomen door, de voordeur uit.

Niemand te zien. Niets dan rust en stilte. Hij liep de hoofdstraat weer door en bleef bij de school staan. Verderop boog de straat af naar de kerk. Zonder zestig jaar bomengroei zou het uitzicht weids zijn geweest. Dan had je vandaar een groot stuk blauwe lucht kunnen zien. Misschien was dat wel de plek waar ze naar vogels keken. Misschien was de verrekijker van de school. Een gift van de county. Gemeenschappelijk bezit, niet meenemen naar huis. Of misschien had een aardige onderwijzer de verrekijker gevonden in een pandjeshuis en er een paar dollar voor neergeteld.

Hij liep verder. Langs de kerk, terug naar het hek, de stadsgrens van Ryantown. Voor hem lag de boomgaard, waar ooit de weg had gelopen. Vanaf hier honderd meter naar de geparkeerde Subaru, die er nog steeds stond. Hij was duidelijk te zien aan de andere kant van de boomgaard. Tussen Reacher en de Subaru waren maar twee zaken die je boeiend kon noemen. Het eerste was Burke, die tussen de bumper van de Subaru en het hek op en neer stond te springen en wild met zijn armen zwaaide.

Het tweede was vijftig meter dichterbij. Halverwege de boomgaard, verspreid over de volle breedte van de gestolen weg, stonden vijf man op een rij.

De buizerd cirkelde traag boven hun hoofden.

Reacher klom over het hek. Hij liet de bemoste wirwar van ongetemde natuur achter zich en begaf zich tussen keurige rijen op maat gesnoeide, identieke bomen. De vijf mannen verderop stonden stil, schouder aan schouder. Ze raakten elkaar net niet aan. Net een *barbershop quartet* met een extra man. Een countertenor, twee tenoren, een bariton en een bas. In dat geval zou de bas de man in het midden zijn. Hij was groter dan de anderen. Reacher wist bijna zeker dat hij hem nog niet eerder had gezien. In de man rechts van de middelste meende hij de appelboer te herkennen. De middelste generatie, niet zoonlief, niet opa, maar de vader. Betere kwaliteit spijkerbroek, schoner shirt, grijzer haar. De andere drie waren dezelfde mannen van de vorige avond, uitgezonderd die ene die een tik had gekregen. Grote gezonde exemplaren van het menselijk ras, maar geen training in het leger, nooit gevangengezeten en niet in het geheim opgeleid door de Mossad.

Hij liep verder.

Ze wachtten.

Ver achter hen stond Burke nog steeds op en neer te springen en met zijn armen te zwaaien. Het was onduidelijk waarom. Als waarschuwing zou het altijd te laat zijn, vanwege de opstelling van drie partijen op één lijn. Reacher zou het probleem eerder ontdekken dan de waarschuwing. Dat was dus niet logisch, maar misschien bood Burke hem tactisch advies. Doe zus en doe zo, maar in dat geval begreep Reacher de signalen niet. Bovendien leek het hem overbodig. Een man als Burke had ongetwijfeld vele talenten, maar straatvechten leek daar niet bij te horen. Tot dusverre.

Misschien was hij gewoon heel nerveus.

Reacher liep verder.

De middelste van de vijf mannen was groot en breedgeschouderd. Hij had de bouw van een artilleriegranaat. Een klein hoofd op een stierennek die minstens tien centimeter breder was dan zijn hoofd. Daaronder had hij afhangende schouders, bijna aerodynamisch, alsof hij als een vis door het water moest. Hij had een borstkas als een tongewelf, waardoor het leek alsof zijn armen en benen erg kort waren. Hij was jong en zag er fit en sterk uit.

Hij was worstelaar, dacht Reacher. Misschien ooit een kampioen op school. Daarna een kampioen in college en nu appelplukker. Was er een soort eredivisie voor worstelaars in het collegecircuit? Als dat zo was, had deze man daar in ieder geval nooit in geworsteld. Dat was duidelijk.

Maar toch, hij was indrukwekkend groot.

Nog twintig meter.

Ze wachtten.

De worstelaar keek recht voor zich uit. Hij had kleine, donkere oogjes die diep in de kassen in zijn kleine hoofd lagen. Weinig expressief. Behoorlijk passief. Dat verklaarde misschien zijn geringe succes in het bestaan na college. Misschien was hij niet gedreven genoeg. Misschien kostte het hem moeite om de wereld om zich heen te begrijpen. In dat geval had hij pech. In dat geval zou het een harde les worden. Hij was natuurlijk gewaarschuwd. Hij was immers opgeroepen als vervanging. Dat zei al genoeg. Hij moest weten waar hij aan begon. Hij had nee kunnen zeggen.

Nog vijftien meter.

De appelboer monsterde links en rechts zijn troepen. Hij leek vooral opgewonden, opgetogen. Hij verkneukelde zich op wat er ging komen. Toch was hij ook een beetje bezorgd. Maar dat sloeg natuurlijk nergens op. Hoe zouden ze nou kunnen verliezen? Het was een schot voor open doel. Toch kon hij dat gevoel niet van zich afschudden. Reacher zag het aan zijn gezicht. Hij deed zijn best om die knagende onrust te voeden met alle middelen die hem maar ten dienste stonden. Langzaam lopen, lange passen, ontspannen schouders. De handen ietsje los van de heupen. Het hoofd geheven, zijn blik strak gericht op de appelboer. De primitieve lichaamstaal, lang geleden aangeleerd.

Nog tien meter.

De appelboer kon het gevoel niet van zich afschudden. Het was op zijn gezicht te lezen. Plotseling leek het alsof hij een plan B probeerde te bedenken. Een gewijzigde tactiek. Voor het geval dat. Een alternatief. Hij leek op het punt te staan om nieuwe orders te gaan roepen. Dat maakte hem tot een legitiem doelwit. Ook al was hij een eindje in de vijftig en een slapjanus. Hij gedroeg zich als een bevelvoerend officier in het veld. Oorlogscode. Die stond nu eenmaal vast. Hij zou ook hardhandig les krijgen.

De andere drie zouden er wel als een haas vandoor gaan, dacht Reacher. Ze zouden op z'n minst met geheven handen achteruitdeinzen en verontschuldigingen stamelen dat het niet hun idee was geweest. Loyaliteit heeft haar grenzen, zeker als het gaat om klootzakken die beloften doen over slavenarbeid.

Ze zouden ervandoor gaan.

Nog vijf meter.

Reacher was van mening dat je je zowel flexibel moest opstellen als een plan moest hebben. Uit ervaring wist hij dat elk van die twee vijftig procent kans had om uiteindelijk gebruikt te worden. Dit keer was zijn plan om tempo te maken, om in volle vaart op de worstelaar af te stormen en hem een kopstoot te geven. Dat leverde een vinkje op in alle vakjes: verrassing, overweldigende kracht, verbijstering en paniek. Bovendien een ethisch extraatje. Na die kopstoot zou de appelboer zich precies op de juiste plek bevinden om hem te confronteren met een linkse hoek, de zwakkere stoot in Reachers repertoire, dus voorzichtiger kon hij die slapjanus niet aanpakken.

Vanwege de worstelaar bleek de flexibiliteit uiteindelijk een betere optie. De man zette zich in een soort vechthouding. Een nogal theatrale pose, alsof een fotograaf een mooie plaat wilde schieten en hem zat op te juinen iemand een flink pak op zijn donder te geven. Voor de voorpagina van de lokale krant of zo. *Highschoolkampioen pakt beker*, zoiets. De man deed zijn uiterste best, maar tevergeefs. Hij zag eruit als een veel te dik jochie dat doet of hij een grizzlybeer is. Korte, dikke armpjes, net poten met klauwen. Klaar voor de strijd. Een beetje in elkaar gedoken, knieën iets gebogen, voeten een beetje van elkaar.

Dus paste Reacher het plan aan. Op Westpoint zouden ze trots op hem zijn geweest. Hij handhaafde de kernpunten en wijzigde alleen details. Hij hield de vaart erin, gaf de worstelaar echter geen kopstoot, maar gaf hem een trap in zijn ballen. Een mogelijkheid die zich plotseling voordeed omdat de worstelaar zijn voeten een eindje uit elkaar had gezet. Reacher raakte hem vol, met alle vaart van zijn bijna honderd kilo in een gemene zwaai met zijn been omhoog.

Een voetbal zou het stadion zijn uit gegaan.

Het resultaat was zowel goed als slecht.

Het was goed omdat hij door die trap precies daar kwam te staan waar hij wilde staan om de linkse hoek uit te delen, wat hij dan ook deed. Kort en een beetje hakkend, gemeten naar klassieke maatstaven. Zeker niet elegant. Niet veel meer dan een naar binnen gerichte mep. Maar hij was effectief. *Bang*. Vader appelboer ging zijdelings tegen de vlakte. Zijn kortstondige carrière als bevelvoerend officier in het veld was alweer voorbij.

Het slechte resultaat was het gevolg van het feit dat de worstelaar een toque droeg. Een harde. Een slimme jongen die kennelijk de wereld wel had begrepen. Hij had maatregelen getroffen. Desondanks had hij wel een zware dreun te verwerken gekregen. Alsof er met een koekjesvorm op taai en weerspannig deeg was ingehakt. Hij was niet uitgeschakeld, maar danste stampend en hijgend rond. Iedereen geschokt, maar geenszins in paniek. De andere drie gingen er dan ook niet als een haas vandoor. Ze deinsden ook niet met geheven handen achteruit. Ze kwamen juist een stap dichterbij, alsof ze Reacher wilden blokken om hun quarterback de kans te geven te herstellen.

Verdomme, dacht Reacher. De spelingen van het lot. Hij had zich aan zijn oorspronkelijke plan moeten houden. De worstelaar had geen helm op. Reacher wilde eigenlijk een stap achteruit doen om zijn sterke positie weer in te nemen, maar zag ervan af. Hij zou daarmee het verkeerde signaal afgeven. Dus sloeg hij de man die het dichtst bij hem stond. Een solide stoot in de maagstreek. De man sloeg dubbel, met zijn hoofd tegen zijn knieën, kokhalzend en hijgend, wat Reacher in de gelegenheid stelde om hem nog een klap na te geven, een korte tik met de elleboog, hard tegen het achterhoofd, zodat hij met zijn gezicht in het gras belandde. *Game over*. Reacher deed een stap naar links en stelde zich zonder te aarzelen op tegenover de volgende van de drie. Even pauzeren had geen enkel nut. Hij kon maar beter even doorpakken en ze allemaal plat op de grond leggen.

Maar de volgende man werd door de worstelaar ruw aan de kant geschoven, alsof de quarterback door zijn eigen defensieve blokkade brak. Hij reikte met zijn handen naar Reacher en had zichzelf tot maximale proporties opgeblazen. Hij kwam als een trein op Reacher af. Stampte beide voeten als ankers vast in de grond, dook in elkaar en staarde Reacher woest en grommend aan.

Oké, vooruit dan maar, dacht Reacher.

Hij wist geen bal van worstelen. Hij had het nooit uitgeprobeerd. Hij had nooit de behoefte gevoeld. Te zweterig, te veel regeltjes, te veel een achterhoedegevecht. Reacher vond dat een gevecht beslist moest zijn voordat het uitliep op gerol over de vloer.

In de verte stond Burke nog steeds op en neer te springen en met zijn armen te zwaaien.

De worstelaar kwam in beweging. Zijn hele lichaam tordeerde als één enkel strakgespannen element en hij plantte zijn rechtervoet stampend ietsje vooruit. Toen tordeerde hij de andere kant op, even stijf, en plantte hij zijn linkervoet stampend voorwaarts. Als een sumoworstelaar. Hij was nu een halve stap dichterbij gekomen. Hij was misschien een centimeter of tien kleiner dan Reacher, maar waarschijnlijk wel tien kilo zwaarder. Hij was zwaar en compact. Dat was verdomd zeker. Een en al soepele, harde spieren, gestroomlijnd als die van een zeehond. Een lijf als een mortiergranaat.

Een vervanging, maar niet echt, dacht Reacher. De man was een aanwinst. Hij versterkte het team, een bijzonder talent met een specialisme, ingehuurd na de les van de vorige avond. Misschien hadden ze hem geleend van de vriend van een vriend. Misschien was hij uitsmijter bij een club in Manchester, of misschien zelfs wel in Boston. Misschien was dat wel de eredivisie voor collegeworstelaars.

Reacher besloot om buiten het bereik van de armen te blijven. Worstelen was een kwestie van graaien, grijpen en grabbelen. Daar was de man waarschijnlijk goed in, of op zijn minst ervaren. Hij kende waarschijnlijk allerlei trucs om daar een vervolg aan te geven. Waarschijnlijk kende hij wel tien verschillende grepen om zijn tegenstander plat op de mat te krijgen, en dat was iets wat beter vermeden kon worden. Een horizontaal gevoerde worsteling zou problematisch worden. Te veel massa. Het zou veel weg hebben van een poging om met bankdrukken een walvis op te tillen. De worstelaar had gelukkig korte armen. De zone die Reacher moest vermijden was niet heel erg groot. Er was genoeg ruimte om actie te ondernemen. Er waren mogelijkheden.

Maar welke? Het gebeurde zelden, maar Reacher wist even niet hoe hij het moest aanpakken. De kopstoot behoorde nog steeds tot de mogelijkheden, maar het was een riskante onderneming, want dan moest hij een stap binnen de zone van die graaiende berenklauwen doen. En misschien had de worstelaar wel zoveel verstand van zaken dat hij zijn hoofd opzij zou trekken en de kopstoot met zijn stierennek zou opvangen. Die nek zag er van dichtbij even kwetsbaar uit als de band van een vrachtwagen. Reacher zou met zijn vuisten op hem kunnen inbeuken, snelle combinaties, rechts-links-rechts, als een training op de boksbal, maar de worstelaar had een torso van plaatstaal, die je het gevoel zou geven dat je op een kogelvrij vest stond te slaan. Uiterst ineffectief.

De worstelaar kwam opnieuw in beweging. Dezelfde theatrale stap, als een sumoworstelaar. Reacher had het ze wel zien doen op tv. In de namiddag, in een motel. Gruizige beelden met valse kleuren. Kolossale mannen met kleurige lendendoeken, het bleke lijf in de glimmende olie, genadeloos.

De worstelaar was nu een hele stap dichterbij gekomen.

Boven hun hoofden cirkelde de buizerd.

Te laat realiseerde Reacher zich wat de worstelaar aan het doen was. Hij zou ineens naar voren stormen, de buik vooruit, opnieuw net als een sumoworstelaar op tv. Het verschil was dat de tegenstander op tv hetzelfde deed, zodat ze elkaar midden op de mat met een luide klap tegenkwamen, terwijl Reacher in het geheel niet in beweging was, zodat de ander de enige was met een momentum, zodat Reacher een enorme opdonder zou krijgen, alsof hij door een trein werd overreden.

Hij dook in elkaar en keerde zich af en ramde een god-zegenede-greep-rechtse hoek in de zij van de worstelaar, die volgens alle newtoniaanse wetten iets van het momentum van de worstelaar zou moeten neutraliseren, maar de voortdenderende massa van de worstelaar was in wezen niet te stoppen. Reacher werd om zijn as geslingerd, kaatste achteruit en moest meteen weer wegduiken om een zwaaiende berenklauw te ontwijken. Hij waggelde met zwaaiende armen achteruit en probeerde overeind te blijven.

De worstelaar viel opnieuw uit. Voor iemand met de bouw van een walrus was hij lenig. Reacher dook opzij en wist al doende een zwakke stoot op een nier te plaatsen, zonder enig waarneembaar effect. De worstelaar veranderde van richting met een paar fraaie shuffles en kwam voor de derde keer op Reacher af, woest en agressief, links en rechts schijnbewegingen makend, alles gericht op een verstikkende omhelzing, iets wat maar het beste vermeden kon worden. Reacher deed een stap achteruit, en nog een stap. De worstelaar viel weer uit. Reacher plantte een rechtse directe midden op het gezicht van de worstelaar, alsof je tegen een rubberen muur stompte, dook weg, onder een maaiende berenklauw door, sloeg opnieuw hard, een linkse hoek op de rug van de worstelaar, en dook weer weg uit de gevarenzone.

De worstelaar ademde nu zwaar. Hij had een beetje heen en weer lopen rennen en tweeënhalve klap met zijn lichaam opgevangen. Het zou niet lang duren voordat zijn spieren zouden verstijven. Reacher stapte achteruit. De grond onder zijn voeten was vol met aardkluiten. Links lag een valappel te glanzen in het door de zon verdorde gras. De beide mannen die de vorige avond hadden overleefd, slopen dichterbij. Ze roken bloed.

Boven hun hoofden cirkelde nog altijd de buizerd.

De twee overlevenden verspreidden zich links en rechts, een stap voor de worstelaar. Ondersteuning op de flanken. Of een team om de achtervolging in te zetten. Misschien verwachtten ze dat Reacher de benen zou nemen.

De worstelaar nam zijn vechthouding weer aan. Reacher wachtte. De worstelaar viel aan. Net als eerder. De beide sterke benen iets gebogen, razendsnelle pasjes, de buik vooruit als een stormram. Reacher deed een stap opzij, naar links, maar zijn voet bleef haken achter een kluit. De worstelaar raakte hem, schampte langs zijn schouder, wat niettemin aanvoelde alsof Reacher door een trein werd overreden. Twee keer. Eerst de klap met de schouder van de worstelaar en daarna de klap op de grond als een soort echo. Reacher landde op zijn schouder, toen volgde zijn hoofd, dan zijn romp en tot slot een ongeregelde hoop ledematen.

De worstelaar was lenig en zette meteen de volgende charge in. Reacher rolde weg, maar niet snel genoeg. Het lukte de worstelaar hem tussen zijn schouderbladen te trappen, wat het rollen versnelde. Een positie waarin Reacher zich zelden bevond, maar die hij desondanks wel kende. Het eerste wat hij moest doen, was overeind komen. Dat was ook het tweede op de lijst. En het derde. Als hij bleef liggen, stond hij al met één voet in het graf. Hij wachtte tot hij rollend met zijn gezicht op de grond lag en sprong toen overeind alsof hij een fitnessfreak was die zich net vijftig keer had opgedrukt. Nu ademde Reacher zwaar. En nu zwol hij op van woede. Hij wist vrijwel zeker dat trappen volgens de regels van het worstelen verboden was. Die trap had er een ander spel van gemaakt.

Oké, dacht hij, zo dus.

De worstelaar nam voor de zoveelste keer zijn vechthouding aan. Reacher zag wat hij vanaf het allereerste moment had moeten zien. Wat hij waarschijnlijk ook zou hebben gezien als het eerder een ander spel was geworden.

Hij wachtte.

De worstelaar viel uit. Een laag, breeduit voorovervallen, afgezet met krachtige, gekromde benen. Reacher deed een stap naar voren en trapte tegen een knie, even hard als hij de worstelaar tegen de toque had getrapt. Hij raakte hem weer vol, met alle vaart van zijn bijna honderd kilo in een gemene maaiende beweging. Geholpen door de voorwaartse beweging van de worstelaar, die daarmee bijdroeg aan zijn eigen ondergang. Een voetbal zou twee stadions uit gevlogen zijn. Het resultaat was spectaculair. De knie is altijd de zwakke plek van zware mannen. Een knie is een knie. Een bescheiden gewricht. Het is wat het is. De knie wordt niet sterker en groter als je een heel semester alleen maar gewichten staat te tillen. Er komt alleen maar meer druk op te staan.

De knie van de worstelaar explodeerde min of meer. De knieschijf verbrijzelde, of raakte ontwricht, en misschien scheurde er wel van alles en nog wat af daarbinnen, want de worstelaar zakte op de grond als een marionet waarvan de touwtjes waren doorgeknipt. Maar meteen gehoorzaamde ook hij aan de eerste vereiste wanneer je wordt gevloerd en stuiterde hij weer overeind, jankend, staand op één been, zwaaiend met berenklauwen om zijn evenwicht te bewaren. De beide overlevenden deden een stap achteruit. Het leek de aandelenmarkt wel. De koersen konden stijgen en dalen. Achter de worstelaar stond Burke stil toe te kijken, gespannen tegen het hek gedrukt.

Vanaf dat moment koos Reacher voor meedogenloze efficiëntie. Bonuspunten voor stijl interesseerden hem niet meer. De worstelaar haalde wanhopig naar hem uit met een berenklauw. Reacher greep de klauw en rukte eraan, trok de worstelaar uit zijn evenwicht. De worstelaar ging opnieuw onderuit, lomp en onhandig. Reacher trapte hem twee keer tegen zijn hoofd tot hij stil bleef liggen.

Reacher richtte zich op, liet de lucht uit zijn longen ontsnappen, ademde diep in en toen weer uit.

De twee overlevenden deden nog een stap achteruit. Ze schuifelden wat met hun voeten en probeerden schaapachtig te kijken. Ze hieven hun handen. Ze gaven zich over en zorgden tegelijkertijd dat ze op grotere afstand kwamen. Ze probeerden iets duidelijk te maken.

Het was niet ons idee.

'Waar hebben jullie deze vetkwab vandaan gehaald?' vroeg Reacher.

Hij gaf de worstelaar nog een trap, dit keer in de ribben, maar zachtjes, alsof hij alleen maar wilde aangeven welke vetkwab hij bedoelde.

Niemand gaf antwoord.

'Jullie zouden het me wel moeten vertellen,' zei Reacher. 'Het is van belang voor jullie toekomst.'

'Hij is hier vanochtend naartoe gekomen,' zei de ene overlevende.

'Waarvandaan?'

'Uit Boston. Daar woont hij nu, maar hij is hier geboren. We kennen hem nog van school.'

'Heeft hij prijzen gewonnen?'

'Een heleboel.'

'Maak dat je wegkomt,' zei Reacher.

De beide overlevenden begonnen te rennen. Ze trokken een sprint tegen de helling op, hooggeheven knieën en zwaaiende ellebogen. Reacher keek hen na. Toen slalomde hij tussen de gevallenen door en liep door de boomgaard naar het hek waar Burke op hem stond te wachten. Burke hield een hand omhoog met zijn telefoon.

'Hij probeerde steeds maar over te gaan, maar we hebben hier echt geen bereik. Toen ben ik teruggelopen naar een plek waar ik net een streepje had. Het was de ornitholoog. Hij belde je terug van de universiteit. Hij zei dat het het enige moment was dat hij met je kon praten, omdat hij de rest van de dag allerlei verplichtingen had. Dus toen ben ik weer teruggerend en heb ik geprobeerd je aandacht te trekken.'

'Dat heb ik gezien,' zei Reacher.

'Hij heeft een boodschap achtergelaten.'

'Op de telefoon?'

'Doorgegeven aan mij.'

Reacher knikte.

'Ik moet eerst Amos bellen, op het politiebureau in Laconia,' zei hij.

29

De vijfde arriveerde even onopvallend als de eerste en de derde. In de zitkamer aan de achterkant van het huis hoorden Mark en Steven en Robert de bel rinkelen, geactiveerd door de kabel over het pad. Ze keken naar de schermen. Robert riep drie verschillende beelden op van het pad. Ze wachtten. Bij een snelheid van vijftig kilometer per uur deed je vier minuten over drie kilometer. Bij dertig kilometer per uur kostte het zes minuten. Gemiddeld dus een minuut of vijf, afhankelijk van hoe hard iemand bereid was te rijden en het soort voertuig waarin hij reed. Het wegdek was nogal van invloed.

Het duurde exact vijf minuten en negentien seconden volgens de digitale klokjes rechts onder in de schermen. Ze zagen een pick-up tevoorschijn komen uit het bos. Met een joystick zoomde Robert in op de auto. Het was een Ford F150. Enkele cabine, lange laadvloer. Vuilwit spuitwerk. Zo ongeveer de goedkoopste uitvoering, een jaar of drie, vier oud. Een werkpaard, een auto van de zaak, gereedschap.

Robert zoomde nog iets verder in om de kentekenplaat te kunnen lezen. *Illinois* stond erop. Dat was onzin, dat wisten ze alle drie. De man kwam uit New York. Zijn internetverbinding op kantoor was onaantastbaar, maar zijn wifi thuis lag wijd open. Hij runde een fonds op Wall Street. Hij was een van die nieuwe superrijken zonder gezicht van wie nog nooit iemand had gehoord. Mark was erop gebrand indruk op de man te maken. Hij beschouwde Wall Street als een uiterst belangrijke markt. Het juiste soort mensen met precies de goede wensen, en genoeg geld.

Ze keken toe hoe hij door het grasland kwam aanrijden, van het asfalt af bonkte, het parkeerterrein van het motel op. Ze zagen hem stoppen voor de receptie. Ze zagen Peter naar buiten komen om hem te begroeten. Peter en de man schudden elkaar de hand en wisselden beleefdheden uit. Peter gaf de man een sleutel en wees. Kamer elf. Absoluut de beste kamer. In alle opzichten belangrijk. Jouw bed en dat van hen stonden bijna tegen elkaar aan, de hoofdeinden naar elkaar toe, symmetrisch, alleen van elkaar gescheiden door de dikte van de muur. Een kwestie van centimeters. Kamer elf was de viproom, geen twijfel mogelijk. Een ereplek die je niet achteloos toewees, maar Mark had erop gestaan. Demografische aspecten waren belangrijk, had hij gezegd.

Robert klikte met muizen en ratelde op toetsenborden en rangschikte het beeld op de schermen op zo'n manier dat ze vrijwel alles konden zien, op alle schermen rondom op de wanden, waarbij het beeld van het ene scherm het beeld van het volgende scherm overlapte, soms vanuit een iets andere hoek, alsof ze een onhandige poging deden er een VR-beeld van te maken. Ze zagen dat de man van Wall Street zijn pick-up achter de roerloze Honda parkeerde. Ze zagen hem een omweggetje maken om door het raam van kamer tien naar binnen te kijken. Zonder resultaat. Hij liep weer terug. Hij was een en al Wall Street. Keurig geknipt, fit dankzij een regelmatige gang naar de sportschool, gebruind op een zonnebank en door de zon tijdens weekends in het voor de zomer door zijn vrouw gehuurde huis in de Hamptons. Hij was goedgekleed, ook al had hij waarschijnlijk zijn best gedaan niet uit de toon te vallen bij de pick-up. Maar zijn klerenkast had wat dat betreft niets bruikbaars opgeleverd. Zijn bagage bestond uit twee koffers en een zachte nylon weekendtas, alle drie stoffig omdat ze in de open laadbak hadden gelegen.

Bovendien kwam van de passagiersstoel een plastic tas van een delicatessenwinkel in New York, gevuld met aardappels, of rolletjes bankbiljetten.

Op de beeldschermen hadden de eerste vier inmiddels een groepje gevormd, klaar voor een gesprek, of een poging tot een gesprek, of in ieder geval in afwachting van het moment dat iemand iets zou zeggen. Mannen die een band proberen te smeden, soms een traag verlopend proces. Robert zette het geluid harder. Het motel was vergeven van verborgen microfoons. Ondersteund door iets wat eruitzag als een satellietschotel voor tv, maar wat in feite een parabolische microfoon was, zo gevoelig als het gehoor van een vleermuis, gericht op het stukje voor kamer tien. De plek waar iedereen zich zou verzamelen. Elektronische overkill, maar Mark had het nodig gevonden. De feedback van klanten was belangrijk, had hij gezegd. Hoe rauwer en hoe minder gefilterd, hoe beter. Het allerbeste was het als ze niet wisten dat ze werden afgeluisterd.

Mark, Steven en Robert luisterden. De stemmen klonken een beetje blikkerig en vervormd. De mannen begroetten elkaar een beetje voorzichtig, net als eerder. Opnieuw werden er spannende verhalen over de reis uitgewisseld, net als eerder. De noodzaak op tijd te arriveren, ongezien. Opnieuw werd een beschrijving van Patty en Shorty gegeven, als exemplaren van een soort, aangaande hun gezondheid, kracht en voorkomen.

Toen nam het gesprek een beetje een negatieve wending. Mark keek teleurgesteld weg. Op de schermen was sprake van een klein schisma. Er ontstonden twee fracties, gescheiden door één belangrijk verschil. De eerste, de tweede en de derde hadden Patty en Shorty daadwerkelijk gezien door het raam van kamer tien, in levenden lijve, pal voor hun neus toen de jaloezieën waren opgetrokken. De vierde en de vijfde hadden hen niet gezien, want tegen die tijd hadden Patty en Shorty zich in de badkamer teruggetrokken. En daar zat verdomme geen raam in. Hun klacht had dus twee kanten. Als iedereen op voet van gelijkheid begon, zoals zou moeten, want het was een vrij land, iedereen gelijke kansen, enzovoort en zo verder, dan hadden ze moeten wachten tot iedereen er was en daarna pas de jaloezieën moeten optrekken. Ze hadden er een ceremonieel momentje van moeten maken waarbij iedere betrokkene aanwezig was, iedereen op een rijtje om het te aanschouwen. Ze hadden op zijn minst een raam in de badkamer kunnen maken.

'Een raam van doorzichtig glas in de badkamer zou natuurlijk niet kunnen,' zei Mark in de zitkamer aan de achterkant van het huis. 'Dat zou raar zijn, maar iets anders lost het probleem niet op, want dan kun je niet meer naar binnen kijken.'

'We zouden aan de buitenkant plastic folie op het glas kunnen aanbrengen, met een of ander motief,' zei Steven. 'Zodat het er vanbinnen uitziet als matglas. Als we er dan aan toe zijn, trekken we het eraf.'

'Daar gaat het niet om,' zei Robert. 'We hebben het verkloot met die jaloezieën. Zo eenvoudig is het. De man heeft gelijk. We hadden ze niet mogen optrekken voordat iedereen er was.'

'Patty had behoefte aan zonlicht,' zei Mark.

'Nou en? Sinds wanneer doen we hier aan maatschappelijk werk?'

'Haar humeur kan heel belangrijk zijn.'

'In wat voor stemming is ze nu?'

'Rustig maar,' zei Mark. 'Je moet er even anders tegenaan kijken.

Wat gebeurd is, is gebeurd. Toevallig hebben we de jaloezieën omhooggedaan toen precies de helft hier was. Drie hebben hen gezien en drie niet. Je zou het een beloning kunnen noemen voor de punctualiteit van de eerste drie. Een bonus, alsof we daarmee iets extra's bieden. Noem het maar marketing.'

'Punctueel betekent op tijd, niet vroeg. We moeten ze allemaal hetzelfde behandelen.'

'Te laat.'

'Het is nooit te laat om een fout te herstellen.'

'Hoe wil je dat doen?'

'Jij pakt de microfoon weer en herinnert Patty en Shorty eraan dat je ze gewaarschuwd had. Vervolgens zeg je dat ze zich misschien niet hadden gerealiseerd wat ze zich op de hals haalden en dat we dus nu voor hun gemoedsrust een unaniem besluit hebben genomen om de jaloezieën weer te laten zakken. En dat doen we dan meteen. Dat horen ze. Ze komen de badkamer uit. Ondertussen bieden wij onze verontschuldigingen aan de nummer vier en vijf aan, en vertellen we ze dat we nog een echte ceremonie zullen houden als Patty en Shorty gekalmeerd zijn. Als iedereen er is. Misschien tegen de schemering. We zouden plotseling de jaloezieën kunnen optrekken en tegelijkertijd het licht in de kamer aandoen. Ik wil wedden dat ze dan op het bed zitten. Een show als de etalage van Saks op Fifth Avenue met kerst. Van heinde en verre komen de mensen kijken.'

'Daarmee los je het probleem niet op,' zei Mark. 'In dat geval hebben drie man ze één keer gezien, en drie man twee keer. Dat is nog steeds een verschil.'

'Het is het beste wat we kunnen doen,' zei Robert. 'Een gebaar, en dat zou best eens belangrijk kunnen zijn. Dit mag geen probleem worden. Je weet hoe er wordt gekletst in de chatrooms. Ze kunnen je maken en breken. We moeten laten zien dat we ons extra willen inspannen om dit weer recht te trekken.'

Mark dacht lang na en keek toen Steven aan.

'Mee eens,' zei Steven.

Mark knikte.

'Oké,' zei hij.

Robert zette een schakelaar met het label *kamer tien, jaloezieën, omlaag* om.

Zijn stem kwam net als de vorige keer uit het plafond. In de badkamer klonk hij even luid als in de kamer. 'Jongens, neem me niet kwalijk,' zei hij. 'Echt, helemaal mijn fout. Bij ons vorige gesprek ben ik niet duidelijk genoeg geweest over de nadelen van het naar buiten kunnen kijken. Ik wil dat nu graag herstellen. We laten de jaloezieën weer zakken en ze blijven omlaag zolang jullie maar willen. Ik ben ervan overtuigd dat het op die manier veel comfortabeler is voor jullie. Nogmaals, ik bied mijn verontschuldigingen aan. Het was slordig.'

'Wat willen jullie van ons?' vroeg Patty. 'Wat gaan jullie met ons doen?'

'Voor het einde van de dag bespreken we wat we met jullie van plan zijn.'

'Jullie kunnen ons hier niet eeuwig vasthouden.'

'Dat gaan we ook niet doen,' zei Mark. 'Dat beloof ik. Wacht maar af, niet eeuwig.'

Er klonk een miniem elektronisch plopje en daarna werd het stil.

'Geloof je hem?' vroeg Shorty.

'Waarover?'

'Dat ze de jaloezieën weer hebben laten zakken.'

Ze knikte.

Shorty kwam stijf overeind van zijn plek op de tegelvloer en deed de deur op een kier open. Het was meteen duidelijk. Er was geen streep daglicht te zien, alleen schemerduister.

'Ik ga naar de kamer,' zei hij. 'Ik zit hier niet lekker.'

'Ze trekken ze weer op.'

'Wanneer?'

'Waarschijnlijk onverwachts.'

'Waarom?'

'Omdat ze ons zitten te treiteren.'

'Maar is dat al snel?'

'Ik denk het niet. Ze wachten eerst een tijdje. Ze willen ons eerst het gevoel geven dat alles weer in orde is.'

'Dus voorlopig kunnen we rustig in de kamer zitten. En later kunnen we een laken voor het raam spijkeren.'

'O ja?'

'Waarom niet?' vroeg Shorty.

In het verleden zou ze ertegen hebben geprotesteerd omdat ze als

Canadese keurig was opgevoed. Zowel het laken als de muur kon natuurlijk beschadigd raken. 'Heb jij spijkers en een hamer?' was het enige wat ze nu vroeg.

'Nee,' zei Shorty.

'Hou dan je mond en stop met onzin uitkramen.'

'Sorry,' zei hij. Hij bleef even bij de deur staan en liep toen de kamer in. Hij was stijf geworden van het zitten op de koude tegels. Hij ging op zijn rug op bed liggen en keek in het schemerduister omhoog naar het plafond. Daar moest ergens een camera zijn. Hij kon hem niet zien. Het stucwerk was overal even glad, dus moest de camera verborgen zijn in de lamp of de rookmelder. Dat kon niet anders. Waarschijnlijk niet in de armatuur van het licht, want die zou te heet worden. Spionagecamera's waren vast heel kwetsbaar. Vanwege de printplaten en kleine zendertjes.

Dus in de rookmelder. Hij keek naar de rookmelder. Hij beeldde zich in dat de rookmelder terugkeek. Hij beeldde zich in dat hij de rookmelder aan gruzelementen sloeg met een hamer, dat de brokstukken hem om de oren vlogen. Hij beeldde zich in dat hij de hamer nog steeds in zijn hand hield. Wat zou hij daarna kapotslaan?

Hij kwam weer overeind en liep terug naar de badkamer. Hij deed de deur dicht en draaide de kraan van de wastafel open. Patty keek toe vanaf de plek waar ze zat op de tegelvloer. Hij hurkte bij haar neer en fluisterde vlak bij haar oor: 'Ik lag te denken: stel dat ik een hamer had, wat zou ik dan doen?'

'Een laken voor het raam spijkeren,' fluisterde ze.

'Ik bedoel daarna.'

'Hoezo daarna?'

'Dan zou ik hiernaartoe gaan. Dit is de achterkant van het gebouw. Alles gebeurt aan de voorkant. Dat gedonder met de jaloezieen, al die mensen die naar binnen staan te loeren. Misschien houdt niemand de achterkant in de gaten. Die muur is niets anders dan een laagje tegels op een centimeter gipsplaat, tien centimeter spouw tussen de staanders met misschien isolatiemateriaal en dampremmende folie, en dan planken van cederhout.'

'Nou, en?'

'Als ik een hamer had, zou ik er een gat in rammen. Dan konden we zo weglopen.'

'Dwars door die muur?'

'Een stelletje slopers doet nog geen vijf minuten over zoiets. Routineklus.'

'Dan is het jammer dat je geen hamer hebt.'

'Ik denk dat we met de koffer de tegels te lijf kunnen gaan, als een soort stormram. Een flinke zwaai met dat nieuwe handvat van touw. Eén, twee, drie. Ik wil wedden dat die tegels er in één keer als een plaat vanaf komen. En daarna trap ik door de rest heen.'

'Jij kunt geen planken van cederhout doormidden trappen.'

'Dat hoeft ook niet. Ik hoef alleen maar de spijkers eruit te trappen waarmee de planken van buiten zijn vastgezet op de staanders. Dat kan niet zo moeilijk zijn en dan vallen de planken er vanzelf af. Het enige wat ik kapot hoef te trappen, is de gipsplaat en dat kost helemaal geen moeite. Dat spul is niet sterk.'

'Hoe breed wordt zo'n gat dan?'

'Ik denk iets minder dan dertig centimeter. Daar kunnen we zijdelings door.'

'Met de koffer?'

'Die moeten we achterlaten, het is niet anders,' zei Shorty. 'We moeten realistisch zijn. Die koffer moeten we laten staan tot we een voertuig te pakken hebben.'

Patty dacht na. 'Tot we wat?' fluisterde ze toen.

'Een deel van die mannen die naar binnen stonden te loeren, is hier vast met een auto naartoe gekomen. Dat betekent dat er nu auto's op het parkeerterrein moeten staan. Het is natuurlijk ook mogelijk dat ze allemaal zijn opgehaald met de Mercedes-SUV. In dat geval staat die nog steeds ergens buiten, met keurig warmgedraaide motor, klaar voor een volgende rit. En als we die niet kunnen vinden, is er nog niets aan de hand, want er staan genoeg auto's in de schuur. Vlakbij. Ik wil wedden dat alle sleutels netjes aan spijkers op een bordje hangen.'

'Dus we vernielen eerst hun eigendom en stelen daarna een auto.'

'Zeker weten.'

'Dit is net zo'n krankzinnig plan als dat gedoe met die quad.'

'Dat met die quad was niet krankzinnig. Het werkte perfect, dat weet je best. Van de eerste tot de laatste minuut ging het allemaal zoals de bedoeling was. Dat het fout ging, kwam door iets heel anders. We wisten niet dat ze camera's en microfoons hadden. We wisten niet dat ze vals speelden.'

'Ik zeg geen ja, maar hoelang heb je nodig om een gat in de muur te trappen?' vroeg Patty.

'Eventjes maar als we er een klein gat van maken, laag bij de grond. Als we bereid zijn er op handen en voeten doorheen naar buiten te kruipen.'

'Hoeveel minuten?'

Shorty deed zijn ogen dicht en probeerde het voor zich te zien. Acht keer trappen, zes met de neus van de schoen, om de gipsplaat op de juiste plekken te breken, en dan twee keer met de platte zool om er een stuk uit te trappen. Acht seconden misschien. Daarna de isolatie eruit trekken, de ene handvol na de andere, als een hond die een bot opgraaft, nog een keer acht seconden. Of tien. Zeg twaalf, voor alle zekerheid. In totaal dus twintig op dat punt. Maar dan kwamen de planken. Het lostrappen van de spijkers zou niet zo eenvoudig zijn. De planken zaten ongetwijfeld vast met dikke nagels uit een spijkerpistool. Daar moest hij flink tegen trappen. Het probleem was de hoek waaronder hij moest trappen. Hij zou laag en karateachtig moeten trappen door een klein gat in de gipsplaat. Erg lastig. Moeilijk om heel veel kracht te zetten. Hij kon er beter bij gaan liggen. Een omlaaggerichte stampende beweging kon je op die manier omzetten in een maximale naar buiten gerichte kracht. Op zijn minst acht keer.

'Eén minuut misschien.'

'Dat is behoorlijk snel.'

'Als die tegels er in één keer af komen.'

'En als dat niet gebeurt?'

'Dan moeten we de tegels er stuk voor stuk af halen om bij de gipsplaat te komen. En dan is het vanaf dat punt nog een minuut. Al zullen dat er wel twee worden, omdat we tegen die tijd bekaf zijn door dat hakken op die tegels.'

'Hoelang alles bij elkaar?'

'Laten we maar hopen dat de tegels er in één keer af komen.'

'Doen we dit echt?' vroeg Patty.

'Ik vind van wel.'

'Wanneer?'

'Wat mij betreft meteen. We zouden direct voor een quad kunnen gaan. Dat is misschien wel beter dan een auto. Met een quad kunnen we door het bos rijden. Daar kunnen ze niet met auto's achter ons aan komen.'

'Maar wel met een andere quad. Er zijn er acht.'

'Maar wij hebben een voorsprong.'

'Kun jij op een quad rijden?'

'Dat kan toch niet moeilijk zijn?'

Patty dacht opnieuw diep na.

'Stapje voor stapje,' zei ze. 'We testen eerst de tegels met de koffer, dan weten we of de tegels er als één plaat af komen. Als dat zo is, kunnen we beslissen wat we verder doen. Als dat niet gebeurt, kunnen we het hele plan wel vergeten.'

Shorty deed de deur van de badkamer open en keek de kamer in, naar de koffer. Die stond nog steeds op de plek waar hij hem uren geleden had neergezet, nadat ze Karel hadden zien wegrijden in zijn sleepwagen.

'Ze zien het als ik hem ga halen,' fluisterde hij. 'Met die camera.'

'Ze weten niet wat erin zit,' fluisterde Patty. 'We mogen toch zeker wel onze eigen spullen meenemen naar de badkamer. Misschien hebben we die wel nodig. Misschien zijn we van plan hier te gaan slapen, vanwege al die mensen die steeds door de ramen staan te loeren. Dat zou helemaal niet zo raar zijn.'

Shorty aarzelde. Hij knikte en liep de kamer in om de koffer te halen. Doodgemoedereerd, relaxed. Hij kuierde ernaartoe, tilde hem op en kuierde weer terug. Hij zette hem neer en deed de deur dicht. Toen liet hij de lucht uit zijn longen ontsnappen en wapperde met zijn hand, die pijn deed van het tillen.

Ze kozen een plek links van de wastafel. Een kaal stuk muur zonder stopcontacten of iets anders. Dus geen verborgen elektriciteitsleidingen die roet in het eten konden gooien. Ook geen waterleidingen. De watertoevoer zat aan de andere kant van de badkamer. Perfect, geen vuiltje aan de lucht.

Ze duwden en trokken aan de koffer tot die op de juiste plek stond. Ze gingen tegenover elkaar staan met de koffer tussen hen in. Ze bogen zich voorover, pakten het touw allebei met twee handen vast en tilden de koffer op, vijftien centimeter van de vloer, net boven de plint. Ze deden een stap achteruit en begonnen de koffer zachtjes te wiegen, vooruit, achteruit, vooruit, achteruit. Het was een groot, stevig exemplaar. Heel oud. Triplex bekleed met zwaar leer en versterkt op de hoeken. Ze perfectioneerden hun ritme. Ze lieten het gewicht het werk doen. Bij elk zwaai strekten ze de ene arm en kromden ze de andere om de koffer horizontaal te houden, als een zuiger die heen en weer beweegt over een tracé parallel aan de tegelvloer, om met de kopse kant de muur frontaal te kunnen raken.

'Klaar?' vroeg Shorty.

'Ja.'

'Ik tel tot drie.'

Ze zwaaiden de koffer nog twee keer achteruit om aan momentum te winnen en bij de derde zwaai deden ze een stap naar de muur en probeerden ze het gewicht zo veel mogelijk snelheid mee te geven.

De koffer klapte tegen de muur.

Het resultaat was niet wat Shorty ervan verwacht had.

Hij had zich voorgesteld dat de gipsplaat een heel klein beetje zou indeuken, waardoor de egalisatielaag eraf zou breken. De tegels waren op de egalisatielaag geplakt en als die zou loslaten, zouden de tegels mee omlaagkomen. Als een plakkaat, daar zou de zwaartekracht wel voor zorgen. Alleen gebeurde het niet.

Een stuk of vijf tegels verbrijzelden. Een deel van de scherven viel op de vloer. Andere scherven bleven aan de muur hangen, als willekeurig verspreide stukjes, zo groot als een muntstuk, nog steeds vastgeplakt in even grote dotten tegellijm. Goedkoop uitgevoerd werk. De tegelzetter had achter op de tegel op vier, vijf plaatsen een dot lijm aangebracht en hem vervolgens op de wand gedrukt. De een na de ander, de hele muur vol. Daar waar geen lijm zat, werden de tegels niet ondersteund en daar waren ze gebroken. De gipsplaat zelf was geen millimeter ingedeukt.

Ze zetten de koffer neer. Shorty drukte zijn duimnagel tussen twee scherven in de droge, gladde egalisatielaag. Die was hard en stijf. Hij krabde eraan. Er kwam een beetje poeder los. Hij drukte er harder op met zijn duim, daarna met zijn knokkels, en daarna nog harder met zijn vuist. De gipsplaat gaf niet mee. Geen millimeter. De muur voelde keihard aan.

'Gek,' zei hij.

'Moeten we het nog een keer proberen?' vroeg Patty.

'Ik denk het,' zei hij. 'En dan nu echt hard.'

Ze namen zoveel afstand als de breedte van de badkamer hun toestond en zwaaiden de koffer opnieuw voor- en achteruit, langs een boog van een hele meter, en nog eens. Op de derde tel waggelden ze zijdelings naar de muur en lieten er de koffer uit alle macht tegenaan vallen.

Met hetzelfde resultaat. Er vielen nog een paar verweesde scherven op de vloer, maar verder gebeurde er niets. Alsof ze tegen beton hadden staan beuken. Ze voelden de klap nadreunen in hun polsen.

Ze sleepten de koffer aan de kant. Shorty tikte onderzoekend hier en daar op de muur, alsof hij op een deur klopte. Het produceerde een merkwaardig geluid. Niet echt heel vast, maar ook niet hol. Ergens daartussenin. Hij deed een stap achteruit en trapte tegen de wand. En een tweede keer, harder. De hele wand leek als één geheel te schudden en te trillen.

'Gek,' zei hij nog een keer.

Hij raapte een scherf op van de vloer en krabde ermee over de egalisatielaag. Hij trok er een lang spoor in en maakte dat dieper, heen en weer kervend, stekend en krabbend. Daarna maakte hij een tweede spoor, en een derde, tot er een driehoek ontstond rond een deel van de nog vastgelijmde scherven. Een ander deel van die scherven bevond zich buiten de driehoek. Hij deed weer een stap achteruit en trapte opnieuw, zorgvuldig mikkend. Het stuk egalisatielaag waaromheen hij zijn driehoek had gekerfd, liet los en viel op de vloer. Erachter werd de grijze papierlaag van de gipsplaat zichtbaar. Hij ging het woedend, hakkend en kervend te lijf met een scherf. Stof en snippers papier stoven in het rond. Opnieuw deed hij een stap achteruit en begon tegen de muur te trappen, gefrustreerd, de ene trap na de andere. De gipsplaat verbrokkelde en verpulverde. Hij reduceerde de gipsplaat tot niets.

Maar hij trapte er niet doorheen. Dat ging niet. De gipsplaat was aangebracht op een soort geperforeerde staalplaat, die langzamerhand zichtbaar werd op het moment dat de gipsplaat eraf brokkelde. Die dook op uit een wolk van stof, wit en spookachtig, een stalen net met vierkante mazen, amper groot genoeg om een duim door te drukken.

Shorty kerfde met een scherf nog wat gipsplaat weg en vond ergens een felgroene aardedraad die aan het staal was gesoldeerd. Een elektrische aansluiting, een keurig uitgevoerde klus. Ongeveer een meter ernaast ontdekte hij een tweede draad. Identiek. Een aardedraad, op de achterkant van de wapening gesoldeerd.

Daarna vond hij een plek waar de wapening was vastgelast aan een tralie. Geen twijfel mogelijk. Hij zag het aan de dikte, de vorm en de afstand tot een tweede tralie. Geen politieserie waarin ze niet te zien waren. In de muur waren tralies van de vloer tot het plafond aangebracht. Daarop was met hier en daar een puntlas de wapening achter de gipsplaten bevestigd. Als een gordijn. Als een laken dat voor een raam is gespijkerd. Hij snapte meteen waarom. Vanwege die aardedraden. Omdat hij zich herinnerde dat hij toen hij klein was een doe-het-zelf-elektronicadoos had gekregen met kerst. Van een oom. Dezelfde oom trouwens van wie hij die Honda Civic had gekregen. Die wapening was helemaal niet bedoeld als wapening. De wapening zat daar om van de kamer een kooi van Faraday te maken. Kamer tien was een elektronisch zwart gat. Elk radiosignaal dat probeerde de kamer binnen te dringen, zou op alle mogelijke manieren stukslaan in dat stalen net en vervolgens machteloos worden afgevoerd via die zo zorgvuldig aan het staal gesoldeerde aardedraden, alsof het signaal er nooit was geweest. Hetzelfde gold voor signalen die zouden proberen de kamer te verlaten. Het maakte niet uit wat voor signaal het was. Mobiele telefoon, satelliettelefoon, pager, walkietalkie, politieradio, wat dan ook, het was gedoemd te sterven in het stalen net. Wetten van de fysica, daar viel niet aan te tornen.

Er kon geen signaal uit vanwege het stalen net en er kon geen mens uit vanwege de tralies.

'Wat is dit allemaal?' vroeg Patty. Ze keek over zijn schouder naar de muur.

Shorty deed zijn best om iets opgewekts te verzinnen, maar het lukte hem niet. Hij gaf geen antwoord.

30

Burke en Reacher reden terug naar de tweebaansweg en zetten koers naar Laconia. Ze hoefden niet helemaal terug, alleen net ver genoeg om weer bereik te hebben met de oude telefoon van Burke. Ze parkeerden in de berm bij een lange, flauwe bocht. Voor hen weiden en bos en achter de horizon de stad, mocht je aannemen, ergens in de heiige verte. Reacher haalde het kaartje van Amos tevoorschijn en koos haar nummer. De telefoon ging twee keer over en schakelde toen door naar voicemail. Ze zat niet aan haar bureau. Hij verbrak de verbinding en probeerde haar een tweede keer te bereiken, dit keer op haar mobiele nummer. De telefoon ging vijf keer over. Toen nam ze op.

'Interessant,' zei ze.

'Wat?'

'Dat je belt met de telefoon van de eerwaarde heer Burke. Jullie zijn nog steeds samen. Je bent nog in de buurt.'

'Hoe weet jij dat dit nummer van Burke is?'

'Ik heb zijn kenteken vanochtend gezien en hem nagetrokken bij de county. Ik weet nu alles over hem. Hij is een onruststoker.'

'Hij is voor mij heel aardig geweest.'

'Waarmee kan ik je helpen?'

'Om de een of andere reden moest ik denken aan spierballen die vanuit Boston worden ingehuurd. Dat lijkt hier in de buurt een gewoonte te zijn. Ik vroeg me af hoe jullie er wat dat betreft voor staan.'

'Hoezo?'

'Is er al iemand komen opdagen?'

Amos gaf geen antwoord.

'Wat?' zei Reacher.

'Shaw heeft weer contact met de politie in Boston. Er worden een paar diensten bewezen. Het gerucht gaat dat er vandaag vijf man buiten de stad aan het werk zijn. Daarginds is er geen spoor van hen te bekennen. Die afwezigheid is verdacht. Het lijkt niet onaannemelijk dat ze onze kant op zijn gestuurd. In dat geval weten we alles over de eerste vier. De man in de Chrysler en die drie gasten in de bibliotheek. We moeten ons zorgen maken over de vijfde man.

Hij is veel later uit Boston vertrokken dan de rest, vermoedelijk na een paniektelefoontje van hier. We nemen aan dat hij de hitman is die de puinhopen moet opruimen, de genadeslag moet toebrengen.'

'Is hij al gearriveerd?'

'Dat weet ik niet. We houden in de gaten wat we in de gaten kunnen houden, maar er zal altijd wel iets door de mazen van het net glippen.'

'Wanneer is hij uit Boston vertrokken?'

'Zo lang geleden dat hij nu wel hier kan zijn.'

'Met mijn signalement,' zei Reacher.

'Dat maakt niet meer uit,' zei Amos. 'Toch?'

Daarna bleef ze even stil.

'Waag het niet me te vertellen dat je weer terugkomt, majoor,' zei ze. 'Want dat doe je niet. Jij blijft hier weg.'

'Rustig maar, soldaat,' zei Reacher. 'Plaats rust. Ik blijf weg. Ik kom niet terug naar de stad.'

'Dan hoef je je ook geen zorgen te maken over je signalement.'

'Ik vroeg me af hoe dat signalement precies luidt. Ik zat terug te denken aan wat die jongen precies heeft gezien. Er was maar gebrekkig licht. Het was in een steegje. Er hing wel een lamp boven die deur, maar daar zat een kap omheen. Maar goed, laten we aannemen dat hij me goed heeft kunnen zien, ook al was het midden in de nacht en was hij razend en wilde hij alleen maar knokken, en was hij daarna bewusteloos. Dat moet betekenen dat hij weinig oog kan hebben gehad voor details. Dan vraag je je af wat zo'n jongen later zal zeggen. Ongetwijfeld was praten een uiterst pijnlijke aangelegenheid, want toen verkeerde zijn gebit in een erbarmelijke staat. Zijn gezicht zat onder de blauwe plekken. Misschien was zijn kaak ontzet of gebroken. Dus wat kan hij hebben gemompeld? Iets heel summiers waarschijnlijk. Grote kerel, warrig haar. Ik denk dat hij dat heeft gezegd.'

'Oké.'

'Alleen heb ik op een bepaald moment met de serveerster gepraat. Ze vroeg of ik bij de politie werkte. Toen heb ik gezegd dat ik vroeger MP ben geweest. Dat kan de jongen zich hebben herinnerd. Het is het soort dingen dat mensen aan signalementen toevoegen, om het een beetje body te geven. Om aan te geven wat voor soort man het was, niet alleen hoe hij eruitzag. Dat zou de jongen belangrijk hebben gevonden. Hij moest zijn gezicht redden. Hij wilde kunnen zeggen: natuurlijk, ik heb verloren, maar alleen omdat ik het moest opnemen tegen een moordenaar uit de Special Forces. Om zich te verontschuldigen. Bijna een eervolle vermelding. Ik denk dat hij heeft gezegd dat het een grote kerel was met warrig haar, die in het leger had gezeten. Dat is tenminste wat die drie in de bibliotheek zagen. Een checklist met drie eenvoudige punten. Lengte, haar en leger. Dat is wat ze weten. Weinig exact en weinig genuanceerd.'

'Maakt dat allemaal wat uit?' vroeg Amos.

'Ik denk dat het een signalement is dat ook op Carter Carrington van toepassing is.'

Amos zei niets.

'Ik denk dat het er zo dichtbij zit, dat het ongemakkelijk zou kunnen worden,' zei Reacher. 'Carrington is langer dan de meeste mensen. Hij is fysiek indrukwekkend. Zijn haar groeit alle kanten op. Hij heeft een bepaalde blik in de ogen, een bepaalde uitstraling. Ik dacht dat hij gediend had. Dat bleek niet zo te zijn, maar ik had er een eed op durven doen. Ik zat al te bedenken waar hij zijn opleiding tot reservist had gevolgd.'

'Denk je dat we hem moeten waarschuwen?'

'Ik denk dat je een patrouillewagen voor zijn deur moet zetten.'

'Echt?'

'Misschien een klus voor agent Davison. Dat lijkt me een competente jongeman. Ik zou niet graag willen dat er iets zou gebeuren, om mij. Ik wil niet op mijn geweten hebben dat Carrington iets overkomt. Hij lijkt me een aardige kerel en hij heeft net een nieuwe vriendin.'

'Het zou een fiks gat in ons budget slaan als we hem bescherming moeten bieden.'

'Hij heeft nergens wat mee te maken, en bovendien is hij de man die het voor jullie moet opnemen bij de rechter als het erop aankomt.'

'Ik denk dat hij om principiële redenen bescherming zou weigeren. Precies om die reden. Hij zal zeggen dat een uitzonderingspositie niet acceptabel is. Dat zou helemaal verkeerd overkomen. Het gaat tenslotte om iemand anders die gevaar loopt en die toevallig een zekere gelijkenis met hem vertoont. Het zou hem in de ogen van mensen corrupt en ijdel maken, een lafaard. Dat zal hij niet willen.'

'Zeg dan maar dat hij op reis moet.'

'Ik kan hem helemaal niet vertellen wat hij moet doen. Zo werkt het niet.'

'Dat heb je bij mij wel gedaan.'

'Dat lag anders.'

'Zeg hem dan maar dat er iets niet klopt aan het verhaal.'

'Wat moet dat betekenen?'

Reacher wachtte even om een vrachtwagen te laten passeren. Een sleepwagen, op weg naar het noorden. Een kolossale truck. Het soort sleepwagen waarmee je een vrachtwagen van de snelweg kon halen. Hij kwam ronkend met veel lawaai voorbij, in een lage versnelling. Het schoot Reacher te binnen dat hij die sleepwagen eerder had gezien. Hij was vuurrood en brandschoon. Overal waren goudkleurige sierlijntjes aangebracht. Toen hij langsreed, stond de Subaru op zijn wielen te schudden. Grommend verdween het vehikel in de verte achter hen.

Reacher hield de telefoon weer bij zijn oor.

'Carrington begrijpt de boodschap wel. Hij weet wat ik bedoel. Zeg maar tegen hem dat hij het als een buitenkansje moet zien in plaats van als een crisissituatie. Dat het tijd wordt voor een korte vakantie, iets romantisch. Labor Day is al geweest, dus de tarieven zijn gezakt.'

'Hij heeft een baan,' zei Amos. 'Misschien heeft hij het druk.'

'Zeg maar tegen hem dat ik met genoegen naar zijn verhalen over de methodiek van volkstellingen heb geluisterd, en dat hij nu naar mijn verhalen moet luisteren over de methodiek van het in leven blijven.'

'Ik voelde me eigenlijk best goed tot jij ineens hiermee kwam,' zei Amos. 'We hebben een crimineel in de stad. Oké, geen probleem, want de crimineel heeft geen doelwit. Nu vertel jij mij dat hij uiteindelijk toch een soort doelwit heeft, min of meer.'

'Bel me als je me nodig hebt,' zei Reacher. 'Ik denk dat ik op dit nummer nog wel een uur of twee bereikbaar zal zijn. Ik kom met genoegen terug om een handje te helpen. Doe de groeten aan chef Shaw, en leg hem dat aanbod maar voor.'

'Kom niet naar de stad,' zei Amos. 'Wat er ook gebeurt.'
'Nooit meer?'
'Voorlopig niet,' zei ze.
Reacher verbrak de verbinding.

Het middaguur was reeds lang verstreken. Burke zei dat hij honger had en iets wilde gaan eten. Reacher bood aan om te betalen, als tegenprestatie voor al het rondrijden. Ze reden naar het oosten, naar een meer waar Burke een winkeltje wist waar vissers hun aas kochten en waar je ook frisdrank en broodjes kon krijgen. Het lag aan het begin van een pad dat vooral werd gebruikt door vissers met hengels. De rit was te overzien en het bleek helemaal te kloppen met wat Burke ervan had verteld: een hut met een vrieskist buiten bij de deur, en binnen vitrinekasten die luid stonden te zoemen, sommige gevuld met gekoelde spullen die mensen lekker vonden, andere gevuld met gekoelde spullen die vissen lekker vonden. Er was een toonbank van een meter breed met broodjes met kipsalade en tonijnsalade, witbrood, witte pistoletjes, zakken chips en flesjes mineraalwater, alles voor tweenegenennegentig. Voor frisdrank moest je bijbetalen.

'Ik had toch gezegd dat ik zou betalen,' zei Reacher. 'Je had een dure tent moeten kiezen.'

'Dat heb ik gedaan,' zei Burke.

Burke nam tonijn, Reacher kip, en beiden hielden het bij water. Ze aten buiten aan een bruine, door de gemeente geplaatste picknicktafel aan het begin van het pad.

'Vertel me nu maar wat die ornitholoog heeft gezegd,' zei Reacher.

Burke reageerde niet meteen.

Hij zat ergens over te piekeren.

'Het is duidelijk dat hij met jou wil praten,' zei hij uiteindelijk. 'Hij leek bijzonder opgewonden. Hij zei dat het hem volstrekt onbekend was dat Stan kinderen had.'

'Wie is die man eigenlijk precies? Heeft hij dat verteld?'

'Je weet wie het is. Jij hebt hem gebeld. Hij is professor aan de universiteit.'

'Ik bedoel, wat heeft hij ermee te maken?'

Burke nam een lange teug van zijn flesje water.

'Dat heeft hij uitgebreid uitgelegd,' zei hij. 'Kort samengevat moet je aan vaderskant vier generaties teruggaan. Niet je vader zelf, niet je grootvader, ook niet je overgrootvader, maar je betovergrootvader. Hij en zijn zes broers hadden talloze kinderen, kleinkinderen, achterkleinkinderen en achterachterkleinkinderen. Blijkbaar zitten de professor en jij daar ook bij.'

'Samen met nog een stuk of tienduizend anderen.'

'Hij zei dat hij over Stan wilde praten met je. Hij zei dat hij een verwantschap voelt, vanwege dat vogels kijken. Hij zei dat hij je graag wil ontmoeten. Hij zei dat hij iets met je wil bespreken.'

'Zonet wist hij nog niet eens dat ik bestond.'

'Hij drong heel erg aan.'

'Vond je hem aardig?'

'Ik voelde me door hem onder druk gezet. Uiteindelijk heb ik maar de vrijheid genomen om hem te vertellen dat je volgens mij niet lang hier zou blijven, zodat het misschien wel heel moeilijk zou kunnen worden om een afspraak met je te maken, alleen al omdat het lastig te plannen zou zijn.'

'Maar?'

'Hij zei dat het gewoon móést gebeuren.'

'En?'

'Hij komt morgen.'

'Komt morgen? Waar?'

'Ik kon geen precieze afspraak maken, want ik vond dat ik niet voor jou kon spreken. Ik wist niet wat jouw voorkeur had. Na veel heen en weer gepraat deed hij een voorstel, en ik ben bang dat ik dat maar namens jou heb geaccepteerd. Ik voelde me in het nauw gedreven. Ik kon geen kant meer op.'

'Wat stelde hij voor?'

'Ryantown.'

'Echt?'

'Hij zei dat hij weet waar het is. Hij is er geweest voor onderzoek. Ik heb hem een paar vragen gesteld en hij is goed op de hoogte.'

'Hoe laat morgen?'

'Hij zei dat hij er morgenochtend om acht uur zal zijn.'

'Bij een partij ruïnes in het bos.'

'Hij vond het een passende plek.'

'Voor een duel misschien.'

'Het waren zijn woorden, niet de mijne. Passend en Ryantown.'

'Vond je hem aardig?' vroeg Reacher nog een keer.

'Maakt dat wat uit?'

'Ik wil graag horen wat jij ervan vindt.'

'Waarom zou ik daar iets van moeten vinden?'

'Jij hebt hem horen praten. Je hebt vast een indruk van hem gekregen.'

'Ik geef alleen de boodschap door,' zei Burke. 'Dat heb ik beloofd. Je moet mij niet om commentaar vragen. Dat zijn mijn zaken niet.'

'Maar stel eens van wel.'

'Het is niet aan mij om daar een uitspraak over te doen. Ik wil je niet op de een of andere manier beïnvloeden.'

'Als mensen dat zeggen, bedoelen ze altijd precies het tegenovergestelde.'

'Hij klonk erg gretig.'

'Is dat goed of slecht?'

'Kan allebei.'

'Hoezo?'

'Luister, de man is professor aan de universiteit, een academicus. Daar heb ik veel respect voor. Vergeet niet dat ik zelf ooit in het onderwijs heb gezeten. Maar tegenwoordig is het anders. Ze moeten zichzelf voortdurend in de schijnwerpers zetten. Het is niet langer alleen maar een keuze tussen publiceren of het onderspit delven. Ze moeten op social media aanwezig zijn. Ze moeten iedere dag met iets nieuws op de proppen komen. Het zou me niet verbazen dat het hem goed uit zou komen als hij een foto van jou kan maken in Ryantown. Die kan hij dan mooi gebruiken voor zijn blog of een online-artikel, of om een eerder onderzoek een nieuwe impuls te geven. Of voor een combinatie van al die dingen. Dat kan ik hem absoluut niet kwalijk nemen. Het beest moet gevoederd, op straffe van een negatieve beoordeling door zijn studenten. Beeldmateriaal is belangrijk, en daarom wil hij ook zo vroeg, want het ochtendlicht zorgt voor sfeer. Dan kun jij mooi met gefronste wenkbrauwen naar de lucht kijken, op zoek naar de verloren roofvogel.'

'Jij bent een erg cynisch iemand, vader Burke.'

'Alles is anders tegenwoordig.'

'Maar iedereen maakt foto's. Iedereen zet van alles online. Daar moet je geen punt van maken. Dat is geen reden om je zorgen te maken over een ontmoeting met iemand. Je overdrijft. Je probeert te voorkomen dat ik ga nadenken. Je moet me vertellen wat je echt denkt.'

Burke bleef een poosje stil.

'Als je met hem praat, krijg je iets te horen wat je van streek zal maken.'

'We hoeven er geen doekjes om te winden,' zei Reacher.

'Het gaat om iets anders.'

'Wat dan?'

'Ik had het gevoel dat niet alles klopte wat hij zei. In het begin dacht ik dat ik het verkeerd verstond en daarna dacht ik dat ik dat kwartierstatenjargon van hem niet begreep.'

'Wat was er dan niet duidelijk?'

'Hij had het steeds maar over Stan in de tegenwoordige tijd. Hij zei Stan is dit, Stan is dat, Stan is hier, Stan is daar. Ik dacht dat het misschien het soort taalgebruik was dat genealogen hanteren. Om het onderwerp een beetje levendig te maken, maar hij bleef het maar doen, dus uiteindelijk heb ik hem ernaar gevraagd.'

'Wat heb je hem gevraagd?'

'Waarom hij op die manier praatte.'

'En wat zei hij?'

'Hij denkt dat Stan nog leeft.'

Reacher schudde zijn hoofd.

'Dat is waanzin,' zei hij. 'Hij is al jaren dood. Hij was mijn vader. Ik was op zijn begrafenis.'

Burke knikte.

'Daarom dacht ik ook dat het je van streek zou maken,' zei hij. 'Natuurlijk vergist de professor zich, of hij is in de war. Misschien spoort hij niet helemaal en heeft hij ze niet allemaal op een rijtje. Dat kan erg ontwrichtend zijn, als je een familielid hebt verloren. Vanzelfsprekend ligt dat heel gevoelig.'

'Het was dertig jaar geleden,' zei Reacher. 'Ik ben er wel overheen.'

'Dertig jaar?'

'Ongeveer,' zei Reacher. 'Ik was commandant van een compagnie van de criminele inlichtingendienst van het leger in West-Duitsland.

Ik kan me nog herinneren dat ik terugvloog. Hij is begraven op Arlington. Dat wilde mijn moeder, omdat hij in Korea en Vietnam heeft gevochten. Ze vond dat hij dat verdiend had.'

Burke zei niets.

'Wat is er?' vroeg Reacher.

'Het is vast toevallig,' zei Burke.

'Wat?'

'De professor zei dat Stan heel lang was weggeweest zonder contact met thuis, maar dat hij uiteindelijk na zijn pensionering was teruggekomen en in New Hampshire was gaan wonen.'

'Wanneer?'

'Dertig jaar geleden,' zei Burke. 'Ongeveer. Dat was precies zoals de professor het zei.'

'Dat is waanzin,' zei Reacher opnieuw. 'Ik was op de begrafenis. Die man heeft het mis. Ik moet hem opbellen.'

'Dat lukt niet. Hij is de rest van de dag bezet.'

'En waar zou die oude knar die naar New Hampshire teruggegaan is, tegenwoordig moeten wonen?'

'Bij de kleindochter van een familielid.'

'En waar is dat precies?'

'Dat zal hij je morgenvroeg ongetwijfeld vertellen.'

'Ik probeer San Diego te bereiken. Ik moet op weg.'

'Ben je van streek door wat hij zegt?'

'Helemaal niet, ik weet alleen niet precies wat ik moet doen. Ik heb geen zin om tijd te steken in een gesprek met een idioot.'

Burke zweeg even.

'Ik heb het gevoel dat ik je niet nog meer moet ontmoedigen,' zei hij toen. 'Ik wist alleen niet wat de emotionele gevolgen zouden zijn. Maar als dat meevalt, moet je die professor misschien het voordeel van de twijfel gunnen. Het kan best dat hij een heel onschuldige fout maakt. Of twee namen door elkaar haalt die veel op elkaar lijken, zoiets. Misschien vind je het toch wel leuk om met hem te praten. In ieder geval over Ryantown. Daar weet hij veel van, want hij heeft er onderzoek gedaan.'

'Dan heb ik een motel nodig,' zei Reacher. 'Ik kan niet terug naar Laconia.'

'Er is een motel ten noorden van Laconia. Een kilometer of dertig.

Dat had ik je al verteld. Het zou een goed motel moeten zijn.'

'Diep verscholen in het bos.'

'Dat bedoel ik.'

'Gezien de omstandigheden zou dat perfect zijn. Als ik jou vijftig dollar geef voor benzine, wil je me dan een lift geven daarnaartoe?'

'Vijftig dollar is veel te veel.'

'We hebben al heel wat kilometers afgelegd, en je moet ook aan de banden denken, en slijtage en afschrijving en overheadkosten. Verzekering bijvoorbeeld, onderhoudsbeurten, reparaties.'

'Dan is twintig wel genoeg.'

'Deal,' zei Reacher.

Ze stonden op en liepen terug naar de Subaru.

Karel was de zesde. Zoals gewoonlijk had hij die ochtend gewerkt, vroeg op en naar de snelweg, waar hij meteen geluk had met een min of meer ernstig geval van blikschade. Dat geluk verdubbelde in een oogwenk toen beide verzekeringsmaatschappijen hem inhuurden om de wrakken weg te slepen. Daarmee was de huur voor die dag weer betaald. Alles wat daarna nog kwam, was de kers op de taart. Er vonden geen nieuwe botsingen plaats, maar er bleven wel drie auto's met pech langs de kant staan. Voor die tijd van het jaar een behoorlijke score. Toen hij er al de brui aan had gegeven en op weg was naar het noorden, dacht hij even nog een vierde geval van pech op de rekening bij te kunnen schrijven, toen hij een oude Subaru zag staan in de berm, maar dat bleek loos alarm. Er zaten twee mannen in te genieten van het uitzicht. Een van de twee was aan het bellen. Uit de uitlaat ploften kleine wolkjes uitlaatgassen. De oude Subaru mankeerde niets.

Dertig kilometer verder nam hij gas terug tot hij stapvoets reed. Hij maakte een haakse bocht, een smalle opening tussen de bomen in, het pad op. Het pad was amper breder dan de vrachtwagen. Bladeren en takken schraapten langs de lak en sloegen tegen het metaal. De enorme banden bonkten en klapperden door de gaten in het wegdek. Hij nam nog meer gas terug tot minder dan stapvoets, in de versnelling met het grootste koppel, bedoeld om boomstronken uit de grond te sleuren. Voor hem over het asfalt lag de kabel die de bel deed rinkelen. Hij wilde dat die drie keer zou rinkelen, onder alle drie de assen. Dat was zijn code. *Ring, ring, ring*. Daarom zo langzaam.

In een slakkengang reed hij over de kabel en bleef toen stilstaan. Hij trok de handrem aan. Hij zette de motor af. Hij duwde het portier tegen het gebladerte in open en liet zijn tassen op de grond vallen. Toen perste hij zich door de nauwe opening en sloot het portier van buiten af. Hij pakte zijn tassen, sleepte die tien meter mee en zette ze keurig langs de rand van het pad. Hij draaide zich om en keek. Zijn vrachtwagen blokkeerde het pad. Er was aan geen van beide zijden nog ruimte over. Zeer zeker niet voor een auto, en zelfs niet voor een quad. Misschien voor een voetganger die zich erlangs zou kunnen wringen met één schouder vooruit, terwijl de takken hem in het gezicht sloegen.

Een perfecte blokkade.

Hij draaide zich weer om en wachtte. Vier minuten later kwam Steven opdagen in zijn zwarte SUV. De Mercedes. Hij keek door de voorruit naar de sleepwagen. Naar de linkerzijkant, naar de rechterzijkant, eronderdoor en eroverheen. Alsof hij een oordeel wilde vellen, alsof er heel veel opties waren voor de manier van parkeren. Karel laadde zijn tassen in. Steven reed achteruit naar een opening in het bos en keerde de auto. Ze reden terug.

'Tevreden tot nu toe?' vroeg Karel.

'Shorty heeft de badkamer in puin geslagen,' zei Steven.

'Dat zal je de kop niet kosten,' zei Karel.

'Mark wil iets aan je vragen. We hebben iets stoms gedaan met de jaloezieën. Nu zijn er spanningen tussen de mensen die hen al hebben gezien en de mensen die hen nog niet hebben gezien. Ze zouden uit hun dak gaan als ze zouden horen dat jij al met ze hebt gesproken. Of in een en dezelfde kamer met ze bent geweest. Of ze hebt aangeraakt, of zo.'

'Ik heb ze niet aangeraakt,' zei Karel. 'En ik ben ook niet in hun kamer geweest. Ik ben buiten gebleven, maar ik heb wel met ze gesproken, ja.'

'Mark vraagt of je net wilt doen of dat allemaal niet is gebeurd. Hij wil dat je voor het evenwicht zorgt, drie aan de ene kant, drie aan de andere kant. Hij denkt dat het dan niet uit de hand zal lopen.'

'Ik snap het,' zei Karel.

Ze reden het bos uit, het grasland op. Peter was bij de receptie. Karel kreeg kamer twee. Dat vond hij prima. Hij vond de kamer niet belangrijk. Hij zette zijn tassen binnen en liep weer naar buiten om hallo tegen de anderen te zeggen. Ze gingen bij elkaar staan en wisselden verhalen uit. Karel deed net alsof hij daar nog nooit was geweest. Hij zei dat hij Rus was, gewoon voor de gein. Hij stelde allerlei vragen over Patty en Shorty, alsof hij hen nog nooit had gezien. Zonder er iets van te laten merken was hij het met sommige antwoorden helemaal eens. De beide mannen die Patty en Shorty nog niet hadden gezien, begonnen weer opnieuw te mopperen, maar Karel maakte daar snel een einde aan door hun kant te kiezen. Dat natuurlijke evenwicht van drie tegen drie zorgde voor rust. Misschien had Mark wel gelijk.

Peter stak zijn hoofd naar buiten en riep dat ze allemaal werden uitgenodigd in het huis voor een kop koffie, een inleidende briefing en een video met de hoogtepunten van de afgelopen drie dagen. Dus wandelden ze alle zes op hun gemak, met een goed gevoel, naar het huis. Ze begonnen erin te geloven dat het er echt van zou komen. De club was compleet. Ze waren er alle zes. Afgesloten van de buitenwereld. Het was echt. Het stond te gebeuren, ze waren niet opgelicht. Heel diep vanbinnen waren ze daar alle zes bang voor geweest. Maar dat was niet het geval. Het was echt en zou over een paar uur beginnen. In eerste instantie waren ze reuze opgelucht, maar die opluchting veranderde langzamerhand in opwinding, in iets wat je een beetje naar adem deed happen, maar ook iets wat je onder controle moest houden, omdat er nog niets zeker was, omdat het altijd nog kon uitdraaien op een teleurstelling, omdat ze de huid nog niet konden verkopen, omdat de beer nog niet geschoten was.

Maar ze begonnen erin te geloven.

31

Burke en Reacher reden terug over dezelfde weg, naar het westen, naar Ryantown. Reacher hield de streepjes op het schermpje van Burkes oude telefoon in de gaten. Toen het derde streepje wegviel en er nog maar twee overbleven, vroeg hij Burke de auto langs de kant te zetten, zodat hij Amos nog een keer kon bellen voordat ze geen bereik meer hadden. Hij koos haar nummer. Ze nam op toen de telefoon drie keer was overgegaan.

'Waar ben je nu?' vroeg ze.

'Maak je geen zorgen,' zei Reacher. 'Ik ben nog steeds buiten de stad.'

'We kunnen Carrington niet vinden.'

'Waar hebben jullie gezocht?'

'Bij hem thuis, op zijn werk, in het koffiebarretje waar hij graag komt en de tent waar hij tussen de middag luncht.'

'Heeft hij het er op zijn werk over gehad dat hij de deur uitging?'

'Met geen woord.'

'Heeft hij een mobiele telefoon?'

'Hij neemt niet op.'

'Probeer het eens bij het stadsarchief,' zei Reacher. 'Vraag naar Elizabeth Castle.'

'Waarom?'

'Omdat zij zijn nieuwe vriendin is. Misschien houdt hij haar gezelschap.'

Hij hoorde haar door de recherchekamer roepen: Elizabeth Castle, stadsarchief.

'Al enig teken van de man uit Boston?' vroeg hij.

'We trekken elk kenteken na dat we te zien krijgen, in de stad en buiten de stad. Daar hebben we tegenwoordig geautomatiseerde software voor. Het heeft nog niets opgeleverd.'

'Moet ik terugkomen om te helpen?'

'Nee,' zei ze.

'Ik zou een beetje kunnen rondlopen om die gast uit de tent te lokken.'

'Nee,' zei ze opnieuw.

Hij hoorde iemand iets roepen.

'Elizabeth Castle is ook niet op haar werk,' zei Amos.

'Ik moet echt terug naar de stad.'

'Nee,' zei ze voor de derde keer.

'Laatste kans,' zei hij. 'Ik sta op het punt verder naar het noorden te trekken, naar een motel. Zo meteen heb ik geen bereik meer.'

'Kom niet terug naar de stad.'

'Oké,' zei hij. 'Maar dan moet je in ruil daarvoor iets voor me doen.'

'Zoals?'

'Je moet nog een keer in de geschiedenis op je computer duiken.'

'Ik heb vandaag al genoeg te doen.'

'Het kost je niet meer dan een minuut, want jullie hebben echt een goed systeem.'

'Probeer je me een veer in m'n reet te steken?'

'Heb jij het systeem ontworpen?'

'Nee.'

'Dan nee, dan probeer ik je geen veer in je reet te steken. Ik zeg alleen dat het je weinig tijd zal kosten. Anders zou ik het niet gevraagd hebben. Ik weet dat je het heel druk hebt.'

'Zoveel respect is ook weer niet nodig. Wat moet ik opzoeken? En waar?'

'Zoek in de bestanden na dat akkefietje met mijn vader. De twee jaar daaropvolgend, tot september 1945.'

'Wat is er toen gebeurd?'

'Toen heeft hij zich aangemeld voor de mariniers.'

'En wat moet ik zoeken?'

'Een onopgeloste zaak.'

'Wanneer moet je het weten?'

'Ik bel je terug zodra het kan. Ik wil weten hoe het met Carrington is.'

Ze passeerden de flauwe afslag naar de weg door de boomgaarden die naar Ryantown voerde. Ze bleven op de tweebaansweg naar het noorden. Reacher hield het schermpje van de telefoon in de gaten. De streepjes verdwenen stuk voor stuk. Even stond er op het scherm dat er naar een signaal werd gezocht, daarna gaf het systeem het op en werd er gemeld dat er geen bereik was. Vóór hen kilometers weideland, en nog verder weg bos. Een muur van bomen van links naar rechts. Burke reed ernaartoe. Hij dacht dat het pad naar het motel een kilometer of acht het bos in was, aan de linkerkant. Hij kon zich de borden herinneren die aan beide kanten stonden. *Motel* stond erop, in goudkleurige plastic letters. Ze hingen aan oude, scheve palen.

Vijf minuten later reden ze tussen de bomen. Het was er iets killer. Het zonlicht viel sprankelend door het gebladerte. Reacher keek op de kilometerteller. Ze reden vijfenzestig kilometer per uur. Dan had je voor acht kilometer een minuut of zeven, acht nodig. In gedachten hield hij de tijd bij. Naarmate ze verder het bos in reden, stonden de bomen dichter op elkaar. Alsof ze door een tunnel reden. Geen zonlicht meer. Het licht werd groenig en zacht.

Exact zeven minuten nadat Reacher was begonnen te tellen haalde Burke zijn voet van het gaspedaal. Burke zei dat hij ervan overtuigd was dat de afslag zo zou komen. Aan de linkerkant. Kon niet missen. Hij kon het zich nog herinneren. Maar ze zagen geen borden, alleen twee knoestige palen die een beetje scheef stonden, bij het begin van een pad. Links en rechts van het begin van dat pad strekte zich de ononderbroken muur van bomen uit, zowel voor hen als achter hen.

'Ik weet bijna zeker dat het hier was,' zei Burke.

Reacher kwam iets omhoog en trok zijn kaart uit zijn achterzak. De kaart die hij had gekocht bij het ouderwetse tankstation aan de rand van de stad. Hij vouwde de kaart open en zocht de tweebaansweg waarop ze stonden. Hij volgde de weg met zijn vinger en liet het Burke zien.

'Dit is de enige afslag de komende kilometers.'

'Misschien heeft iemand de borden gestolen,' zei Burke.

'Misschien hebben ze het motel gesloten.'

'Dat betwijfel ik. Ze waren heel enthousiast. Ze hadden een bedrijfsplan. Ik heb trouwens iets over ze gehoord. Er was iets met de county. Ze waren heel ambitieus, maar het begon niet zo heel goed. Ze kregen een conflict over een vergunning.'

'Wie?'

'Die lui die iets wilden met dat onroerend goed. Ze zeiden dat het voor elke motelhouder van cruciaal belang is om aan het begin van het seizoen open te gaan, en dat de county onredelijk lang deed over het verstrekken van die vergunning. De county zei dat de aannemer met het werk was begonnen voordat er een vergunning was. Vandaar het conflict.'

'Wanneer was dat?'

'Ongeveer anderhalf jaar geleden. Daarom maakten ze zoveel ophef over die verloren tijd. Ze wilden aan het begin van het voorjaar open. Daarom bestaat het niet dat ze de boel weer dicht hebben gegooid. Ze hadden volgens het bedrijfsplan een reserve die goed was voor twee jaar.'

Een patrouillewagen werd naar de kantoren van de county gestuurd omdat een klant de boel op stelten zette. Hij beweerde dat het veel te lang duurde voordat een bouwvergunning werd afgegeven. Hij zei dat hij ergens buiten de stad een motel wilde renoveren.

Zijn naam was Mark Reacher.

'Ik moet echt een kijkje gaan nemen bij dat motel,' zei Reacher.

Burke draaide het pad op en reed over een wegdek waaruit stukken asfalt zo groot als tafelbladen ontbraken. Het licht was er nog groener. De takken bogen diep door, sommige twijgen waren afgebroken en hingen slap omlaag, alsof een grote vrachtwagen zich hier kort geleden een weg doorheen had gebaand.

Dertig meter verderop vonden ze die vrachtwagen. Hij stond roerloos tussen de bomen aan weerszijden en blokkeerde het pad volledig.

Het was een sleepwagen. Kolossaal. Rode lak, gouden sierlijnen.

'We hebben dat ding net nog gezien,' zei Reacher. 'En ik heb hem gisteren ook al gezien.'

Een meter achter de enorme achterwielen lag een kabel dwars over de weg, dik en rubberachtig. Zo'n soort ding als ze bij tankstations hadden.

Reacher draaide zijn raampje omlaag. De motor van de sleepwagen maakte geen enkel geluid. Er kwam geen damp uit de uitlaat. Burke zette de Subaru twee meter voor de zwarte kabel stil. Reacher opende zijn portier, stapte uit en liep naar voren. Hij stapte over de kabel. Burke kwam achter hem aan. Reacher hield Burke in de gaten om zeker te weten dat hij ook over de kabel stapte en niet erop. Hij hield niet van over de weg gespannen kabels. Die brachten altijd onheil. In het gunstigste geval werd je in de gaten gehouden, in het ergste geval explodeerde de boel.

De sleepwagen had achteraan een kleine, stevige kraan waaraan een enorme haak hing. In de zijkanten waren bergplaatsen met glanzende, verchroomde deuren. Reacher wrong zich aan de bestuurderskant langs de wagen, de linkerschouder vooruit, zijn linkerarm geheven om de takken uit zijn gezicht te houden. Hij wrong zich langs de naam van de eigenaar. Dat was Karel, het was er trots, in dertig centimeter hoge goudkleurige letters op gezet. Eenmaal bij de cabine aangekomen zette hij een voet op de onderste sport van een laddertje en probeerde hij het portier te openen. Het zat op slot. Hij stapte weer omlaag en wrong zich verder langs de wagen tot hij ervoor stond, bij de motorkap. Het pad voerde verder door het bos. Het wegdek bleef hetzelfde. Pokdalig asfalt, dat hier en daar helemaal ontbrak, bedekt met grind, gruis, vuil en dorre bladeren. Hier en daar waren bandensporen te zien, voor een deel oud, andere meer recent. Twintig meter verderop was een opening in het bos die er vrij natuurlijk uitzag. In de opening waren splinternieuwe bandensporen te zien. Een dubbele v-vorm, alsof een auto er achteruit in was gereden om te keren. Dat leek ook vrij logisch, want de chauffeur van de sleepwagen was in geen velden of wegen te bekennen. Kennelijk was iemand hem komen ophalen met een auto. Die auto was dan gestopt met de voorbumper zo ongeveer tegen de voorbumper van de sleepwagen. Daarna was hij achteruitgereden, gekeerd in de opening en weer teruggereden naar waar hij vandaan kwam.

Reacher keek het pad op.

'Ik ga eens kijken hoe het er daar uitziet,' zei hij.

'Hoe wil je dat doen?' vroeg Burke.

'Lopend.'

'Op jouw kaart is het pad wel drie kilometer lang.'

'Ik moet ergens slapen en ik ben nieuwsgierig.'

'Waarnaar?'

'Volgens mij heette de man die een conflict had over die vergunning ook Reacher.'

'Hoe weet je dat?'

'Dat stond in de computer op het politiebureau. Ze moesten er een patrouillewagen heen sturen om de orde te herstellen. Anderhalf jaar geleden.'

'Is hij familie van je?'

'Ik weet het niet. Misschien op dezelfde manier als die professor van de universiteit.'

'Moet ik je gezelschap houden?'

'Als we pech hebben, moeten we ook drie kilometer teruglopen.'

'Geen probleem,' zei Burke. 'Ik denk dat ik nu ook nieuwsgierig begin te worden.'

Ze zetten zich in beweging. Vanuit het perspectief van een kaartenmaker was het land hier zo plat als een dubbeltje, wat het een gemakkelijke wandeling zou moeten maken, maar van dichtbij was de weg hobbelig en pokdalig, wat het lastig maakte. Elke stap die ze zetten, kwam een paar centimeter lager of hoger uit dan de vorige, zodat iedere stap een potentiële struikeling in zich verborg. Toen ze nog niet zo lang onderweg waren, passeerden ze een open strook in het bos, zonder bomen, waar alleen gras groeide. Een meter of twintig breed. Hij maakte in beide richtingen een flauwe bocht, alsof het een complete cirkel was in het bos, alsof hij de kern van het bos afbakende. Een bos in het bos. Een enorme graancirkel, gemaaid in een bos met twintig meter hoge esdoorns in plaats van korenhalmen. Twintig meter lang voelden ze de weldadige warmte van de zon op hun huid, daarna werden ze weer opgeslokt door de koude groene schemering. Ze waren de grens overgestoken, nu bevonden ze zich in het binnenste van het bos. Ze liepen naar het middelpunt.

Reacher had drie kilometer in een halfuur kunnen doen, maar het kostte Burke drie kwartier. Naast elkaar stapten ze tussen de bomen uit. Voor hen liep het pad nog een eind door, ingesloten door grasland, tot aan iets wat een half verhard parkeerterrein leek voor wat ontegenzeggelijk een motel was. Het linkeruiteinde van de rij kamers werd gevormd door de receptie. Een stationwagen, een bestelbus, een kleine middenklasser en een pick-up stonden in een onregelmatig patroon geparkeerd voor de kamers.

Ze liepen ernaartoe.

Ze werden onmiddellijk opgemerkt. Op twee manieren. Robert had het algoritme voor gezichtsherkenning gekopieerd van een chip voor camera's en ingebed in de software van de close-upcamera. Zodra het algoritme een gezicht tussen de bomen meende te herkennen, ging het alarm af. Er rinkelde een bel en er knipperde een licht. Als bij radar. Mensen gedetecteerd. Toevallig keek Steven op datzelfde moment naar het juiste scherm, omdat de omgeving om de zoveel tijd werd gecheckt. Een beweging trok zijn aandacht. Hij zag twee mannen die uit de schaduwen het zonlicht in stapten.

'Mark, kijk eens,' zei hij.

Mark keek.

'Wie zijn dat, goddomme?' zei hij.

Robert zoomde zo ver mogelijk in met de camera. Het beeld trilde door de grote afstand en was wazig. Twee mannen liepen in de richting van de lens. Recht eropaf. Ogenschijnlijk kwamen ze niet vooruit, een illusie veroorzaakt door de telelens. De ene was klein en oud. Licht gebouwd en traag. Spijkerjasje, grijs haar. De andere was een reus. Zo breed als een schuurdeur. Zijn haar stond alle kanten op. Zijn gezicht had veel weg van de zijgevel van een huis.

Hij zag er onbehouwen uit.

'Shit,' zei Mark.

'Jij zei dat hij hier niet zou komen,' zei Steven. 'Je zei dat hij uit een andere tak van de familie kwam en dat hij niet in ons geïnteresseerd zou zijn.'

Mark gaf geen antwoord.

De stem van Peter kwam via de intercom van de receptie. 'Maar die gast was geïnteresseerd genoeg om drie kilometer te lopen vanaf de plek waar we de weg hebben geblokkeerd,' zei hij. 'Knap gedaan, maat.'

Ook dit keer reageerde Mark niet.

'Houd iedereen binnen,' zei hij na een poosje. 'Geef ze nog een kop koffie. Laat ze nog een video zien. Houd de deuren dicht. Zorg ervoor dat niemand naar buiten kan.'

32

Burke en Reacher stapten van het asfalt op het half verharde terrein van het motel. Tegen die tijd hadden ze al aardig van dichtbij kunnen bekijken wat hun te wachten stond. Reacher hoorde in gedachten de stem van Amos die iets zei over lsd in de koffie. Hij begreep nu wat ze bedoelde, want van dichtbij bleek de bestelbus, die als tweede in de rij voor het motel stond, blauw te zijn. Een donkere, gedistingeerde kleur. Van extra cachet voorzien door goudkleurige belettering. Perzische tapijten, gespecialiseerde reiniging. Een adres in Boston en een kentekenplaat uit Massachusetts.

Het grootste déjà vu uit de geschiedenis van de mensheid.

Maar dan niet helemaal, want hij had de bestelbus nog niet eerder gezien. Hij had hem alleen horen noemen op de radio. De bus was geregistreerd met camera's toen hij van de snelweg kwam, op een tijdstip dat de klanten nog niet zaten te wachten op de man die het tapijt kwam reinigen. Maar de sleepwagen had hij wel eerder gezien. Daar was hij verdomd zeker van. Twee keer. Dat was een echt déjà vu. Hij had zich langs de vrachtwagen gewrongen die hij al twee keer had gezien, en daarna was het eerste het beste voertuig dat hij in het vizier kreeg een bestelbus waar de politieradio melding van had gemaakt. Hij vertraagde onwillekeurig zijn pas en dacht na. Burke haalde hem in en liep nu voor hem uit, traag maar zonder mankeren.

Voorbij Burke zag Reacher dat de eerste auto in de rij, de stationwagen, een Volvo was met achterop een kentekenplaat uit Vermont. De kleine middenklasser was blauw. Het was waarschijnlijk een geïmporteerd merk. Er zaten kentekenplaten op die hij niet kende. De pick-up was een werkpaard, het soort auto waarmee een timmerman partijen planken vervoerde. Hij was vuilwit. Er zat een kenteken op uit Illinois, dacht Reacher. Dat was moeilijk te zien op die afstand. Het was de laatste auto in de rij. Hij stond voor wat waarschijnlijk kamer elf was. De Volvo stond voor kamer drie, de bestelbus van de tapijtreiniger voor kamer zeven. De kleine blauwe middenklasser stond voor kamer tien. De jaloezieën van kamer tien waren omlaag en in de tuinstoel onder het raam van kamer vijf had duidelijk net iemand gezeten. Hij stond niet meer zo keurig recht als de andere.

Ze liepen naar de receptie, die herkenbaar was aan het rode neonbord. Ze gingen naar binnen. Er stond een man achter de balie. Tegen de dertig, donker haar en een bleke huid, en een houding die verlegenheid suggereerde. Hij straalde intelligentie uit, dat wel. Hij was hoogopgeleid. Hij was gezond en in conditie. Misschien had hij in zijn collegejaren aan atletiek gedaan. Hardlopen, niet gewichtheffen. Middellange afstand. Afgestudeerd in iets technisch. Hij was pezig en bewoog met een zekere gespannenheid.

'Ik heb een kamer nodig voor vannacht,' zei Reacher.

'Het spijt me,' zei de man, 'maar het motel is gesloten.'

'O?'

'Ik heb de borden bij de weg eraf gehaald, in de hoop dat mensen niet voor niets deze kant op zouden komen.'

'Er staan hier anders genoeg auto's.'

'Werklui. Ik loop achter met groot onderhoud. Er zijn allerlei zaken die echt gerepareerd moeten worden voordat de bladeren beginnen te kleuren en de toeristen terugkeren. Dat konden we alleen snel voor elkaar krijgen door het motel twee weken te sluiten. Het spijt me echt.'

'Doen jullie alle kamers in één keer?'

'De loodgieter heeft het water afgesloten. De elektricien prutst aan de elektriciteit. Er is geen verwarming en geen airconditioning. Ik voldoe op geen enkele manier aan de voorschriften op het moment. Ik zou je zelfs geen kamer mogen geven als ik dat zou willen.'

'Hebben jullie Perzische tapijten?'

'Het is biologische jute, eigenlijk. Ik probeer alles duurzaam te doen. Het moet tien jaar meegaan, maar dat kan alleen als je het zorgvuldig op de juiste manier reinigt. Het zou een verkeerde vorm van bezuinigen zijn om daar een gewoon schoonmaakbedrijf op los te laten. Deze jongens werken voor tarieven die in Boston gebruikelijk zijn, dat kun je van mij aannemen, maar als de berekeningen kloppen, verdient het zichzelf op de lange termijn terug.'

'Hoe heet je?' vroeg Reacher.

'Ik?'

'Ja, jij.'

'Tony.'

'Tony hoe?'

'Kelly.'

'Ik heet Reacher.'

In eerste instantie leek dit de man niets te zeggen, maar toen fronste hij zijn wenkbrauwen alsof hem iets te binnen schoot.

'Ik heb dit hier allemaal gekocht van mensen die Reacher heten. Is dat familie van jou?'

'Dat weet ik niet,' zei Reacher. 'Iedereen is familie van iedereen als je maar ver genoeg teruggaat. Wanneer heb je dit gekocht?'

'Ongeveer een jaar geleden. Ze waren halverwege een renovatie en het is me gelukt om het net voor het begin van het seizoen open te krijgen, maar nu moet ik dus nog het een en ander afmaken.'

'Waarom hebben ze het verkocht?'

'Het werd uitgebaat door een kleinzoon, maar ik kreeg de indruk dat het niets voor hem was. Hij was meer iemand van de grote ideeën. Maar in deze branche gaat het om de finesses. Ik geloof dat hij problemen kreeg met vergunningen en al heel snel had besloten dat het allemaal de moeite niet waard was. Maar mijn berekeningen lieten zien dat het wel degelijk winstgevend kon zijn, dus heb ik hem uitgekocht. Ik hou wel van finesses.'

'Komt de elektricien uit Vermont? Of de loodgieter?'

'De loodgieter. Ze hebben daar de beste vaklui voor dit soort seizoenswerk. Het kost wel een paar centen om ze naar het zuiden te halen, maar volgens mijn rekensommen is het een verstandige investering. Goedkoop is duurkoop, zeg ik maar.'

'En datzelfde geldt dan zeker ook voor de elektricien uit Illinois, neem ik aan.'

'Dat ligt feitelijk iets anders. Er heerst daar werkloosheid, dus vragen ze minder, wat wel weer wegvalt tegen de kosten van de trip hiernaartoe, maar het maakt een groot verschil wat betreft de geleverde kwaliteit. In feite zijn die lui hier om te solliciteren naar een baan. Dit is een nieuwe markt. Er is hier werk zat tegen de tarieven die zij hanteren. Ze willen reclame van mond-tot-mond. Dus leveren ze kwaliteit. Bovendien zijn ze vertrouwd met motels zoals dit hier. In het middenwesten hebben ze veel meer motels dan hier.'

'Oké,' zei Reacher.

'Het spijt me dat jullie voor niets zijn gekomen,' zei de man.

Toen leek hij even te worden afgeleid en zei: 'Wacht.'

Reacher en Burke wachtten.

De man wierp een blik door het raam naar buiten.

'Hoe zijn jullie hier gekomen?' vroeg hij. 'Ik heb hier gewoon zitten slapen. Ga me niet vertellen dat jullie zijn komen lopen, maar ik realiseer me net dat jullie niet met een auto zijn, want de sleepwagen zit vast.'

'We zijn komen lopen,' zei Reacher.

'Dat spijt me. Vandaag gaat er van alles mis. De laatste gast die we hadden voordat ik dichtging, heeft een auto met pech achtergelaten. Kennelijk wilde de auto niet meer starten, dus heeft hij een taxi gebeld en is hij 'm gesmeerd. Ik wil natuurlijk dat die auto wordt weggesleept, en dat zou vandaag gebeuren, maar nu blijkt die sleepwagen zo enorm groot te zijn dat hij vast is komen te zitten tussen de bomen.'

Daarna keek hij opnieuw uit het raam, naar links en naar rechts, controlerend.

'Of hij wil geen krassen op de lak. Ik moet zeggen dat ik daar niet zo blij van word. De bomen zijn aan weerszijden exact volgens de richtlijnen van het ministerie van Transport gesnoeid. Ik maak me altijd druk om dat soort details. Ik regel dergelijke dingen, neem dat maar van mij aan. Elk transportvoertuig dat bevoegd is op de snelweg te rijden, kan ook over dat pad.'

Hij zweeg opnieuw, getroffen door een tweede gedachte die zomaar bij hem opkwam. 'Ik rijd jullie wel terug. Tenminste, tot aan die sleepwagen. Ik neem aan dat jullie auto achter die sleepwagen staat. Dat is het minste wat ik voor jullie kan doen.'

'Wat mankeerde er aan die auto met pech?' vroeg Reacher.

'Ik weet het niet,' zei de man. 'Het is een oud barrel.'

'Wat voor kenteken zit erop?'

'Canadees,' zei de man. 'Misschien kost een vliegticket enkele reis minder dan de slooptarieven daar. Dat zal wel met milieurichtlijnen te maken hebben. Misschien is hij expres met die auto hiernaartoe gereden om hem hier te dumpen. Simpel een kwestie van de verschillende kosten tegen elkaar afwegen.'

'Oké,' zei Reacher. 'Geef ons maar een lift terug.'

'Dank u,' zei Burke.

De man sloot de deur achter zich af en vroeg hun even op het parkeerterrein op hem te wachten. Toen liep hij op een sukkeldrafje weg naar een schuur, zo'n dertig meter verderop, een laag vierkant gebouw waarvoor negen quads geparkeerd stonden, in keurige rijtjes van drie. Voorbij de schuur stond een huis met zwaar meubilair op brede veranda's.

Een minuut later reed de man de schuur uit in een zwarte SUV. Een middelgrote auto met de vorm van, zo ruwweg, een vuist. Waarschijnlijk Europees. Het zou een Porsche kunnen zijn of een Mercedes-Benz, of een BMW. Misschien een Audi. Reacher herkende het logo, het was een Mercedes, met een V8-motor. De man bleef achter het stuur zitten wachten, dus stapte Burke naast hem voorin, terwijl Reacher achterin stapte. Knersend reed de auto over het terrein, vervolgens bonkend over het asfalt op en tussen de weiden door.

'Jullie moeten verder naar het oosten, naar de merenstreek. Daar zijn vast en zeker motels genoeg.'

Ze reden door dezelfde natuurlijke poort waar ze eerder uit waren gekomen, het bos weer in. De man reed hard. Hij wist dat er geen verkeer zou komen van de andere kant. De drie kilometer waar Burke drie kwartier over had gedaan, legde de Mercedes af in drie minuten. De man stopte met de voorbumper van de Mercedes tegen de voorbumper van de sleepwagen. In het gedempte, groene licht zag de rode lak er onaangenaam uit, de kleur van bloed. Aan weerszijden stonden de bomen tot pal aan het pad, met kromme takken en bladeren als gespreide vingers. De onderste laag van het gebladerte lag vlak boven de voorruit. De sleepwagen stond aan alle kanten ingebed in de omringende vegetatie, absoluut. Maar hij zat niet vast, dat was onmogelijk met die enorme trekkracht van de motor en de tractie van die reusachtige banden. Maar de man van de sleepwagen maakte zich wel zorgen over krassen op de lak. Begrijpelijk, die moest een lieve duit hebben gekost. Meerdere lagen rood, kilometers gouden sierlijntjes, allemaal met de hand aangebracht. Zijn naam, Karel, gelukkig een korte naam, was aangebracht in een sierlijk lettertype, als de initiaal van een oude, victoriaanse tante.

De man bood opnieuw zijn verontschuldigingen aan voor de

vergeefse trip en wenste hun succes met het vinden van onderdak. Burke bedankte hem en stapte uit. Reacher volgde zijn voorbeeld. Burke wrong zich langs de sleepwagen. Reacher liep achter hem aan met zijn arm omhoog, maar toen hij ter hoogte van de cabine was bleef hij staan en keek om. De Mercedes reed keurig achteruit, met een bocht de open plek in het bos op, zonder aarzelen, en vervolgens het pad op. Alsof hij het vaker had gedaan. Hij had het ook vaker gedaan. Hij had de chauffeur van de sleepwagen opgehaald.

Reacher bleef nog heel even staan en baande zich toen een weg naar de achterkant van de sleepwagen, waar Burke aan de andere kant van de zwarte rubberen kabel en naast de Subaru op hem stond te wachten. Ze stapten in de auto en Burke draaide zijn nek, om over zijn schouder te kijken en voorzichtig het hele eind achteruit terug naar de tweebaansweg te rijden. Daar keerde hij en kon toen uit twee verschillende richtingen kiezen.

'Naar het oosten, naar de meren?' vroeg hij.

'Nee,' zei Reacher. 'Naar het zuiden tot je telefoon weer bereik heeft. Ik wil Amos bellen.'

'Is er iets niet in orde?'

'Ik wil weten hoe het ervoor staat met Carrington.'

'Je stelde wel een heleboel vragen bij dat motel.'

'O ja?'

'Alsof je achterdochtig was.'

'Ik ben altijd achterdochtig.'

'En was je tevreden met de antwoorden?'

'Mijn gezonde verstand nam genoegen met die antwoorden. Het klonk allemaal heel vanzelfsprekend, heel geloofwaardig. Er zat een element van betrouwbaarheid in.'

'Maar?'

'Mijn reptielenbrein vond het maar niets daar.'

'Waarom niet?'

'Geen idee, op alle vragen had de man een antwoord.'

'Dus meer een gevoel.'

'Iets intuïtiefs. Zoiets als een geur, zoiets als wakker worden van een prairiebrand.'

'Maar je kunt niet precies zeggen wat het is.'

'Nee.'

Ze reden verder naar het zuiden. Reacher keek op het schermpje van de telefoon. Nog geen bereik.

Toen de twee mannen weg waren liep Peter als een ballon leeg. Nadat ze waren uitgestapt, was hij zo snel mogelijk teruggeracet. Hij was direct naar het huis gereden. Hij had zich naar de zitkamer aan de achterkant van het huis gehaast, waar hij zich langs de muur omlaag had laten zakken tot hij op de vloer zat. De anderen verdrongen zich om hem heen, hurkten op ooghoogte, zonder iets te zeggen, als in stilzwijgende bewondering, en toen, als op commando, barstten ze los in gejuich, met de vuisten pompend, alsof er net een winnende goal was gescoord op tv.

'Hebben de klanten er iets van gezien?' vroeg Peter.

'Helemaal niets,' zei Mark. 'Het ging precies goed qua timing. De klanten waren allemaal binnen. Een halfuur eerder zou het een probleem zijn geweest. Toen stonden ze allemaal nog buiten een beetje te lummelen.'

'Wanneer leggen we de situatie uit aan Patty en Shorty?'

'Heb je iets in gedachten?'

'Ik vind dat we het nu moeten doen. Dit lijkt me het juiste moment. Dan hebben ze nog een paar uur om een besluit te nemen en daar weer aan te gaan twijfelen. Het wordt belangrijk hoe ze er emotioneel aan toe zijn.'

'Ik ben voor,' zei Steven.

'Ik ook,' zei Robert.

'En ik ook,' zei Mark. 'Eén voor allen en allen voor één. We doen het nu. Eigenlijk moeten we het Peter laten doen, als een soort beloning voor zijn optreden.'

'Daar ben ik ook voor,' zei Steven.

'En ik,' zei Robert.

'Ik moet eerst even op adem komen,' zei Peter.

33

Patty en Shorty waren weer verhuisd naar de kamer en zaten op de rand van het bed. De jaloezieën waren nog steeds omlaag. Ze hadden de lunch overgeslagen. Ze konden het niet aan, maar nu kregen ze honger. Alleen moesten ze zich ertoe zetten om te gaan eten. Het waren de laatste twee rantsoenen uit de doos. De laatste twee flesjes water.

Ze keken weg.

De tv ging aan, helemaal vanzelf. Net als de vorige keer een vaag geknetter en geruis toen de circuits tot leven kwamen. Over het blauw oplichtende scherm rolde weer een regel vreemde tekens, als een computercode die je eigenlijk niet hoorde te zien.

Het blauwe scherm maakte plaats voor het gezicht van Peter.

De gluiperd die hun auto onklaar had gemaakt.

'Jongens, jullie hebben gevraagd wat er allemaal zou gaan gebeuren en we denken dat het tijd is om jullie bij te praten. We zullen jullie zoveel informatie geven als maar mogelijk is. Daar mogen jullie dan een tijdje over nadenken en vervolgens doen we een sessie met vragen en antwoorden voor het geval er nog iets niet helemaal duidelijk is. Kunnen jullie het tot nu toe volgen? Letten jullie een beetje op?'

Geen van beiden zei iets.

'Jongens,' zei Peter, 'ik moet jullie aandacht hebben. Dit is belangrijk.'

'Net zo belangrijk als onze auto repareren?' vroeg Shorty.

'Je bent erin getuind, knul. Daarom zit je hier. Het is je eigen schuld. Sinds dat moment heb je alleen maar zitten klagen en zeuren over wat we met jullie van plan zijn, en nu ga ik jullie dat vertellen, dus nu is het tijd om de oren te spitsen en op te letten.'

'Ik luister,' zei Patty.

'Ga eens naast elkaar op het voeteneind van het bed zitten. Laat maar eens zien dat jullie opletten. Kijk me aan.'

Patty verroerde zich heel even niet. Toen liep ze langs het bed naar het voeteneind. Shorty volgde haar. Dat wilde hij niet, maar hij deed het toch. Ze zaten met de schouders tegen elkaar, alsof ze op de eerste rij in de bioscoop zaten.

'Goed zo,' zei Peter. 'Heel verstandig. Zijn jullie er klaar voor om te horen wat er nu gaat gebeuren?'

'Ja,' zei Patty.

'Ik denk het wel,' zei Shorty.

'Vanavond gaat jullie deur van het slot. Vanaf dat moment zijn jullie vrij om de benen te nemen. En dat bedoel ik letterlijk. Je krijgt geen voertuig tot je beschikking. Geen enkel type. We bergen alle contactsleutels op op plaatsen waar jullie er niet bij kunnen, met uitzondering van de contactsleutel van jullie eigen auto, die hebben jullie nog steeds, maar die auto doet het niet, dat is duidelijk. Alle andere auto's hier zijn zo nieuw dat je de motor niet aan de praat krijgt door twee draadjes contact te laten maken. Dus wen maar aan het idee. Jullie gaan lopen, dus met de benenwagen. Verspil geen tijd om iets anders te verzinnen. Duidelijk tot nu toe?'

'Waarom doen jullie dit?' vroeg Patty. 'Waarom houden jullie ons hier eerst vast en laten jullie ons nu gaan?'

'Ik zei al dat ik jullie zoveel informatie zal geven als maar mogelijk is. En ik zei dat jullie daar vervolgens over na moeten denken en dat je je vragen moet bewaren tot een later tijdstip. Duidelijk tot nu toe?'

'Ja,' zei Patty.

'Ik denk het wel,' zei Shorty.

'Rondom dit bos ligt een ring die veel weg heeft van een brandgang. Een ring van twintig meter breed waar geen bomen groeien. Hebben jullie die gezien toen jullie hiernaartoe reden?'

Daar was een strook heldere roze lucht te zien.

'Die heb ik gezien,' zei Patty.

'Dat is niet echt een brandgang. Marks grootvader heeft die strook om een andere reden vrijgemaakt. Hij wilde de oorspronkelijke vegetatie van het binnenste bos zuiver houden. Het is een barrière voor zaden in plaats van een brandgang. Hij loopt helemaal rond. Het maakt niet uit van welke kant de wind komt. Het zaad van exoten komt er niet overheen.'

'Nou, en?' vroeg Shorty.

'Als jullie er door het bos naartoe lopen, welke kant op maakt niet uit, en die strook bereiken, waar dan ook, hebben jullie het spel gewonnen.'

'Welk spel?'

'Was dat een vraag?'

'Hou op met dat gekloot, man. Je kunt het niet maken om ons te vertellen dat we in een spel zitten, en dan niet zeggen in wat voor spel.'

'Het is een soort tikkertje. Je moet de zadenbarrière proberen te bereiken zonder getikt te worden. Zo eenvoudig is het. Lopen, rennen, kruipen, maakt niet uit.'

'Getikt?' vroeg Patty. 'Door wie?'

De tv ging uit, helemaal vanzelf. Het scherm werd weer grijs, net als de vorige keer. De circuits ruisten en het kleine stand-byledje ging rood branden.

Op het schermpje van Burkes oude telefoon stond één streepje, maar Reacher wachtte tot het er twee waren. Waarschijnlijk fluctueerde het signaal, was het het ene moment iets sterker dan het andere. Als je ging bellen met maar één streep op het scherm, ontstond er een probleem als het signaal iets zwakker werd. Hij had ervaring met de communicatieapparatuur van het leger, die er altijd mee ophield op het moment dat je haar nodig had. Misschien was civiel spul beter, zoals eigenlijk altijd, maar vast ook weer niet zoveel beter.

Burke reed naar het zuiden. Na vijf minuten vroeg hij: 'Hoe staat het met je reptielenbrein?'

Reacher keek op het schermpje van de telefoon. Nog steeds één streepje.

'Mijn reptielenbrein piekert over die biologisch verantwoorde juten tapijten.'

'Waarom?'

'Hij zei dat hij probeerde duurzaam te opereren. Dat klonk een beetje trots, een beetje verontschuldigend en ook een beetje uitdagend. Een heel typerend toontje dat mensen aanslaan die helemaal opgaan in iets wat anderen maar vreemd vinden. Maar hij meende het kennelijk echt, want hij gaf geld uit aan het najagen van zijn principes door een gespecialiseerd bedrijf uit Boston in te huren. Alsof hij echt wilde dat het experiment zou slagen. Tot dat moment presenteerde hij een heel samenhangend verhaal.'

'Maar?'

'Later zei hij dat de Canadees misschien wel zijn auto had gedumpt om thuis de kosten van recycling te ontlopen. Of zoiets. Hij zei dat hij ervan overtuigd was dat daar milieurichtlijnen voor waren. Dat zei hij een beetje laatdunkend. Een heel klein beetje maar. Toen klonk hij als een doorsneeburger, niet als iemand die biologisch verantwoorde jute gebruikt, of zelfs maar weet wat dat is. Vervolgens kwam hij voorrijden in een SUV met een v8-motor. En hij reed hard. Jongensachtig. Het leek wel of hij ervan genoot om zo over de weg te hotsen. Hij reed niet als iemand die geïnteresseerd is in biologisch verantwoorde jute. Zo iemand zou in een hybrideauto rijden, of een elektrische. En toen vond ik zijn verhaal niet meer kloppen.'

'En wat zegt je gezonde verstand hiervan?'

'Mijn gezonde verstand zegt: kijk waar het geld naartoe gaat. De man betaalt een in Perzische tapijten gespecialiseerd bedrijf om zijn kleden te behandelen. Helemaal uit Boston. Dat is een boel geld. Dat is een vaststaand feit. Dus wat heb ik? Een gevoel? Een opmerking die ik ten onrechte heb opgevat als laatdunkend? Heeft de man misschien een SUV nodig als het gaat sneeuwen? Een jury zou zeggen dat alle betrouwbare gegevens één kant op wijzen, namelijk dat de man deugt. Hij wil de aarde redden, of op zijn minst een beetje bijdragen aan de redding.'

'Ik ben het met de jury eens,' zei Burke. 'Je kunt beter op je gezonde verstand vertrouwen dan op je reptielenbrein.'

Reacher zei niets.

Hij keek op het schermpje van de telefoon. Twee streepjes.

'Ik ga nu Amos bellen,' zei hij.

'Moet ik stoppen?'

'Helpt dat bij het bellen?'

'Ik denk het wel. Volgens mij ontvangt de telefoon het signaal dan beter.'

Burke minderde vaart en parkeerde toen waar de berm breed was.

Reacher koos het nummer.

'Bel me over tien minuten nog een keer,' zei Amos. 'Ik heb het op het moment echt heel druk.'

'Hebben jullie Carrington gevonden?'

'Nee. Bel me over tien minuten.'

De betaling ontwikkelde zich tot een ritueel van allure. Het begon heel gewoontjes, maar groeide uit tot iets heel formeels, alsof het was gebaseerd op iets oerouds. Op zijn minst iets wat terugging tot de Grieken en Romeinen. Misschien wel tot nog oudere, tribale rites. Steven bleef achter in de zitkamer van het huis en bewaakte de schermen. Alle anderen liepen terug naar het motel, een levendige groep van negen mannen. Zes opgewonden mannen die zich probeerden in te houden en daarachter Mark, Peter en Robert. De klanten verdwenen in hun kamer. Mark, Peter en Robert gingen naar de receptie. Daar ontstond het, vanuit het niets. Zomaar. Ze hadden geen plan gemaakt. Ze hadden er niet over nagedacht. Daarmee liep je het gevaar het onheil over je af te roepen. Uiteindelijk viel het besluit in minder dan vijf seconden. Het lag voor de hand het zo te doen, maar het kreeg iets episch, iets enorm gewichtigs. Mark zat achter de balie. Peter stond naast de balie, ernaartoe gekeerd, alsof hij een onafhankelijke getuige was.

Robert was de bode. Hij ging hen halen. Een voor een. Daar werd de legende geboren. Zodra hij op hun deur klopte gingen ze om beurten met hem mee. Hij was de Praetoriaanse garde, zij waren de edelen, de senatoren. Ze liepen met hem over het plankier. Ze hadden geen keuze. Hij liep eerbiedig een halve stap achter hen. Bij de receptie bleef hij bij de deur staan. Hij zag niets.

Eenmaal bij de balie werd aan Mark het tribuut betaald, met Peter als getuige van de transactie, getuige van de kniebuiging. De een telde pakken bankbiljetten uit op de balie en rekte de duur van de ceremonie. De ander zette een tas op de balie, deed een stap terug en rekende erop dat de inhoud ongezien werd geaccepteerd. En dat gebeurde ook. Het bedrag zou kloppen. Ze konden het zich niet veroorloven vals te spelen. Zodra dit achter de rug was, werd de klant door Robert teruggebracht en haalde hij de volgende op. Zowel heel gewoon als ook formeel, zoals zaken die de dood aangaan in een oude republiek.

Karel kreeg een aanzienlijke korting omdat hij de dag ervoor de helpende hand had geboden, maar de overige vijf betaalden het volle pond. Na afloop van het ritueel pakte Mark de twee grootste van de achtergelaten tassen en stouwde Peter ze vol. Dat viel niet mee. Het vereiste ingenieus stapelen in lagen om de inhoud van vijfenhalve tas te kunnen opbergen in twee. Peter stapelde de pakken bankbiljetten en Mark telde hardop. Maar hij noemde geen getallen. In het begin zei hij *kosten, kosten, kosten*. Daarna werd het *winst, winst, winst*, toen de overgrote meerderheid van de bankbiljetten werd ingepakt. Ze maakten er een soort bezwerende formule van. Stilletjes, zodat het geluid binnenskamers zou blijven. Ze fluisterden *winst, winst, winst*. Daarna droegen ze de tassen terug naar het huis, langs alle kamers van het motel, min of meer in de hoop dat de edelen het zouden zien. Dat ze er getuige van zouden zijn dat hun tribuut, zo nederig en gerechtvaardigd afgestaan, door de glorieuze overwinnaar werd weggevoerd.

Ze moesten erover nadenken, had Peter gezegd, en dat hadden ze gedaan, niet omdat hij het hun had opgedragen, maar omdat het hun aard was om dat te doen. Zo deden ze dat in St. Leonard. Gebruik je hersens. Denk na voordat je iets zegt. Begin bij het begin.

'Natuurlijk bedonderen ze ons op de een of andere manier. Het zal wel onmogelijk zijn om die ring te bereiken.'

'Het kan niet onmogelijk zijn.'

'Moet wel.'

'Tegen hoeveel mensen?'

'We hebben er drie gezien. Er zijn twaalf kamers, daar gaat deze vanaf. Negen quads. Zeg het maar.'

'Denk je dat ze die quads gebruiken?'

'Vast en zeker. Daarom benadrukte Peter zo dat wij zouden moeten lopen. Ze willen ons het gevoel geven dat we hulpeloos zijn en minderwaardig. Underdogs.'

'Negen man dan, maar die kunnen nooit dat hele gebied bestrijken. Dat is kolossaal.'

'Ik heb het op de kaart gezien,' zei Patty. 'Het is een kilometer of acht breed en tien of elf kilometer van noord naar zuid. Het is ovaal. Dit motel ligt ongeveer een kilometer ten oosten van het centrum, maar van noord naar zuid gezien precies in het midden.'

'Dan lukt het misschien wel. Ieder van die negen man doet een segment van veertig graden van de hele cirkel. Er zit misschien wel honderd meter tussen hen. Als we in de ruimte achter hen kunnen komen, hebben we het voor elkaar.'

'Het moet onmogelijk zijn,' zei Patty. 'Want als we de weg halen, wat dan? Als we een lift kunnen krijgen, gaan we naar de politie, en de FBI, vanwege ontvoering en wederrechtelijke vrijheidsberoving. Dan gaan ze hier kijken en dan zien ze die accukabel en de tralies, sloten, camera's en microfoons. Ik denk niet dat Peter en zijn vrienden zich dat kunnen veroorloven. Ze kunnen het zich niet veroorloven ons te laten vertrekken. Het maakt niet uit hoe we het proberen. Ze zijn er vast heilig van overtuigd dat het ons niet zal lukken.'

Shorty zei niets. Ze zaten naast elkaar in de schemering. Patty had haar handen onder haar benen gestopt en ze wiegde een beetje vooruit en achteruit, zonder iets te zien. Shorty zat met zijn ellebogen op zijn knieën, zijn handen onder zijn kin. Hij maakte geen enkele beweging en probeerde na te denken.

Toen werd het plotseling licht in de kamer. De plafondlamp, de schemerlampen, alles ging ineens aan, als het licht op de set bij filmopnamen. De motor van de jaloezieën begon te zoemen, de jaloezieën gingen omhoog. Buiten zagen ze zes mannen op een rij op het plankier, schouder aan schouder, slechts enkele centimeters van het glas. Ze keken naar binnen. Karel stond er ook bij. De gluiperd van de sleepwagen. Drie van de vijf overige mannen hadden ze eerder gezien. Er waren twee nieuwe bij.

De zes bleven maar naar hen staren, openlijk en volstrekt ongegeneerd. Van Shorty naar Patty en van Patty naar Shorty. Ze vormden zich een oordeel, probeerden in te schatten wat ze waard waren. Toen kwamen ze blijkbaar tot een conclusie, want er verscheen een grimas van tevredenheid op hun gezichten. Ze knikten goedkeurend en instemmend. Hun ogen glansden enthousiast.

Ineens, alsof het zo was afgesproken, hieven ze gelijktijdig hun handen en begonnen ze te applaudisseren, een staande ovatie om de sterren van de show hun respect te betonen.

Maar wel al vooraf.

34

Tien minuten later koos Reacher opnieuw het nummer van Amos. Ze nam op. Ze klonk buiten adem.

'Wat is er aan de hand?' vroeg hij.

'Vals alarm,' zei ze. 'We hadden een tip wat Carrington betreft. Maar die was twee uur oud en leverde niets op. We kunnen hem nog steeds niet vinden.'

'Heb je Elizabeth Castle gevonden?'

'Nee, ook niet.'

'Ik zou weer terug moeten komen,' zei Reacher.

Amos aarzelde even.

'Nee,' zei ze toen. 'We zijn nog volop bezig. De computer houdt de camera's bij de verkeerslichten in de gaten. Geen enkel voertuig van alles wat vanochtend bij de tweede golf vanuit het zuiden de stad is binnengekomen, heeft de stad weer verlaten. We denken dat Carrington nog steeds in de buurt is.'

'En daarom hebben jullie mij daar nodig. Het heeft voor mij geen zin om terug te komen als ze hem al hebben meegenomen.'

'Nee,' zei ze nog een keer.

'Wat was die tip?'

'Iemand zou hem gezien hebben in de kantoren van de county, maar dat is door niemand bevestigd en hij is er nu niet.'

'Was hij alleen, of met Elizabeth Castle?'

'Dat was moeilijk te zeggen, want het was op een druk tijdstip, er waren veel mensen op de been. Het was moeilijk te zeggen wie bij wie hoorde.'

'Was het bij het archief van de volkstellingen?'

'Nee, ergens anders. De county heeft overal in de stad kantoren.'

'Heb je nog tijd gehad om voor me in het verleden te duiken?'

Ze aarzelde opnieuw.

'Het kostte me meer dan een minuut,' zei ze.

'Wat heb je gevonden?'

'Ik moet advies inwinnen voordat ik je iets kan vertellen. Van Carrington, nota bene.'

'Waarom?'

'Je vroeg naar onopgeloste zaken. Ik heb er een gevonden die niet verjaard is.'

'Heb je een onopgeloste moordzaak gevonden?'

'In theorie is het dus nog steeds een open zaak.'

'Wanneer speelde dit?'

'Binnen de periode die jij had aangegeven.'

'Toen was ik nog niet geboren, dus ik kan geen getuige zijn geweest en al zeker niet de dader. Juridisch gezien kun je vrijuit met mij praten.'

'Er zitten implicaties voor jou aan de zaak.'

'Wie was het slachtoffer?'

'Jij weet wie het slachtoffer was.'

'O?'

'Wie anders?'

'Die jongen?'

'Juist,' zei Amos. 'De vorige keer dat we hem tegenkwamen was in september 1943, toen hij met zijn gezicht op de stoeptegels lag, midden in de nacht. Maar hij duikt opnieuw op als hij tweeëntwintig is, nog steeds een eersteklas klootzak, en legt dan het loodje. Beide dossiers zijn nooit naast elkaar gelegd. Waarschijnlijk speelden er te veel andere zaken in die tijd. Het was nog altijd oorlog. De ene rechercheur kwam en de andere vertrok. Ze hadden nog geen computers. Maar de regels vandaag de dag bepalen dat het eerste dossier het tweede ineens in een heel ander daglicht stelt, en daar valt niet aan te tornen. We kunnen niet net doen of we het nooit hebben gezien. Dus zijn we verplicht het onderzoek naar de moord als een cold case te heropenen. Domweg om te kijken welke kant het opgaat, voordat we het dossier weer sluiten.'

'Hoe is hij aan zijn eind gekomen?'

'Hij is doodgeslagen met een bronzen boksbeugel.'

Reacher dacht even na.

'Waarom bleef die zaak onopgelost?'

'Er waren geen getuigen. Het slachtoffer was een klootzak. Het kon niemand iets schelen. De enige verdachte was zonder een spoor na te laten verdwenen. Het was een enorme chaos in die tijd. Miljoenen mensen waren op de been. Het gebeurde vlak na de capitulatie van Japan.'

'Augustus 1945,' zei Reacher. 'Had de politie een naam van die verdachte?'

'Alleen een soort bijnaam. Uit de tweede hand, allemaal heel geheimzinnig. Veel van wat ze wisten was van horen zeggen, uit de mond van mensen die ergens iets hadden opgevangen.'

'Wat was die straatnaam?'

'Dat is de reden waarom we die zaak moeten heropenen. We kunnen het verband niet negeren. Ik weet zeker dat je het zult begrijpen. Het enige wat we gaan doen is er een paar alinea's aan toevoegen.'

'Wat was die naam?'

'De vogelman.'

'Ik snap het,' zei Reacher. 'Hoeveel haast is er bij dat typewerk van die paar alinea's?'

'Wacht even,' zei ze.

Hij hoorde voetstappen, een deur die openging en ritselend papier. 'De computer die kentekens natrekt, heeft net alarm geslagen.'

Ze zweeg.

Toen liet ze hoorbaar haar adem ontsnappen.

'Het is niet wat ik dacht,' zei ze. 'Niemand is de stad uit. Carrington is er nog steeds.'

'Ik wil dat je iets voor me doet,' zei Reacher.

Hij hoorde haar nog steeds ritselen met papieren.

'Weer een duik in het verleden?' vroeg ze.

'Actuele zaken,' zei Reacher. 'Er is een professor aan de universiteit die me vertelde dat dertig jaar geleden een oude man die Reacher heette, terugkeerde naar New Hampshire nadat hij jaren in het buitenland was geweest. Voor zover ik weet heeft hij hier sindsdien gewoond bij een kleindochter van een familielid. Ik zou graag willen dat jij dat uitzoekt in de county, en dat je hem voor me opspoort. Misschien heeft hij zich als kiezer laten registreren, misschien heeft hij nog steeds een rijbewijs.'

'Ik werk bij de gemeente, niet bij de county.'

'Je kon ook alles over pastoor Burke vinden. Die woont ook niet in de stad.'

Hij hoorde haar nog steeds ritselen met papieren.

'Ik kan hier en daar wel eens informeren,' zei ze. 'Wat is de voornaam van die oude man?'

'Stan.'

'Dat is jouw vader.'

'Ik weet het.'

'Je zei dat hij overleden is.'

'Ik was bij de begrafenis.'

'Dan is die professor vast in de war.'

'Waarschijnlijk wel.'

'Wat zou het anders moeten zijn?'

'Mijn vaders begrafenis was dertig jaar geleden. En dat is ook het moment waarop die man opdook in New Hampshire nadat hij zowat zijn hele leven was weggeweest.'

'Hè?'

'De kist was gesloten,' zei Reacher. 'Misschien zat hij vol keien. Het Korps Mariniers en de CIA werkten van tijd tot tijd samen. Ik ben ervan overtuigd dat er aan de lopende band smoezelige zaakjes aan de gang waren.'

'Dat is krankzinnig.'

'Heb je dat nog nooit eerder gehoord?'

'Dat zijn dingen uit een Hollywoodfilm.'

'Gebaseerd op ware gebeurtenissen.'

'Eén keer in de honderd jaar. De meeste CIA-verhalen zijn vast heel saai. En ik weet wel bijna zeker dat dat ook voor het Korps Mariniers geldt.'

'Dat ben ik met je eens,' zei Reacher. 'Eens in de honderd jaar. Maar daar gaat het me nu net om. De kans is groter dan nul en daarom wil ik graag dat je het uitzoekt. Noem het maar gepaste zorgvuldigheid van mijn kant. Ik zou me niet voor honderd procent van mijn taak kwijten. Jij staat op het punt een cold case zonder verjaringstermijn te heropenen met een kans van één op een miljoen dat de verdachte nog steeds in leven is, in jouw rechtsgebied woont en familie van me is. Het leek me dat ik voor die tijd voor een beetje duidelijkheid moet zorgen, voor het geval ik hem moet waarschuwen. Hé pa, bel een advocaat, ze staan op het punt je te arresteren. Zoiets.'

'Het is krankzinnig,' zei Amos voor de tweede keer.

'Het is niet uitgesloten,' zei Reacher.

'Wacht even,' zei ze voor de tweede keer.

Hij hoorde nog steeds het ritselen van papier.

'Dit is een merkwaardig toeval,' zei ze.

'Wat?'

'Onze nieuwe software. Die registreert vooral wie de stad binnenkomt en wie vertrekt, aan de hand van kentekenherkenning. Maar kennelijk zoekt hij ook naar uitstaande dwangbevelen en nietbetaalde boetes, en er is een pagina voor algemene opmerkingen.'

'En?'

'Die bestelbus die we vanochtend hebben gezien, was niet legaal.'

'Welke bestelbus?'

'Van dat bedrijf dat Perzische tapijten reinigt.'

'Niet legaal? Hoezo?'

'Er hadden garageplaten op moeten zitten.'

'Waarom?'

'Omdat de huidige eigenaar een garagehouder is.'

'Geen tapijtreiniger?'

'Die waren failliet. De bestelbus is teruggehaald door de verkoper.'

Patty en Shorty gingen terug naar de badkamer, maar bleven er niet lang. Door de kapotgeslagen tegels en het verpulverde gips was het daar niet echt aangenaam meer. Ze sloften weer naar het bed en gingen op de rand zitten, met hun rug naar het raam. Het kon hun niet meer schelen of de jaloezieën omhoog of omlaag waren, en ook niet wie er wel en wie er niet stond te kijken. Fluisterend en met hun handen gebarend bespraken ze snel hun situatie. Ze hadden hun oorspronkelijke inschattingen aangepast en een andere invalshoek gezocht. Sommige zaken waren duidelijker geworden, andere niet. Ze wisten nu iets meer, maar begrepen er steeds minder van. In ieder geval begrepen ze dat die zes mannen die door het raam naar hen hadden gekeken hun tegenstanders waren. Zij moesten het spelletje tikkertje winnen. In tachtig vierkante kilometer bos. In het donker, waarschijnlijk. Met drie van de klootzakken van het motel als scheidsrechters of umpires of marshals, omdat er negen quads waren. De vierde klootzak zat dan waarschijnlijk thuis te loeren naar de beelden van camera's, te luisteren naar de geluiden die de microfoons opvingen, of wat dan ook te doen wat ze daar allemaal deden. Zo zagen ze het op dat moment.

Tachtig vierkante kilometer. Zes man in het donker en toch waren ze overtuigd van hun succes. Ze konden het zich niet veroorloven om te verliezen. Door de quads waren de anderen natuurlijk in het voordeel. Daar kon je het niet van winnen. Maar toch. Tachtig vierkante kilometer vormde een oppervlak van tienduizend voetbalvelden, en op zes van die tienduizend voetbalvelden slechts één man.

In het donker.

Ze snapten het niet.

'Misschien hebben ze nachtkijkers,' fluisterde Shorty.

Dat bracht een stortvloed van sombere gedachten op gang. Misschien zouden ze wel op een flinke afstand van elkaar rondjes rijden in een enorme cirkel, als paarden in een draaimolen, zodat ze om de paar minuten elk willekeurig punt van die cirkel passeerden. Ondertussen zouden Patty en Shorty dan in een rechte lijn komen aanlopen, alsof ze een straat met eenrichtingsverkeer moesten oversteken. Langzaam. Misschien zouden ze wel vijf minuten lang zichtbaar zijn van beide kanten. Zou de draaimolen nog langzamer draaien dan zij konden lopen?

Of misschien zouden ze vanaf de allereerste stap buiten de deur worden gevolgd.

Allemaal vragen.

Met bovenaan de allerbelangrijkste vraag: wat voor soort tikkertje werd het? Waarschijnlijk een beetje anders dan op het schoolplein. Niet met een klap op de schouder. Tachtig vierkante kilometer. Zes mannen met quads en nachtkijkers. Ervan overtuigd dat ze zullen winnen.

Niet best.

Het leidde er allemaal toe dat ze een besluit moesten nemen. Met z'n tweeën gaan of apart? Ze konden allebei een andere kant op gaan. Dan zouden ze twee kansen hebben. Meer dan twee kansen. Als de een werd gepakt, kon de ander profiteren van de consternatie die dat zou opleveren.

Misschien kon een van beiden ontsnappen.

Reacher zat in de Subaru die geparkeerd stond in de brede berm. Als dat van die biologische jute niet waar was, deugde het hele verhaal niet. Dat zei ik toch al, zoemde zijn reptielenbrein. Die sleepwagen stond daar niet vanwege een achtergelaten auto. Dat verhaal klopte niet. Elizabeth Castle had gezegd dat taxi's niet dat hele eind wilden rijden. Die achtergelaten auto was een verzinsel, onderdeel van tot in de puntjes uitgewerkte flauwekul, inclusief loodgieters en elektriciens, onderhoud, water en stroom.

Die sleepwagen was een wegversperring.

'Waar zit je aan te denken?' vroeg Burke.

'Ik vroeg me af waar de mensen waren. We hebben er één gezien, maar er stonden vier wagens. Ik heb het gevoel dat daar iets vreemds aan de hand is. Nou ja, denk ik dan, hoe erg kan het zijn? Het is een motel. En dan denk ik aan een wegversperring. En dat er misschien wel ongelukken kunnen gebeuren bij een motel met een wegversperring. Misschien wel heel erge ongelukken. Maar als ik daar ga kijken, heeft de telefoon geen bereik meer. En ik wil horen hoe het verder gaat met Carrington en Elizabeth Castle. Ik heb die twee bij elkaar gebracht. Ik denk dat Amos me zal bellen. Ze wil dat ik terugkom naar de stad, want ze aarzelde toen ik het haar de laatste keer vroeg. Heel duidelijk. Vroeg of laat vraagt ze me terug te komen.'

'Wat zou je daar kunnen doen?'

'Rondlopen. Mijn signalement is bekend. Ze zoeken mij, niet Carrington, hij is maar een bleke afspiegeling. Het zou de druk op hem verminderen. De boef zou zich op mij richten.'

'En dat baart jou geen zorgen?'

'De bedoeling is dat ik naar Boston word gebracht en daar van een gebouw word gegooid. Dat is een ingewikkelde operatie die nogal wat om het lijf heeft. Eerlijk gezegd zie ik niet hoe ze dat voor elkaar moeten krijgen.'

'Wat voor ongelukken kunnen er gebeuren bij een motel met een wegversperring?'

'Zeg het maar,' zei Reacher. 'Geen idee.'

Het werd snel donker en dus gingen bij alle kamers langs het plankier de buitenlichten aan. De zes mannen waren bezig hun uitrusting uit te pakken. Alle zes deuren stonden open. Het licht in alle zes kamers was aan. Mannen liepen zo te zien gedachteloos in en uit, met van alles en nog wat in hun handen. Het had ook iets van een show, ook al was er weinig ruimte voor show, want de regels waren strikt. Ze begonnen op voet van gelijkheid. Het speelveld was voor iedereen hetzelfde. Ze beschikten alle zes over een door middel van loting toegewezen quad die in niets verschilde van de andere quads. Ze hadden allemaal dezelfde nachtkijker. Dat was gebruikelijk. De eigenaar van het circuit bepaalde wat er werd gebruikt. Mark had nachtkijkers van het leger, tweede generatie, in een dumpzaak ingeslagen. Een standaardkeuze in de sector en ruim verkrijgbaar. Er golden geen beperkingen voor kleding en schoeisel, maar omdat in het verleden al het een en ander was uitgeprobeerd door anderen, droeg nu iedereen dezelfde outfit. Niets wat in die tassen zat, was het waard om een tweede keer bekeken te worden.

De koffers waren een andere zaak. Vreemde, onhandelbare dingen die bepaalde associaties opriepen. Ook in dit geval geen beperkingen. De keuze was vrij, gebaseerd op persoonlijke voorkeur of ideologie, of geloof, of wat dan ook. Alles was toegestaan, elke combinatie. Al dan niet recurve, dubbelconvex, massief, composiet of demonteerbaar. Ze hadden allemaal een lievelingsexemplaar met een verhaal, gebaseerd op weinig ervaring en heel veel wishful thinking. Allemaal overwogen ze bepaalde verbeteringen. Iedereen prutste een beetje.

Er werd heel wat stiekem opzijgekeken toen de koffers werden opengemaakt.

De avond viel, dus begon het zicht vanaf de berm te veranderen. Het daglicht werd zwakker en alles werd grijs. In gedachten riep Reacher het beeld van het motel op zoals ze het de eerste keer hadden gezien. Hij zoomde in. Helder zonlicht. De receptie links, de Volvo voor kamer drie, de bestelbus van de neptapijtenreiniger voor kamer zeven, de kleine blauwe middenklasser voor kamer tien en de pick-up met de lange laadbak voor kamer elf. En dan nog de tuinstoel voor kamer vijf, die een beetje scheef stond.

'Waar denk je aan?' vroeg Burke.

'Een kwestie van mijn reptielenbrein,' zei Reacher. 'Jij hecht meer waarde aan mijn gezonde verstand.'

'Vertel het toch maar.'

'Wat moet je doen om heel slecht te zijn?'

'In godsdienstig opzicht?'

'In praktische zin.'

'Dat kan zoveel zijn.'

'In ieder geval heb je een slachtoffer nodig. Heel slecht zijn gaat vrijwel altijd ten koste van iemand anders. Misschien een jong meisje. Om maar iets te noemen. Daarnaartoe gelokt en vastgehouden. Misschien gaan ze haar dwingen mee te werken aan een pornofilm. Zo'n motel is een prima locatie. Afgelegen genoeg.'

'Denk je dat het om porno gaat?'

'Ik bedoelde het als voorbeeld. Het kan van alles zijn. Maar je hebt altijd een slachtoffer nodig. Een slachtoffer op het terrein. Op de een of andere manier daar gepakt en gevangengehouden, onmiddellijk beschikbaar op het moment dat de rest arriveert.'

'Op het terrein? Waar?' vroeg Burke.

'Kamer tien was anders,' zei Reacher. 'In twee opzichten. In de eerste plaats de auto. De enige met een buitenlands kenteken. Bovendien kleiner, goedkoper en aftandser. Dus waarschijnlijk de auto van een jong iemand. Misschien wel ver van huis en kwetsbaar. In de tweede plaats het raam van de kamer. De jaloezieën waren omlaag. Het was de enige van de twaalf kamers waarbij dat het geval was.'

Burke zei niets.

'Ik zei al dat het iets van mijn reptielenbrein was,' zei Reacher.

'Wat ga je ermee doen?'

'Ik weet het niet.'

'Je moet nog een keer gaan kijken.'

'Misschien.'

'Carrington is een volwassen man. Die kan wel voor zichzelf zorgen.'

'Hij weet van niets. Hij heeft geen idee van wat er speelt.'

'Oké, maar de politie kan wel voor hem zorgen. Die wil je hoe dan ook niet in Laconia zien. Die mevrouw Amos gaat je echt niet vragen terug te komen, geloof me maar.'

Reacher zei niets.

Hij koos het nummer van Amos. De telefoon ging vier keer over. 'Nog steeds niets,' zei ze.

'Hoe voel je je?' vroeg Reacher.

'Het spitsuur is voorbij. In het centrum is het rustig. We surveilleren op de meeste plaatsen waar we moeten surveilleren. Bovendien gaat het om een signalement van heel iemand anders. We hebben het voortdurend over een theoretische mogelijkheid. Ik denk dat ik wel kan zeggen dat ik me in grote lijnen wel oké voel.'

'Op een schaal van één tot tien?'

'Ongeveer een vier,' zei ze.

'Zou het helpen als ik er was?'

'Wil je een eerlijk antwoord?'

'Op een schaal van één tot tien.'

'Is er een lager cijfer dan één?'

'Kleiner dan één gaat niet.'

'Dan een één,' zei ze.

'En zonder alle regeltjes en andere flauwekul?'

'Nog steeds een één.'

'Oké, succes ermee,' zei hij. 'Je kunt me voorlopig niet meer telefonisch bereiken. Ik bel jou wel weer als ik de kans krijg.'

35

De tv ging weer eens helemaal vanzelf aan met vaag geknetter, een blauw scherm en uiteindelijk het gezicht van een man tegen een zwarte achtergrond. Dit keer was het Mark. Hoofd en schouders. Hij wachtte. Hij keek weg en vroeg aan iemand of iets het deed. Kennelijk wel, want ze konden de communicatie van begin tot eind volgen. Mark keek weer in de camera, keek naar hen, oog in oog tegenover elkaar. Hij keek, wachtte en glimlachte.

'Jongens,' zei hij. 'We hebben jullie een tweede sessie beloofd voor vragen en antwoorden, voor het geval er na Peters uitleg nog iets niet helemaal duidelijk mocht zijn. Hier ben ik dus.'

'Leg eens uit over het tikkertje spelen,' zei Patty.

'Kom nog eens met z'n tweeën op het voeteneind van het bed zitten. Dan kunnen we vrijuit met elkaar praten.'

Patty liep langs het bed naar het voeteneind. Shorty volgde haar voorbeeld. Dat wilde hij niet, maar hij deed het toch.

'Consumptiepatronen veranderen. Mensen voelen niet langer de behoefte om hun geld uitsluitend te spenderen aan grotere en mooiere materiële zaken. Een groter huis, een grotere diamant, een mooiere Monet. Er is een nieuwe categorie bij gekomen. Mensen kopen ervaringen. Ze kopen kaartjes voor een tochtje naar de maan, ze willen naar de bodem van de oceaan. Sommigen van die mensen jagen onschuldige genoegens na. Anderen zijn ziek. Ze treffen elkaar op internet, in geheime chatrooms. Daar adverteren wij.'

'Wat voor chatrooms?' vroeg Patty. 'Wie zijn die mensen?'

'Jullie hebben kennisgemaakt met Karel,' zei Mark. 'De andere vijf komen van één bepaalde website, met een boeiende, dubbelzinnige naam. Heel slimme, ondergrondse marketing. Beschrijven ze de leden van hun club? Of geeft het de activiteit weer die ze ontplooien? Is het een foutje of is het een knipoog? Waar leg je de klemtoon? Is het één woord, of zijn het er drie? Je kunt alle kanten op.'

'Hoe heet die site?' vroeg Patty.

'Mens en Jacht.'

'Wat?'

'En dat is hopelijk meteen een antwoord op die vraag over het tikkertje spelen. Mensen jagen met een boog. Bij het spel worden er geen eisen gesteld aan het type boog, al zijn mechanische spanvoorzieningen en kruisbogen uiteraard uitgesloten. Waarschijnlijk gebruiken ze recurve-composietbogen met een gemiddelde lengte. Ze willen zo mobiel mogelijk zijn. Ze hebben veel geleerd van de hertenjacht. Ze gebruiken waarschijnlijk pijlen met een driehoekige pijlpunt, misschien met weerhaken, maar dat zal afhankelijk zijn van waar jullie je bevinden. Als ze jullie snel op het spoor komen, zullen ze jullie waarschijnlijk eerst een tijdje achtervolgen. Daarna zullen ze schieten om je te verwonden, want ze willen wel dat jullie het de hele nacht volhouden. Per slot van rekening hebben ze veel geld betaald.'

'Jij bent gek.'

'Ik niet,' zei Mark. 'Ik bedien alleen het onfrisse deel van de markt. Hun diepste verlangens zijn hun eigen zaak.'

'Je laat ons vermoorden.'

'Nee. Ik heb het over de kans die jullie krijgen om hier heelhuids vandaan te komen. Op dit moment ben ik jullie beste vriend. Ik probeer jullie te helpen.'

'Je kunt het je niet veroorloven ons te laten ontsnappen.'

'Nu zoek je uitvluchten. Je kunt niet stoppen voordat je bent begonnen. Het is een heel groot bos en ze zijn maar met z'n zessen.'

'Hebben ze nachtkijkers?'

'Eh, ja.'

'En quads.'

'Wat betekent dat jullie ze kunnen horen als ze eraan komen, snap je? Jullie zijn bepaald niet helemaal hulpeloos. Zoek zorgvuldig je weg. Blijf alert, luister goed en probeer uit de geluiden af te leiden welke kant de quads opgaan, zodat je achter ze langs kunt glippen. Misschien is het mogelijk. Je moet ervan uitgaan dat het vroeg of laat iemand een keer zal lukken. De kortste route is niet meer dan drie kilometer. Dat weten jullie. Gewoon over het pad, maar dat moet ik je afraden. Zelfs het pad tussen de bomen. Te opvallend natuurlijk. Daar loop je vanzelf in een hinderlaag.'

Ze reageerden niet.

'Nog een beetje advies, als jullie het me toestaan,' zei Mark. 'Voel zo nu en dan even aan de deur. De klok begint te lopen zodra de deur van het slot is. Het is jullie eigen verantwoordelijkheid om dat in de gaten te houden. We doen verder geen enkele aankondiging. Ik raad jullie aan meteen te vertrekken als de deur van het slot gaat. Gewoon heel goed je best doen. Bekijk het een beetje positief, het bos is heel groot. Handboogschutters opereren het liefst van een meter of tien of dichterbij. Het is best moeilijk om met pijlen te schieten in het bos. Er staan altijd bomen in de weg.'

Ze zwegen.

'Nog een advies, als het mag,' zei Mark. 'Blijf niet in je kamer zitten. Dat lijkt misschien heel slim, maar het is een verkeerde strategie. Die werkt niet. Zodra ze in de gaten krijgen wat jullie aan het doen zijn, komen ze op jullie af en worden jullie omsingeld. Dan staan er zes man voor de deur die heel teleurgesteld zijn, omdat jullie hun sport hebben bedorven. Dat zullen ze op jullie afreageren. Ze zullen ervoor zorgen dat jullie het de hele nacht volhouden, maar niet op een prettige manier.'

Patty en Shorty reageerden niet.

'Hebben jullie overwogen apart te gaan?' vroeg Mark.

Shorty keek weg.

'Ik weet het,' zei Mark. 'Dat is een moeilijke beslissing. Je zou zeggen dat je dan de beste kansen hebt. Het probleem is alleen dat je nooit zult weten wat er met de ander is gebeurd, op het allerlaatst, bedoel ik.'

Burke reed naar het noorden. Streepje voor streepje gaf de telefoon er de brui aan. Reacher legde Burke voor wat hij van plan was. Burke moest hem aan het begin van het pad afzetten en naar huis gaan. Vervolgens thuisblijven, veilig en wel, en niet meer teruggaan. Niet ja zeggen en toch terugkomen en blijven wachten. Niet te voet achter Reacher aan gaan, ook niet om alleen maar te kijken wat er ging gebeuren. Niets van dat alles. Naar huis, thuisblijven, de hele zaak vergeten. Niet tegenstribbelen, geen discussie. Het was geen democratisch besluit. Er werd niet gestemd. Zo moest het en niet anders.

Burke ging akkoord.

Reacher vroeg het hem een tweede keer.

Burke ging nogmaals akkoord.

Ze reden het bos in. Onder het bladerdak was het al helemaal donker. Burke deed het groot licht aan. Acht kilometer verder doken de scheve palen op in het duister. Precies daar waar ze moesten staan. Burke zette de auto langs de kant, Reacher stapte uit en Burke reed weg. Reacher keek hem na. Na een tijdje verdwenen de achterlichten in de verte en werd het doodstil. Er viel maanlicht op het wegdek. De nachthemel was grijs. Onder de bomen was het donker. Reacher begon te lopen, alleen in de duisternis.

Patty voelde aan de deur. Ze hoopte dat hij niet open zou gaan. Nog niet. Ze waren er nog niet klaar voor. Ze neigden ernaar om bij elkaar te blijven, in ieder geval in het begin. Zo lang mogelijk, maar dat hadden ze nog niet hardop gezegd. Nog niet. Ze neigden er ook naar om te vertrekken in westelijke richting, de andere kant op dan het pad. De tegenovergestelde richting. Een langere route. Niet wat je in eerste instantie zou willen. Misschien was het daardoor juist een goed plan. Maar misschien was het ook wel voorspelbaar. Dat wisten ze niet. Ze hadden zich nog niet uitgesproken. Ze hadden overlegd of ze een kaart zouden meenemen uit de auto, maar uiteindelijk hadden ze toch besloten het niet te doen. Wat ze nodig hadden, was een kompas. Ze maakten zich zorgen dat ze de weg zouden kwijtraken in het bos. Ze konden wel eeuwig in een kringetje blijven rondlopen.

De deur zat nog steeds op slot.

Patty liep terug naar het bed en ging op de rand zitten.

Twee minuten later arriveerde Reacher bij de sleepwagen. De massieve vorm doemde op uit de duisternis. In het donker leek de lak zwart, het chroom zag er dof en grijs uit. Hij knielde achter de sleepwagen en tastte met zijn hand over het asfalt naar de zwarte kabel. Toen hij die vond, prentte hij de positie van de kabel in zijn hoofd. Hij stapte eroverheen. Hij wrong zich langs de sleepwagen, zijn arm hoog geheven. Zijn buik gleed soepel langs de glanzend gepoetste lak, terwijl takjes en bladeren over zijn rug krasten. Toen hij voor de sleepwagen kwam, schuifelde hij tastend naar het midden van de grill van de radiateur. Dat was het midden van het pad. Hij stelde zich op met zijn rug naar de vrachtwagen en begon te lopen. Drie kilometer te gaan.

Ze hoorden de motoren van de quads opstarten. Eerst één, toen een tweede. Het hoge krijsende geluid van een startmotor, gevolgd door het nerveuze knallen van een scherp afgestelde motor, en daarna het snelle, ongeduldige razen in z'n vrij. Er kwam een derde bij en een vierde. Het lawaai werd weerkaatst door de gevel van de schuur. Een vijfde en een zesde. Daarna alle quads, grommend en ronkend, knetterend, een beetje gas, klikkend in de versnelling, en weg, de een na de ander, over het gras, het pad op, rechtsaf, weg van het huis in de richting van het motel.

Heel even vroeg Shorty zich af wie de quad had gekregen die zij hadden gebruikt om er de koffer mee naar de weg te sjouwen.

Patty voelde aan de deur.

Nog steeds op slot.

De quads leken zich te formeren tot een enkele rij die zich over het terrein bewoog. Shorty draaide zich om en keek uit het raam. Een parade. De buitenlichten boven het plankier waren nog altijd aan. De quads reden voorbij, van links naar rechts, stuk voor stuk. De mannen die erop zaten waren allemaal in het zwart gekleed. Ze hadden een boog op hun rug. Ze hadden kokers met pijlen. Ze hadden allemaal een merkwaardig soort eenogige nachtkijker op, vastgemaakt met riempjes. Een paar lieten hun motoren dreigend brullen, anderen stonden gretig rechtop op de voetsteunen.

Ze reden allemaal weg.

Heel even vroeg Shorty zich af wie van hen op het westen gokte.

Patty voelde aan de deur.

De deur ging open.

36

Patty trok de deur helemaal open. Ze bleef een centimeter achter de drempel staan en keek naar buiten. Het rook zacht en zoetig. De lucht was aardedonker.

'Dit is waanzin,' zei ze. 'Ik wil dit niet. Ik wil hier blijven. Hier voel ik me veilig.'

'We zijn hier niet veilig,' zei Shorty. 'We hebben hier geen schijn van kans.'

'We hebben nergens een kans. Die lui hebben nachtkijkers.'

'Ze zijn maar met z'n zessen.'

'Met z'n negenen,' zei Patty. 'Denk je dat die klootzakken van het motel zich er niet mee zullen bemoeien?'

'We kunnen hier niet blijven.'

Patty zei niets. Ze stak haar hand naar buiten en spreidde haar vingers. Ze voelde de luchtstroom, ze duwde ertegen en ving die op in haar tot een kommetje gekromde hand, alsof ze zwom.

'We gaan naar Florida,' zei Shorty. 'Daar gaan we surfplanken verhuren. Misschien ook wel jetski's. We gaan T-shirts verkopen. Daar valt geld te verdienen. De Aquashop van Patty en Shorty. We laten een mooi uithangbord maken.'

Patty keek hem aan.

'Jetski's hebben onderhoud nodig,' zei ze.

'Dan huren we een monteur in,' zei hij. 'Steeds als het moet. Ik beloof het.'

Ze aarzelde nog even.

'Oké,' zei ze. 'We doen het.'

Ze namen alleen de zaklampen mee. Ze haastten zich tussen de dode Honda en de pick-up door die voor de kamer naast hen geparkeerd stonden. Ze sloegen de hoek om bij kamer twaalf en keerden terug langs de achtergevel zonder ramen tot ze het idee hadden dat ze terug bij hun eigen kamer waren. Ze gingen met hun rug tegen de muur staan en keken naar het westen. Een vaag zichtbaar stuk grijs grasland en daarachter een muur van bomen, laag en pikzwart. Ze luisterden gespannen en tuurden in het duister of ze het schijnsel van zaklampen zagen. Ze hoorden niets en er was niets te zien.

Ze pakten elkaar bij de hand en begonnen te lopen, snel, net geen rennen. Ze gleden uit, struikelden en liepen al snel zonder enige dekking over het gras. Shorty beeldde zich in dat merkwaardige eenogige nachtkijkers zich in hun richting keerden. Dat ze automatisch inzoomden en scherpstelden. Patty dacht: als ze je snel op het spoor zijn, achtervolgen ze je eerst een tijdje. Ze keken verlangend naar de donkere horizon, de muur van bomen. Ze haastten zich ernaartoe en kwamen steeds dichterbij. Ze begonnen steeds sneller te lopen. De laatste vijftig meter renden ze.

Ze glipten tussen de eerste bomen door het bos in en bleven toen staan, voorovergebogen, hijgend en happend naar adem, deels vanwege de opluchting, de primitieve vreugde dat ze dat eerste stuk hadden overleefd. Een oeroud overwinnaarsgevoel dat hen sterkte. Ze rechtten hun rug weer en luisterden. Ze hoorden niets en trokken dieper het bos in. Steeds verder. Ze vorderden langzaam door de klimop en de lage begroeiing die zich om hun enkels slingerden, en omdat ze steeds moesten uitwijken, nu eens naar links, dan weer naar rechts, terwijl het ook nog eens donker was. Ze vonden het te riskant om de zaklampen te gebruiken vanwege die nachtkijkers. Ze hadden het idee dat ze eruit zouden zien alsof ze zichzelf in brand hadden gestoken.

'Gaan we nog steeds naar het westen?' vroeg Patty na vijf minuten.

'Ik denk het wel,' zei Shorty.

'Dan moeten we nu naar het zuiden gaan.'

'Waarom?'

'We zijn heel lang te zien geweest voordat we in het bos waren. Misschien hebben ze ons van een afstand wel zien lopen en dan weten ze dat we naar het westen gaan. Dus denken ze dat we steeds maar doorgaan naar het westen.'

'O?'

'Ja, want mensen projecteren ruimtelijke dingen onbewust altijd in rechte lijnen.'

'Is dat zo?'

'We moeten dus de ene of de andere kant op, noord of zuid, dan kunnen ze naar het westen projecteren wat ze willen, ze zullen ons nooit vinden. Ik geef de voorkeur aan zuid, omdat we dan in de richting van de stad gaan.'

'Goed, dan moeten we nu naar links.'

'Als we echt naar het westen lopen.'

'Ik ben er behoorlijk zeker van.'

Patty maakte een bocht waarvan ze hoopte dat hij haaks was. Ze controleerde het zorgvuldig. Ze liep nu dwars in de richting die ze net beiden hadden gelopen. Shorty draaide met haar mee. Ze liepen steeds maar door en vorderden nog steeds even traag. Klimopranken die zich om hun enkels slingerden en twijgen die in hun gezicht zwiepten. Hier en daar afgevallen takken en stammen die schuin over het door hen gekozen pad lagen, waardoor ze gedwongen waren een omweg te maken en goed moesten uitkijken dat ze in het donker niet dezelfde weg terug liepen.

In de verte hoorden ze een quad. Misschien was hij twee kilometer verwijderd. Een kort ritje. Ze hoorden de motor opstarten, een minuut lang ronken en toen weer wegsterven. Een net hoorbaar geluid. Iemand die een nieuwe positie zocht, maar waarom? Op basis waarvan? Patty bleef stilstaan en Shorty botste tegen haar aan.

'Blijven ze de hele tijd op die dingen zitten, net als op een paard, of stappen ze af en komen ze lopend naar ons toe?'

'Ik hoor ze niet de hele tijd maar rondcrossen, dus ik denk dat ze de quads ergens neerzetten en dan gaan lopen.'

'Dat betekent dat we ze niet aan horen komen. Mark probeerde ons een oor aan te naaien.'

'Daar zeg je iets nieuws.'

'We zitten echt in de shit.'

'Dit bos is heel groot. Ze kunnen pas schieten vanaf een meter of tien. Die kerel net was heel ver weg. Die kan het wel op zijn buik schrijven.'

'We moeten nu naar het zuidwesten,' zei Patty.

'Waarom?'

'Ik denk dat het van hier de kortste weg is naar de ring.'

'Ligt het niet voor de hand dat zij dat ook denken?'

'Daar moeten we ons niet mee bezighouden. Ze zijn met z'n negenen. Dan kunnen ze wel van alles bedenken.'

'Goed, dan maken we een halve draai naar rechts.'

'Als we nu echt naar het zuiden lopen.'

'Ik ben er behoorlijk zeker van,' zei Shorty. 'Min of meer.'

'Volgens mij zijn we omgekeerd.'

'Nee, niet echt.'

Patty zei niets.

'Wat is er?' vroeg Shorty.

'Ik denk dat we verdwaald zijn. In een bos vol boogschutters die ons willen vermoorden. Ik denk dat ik midden tussen al die bomen zal doodgaan, en dat heeft wel iets toepasselijks, want ik werk in een houtzagerij.'

'Gaat het wel goed met je?'

'Ik ben een beetje licht in mijn hoofd.'

'Hou vol. Nog even en we zetten de autoriteiten aan het werk. Halve draai naar rechts, dan rechtdoor en we zijn bij de ring.'

Ze maakten een halve draai naar rechts, liepen daarna rechtdoor en bereikten een minuut later de rand van het bos. Open grasland, maar het verkeerde open grasland. Ze keken tegen de achtergevel van het motel aan, over hetzelfde grijze gras, vanuit een iets andere hoek, maar het scheelde niet veel. Ongeveer twintig meter van de plek waar ze het bos waren ingegaan, kwamen ze het bos weer uit.

Reacher hoorde de motoren in de verte, eerst een zwerm, een heleboel bij elkaar, een nijdig zoemen ver weg, net hoorbaar, en daarna afzonderlijke motoren op één of twee kilometer afstand. Sommige reden verder, andere stopten ergens. Het was niet het zware bonken van Amerikaanse motoren, het was het andere geluid. Hoge toerentallen, versnellingen, kettingen, krukken, kleppen en andere onderdelen die jankten en op en neer raasden. Dat zouden de quads zijn, dacht hij. Er hadden negen van die dingen keurig in rijtjes van drie voor die schuur geparkeerd gestaan. Nu waren ze in actie, her en der verspreid tussen de bomen.

Jagers, zei zijn reptielenbrein.

Oké, zei zijn gezonde verstand. Misschien jagen ze op een beschermde diersoort. Misschien een berenjong of zo. Streng verboden. Misschien was dat het slachtoffer.

Zij het dat een berenjong niet in een klein buitenlands autootje reed en zich niet verstopte achter neergelaten jaloezieën.

Hij bleef stilstaan en schuifelde vervolgens zijdelings van het pad tussen de bomen. Hij bleef minder dan twee meter van het pad staan. Verder weg hoorde hij een quad die stilstond. De motor stond in z'n vrij. Hij wachtte op iets. Geen koplamp. Toen werd de motor afgezet. Het was meteen weer doodstil. Door het hier en daar dunnere bladerdak waren flarden staalgrijze lucht te zien. Maanlicht op lage bewolking.

Reacher liep verder tussen de bomen, langs het pad, op een afstand van minder dan twee meter.

Patty ging op de grond zitten met haar rug tegen een boom. Ze staarde naar het motel, de blinde achterwand waar ze waren begonnen.

'Gaat het?' vroeg Shorty.

Ze dacht, als ze je snel op het spoor zijn, achtervolgen ze je eerst een tijdje. Toen zei ze: 'Ga zitten, Shorty. Je moet uitrusten als je de kans krijgt. Dit kon wel eens een lange nacht worden.'

Hij ging zitten tegen de boom naast haar.

'We leren het wel,' zei hij.

'Nee,' zei ze. 'We leren het niet. Niet zonder kompas. Het gaat niet. We hebben geprobeerd om drie keer in een rechte lijn te lopen en uiteindelijk werd het een acht.'

'Wat wil je doen?'

'Ik wil wakker worden en ontdekken dat het allemaal een vreselijke droom is.'

'En afgezien daarvan?'

'Ik wil naar het oosten. Ik denk dat het pad onze enige hoop is. Langs het pad, tussen de bomen, zodat we niet verdwalen. Alle andere kanten op heeft geen zin, dan kunnen we wel de hele nacht blijven ronddwalen.'

'Dat weten ze.'

'Dat hebben ze de hele tijd geweten. Ze wisten gewoon dat we vroeg of laat zouden inzien dat het pad onze enige optie is. Een laatste strohalm. Dat hadden we zelf ook moeten bedenken. We zijn gewoon stom geweest om te denken dat het ging om tachtig vierkante kilometer met zes man. Dat is toch geen spel? Dat is een loterij, maar het gaat ook helemaal niet om tachtig vierkante kilometer. Het gaat om een smalle strook aan weerszijden van het pad. Daar gebeurt het allemaal. Kan niet anders. Daar wachten ze ons op. Alleen weten ze niet onder welke hoek we op ze afkomen. En wanneer.'

Shorty zweeg en dacht na, een hele tijd, zoog zijn longen vol lucht en blies die weer uit.

'Ik wil iets proberen,' zei hij.

'Wat?'

'Ik wil eerst weten of het kan. Ik wil me niet belachelijk maken.'

Weinig kans, Shorty, dacht ze.

'Wat gaan we doen?' vroeg ze.

'Volg mij,' zei hij.

In de zitkamer riep Steven de beelden op met het gps-spoor van de trackers in hun zaklampen. Het waren krachtige zenders, die als parasieten hun energie zogen uit de vier nieuwe monocelbatterijen en werden ondersteund door lange antennes die in de aluminium behuizing van de zaklampen waren vastgeplakt. Op dat moment bewogen de gps-chips zich van de rand van het bos naar de achterwand van het motel. Lopend, niet rennend, zonder haast te maken, in een rechte lijn. Dat was heel wat anders dan hun eerdere prestaties op het gebied van navigatie. Die waren ronduit chaotisch geweest. Vanaf het begin hadden ze een onzekere koers in zuidwestelijke richting gevolgd, langs een kromme lijn die zijzelf waarschijnlijk voor een rechte hadden gehouden. Toen ze links af waren geslagen, had dat er aanvankelijk beter uitgezien, maar al snel raakten ze het spoor weer bijster en strompelden ze blind voort tot ze bijna de hele cirkel hadden volgemaakt. Na een laatste rare koerswijziging kwamen ze uiteindelijk uit waar ze zo ongeveer waren begonnen. Tot twee keer toe hadden ze hun eigen sporen gekruist, kennelijk zonder zich daarvan bewust te zijn.

Hij bleef kijken. Ze kwamen uit bij de achterwand van het motel en liepen erlangs naar de hoek, sloegen de hoek om, en nog een keer zodat ze weer voor kamer twaalf langs liepen. En langs kamer elf. Voor kamer tien bleven ze staan.

37

Shorty duwde de motorkap van de Honda omhoog en ging met zijn hand onder de accu. Hij voelde de beide uiteinden van de doorgeknipte stijve zwarte kabel, twee koperen schijven zo groot als een cent. Hij deed een stap achteruit, richtte zich weer op en liep door kamer tien naar de badkamer. Hij graaide alle handdoeken bij elkaar, een grote rommelige hoop, en nam ze mee naar buiten. Naast de achterkant van de Honda liet hij ze op het grind vallen.

'Ga bij de andere kamers kijken,' zei hij. 'Zoek zo veel mogelijk handdoeken bij elkaar.'

Patty begon bij kamer elf. De deur zat niet op slot. Ze ging naar binnen. Shorty liep terug naar kamer tien. Met beide handen om het touw geslagen tilde hij de koffer op en waggelde ermee naar buiten. Hij zette hem even op het plankier om krachten te verzamelen. Toen zeulde hij hem van het plankier het terrein op en wankelend met kleine, onzekere pasjes het hele eind naar het gras aan de andere kant van het parkeerterrein, het grasland dat het motel scheidde van het bos. Hij zwoegde door het gras. Zijn hakken lieten diepe afdrukken achter in de zachte grond. De grashalmen maakten een ruisend geluid tegen de koffer. Na dertig meter bleef hij staan. Hij liet de koffer plat in het gras vallen.

Toen liep hij terug. Patty had de handdoeken uit de kamers elf, zeven en vijf gehaald. De handdoeken lagen nu op vier stapels. Shorty liep naar de badkamer van kamer tien en kwam terug met een scherf van een tegel. Breed waar hij hem vasthield, maar met een gemene punt. Hij liet de scherf vallen op de stapel handdoeken bij de Honda.

'In welke kamer lagen de meeste spullen?' vroeg hij.

'Kamer zeven,' zei Patty. 'Een heleboel kleren en allerlei zalfjes en poedertjes in de badkamer. Die kerel verzorgt zich goed.'

Shorty liep naar kamer zeven. Hij negeerde de kleren en de zalfjes en de poedertjes, maar pakte de toilettas op het planchet boven de wastafel in de badkamer. Hij keerde hem om boven de wastafel en vond meteen wat hij zocht. Onder in de tas, boven op de hoop in de wastafel, een nagelknipper. Het gebruikelijke soort met halfronde snijkanten en een vijltje dat je er opzij uit moet draaien.

Hij stopte hem in zijn zak en liep terug naar de Honda. Hij legde de scherf opzij. Hij stapelde de handdoeken netjes op tot een dikke deken en schoof die plat over het grind onder de achterkant van de Honda. De handdoeken van de kamers vijf, zeven en elf schoof hij op dezelfde manier onder de Volvo, de bestelbus en de pick-up.

Hij liep terug naar de Honda en ging op zijn rug liggen. Hij stak met de scherf in op de onderkant van de benzinetank, keer op keer. Het metaal bood meer weerstand dan hij had verwacht. Er sprong een stuk glazuur van de scherf. Shit, dacht hij, alsjeblieft, ik wil niet afgaan. Hij wist wat Patty dacht.

Maar eindelijk zat het hem een keer mee. De punt van de scherf was scherper geworden toen het stuk glazuur eraf was gesprongen. Het voegde een derde dimensie toe, het had een naald van de scherf gemaakt. Hij veranderde van positie, zette het brede deel van de scherf dwars op zijn handpalm en stak uit alle macht omhoog.

Hij voelde dat de punt door het metaal drong.

Hij voelde benzine op zijn hand.

Hij maakte het gat groter en binnen een minuut was de stapel handdoeken doorweekt met twintig liter benzine. Hij herhaalde de operatie drie keer, onder de Volvo, de bestelbus en de pick-up. Hij werd duizelig van de benzinedampen, maar hij voelde zich sterk en energiek. Hij deed iets, hij ging de strijd aan en hij was aan de winnende hand. Hij trok de druipende handdoeken stuk voor stuk onder de auto's vandaan en legde ze op het plankier, op één klein handdoekje na. Dat met benzine doordrenkte handdoekje nam hij mee naar de Honda, waar hij het onder de accu schoof. Hij drukte het in kieren en spleten en legde het over bouten en beugels.

Hij deed een stap achteruit en richtte zich weer op. Hij wapperde met zijn handen om ze te drogen, stapte in de Honda en stak de sleutel in het contactslot. Hij draaide de sleutel om en schakelde alles in wat elektriciteit in de auto nodig had. De achterruitverwarming, de koplampen, de ruitenwissers, de radio, alles wat hij maar kon inschakelen. Hij wilde dat de accu maximaal zou worden belast.

Hij stapte uit en haalde de nagelknipper uit zijn zak en draaide de vijl er opzij uit. Het vijltje was een centimeter of vijf lang en een halve centimeter breed, gemaakt van een ruw soort metaal. De punt was een beetje gebogen, goed om mee te schrapen.

Hij stak één hand onder de motorkap, boog zijn elleboog en manoeuvreerde zijn hand onder de accu. Hij schoof de punt van de vijl tussen de beide uiteinden van de stijve zwarte accukabel. Tussen de beide koperen vlakken zo groot als een cent. Hij draaide de vijl een kwartslag en herstelde zo het stroomcircuit. Metaal tegen metaal tegen metaal. Het veroorzaakte een furieus, luid sissend spektakel van vonken en het handdoekje vatte met een zoevend geluid vlam. Shorty liet de nagelknipper vallen en trok snel zijn hand terug. Met de handdoeken die hij bij de Honda in brand stak rende hij over het plankier heen en weer en gooide ze in de kamers. In kamer elf, in kamer tien, op de bedden en op de vloer, in kamer zeven, in kamer vijf, en de laatste handdoeken overal waar maar iets vlam zou kunnen vatten, op het plankier, op een plastic tuinstoel, voor de deur van de receptie.

Achteruit liepen ze over het parkeerterrein. Er sloegen al vlammen uit de ramen en deuropeningen. Er bolden fantastische vormen op onder de dakgoten, die verticaal over de gevel raceten, stopten en opnieuw in beweging kwamen, alsof de motelkamers ademden, waarna uiteindelijk het dak in de fik vloog.

'Ze kunnen er niet naar kijken met nachtkijkers op,' zei Shorty. 'Dan branden hun ogen uit hun kop. We hoeven er alleen maar voor te zorgen dat we het vuur recht achter ons houden, dan kunnen ze ons niet zien.'

Patty probeerde zich in gedachten voor te stellen hoe dat eruit moest zien en knikte. 'Dat is heel slim, Shorty,' zei ze.

Ze liepen over het grasland naar het oosten, langs de koffer, en hielden het vuur recht achter zich, de opening van de tunnel met het pad door het bos recht voor zich.

Reacher vond een quad geparkeerd bij het pad. De quad doemde langzaam op in het gefilterde grijze maanlicht en stond twee meter tussen de bomen vandaan. Reacher boog naar links en naar rechts om het hele beeld te zien te krijgen. De quad stond schuin, met de voorwielen naar het motel gericht. Het stuur was gedraaid alsof hij het pad af was komen rijden, had geremd en een bocht had gemaakt, maar niet helemaal was gekeerd, niet helemaal honderdtachtig graden.

Geen spoor van de berijder.

Jagers, zei zijn reptielenbrein.

Oké, zei zijn gezonde verstand, maar waar dan? Verderop natuurlijk. De man was komen aanrijden, voor een deel gekeerd en had de quad geparkeerd op het moment dat hij ruim voorbij de plek was waar het moest gaan gebeuren. Alsof hij de catcher was van een honkbalteam. Hij had er zorgvuldig over nagedacht. Reacher had hem gehoord van een afstand. De man had op zijn quad gezeten, bijna een minuut lang, waarschijnlijk met de ellebogen leunend op het stuur, terwijl hij voor zich uit keek en het een en ander berekende. Toen had hij de motor afgezet en was hij afgestapt. Daarna was hij teruggelopen in de richting van waaruit hij was gekomen om dichter in de buurt te zijn van waar het moest gaan gebeuren, om vanuit een betere positie in actie te kunnen komen. Dat betekende dat Reacher zich op dat moment achter hem bevond, altijd een prima plek. Hij tuurde tussen de bomen door en boog naar links en naar rechts om langs stammen te turen.

Hij zag niemand.

Reacher sloop tussen de bomen door. Dat was lastig vanwege klimop, bramen en laag struikgewas. Bovendien bewoog hij zich niet geruisloos. Maar hij verplaatste zijn voeten in een onregelmatig ritme. Niet links, rechts, links, rechts, geen mars. Meer gescharrel als van een dier. Een vos misschien, die een hol groef in het donker, of een berenjong. Moeilijk te zeggen. Hij scharrelde verder.

Hij zag de berijder.

Nog net.

De man stond midden op het pad, bijna onzichtbaar in de zwakjes door de maan verlichte duisternis. Hij stond half naar iets verderop gekeerd. Hij zag er spectaculair uit, gekleed in nauwsluitende zwarte kleren, de outfit van een sporter. Over zijn rug hingen een handboog en een pijlkoker. Een nachtkijker met één lens was met riempjes op zijn hoofd bevestigd, als het oog van een cycloop. Standaarduitrusting van het Amerikaanse leger. Tweede generatie, Reacher had ze zelf gebruikt.

Nachtjagers, had ik het niet gezegd, zei zijn reptielenbrein.

Oké, zei zijn gezonde verstand.

Aan de horizon gloeide iets vaag op. Een beetje rood, oranjeachtig. Reacher sloop tussen de bomen dichterbij. Een lange stap, zacht geritsel, daarna nog een stap. De man had niets in de gaten. Hij bewoog zijn hoofd en probeerde de gloed in de verte vanuit een ooghoek te zien, zodat het minder fel zou zijn, maar dat lukte niet. Steeds rukte hij zijn hoofd weg. Uiteindelijk klapte hij de optische lens omhoog en uit de weg en keek hij met het blote oog. Hij deed een stap achteruit en naar links om het beter te kunnen zien.

Reacher deed een stap naar voren en naar rechts.

In de verte stond iets in brand.

De man stond op een afstand van tweeënhalve meter, iets verder naar rechts en iets voor Reacher. Een goedgebouwde atleet. Zo met die nachtkijker had hij de uitstraling van een filmacteur.

Een boogschutter bij nacht.

Op jacht naar wat?

Er is altijd een slachtoffer, zei zijn reptielenbrein.

Reacher kwam in beweging.

De man hoorde hem en haalde de boog in één vloeiende beweging van zijn rug. Hij zette een pijl op de pees en trok hem half strak, hield het wapen in de aanslag, schuin op de grond gericht. Hij keek om zich heen. De nachtkijker was nog steeds omhooggeklapt. De pijlpunt was breed en plat en glansde in het maanlicht. Het was een degelijk stuk staal dat redelijk veel schade zou aanrichten, alsof je een klap met een bijl kreeg, maar dan harder.

Toen hief de man zijn boog met beide handen omhoog, alsof hij op het punt stond door een rivier naar de overkant te waden. Met zijn onderarm tikte hij de optische lens van de nachtkijker weer op zijn plaats. Nu kon hij weer zien. Met één grotesk, glazen oog, zo groot als een conservenblik keek hij om zich heen, en toen voor zich uit. Zijn hoofd bewoog langzaam.

Reacher deed een stap achteruit en naar links, zodat hij tussen twee bomen door nog een miniem streepje zicht op de man had.

De man bleef turen en zocht met zijn blik alles af wat zich voor hem bevond. Toen draaide hij zich een halve slag om naast zich te kijken. Daarna draaide hij nog iets verder om te kijken wat er achter hem te zien was.

Hij zag Reacher. Het grijze glas van de lens was recht op hem gericht. De man hief de boog en spande de pees. Reacher zwaaide naar rechts. De man schoot de pijl af, die zich in de boom pal voor

Reacher boorde met een droog, dreunend geluid dat zingend door het harde hout van de stam omhoogtrok.

Als een bijl, maar dan harder.

De man legde met geoefende bewegingen, alleen met zijn rechterhand, een nieuwe pijl op de boog en trok de pees strak. Klaar om te schieten. Het kostte hem nauwelijks meer tijd dan iemand nodig zou hebben om een grendelgeweer te herladen. Het kwam allemaal op hetzelfde neer.

'Ben je je ervan bewust dat je op een menselijk doelwit schiet?' riep Reacher.

De man schoot de tweede pijl af. Het ontspannen van de pees produceerde een zoemend geluid, meteen aangevuld door het suizen van de pijl en een tweede droge, dreunende klap toen de stalen punt zich in het harde hout van een boom boorde.

Dat zal ik maar als ja interpreteren, dacht Reacher.

Dat zei ik immers al, zei zijn reptielenbrein.

Het gezonde verstand merkte op dat hij in zijn hele leven, waarin al zoveel was gebeurd, met inbegrip van een carrière in het leger, met standplaatsen verspreid over de hele wereld, nog nooit onder schot was genomen met een pijl-en-boog. Een volledig nieuwe ervaring, maar voorlopig nog niet erg aangenaam. Die nachtkijker was het grote probleem. Hij was enorm in het nadeel. Hij kende die uitrusting van de tweede generatie vrij goed. Hij had gewerkt met verschillende modellen nachtkijkers. Net als de meeste andere militaire apparaten was ook de nachtkijker van de tweede generatie ontwikkeld op basis van de kijker van de eerste generatie. Het beeld was vooral in de periferie veel scherper. Licht werd niet langer slechts duizend keer versterkt, maar wel twintigduizend keer. Dat leverde een beeld op met een heel fijne korrel, monochroom, iets grijs, vooral groen, een beetje koud en met een beetje nabeeld. Een beetje vloeibaar en spookachtig. Niet helemaal levensecht, in sommige opzichten beter.

Een enorm tactisch voordeel. Twintigduizend keer zoveel zicht was een wereld van verschil. Reacher had nul komma nul keer zoveel zicht. Voor hem was het bijna aardedonker. Hij moest zelf met wijd open ogen hard staren om het verschil tussen een boom en geen boom te zien. Weliswaar druppelde er zo nu en dan iets van maanlicht door het bladerdak, maar dat was voor een groot deel ook niet meer dan wishful thinking. Heel ver naar links was de oranje gloed die langzaam helderder werd. Hij zag de glans van de volgende pijlpunt, klaar om te worden afgeschoten. Reacher bewoog naar links en naar rechts, in een poging een vrije baan te vinden tussen de bomen door. De man deed een stap vooruit en weer terug, naar links en naar rechts, steeds maar zoekend naar een mogelijkheid om te schieten. Een driedimensionaal probleem, dat zich ontwikkelde tot een vierdimensionaal probleem toen Reacher in beweging kwam, willekeurig naar links en naar rechts, steeds maar een klein beetje, meer heen en weer zwaaien eigenlijk, maar toch genoeg om steeds een nieuwe ballistische berekening af te dwingen.

'Je moet dichterbij komen,' riep Reacher.

De man verroerde zich niet.

'Kom maar hier tussen de bomen,' riep Reacher.

De man reageerde niet.

'Dat zou je wel doen als ik een hert was,' zei Reacher.

De man kreeg hem in het zicht. Het glazige uiteinde van het conservenblik wees recht naar Reacher. Reacher zag maar een sikkel van de rechterrand van de lens, niet meer dan een cirkelsegment, wat betekende dat de man op zijn beurt niet meer dan Reachers rechteroog, de dikke stam van een boom en dan nog een klein stukje van Reachers linkerschouder kon zien. Geen doelwit om van wakker te liggen. Reacher kende mensen die een dergelijk doelwit met zowel een waterpistool als een nucleaire raket hadden kunnen raken, maar de man behoorde kennelijk niet tot dat selecte gezelschap, want het feit dat Reacher dat kon bedenken, betekende dat hij nog steeds in leven was.

'Kom maar hier tussen de bomen,' zei hij nog een keer.

De man reageerde niet. Ongetwijfeld zette hij zijn mogelijkheden op een rijtje. Dat was in ieder geval wat Reacher deed. Een kleine ruimte met weinig bewegingsvrijheid, zeker voor iemand met een handboog. Tactisch onhandig als het om het bereik ging. Bij elke beweging waarbij je meer dan een armlengte nodig had, werd je zwaar gehinderd door een boomstam. Binnen een armlengte was het meteen game over. Hij kon die boog grijpen. Hij kon de nachtkijker van de man zijn kop slaan. Hij kon dodelijke wapens uit die koker rukken, messen op stokken. De man had er een stuk of twintig bij zich.

Die kwam niet tussen de bomen.

Reacher bewoog naar links. De pijlpunt volgde hem, nog altijd geen ongehinderde schotkans. Die zou zich ook de volgende drie stappen niet voordoen en daarna zou er maanlicht zijn, omdat daar het gebladerte minder dik was vanwege een ontbrekende boom: een open plek in het bos. Veel kleiner dan de open plek waar de Mercedes was gekeerd, misschien half zo breed en half zo diep, maar het was toch een open plek die precies op Reachers pad lag. Een ruimte zo groot als een kamer, geen bomen die een hindernis vormden. Onmogelijk om geen schotkans te krijgen. Een uitgemaakte zaak.

Snelheid zou van essentieel belang zijn. Iemand die rende kon binnen een seconde de open plek oversteken, met zijn zijkant naar de schutter gericht. Op geen enkel punt van de oversteek zou hij meer dan een tiende van een seconde verblijven. Pijlen zijn snel, maar minder snel dan kogels. Een zijdelingse afwijking moest worden ingecalculeerd, de schutter zou vóór het doelwit moeten schieten, zou moeten richten in de ruimte waar het doelwit een fractie later zou arriveren. Hij zou de pijl anticiperend moeten afvuren. Te vroeg. Hij had geen keus. Als het slaan op een *fastball* bij honkbal. Het was alles of niets.

Reacher rende naar links, één stap, een tweede, een derde, zo hard hij kon. De man vuurde zijn pijl af, gericht op de plek waar Reacher zou zijn bij impact, een honderd procent score, zij het dat Reacher plotseling naar rechts schoot, net voor de laatste boom, als een *running back* bij een doorbroken linie verdedigers. Hij rende niet over de open plek, maar recht op de schutter af, die volledig werd verrast terwijl hij naar een volgende pijl grabbelde. Makkelijk zat in de kelder bij mama thuis, dacht Reacher, maar hier een beetje moeilijker. Hij ramde de man met zijn schouder. Maximale schade, geen tijd voor subtiele nuances. De man sloeg met gespreide armen en benen achterover. Reacher trapte hem waar hij hem maar raken kon. Toen greep hij de boog, trok de nachtkijker van het hoofd van de man en pakte een pijl uit diens koker.

Toen verstijfde hij.

Binnen een armlengte was het meteen game over.

Dat wisten die lui natuurlijk.

Ze zouden koppels vormen bij de jacht.

Hij greep de man bij de kraag en sleepte hem tussen de bomen aan de andere kant van het pad. Zijn boog kletterde op het asfalt, midden op het pad, zichtbaar voor iedereen. Jammer genoeg, want de boog vertelde een duidelijk verhaal. De eerste beelden van een film. Reacher bleef twee meter van het pad tussen de bomen staan. Hij sleurde de man overeind. Hij dwong hem voor zich als een menselijk schild. Achter hem staand duwde hij de stalen pijlpunt onder de kin van de man, in het vlezige gedeelte. De man ging op zijn tenen staan en deed zijn hoofd achterover, zo ver als hij maar kon.

Reacher duwde harder.

'Op wie jagen jullie?' fluisterde hij.

De man liet zijn adem in een zucht ontsnappen, wat opgevat zou kunnen worden als de zucht van iemand die verzonken was in diepe overpeinzingen, alsof hem zojuist een uiterst ingewikkeld vraagstuk was voorgelegd, dat een omzichtige academische benadering vereiste, ware het niet dat hij zich in een benarde situatie bevond. Zelfs achter hem staand was Reacher zich ervan bewust dat de lippen van de man bewogen, dat hij prevelde alsof hij een openingszin oefende. Maar hij zei niets. Hij hijgde heel even paniekerig en had toen kennelijk een radicaal besluit genomen. Te laat realiseerde Reacher zich dat de paniek was komen opzetten toen de man zich een beeld had gevormd van de nabije toekomst, een toekomst waarin de politie en de FBI en de tv een rol speelden, en het proces van de eeuw, een compleet bizar circus waar iedereen van kon genieten, met alle schaamte, publieke vernedering, gêne en walging van dien. En tot slot levenslang of de doodstraf.

Het radicale besluit behelsde hoe hij daaraan kon ontkomen. Een oplossing die voor alle betrokkenen het beste was.

Hij schopte beide voeten tegelijkertijd onder zijn lichaam weg en spreidde zijn ledematen, als een zeester, als een parachutist die uit een vliegtuig springt, en liet zich met zijn volle gewicht voorovervallen op de pijlpunt onder zijn kin. De pijl drong door zijn mondholte, door zijn tong, zijn gehemelte, zijn neusholte, zo zijn hersens in.

Reacher liet de pijl los.

In de zitkamer aan de achterkant van het huis raakte Steven het ene na het andere scherm kwijt. De meeste camera's waren opgehangen aan het motel en naar buiten gericht, vermomd als steunen voor de dakgoot. Toen het motel in vlammen opging, gingen de camera's ook in vlammen op, evenals de communicatieapparatuur onder het dak. Hetzelfde gold voor de radioantennes en telefoonverbindingen. Het was een logische plek geweest om al die zaken te installeren. Het motel bevond zich het dichtst bij het middelpunt van het bos en lag iets hoger dan de omgeving. Tijdens de renovatie hadden ze alles daar geïnstalleerd en nu stond de hele boel in de fik, ook de verborgen satellietschotel voor het geheime internetaccount. Een account dat niet na te trekken was geweest, maar nu voorgoed tot zwijgen werd gebracht. Ze waren alleen op de wereld. Van alles en iedereen afgesneden.

De gps werkte nog wel. De gps in de zaklampen. Die lijn voerde direct naar het huis. De gps liet op dat moment zien dat Patty en Shorty op weg waren naar het begin van het pad. Zonder omwegen, ongetwijfeld met het brandende motel in de rug. Heel slim. Daar was nooit aan gedacht, tijdens geen enkele brainstormsessie, bij geen enkele simulatie. Ze hadden er natuurlijk wel aan moeten denken. Nachtkijkers of geen nachtkijkers, Patty en Shorty zouden moeilijk te zien zijn tegen die felle, beweeglijke gloed direct achter hen. Ze zouden pas te zien zijn als ze heel dichtbij waren.

En dan was er nog de hartslagmeter van nummer drie die alarm sloeg. De hartslagmeter was geen noodzakelijk onderdeel van de uitrusting, maar maakte deel uit van de voorwaarden. Een experiment dat door Robert werd uitgevoerd. Hij wilde weten of het klopte dat de opwinding bij de jacht werd veroorzaakt door het achtervolgen. Hij was van mening dat het niet zo was, op basis van ervaringen in Thailand. Hij dacht dat de opwinding ontstond in dat heerlijke uur nadat de prooi in een hoek gedreven was. Hij wilde cijfermateriaal om dat aan te kunnen tonen. Daarom moesten de deelnemers een hartslagmeter dragen. De gegevens werden geregistreerd. Tot dan toe had nummer drie een steeds grotere mate van opwinding vertoond, die zojuist in een enorme piek was geculmineerd, maar nu was gereduceerd tot een platte lijn. Volgens de hartslagmeter was hij dood.

38

Patty en Shorty hielden elkaars hand vast. Op de een of andere manier hadden ze daar meer aan dan aan praten als het erom ging aan elkaar duidelijk te maken wat de ander per se moest weten. Ze voelden zich allebei onwezenlijk, zowel verlamd als uitzinnig, soms werd hun de adem benomen, gevangen in een wereld waarin niets was wat het moest zijn. Het was aardedonker, dus waren ze veilig, behalve voor mensen met nachtkijkers, daarom waren ze helemaal niet veilig, maar nachtkijkers waren onbruikbaar tegen het vuur op de achtergrond, dus waren ze wel veilig. Bij de ene stap voelden ze zich onbespied, als kleine kinderen die verstoppertje speelden. Zij konden niemand zien, dus kon niemand hen zien. Bij de volgende stap hadden ze het gevoel dat ze over een enorme startbaan van een vliegveld liepen, twee kleine figuurtjes in een uitgestrekte leegte, in het licht van duizend schijnwerpers.

Ze konden niet uitmaken welke van die twee gevoelens echt was.

Misschien geen van beide.

Ze liepen verder.

Ze wachtten op het geluid van zoevende pijlen.

Ze hoorden ze niet.

Ze verwachtten dat er schutters op beide flanken zouden zijn. Ongeduldige types die hoopten op een snelle kans. Ze waren van plan hen te ontwijken door dwars door het grasland naar het pad te lopen. Steeds maar met het vuur als dekking op de achtergrond. Op het laatste moment zouden ze dan van richting veranderen, maar wel zo dat ze nog steeds de dekking van het vuur hadden. Eenmaal in het bos zouden ze dan met een boog terugkeren en een eindje verderop het pad weer volgen. Dat leek hun beter dan maar rechttoe rechtaan op het pad afgaan. Je mocht verwachten dat het begin van het pad nauwlettend in het oog zou worden gehouden.

Ze waren ook van plan niet naast elkaar te blijven lopen, maar een meter of tien van elkaar verwijderd.

'Dicht genoeg bij elkaar om elkaar te kunnen helpen,' zei Patty.

Maar wel zo ver bij elkaar vandaan, dacht ze, dat er een kans is om weg te komen als de ander wordt vermoord. Hardop zei ze:

'Maar wel zo ver van elkaar dat we niet één groot doelwit vormen.'

Achter hen stortte het dak van het motel in. Een enorme wolk van vonken rees omhoog en hongerige vlammen deden zich tegoed aan de balken. Het vuur was feller dan het tot dan toe was geweest.

'Nu,' zei Patty.

Ze maakten een draai naar rechts, naar het zuiden. Ze begonnen te hollen terwijl ze beurtelings de ruimte voor zich verkenden en achteromkeken om te zien of ze de witte gloed van het vuur nog steeds in de rug hadden. Langs de buitenste rand van de halo renden ze naar het bos, en weken steeds iets verder af van de rechte lijn naar het pad. Shorty rende als eerste het bos in. Hij had het gehaald. Patty wachtte. Geen enkel geluid. Geen geschreeuwde waarschuwing. Ze rende achter Shorty aan, wrong zich tussen dezelfde beide eerste bomen door en baande zich een weg langs een kwartcirkelboog terug naar het pad. Ze hoorde Shorty voor zich, zo dichtbij dat ze hem zou kunnen helpen. Ze keek over haar schouder. De afstand was ook zo groot dat ze haar eigen weg zou kunnen gaan. Zou ze dat doen? Je lijkt wel gek, dacht ze. Je kon er geen peil op trekken wat er allemaal kon gebeuren.

Ze liep verder.

Toen gebeurden er twee dingen zo razendsnel dat haar hersens op tilt sloegen. Ze doken op uit het niets. Sneller dan je ze kon zien. Er gebeurden twee dingen, dat was het enige wat ze nog wist. En daarna niets meer, behalve dan dat Shorty pal voor haar stond en dat er iemand op de grond lag. Langzaam ontspon zich een pijnlijke herhaling in slow motion, een soort geestelijk naspel, misschien iets waarmee de geest therapeutische bedoelingen had. Posttraumatisch. Ze zag het beeld voor zich van een man die opdook. Een spook uit een nachtmerrie. Helemaal in zwart, nauwsluitend nylon, een handboog, een pijl en een afzichtelijke, enge, onnatuurlijke kop met één oog. De boog werd naar rechts gerukt, omlaaggericht, op haar benen. *Ze schieten om je te verwonden.* De pees werd aangespannen, de pijlpunt knipoogde in het maanlicht. En toen stond Shorty achter de man. Hij zwaaide met de lange staaflantaarn alsof hij bij de oproerpolitie werkte. Hij raakte de man vol achter zijn oor, met alle kracht die er school in zijn gespierde aardappelboerenlichaam, nog versterkt door woede, frustratie, angst en vernedering die een uitweg zochten. De man ging als een blok tegen de grond. Dood, geen twijfel mogelijk. Dat maakte alleen al het geluid haar duidelijk. Die zaklamp tegen zijn schedel. Ze kwam van het platteland. Ze had vaak genoeg gehoord hoe het klonk als een koe werd geslacht.

Zo dichtbij dat ze elkaar konden helpen.

Het had gewerkt.

'Dank je,' zei ze.

'Mijn zaklamp is stuk,' zei hij. 'Hij doet het niet meer.'

'Neem de mijne maar,' zei ze. 'Dat is het minste wat ik kan doen om je te bedanken.'

'Dank je.'

'Graag gedaan.'

'Hou die van mij maar als wapen,' zei hij.

Ze ruilden hun zaklampen. Een absurde kleine ceremonie.

'Dank je,' zei ze nog een keer.

'Graag gedaan.'

Ze keek weg.

'Maar,' zei ze.

'Maar wat?'

'Ze weten dat we met z'n tweeën zijn. Ze moeten hebben geweten dat we het zo zouden aanpakken.'

'Vast wel.'

'Dat is een risico voor ze.'

'Ik denk het.'

'Dat moeten ze van tevoren hebben geweten.'

'Oké.'

'Ik denk dat het voor de hand gelegen moet hebben om in koppels te gaan jagen.'

'Je hebt helemaal gelijk, jongedame,' zei een stem.

Ze draaiden zich om.

Een tweede spook uit een nachtmerrie. Glanzend zwart nylon, strakgespannen om het lichaam, een gelamineerde handboog met felgekleurde lagen, een stalen pijlpunt zo groot als een opscheplepel en een cyclopisch oog dat hen aanstaarde door een uitdrukkingloos rond stuk glas.

Het spook schoot Shorty in zijn been.

De pees van de handboog maakte een dof dreunend geluid, de pijl suisde, Shorty krijste en viel op de grond alsof er een valluik onder hem was opengeklapt. De pijl stond trillend in zijn dijbeen. Hij trok eraan en bewoog zijn hoofd wanhopig van links naar rechts, klapte zijn kaken op elkaar, waardoor zijn gegil werd afgeknepen en zijn adem hortend en stotend naar buiten kwam.

Patty bleef kalm. Even kalm als Shorty even daarvoor was geweest, toen haar hersens op tilt waren geslagen. Dat gold nu voor hem. Plotseling dacht ze: zo hoort het leven te voelen. In haar hoofd hoorde ze zich tegen zichzelf praten, alsof ze haar eigen teammaat was, die naast haar stond: natuurlijk is Shorty er slecht aan toe, maar dat zal in de komende drie seconden niet echt anders worden. Medisch uitgesloten, dus regel maar eerst wat het belangrijkste is.

Dat was de man met de handboog. Het was een oude man, zag ze. Plotseling stond er een tweede teammaat naast haar, die zei: natuurlijk vallen alle details je opeens meer op, want je handelt nu op een hoger bewustzijnsniveau, of misschien juist een primitiever niveau, waar de zintuigen beter functioneren, zodat je aan zijn houding en manier van bewegen kunt zien dat hij ongeveer net zo oud is als je opa en dat hij een beetje krom loopt en een ingevallen borstkas heeft, ook al is de man van top tot teen in glanzend zwart gekleed en heeft hij een raar mechaniek op zijn hoofd. En als je dan terugdenkt aan alle oude kerels die je hebt gekend, ooms en oudooms en zo, en de belabberde fysieke conditie waarin die stumperds verkeerden, en je houdt nog een beetje rekening met zijn lengte en zijn gewicht, dan hoef je je nergens druk om te maken.

Herladen kostte hem tijd. Zijn rechterelleboog boog niet zo soepel. Een beetje onhandig. Misschien artrose. Hij probeerde dat te compenseren door te vroeg naar een pijl te graaien en greep daardoor mis. Patty haalde diep adem. Ze had het gevoel dat ze in de punt stond van een kleine v-vormige troepenmacht, die nu in actie kwam terwijl luide muziek klonk en haar teammaten links en rechts naast haar marcheerden en haar aanmoedigden, zodat ze werd gedragen door hun wilskracht en bijna gewichtloos werd.

Haar eerste teammaat fluisterde: ik denk dat je niet moet vergeten, als het erop aankomt, dat los van al het andere, deze man een pijl in Shorty's been heeft geschoten. Dat valt op geen enkele manier goed te praten.

De tweede teammaat zei: die rare nachtkijker beschermt zijn gezicht. Je moet op zijn keel mikken.

Hou die van mij maar als wapen, had Shorty gezegd.

Ze deed het fantastisch, ook al had ze geen enkele ervaring met dat soort dingen. Ze voelde het allemaal op een moleculair niveau. Ze voelde alles wat zich in haar hersens afspeelde. Een deel daarvan bestond uit complexe emoties, vooral met betrekking tot Shorty. Een soort oergevoel, veel sterker dan ze had verwacht. Maar er werden in haar hoofd ook eenvoudige stoffige handleidingen opengeslagen, die nog stamden uit prehistorische tijden. De combinatie van dit alles verleende haar een dierlijke gratie, kracht, snelheid, sluwheid en verbetenheid en daaroverheen nog een soort serene ontmenselijking die haar volledig overleverde aan haar instincten. Dansend bewoog ze zich door de krappe ruimte tussen de bomen. De zaklamp zwaaide achter haar aan. Ze maakte kleine pasjes om haar positie te kiezen en zwiepte de zaklamp naar voren, in een lage boog, terwijl het cyclopische oog omlaagboog en het spoor van de zaklamp volgde. Toen zwiepte ze met een woeste uithaal de zaklamp omhoog, precies tussen de omlaagbewegende kin en de borstkas.

Ze voelde de krakende klap tot in haar elleboog. De man sloeg achterover alsof hij tegen een strakgespannen waslijn was gerend en belandde op zijn rug. Patty greep zijn handboog en slingerde die weg. De nachtkijker was stevig bevestigd met dikke rubberen banden. Ze rukte hem in één haal van zijn hoofd. Er kwam een miezerig, bleek, verzuurd mannetje van een jaar of zeventig tevoorschijn.

Hij hapte naar adem als een vis op het droge.

Er blonk paniek in zijn ogen.

Hij kreeg geen lucht.

Hij wees met beide handen wanhopig naar zijn keel.

Krijg geen adem, zeiden zijn lippen geluidloos.

Dikke pech, dacht ze.

Toen hoorde ze Shorty zacht jammeren.

Achteraf wist ze dat ze zich niet zou kunnen verdedigen als ze zou worden beschuldigd van een moordzuchtige vlaag van verstandsverbijstering. Inderdaad, dat was het. Of als ze haar streng zouden aankijken en vragen: hebt u het slachtoffer daadwerkelijk doodgeslagen met een zaklamp? Verdomd zeker. Met uitsluitend harde klappen op zijn hoofd. Veel klappen in zijn gezicht. Met alle kracht die ze in zich had. Net zo lang tot zijn hoofd veel weg had van een zak met spijkers.

Toen kroop ze terug naar Shorty.

Die was stil.

Hij had het gezien.

Wat het zwaarst was, moest het zwaarst wegen. Ze pakte hem vast onder zijn oksels en sleepte hem dieper het bos in. Ze liet hem met zijn rug tegen een boom zitten en legde zijn benen recht voor hem. Toen rende ze terug naar de man die ze had doodgeslagen, pakte de nachtkijker en zette hem op haar eigen hoofd. Ze gruwde van het ding. Het rook naar zijn adem en zijn haar, en naar vies metaal en oud militair rubber.

Maar met dat ding op haar hoofd kon ze zien. Lichtgevende groene beelden, enorm scherp. Ze kon elke nerf in de bladeren aan de bomen haarscherp zien, alsof alles van binnenuit werd verlicht. Alles gloeide een beetje. Voor haar voeten kon ze elk blaadje, elke twijg, elke schilfer van de bast van een boom afgetekend zien liggen. Ze zag de bomen die verder weg stonden even scherp als de bomen vlak voor zich. Het zicht was beter dan bij daglicht. Het was onnatuurlijk. Alles werd versterkt en gladgetrokken en afgebakend weergegeven. Ze voelde zich Superman.

Ze rende terug naar Shorty en ging aan de slag.

Reacher paste de banden aan en gespte de nachtkijker van de dode man op zijn eigen hoofd. De wereld om hem heen werd ineens heldergroen, allerlei details werden zichtbaar. Hij pakte de pijlkoker en hing die over zijn schouder. Twintig messen op stokken. Beter dan niets.

Hij liep dieper het bos in. Hij hoefde niet bang te zijn dat hij zou verdwalen. Hij kon het pad nog steeds tussen de bomen door zien, ook al liep hij er nu dertig meter vandaan. Hij zag het duidelijk. Het lichtte evenzeer op als al het andere. De nachtkijker maakte geen onderscheid tussen dingen die in de schaduw of in het licht lagen, en tussen dingen dichtbij en veraf. Alles werd op dezelfde gedetailleerde manier zichtbaar gemaakt. Hij ging ervan uit dat de tweede man van het koppel zo dichtbij zou zijn dat hij snel zou kunnen reageren als de situatie daarom vroeg, maar niet zo dichtbij dat het ongelukken zou kunnen opleveren. In ieder geval was hij binnen gehoorsafstand.

Reacher liep rond in een grote cirkel en bestudeerde elk detail van wat hij te zien kreeg. Kijken met een nachtkijker was niet hetzelfde als kijken met een infraroodkijker. Dat was iets heel anders. Als iemand een sigaret zou aansteken met een lucifer, zou dat inderdaad een plotselinge flikkering opleveren, maar alleen omdat er energie vrijkwam in de vorm van licht, niet vanwege de hitte. Nachtkijkers konden helemaal niets met hitte. Als de man geen sigaret aanstak, zou hij helemaal niet opvallen. Hij zou zeker niet te zien zijn als een vette oranje worst lichaamstemperatuur. Misschien zou hij opdoemen als een bleke spookachtige verschijning, even bleek en spookachtig als al het andere. Maar waarschijnlijk helemaal niet, omdat alles groen was en hij dus goed gecamoufleerd was.

Geen spoor van hem te bekennen.

Reacher inspecteerde de andere kant van het pad. Hij bewoog heen en weer om tussen de bomen door te kijken. Een afstand van vijftig meter, fluitje van een cent. Uiterst scherpe details, beter dan bij daglicht. Geen licht en schaduw, geen fonkelend licht op bladeren, geen verschil tussen veraf en dichtbij. Alle bomen gloeiden op precies dezelfde manier, alsof ze allemaal even radioactief waren, alsof alles zich afspeelde in een futuristische, nachtmerrieachtige wereld. Elke rank van de klimop en de bramenstruiken was afgetekend zichtbaar als een aparte, onwaarschijnlijk dunne lijn, zo delicaat als het graveerwerk op een bankbiljet.

Hij zag de man.

Hij leunde tegen een boom, ongeveer twee meter van het pad, in nauwsluitende, donkere kleren, een boog in zijn hand. Hij keek vooral vooruit, het pad op, maar wierp voortdurend een schichtige blik achterom. Hij was gespannen. Hij hoorde zijn partner niet meer, nu moest hij een keuze maken. Reageren of ongelukken voorkomen?

Hij stond veertig meter bij Reacher vandaan, wat omzichtig sluipen vereiste. Voor een van hen tweeën in ieder geval. Een lastige klus, inspannend. Reacher bleef stilstaan. Soms vond hij dat de ander het werk maar moest doen.

Om te beginnen pakte hij in elke hand een pijl uit de koker. Vervolgens koos hij een boom, een dik, gezond exemplaar. Een jaar of zestig, schatte hij, geholpen door zijn ervaringen in Ryantown. Hij zette er zijn schouder tegen. De boom was niet helemaal rond, van links naar rechts iets minder breed, maar het was goed genoeg. Hij deed een stap achteruit en hurkte. Met de pijl in zijn rechterhand sloeg hij op de grond en zwaaide hij door de begroeiing met grote, dramatische halen. De bedoeling was de geluiden na te bootsen van iemand die struikelde en viel, misschien doorrolde, of zich waggelend overeind probeerde te houden. Misschien klonk het overtuigend, misschien ook niet. Het had ook het geluid kunnen zijn van twee zeldzame zoogdieren, tijdens een paringsritueel. Dus voegde hij er om de illusie te versterken een luid gekreun aan toe, alsof hij doodging van de pijn, een beetje smekend, met een stem waarvan hij hoopte dat het klonk als de stem van een knappe filmacteur.

Hij kwam overeind en ging achter de boomstam staan.

Hij wachtte. Twee hele minuten. Even dacht hij dat de man zich niet voor de gek had laten houden, maar toen hoorde hij hem aankomen. Al heel dichtbij. Heel stil, langzaam en gestaag. Precies de goede kant op. Waarschijnlijk was hij rechtshandig, wat betekende dat hij de boog in zijn linkerhand hield, een beetje voor zich uit, half in de aanslag om te schieten. Hij zou de pees half hebben strakgetrokken. Niet ontspannen, niet helemaal strakgespannen. Een onhandige houding. Hij liep waarschijnlijk met zijn linkerschouder naar voren, half zijdelings.

Reacher wachtte.

De man vertraagde zijn pas, hij was nu dicht in de buurt vanwaar het geluid was gekomen. Hij was gespannen en gretig, maar ook voorzichtig.

'Hé drie, ben jij daar?' fluisterde hij.

Reacher verroerde zich niet.

'Waar zit je, man?' fluisterde de man. 'Volgens mij ben ik je ergens onderweg kwijtgeraakt. We moeten verder. Er staat daarginds iets in brand.'

Het zuiden van Texas, dacht Reacher. Een beleefd, eigen stemgeluid.

Reacher schopte tegen de bramen rond zijn voeten.

'Drie, ben jij dat?' fluisterde de man.

Reacher verroerde zich niet.

'Ben je gewond?'

Bij wijze van antwoord produceerde Reacher een zacht keelgeluid. De bedoeling was dat het zou klinken als iemand in ademnood die iets duidelijk wilde maken.

De man sloop dichterbij.

En nog dichterbij.

Hij sloop langs de boomstam waarachter Reacher stond, de schouder het verst bij Reacher vandaan vooruitgestoken, zijn buik kwetsbaar. Hij keek door de lensbuis van een nachtkijker, een wonder van techniek met slechts één nadeel: je had geen perifeer zicht. De man kwam dus een halve stap te ver voorbij de boom voordat hij iets zag, voordat hij verstijfde. Reacher stak hem met de pijl, een gemene, omhooggerichte stoot in de buik, met zoveel kracht dat hij de pijl tot aan zijn vuist in het lichaam joeg en de man van de grond tilde. Reacher liet de pijl los en rukte zijn hand terug. De man zakte op zijn knieën. De pijl stak uit zijn buik schuin omlaag, een schacht van misschien vijftien centimeter, plus de veren.

De man viel voorover en dreef met zijn eigen gewicht de pijl verder in zijn lichaam, tot aan de veren. De pijlpunt stak uit zijn rug naar buiten en glansde nat en slijmerig. Niet rood natuurlijk, maar groen.

Steven was een van de beide zaklampen kwijtgeraakt. Het gps-signaal was verdwenen en niet meer teruggekomen. Misschien door een harde klap. Het andere gps-signaal bevond zich zestig meter het bos in, al minutenlang op dezelfde plaats. Steven wist niet waarom.

Hij maakte zich echter meer zorgen om de hartslagmeters. Nummer vier was nu ook gereduceerd tot een platte lijn. Vier van de klanten waren nu in theorie dood, wat natuurlijk een krankzinnige gedachte was. Er moest iets aan de apparatuur mankeren. Dat kon niet anders. Maar ze moesten het zekere voor het onzekere nemen. Misschien moest iemand even gaan kijken. Aan hun gps-signaal te zien waren Peter en Robert in heel verschillende delen van het bos, aan de rand, aanwezig zonder in te grijpen. Ze waren er om de klanten adviezen te geven en aan te moedigen, en dan nog alleen als er een beroep op hen werd gedaan. Mark was wel in beweging en kwam in een grote bocht terug naar het huis. Bepaald niet snel. Hij liep of reed stapvoets. Dat was te langzaam. Ze moesten in actie komen. Hij moest het aan hen doorgeven, maar dat kon hij niet, want de radiocommunicatieapparatuur was in vlammen opgegaan. Hun oortjes waren waardeloos. Ze hoorden er niets meer mee. Daarom deden ze niets. Misschien keken ze naar het vuur.

Toen kwam de zaklamp waarvan het gps-signaal nog werkte in beweging.

39

Shorty's broekspijp was kletsnat van het bloed. Patty kon de stof niet stukscheuren. Die was te nat, te zwaar, te glibberig. Ze rende terug en haalde een pijl. Met de pijlpunt maakte ze het gat groter dat de pijl in Shorty's broek had gemaakt. De pijl waarmee ze dat deed was vlijmscherp, zo scherp als een keukenmes. Ze sneed het gat in beide richtingen over een lengte van zo'n vijftien centimeter open, trok de kleverige stof opzij en bekeek de verticale wond. De pijl was boven de knie naar binnen gedrongen, bijna halverwege het dijbeen, en dwars door de spieren gegaan, tot op het bot. Ze was geen arts en wist niet hoe al die spieren heetten, maar ze wist wel dat de slagader niet was geraakt. Die zat aan de binnenkant van het dijbeen, niet eens in de buurt. Shorty zou niet doodbloeden. Ze hadden geluk gehad.

Ze was er echter wel vrij zeker van dat door de klap het bot was gebroken. Aan de achterkant van zijn been voelde ze een bobbel, een rand, alsof er sprake was van dislocatie van het bot. De hamstrings werden van hun plaats geduwd. Shorty hapte naar adem en kreunde met op elkaar geklemde kaken, deels vanwege de pijn, deels van woede. Hij was bleekgroen door de nachtkijker. In shock, maar niet helemaal. Zijn hart klopte snel maar regelmatig.

Ze keek naar de pijl waarmee ze zijn broek had opengesneden. De pijlpunt had een eenvoudige, driehoekige vorm. Twee scherpe snijranden kwamen in de punt bij elkaar. In het midden vertoonde de pijl een welving zodat hij dik genoeg was om er de schacht aan te bevestigen en ervoor te zorgen dat de pijlpunt voldoende gewicht had en massa om een stabiele vlucht te garanderen. De snijranden waren scherp als scheermessen, maar er zaten geen weerhaken aan. De snijranden zouden net zo gemakkelijk weer uit het been komen als ze erin waren gegleden. Ze zouden niet eens een nieuwe verwonding veroorzaken.

Maar Shorty's spieren hadden zich in een kramp samengetrokken en om de pijl geklemd. Ze knelden om de pijl alsof die in een bankschroef was vastgezet.

'Shorty, je moet je been ontspannen,' zei ze.

‘Ik voel mijn been niet,’ zei hij.

‘Ik denk dat je been gebroken is.’

‘Dat is niet goed.’

‘Je moet naar een ziekenhuis, maar eerst moet die pijl uit je been. Je houdt hem nu met je spieren vast. Je moet hem loslaten.’

‘Ik kan er niets aan doen. Ik weet alleen dat het verdomd veel pijn doet.’

‘Ik denk dat we hem er echt uit moeten trekken,’ zei ze.

‘Probeer eens over die spieren te wrijven,’ zei hij. ‘Alsof ik kramp heb.’

Ze wreef. Zijn dij was koud, nat en glibberig, en zat onder het bloed. Hij kreunde, hapte naar adem en jammerde zacht. Ze kneep in de beide randen van de wond en bewoog met haar duim steeds dichter naar de pijlpunt. Toen drukte ze nog iets harder aan weerszijden zodat de wond als een mond open ging staan. Het bloed welde op en liep in groene straaltjes weg over zijn been. Kleine stroompjes her en der.

‘Vertel me waar we heen gaan,’ zei ze.

‘Florida,’ zei hij.

‘Wat gaan we doen als we daar zijn?’

‘Surfplanken verhuren.’

‘En wat nog meer?’

‘T-shirts,’ zei hij. ‘Alles wat geld oplevert.’

‘Hoe moeten die eruitzien?’

Hij bleef even stil om na te denken, misschien dacht hij aan iets ingewikkelds. Ze pakte de schacht van de pijl beet en rukte er net zo hard aan als ze zou hebben gedaan om op haar werk een balk van tien bij tien uit een stelling te trekken. De pijl kwam los uit het been. Shorty smoorde tussen opeengeklemde kaken een kreet omdat hij woest was en pijn had en zich verraden voelde.

‘Sorry,’ zei ze.

Hij hijgde. Zijn borstkas ging heftig op en neer.

Ze trok haar jack uit en sneed er met de schone pijlpunt de mouwen af. Ze knoopte beide mouwen aan elkaar met een dikke knoop. Het restant van de jas vouwde ze op tot een zo klein mogelijk pakje, drukte dat op de wond en bond er zo goed en zo kwaad als dat ging de beide mouwen omheen. Een drukverband om het bloeden te stelpen en tegelijkertijd iets wat steun zou geven aan de achterkant van het dijbeen. De dikke knoop zou alles hopelijk op zijn plaats houden, in ieder geval een tijdje. Hoopte ze.

'Wacht even,' zei ze.

Ze rende terug naar de eerste spookverschijning uit de nachtmerrie. De man die Shorty had neergeslagen. De gebarsten schedel achter het oor. Ze rukte de nachtkijker van zijn hoofd. De rubberen banden waren glibberig van het bloed. Ze pakte nog een pijl uit de koker en rende weer naar Shorty. Ze gaf hem de nachtkijker zodat hij die kon opzetten en de pijl om zich mee te verdedigen. Een laatste redmiddel.

'Nu ga ik een quad zoeken,' zei ze.

Ze hield de zaklamp in haar ene hand en de schone pijl in haar andere hand en rende weer naar de man die Shorty had neergeslagen. Ze ging staan op de plek waar hij had gestaan en speelde de beelden van wat zich had voorgedaan in gedachten af. De man was plotseling voor haar opgedoemd, een spookverschijning uit een nachtmerrie. Ze had oog in oog met hem gestaan. Met andere woorden, hij was op weg geweest in zuidelijke richting, vanuit het noorden, ergens in de buurt van het begin van het pad.

Ze stapte over de man heen en liep naar de plek waar de stem uit het duister hen plotseling had toegesproken. *Je hebt helemaal gelijk, jongedame.* Nadat ze zich hadden omgedraaid, hadden ze oog in oog met hem gestaan. Ook hij was onderweg geweest in zuidelijke richting, vanuit het noorden, ergens in de buurt van het begin van het pad. Ze vormden een koppel, ze werkten samen. Het was logisch dat ze hun quads ergens hadden laten staan, een heel eind terug, om te voet verder te gaan door het bos.

Ze stapte over de man die zij had neergemaaid heen en begon naar het noorden te lopen.

Mark zag haar gaan. Hij stond op het punt achter haar aan te gaan toen hij vanuit een ooghoek zag waar ze overheen was gestapt. Een dode. Twee doden. Dat maakte alles anders. Het was al erg genoeg dat het motel afbrandde. Het motel was weliswaar verzekerd, maar hij zou zeker geen claim indienen bij de verzekeringsmaatschappij. Zelfs na een heel oppervlakkige inspectie zouden ze het brandstichting noemen. Want dat was het natuurlijk ook. Toen Steven een tijdje geleden de beelden zag, had hij niet begrepen wat er aan de hand was. Zij allemaal niet, eerlijk gezegd. Op dat moment deed de radio het nog en Steven had verslag gedaan van Shorty's gesjouw met de pakken handdoeken en de mysterieuze werkzaamheden die hij onder al die auto's had verricht. De hoek waaronder de camera's daar beeld van leverden, was natuurlijk heel ongunstig geweest, zodat het moeilijk te zien was, en de anderen hadden ook geen flauw idee gehad, totdat ineens al die handdoeken in brand stonden en Shorty ze begon rond te strooien.

Zoiets was nooit voorbijgekomen in de eindeloze brainstormsessies die ze hadden gehouden, en ook niet bij al die simulaties en wargames. Hij begreep nu wel dat het onvermijdelijk was geweest. Als de klanten beter materiaal wensten, zou dit vroeg of laat gebeuren. Iemand zou een wilde, roekeloze poging ondernemen.

Maar toch, geen verzekeringsclaim, want dan zou de politie op de stoep staan om in de puinhopen te wroeten en dan zouden ze allemaal raar spul tegenkomen. Herbouw met geld uit de achterzak zou de helft kosten van wat ze die nacht verdienden. Een enorme domper, al zouden ze zichzelf kunnen voorhouden dat ze dat later weer terug zouden verdienen. Dat, en nog veel meer.

Maar toch, een flinke klap. Waren er nog andere mogelijkheden? Plotseling zag hij die voor zich. Plotseling dacht hij: waarom zouden we de hele zaak weer opbouwen? Het motel was een shitzooi, dat betekende helemaal niets voor hem. Het was het restant van een rare, oude erfenis van een dooie kerel die hij nooit had gekend. Het motel interesseerde hem niet. Op dat moment besloot hij de puinhopen te laten liggen zoals ze daar lagen. Het zou veel goedkoper zijn om één kamer in het huis zelf om te bouwen. Het zou veel goedkoper zijn om de borden met *Motel* te vervangen door borden met B&B. Zes nieuwe plastic letters en een beetje goudverf. Een ander soort uitnodiging. Het zou uitstekend moeten werken. Ze hadden sowieso niet meer dan twee gasten per keer nodig. De klanten konden in tenten slapen, als onderdeel van de ruige ervaring.

Maar dode klanten was een ander verhaal. Mark ging er prat op dat hij een realistisch iemand was. Hij werd niet verblind door emoties, liet zich niet leiden door sentimenten of misleiden door vooroordelen. Hij vond dat hij besluiten nam zonder dat er gevoelens meespeelden. Hij had een goed oog voor de consequenties van die besluiten, alsof hij in gedachten voortdurend aan het snelschaken was en steeds de gevolgen van een zet doorrekende. Als dit, dan dat, en daarna zus en dan zo. Op dat moment zag hij in gedachten een hele reeks dominostenen omvallen. De dode mensen zouden vermist worden, er zouden vragen worden gesteld, er zou van alles worden nagetrokken. Als Robert mensen kon vinden, dan konden de autoriteiten dat ook, en waarschijnlijk nog sneller.

Het werd tijd voor plan B, dacht Mark.

Geen valse sentimenten.

Hij liep terug naar zijn quad en reed langzaam naar het huis. Het motel was tot op de grond toe afgebrand, alleen de metalen kooi rond kamer tien stond nog overeind, donkerrood gloeiend. De hitte was enorm. Hij voelde het nog aan de andere kant van het terrein. De gloed over de smeulende resten rimpelde mee met de zachte bries, rood, wit en flakkerend.

Hij reed voorbij de schuur naar het huis. Hij liet de quad ronkend en bonkend de treden naar de veranda op klimmen en parkeerde hem daar. Hij ging door de voordeur naar binnen en liep rechtstreeks naar de zitkamer aan de achterkant. Steven begroette hem voordat hij bij de deur was, zonder op te kijken. Steven volgde de gps. Hij wist dat Mark in huis was.

Mark keek over Stevens schouder naar het gps-scherm en zag het signaal van maar één zaklamp. Het signaal van Peter en Robert bewoog niet aan de rand van het bos.

'Vier van de hartslagmeters zijn uitgevallen,' zei Steven.

'Nu vier?' vroeg Mark.

Steven riep andere beelden op de schermen op en liet ze Mark zien, vier afzonderlijke grafieken waarop hartslag en tijd langs de assen waren uitgezet. Alle vier de grafieken vertoonden het beeld van een met potlood getekende contour van een berglandschap. In principe was er vier keer hetzelfde te zien. Eerst een hoogvlakte van aanhoudende opwinding, dan een klein plateau van enorme spanning, en daarna niets meer.

'Misschien functioneert de apparatuur niet goed,' zei Steven.

'Nee,' zei Mark. 'Ik heb er twee gezien die dood waren.'
'Wat?'
'De schedel ingeslagen, door Patty en Shorty, neem ik aan. Die zijn beter dan we hadden voorzien.'
'Waar was dat?'
'Aan de zuidkant van het pad.'
'Wat is er met die andere twee gebeurd?'
'Dat weet ik niet,' zei Mark.
Steven schakelde weer over naar het scherm met gps-signalen. De enige nog functionerende zaklamp was in beweging langs het pad, tussen de bomen, dicht bij de rand. Peter en Robert verroerden zich nog altijd niet. Op een apart scherm was te zien dat de hartslag van de twee overlevende klanten aan de hoge kant was, maar constant. Opgewonden. De opwinding van de jacht, nog geen plotselinge pieken. Nog geen contact met de prooi.
'Wie zijn dat?' vroeg Mark.
'Karel en de man van Wall Street.'
'Kunnen we zien waar ze zijn?'
'We weten waar hun quads staan. Ze lijken ergens in het middelste gebied te zijn.'
'Terwijl die in het eerste en het laatste gebied er niet meer zijn. Het is nu helemaal aan hen.'
'Wie heeft die twee in het laatste gebied uitgeschakeld?'
'Dat weet ik niet,' zei Mark opnieuw.
'Dit maakt alles anders, weet je. Het is nu niet meer hetzelfde.'
'Klopt.'
'Wat wil je doen?'
'Plan B,' zei Mark. 'Hou goed in de gaten waar die zaklamp naartoe gaat.'
Steven hield zijn ogen op het scherm gericht.
Mark trok een vierkant, zwart pistool onder zijn jack vandaan. Hij hief zijn arm hoog, omdat de loop van het pistool lang was door de geluiddemper die erop was geschroefd. Hij schoot Steven door zijn achterhoofd. Toen het lichaam stillag, schoot hij nog een keer. Voor alle zekerheid. Plan B behelsde vooral dingen die voor alle zekerheid gedaan moesten worden.
Hij haalde de tassen met geld uit de kast en zette ze in de gang op

de vloer. Hij maakte de achterwand van de kast open en haalde uit een geheim compartiment zijn noodpakket. Contant geld, passen, een rijbewijs, een paspoort en een wegwerptelefoon. Een volledig nieuwe persoon, verpakt in een plastic zak.

Hij gooide de noodpakketten van Peter, Steven en Robert op de vloer van de kast.

Hij bracht de tassen met geld naar buiten en zette ze een eindje van het huis vandaan op de grond. Toen liep hij terug naar het huis en zette de voordeur wijd open. Hij duwde de quad voor- en achteruit tot er zoveel ruimte was dat het ding op zijn kant kon vallen. Hij draaide de dop van de benzinetank en gooide die weg. Als een gewichtheffer ging hij op zijn hurken zitten en greep het buisframe van de quad. Hij rukte de quad omhoog en duwde hem over het zwaartepunt heen omver in de richting van het huis, tot vlak voor de open deur. De benzine liep gorgelend uit de tank en vormde eerst een vlek, toen een hele plas.

Mark gooide een lucifer naar de benzine, deinsde achteruit, greep de tassen en begon naar de schuur te rennen. Halverwege stopte hij en keek hij even om. Het huis stond al in brand. Vlammen rondom de voordeur kropen over de wanden en de planken van de veranda en over de drempel naar binnen.

Hij keerde zich weer om en rende verder. In de schuur zette hij de tassen in zijn Mercedes. Hij reed achteruit de schuur uit, parkeerde de wagen iets verderop en rende terug naar de schuur. Rechts van hem brandde het huis nu fel. De vlammen hadden de ramen op de bovenverdieping bereikt. In de schuur haastte hij zich naar de hoek waar de tractor met de maaibalk stond. Op de plank erachter stonden jerrycans met benzine. Vijf stuks, allemaal vol, steeds bijgevuld als iemand met de pick-up naar de stad moest. Altijd klaar voor het geval dat. Het gras moest er netjes bij liggen. Het was belangrijk dat de eerste indruk goed was.

Plan B. Dat was nu allemaal afgelopen.

Hij goot de jerrycans leeg op de vloer, onder de Mercedessen van Peter, Steven en Robert. Hij gooide er een lucifer op, deinsde achteruit en rende naar zijn eigen auto. Hij zette de alarmlichten aan, zodat Peter en Robert het zouden zien. Een panieksignaal. Ze wisten ondertussen al dat hun radio het niet meer deed. Ze zagen nu twee nieuwe branden ontstaan. Ze hadden geen idee wat er gaande was. Ze zouden als de weerlicht naar het huis komen.

Mark reed rustig naar het begin van het pad, langs de gloeiende resten van het motel, over het grasland, het hele eind met flitsende oranje alarmlichten. Midden op het gras bleef hij staan.

Robert kwam met een grote boog van rechts uit het bos aanrijden, grashalmen plettend onder de dikke zwarte banden. Hij bonkte het asfalt op en manoeuvreerde de quad aan de passagierskant naast de Mercedes. Mark deed het raam aan de passagierskant omlaag. Robert bukte zich en keek naar binnen. Mark schoot hem in zijn gezicht.

Mark deed het raam weer omhoog. Peter kwam van de linkerkant aanrijden in eenzelfde grote boog. Precies symmetrisch. Hij was duidelijk van plan zijn quad aan de bestuurderskant naast de Mercedes te manoeuvreren, niet aan de passagierskant. Dat betekende dat de Mercedes hem het zicht op Robert en diens nu lege quad zou belemmeren.

Mark deed zijn raam omlaag.

Peter stopte naast de Mercedes.

Oog in oog.

Het pistool was te lang vanwege de geluiddemper. Mark kon het niet in de juiste positie brengen. Het bleef steken bij de deur.

Peter zette de motor van de quad af.

'Hoe erg is het?' vroeg hij.

Mark dacht even na.

'Het kon niet slechter,' zei hij toen. 'Het motel is afgebrand en nu staan het huis en de schuur in brand. Vier klanten zijn dood.'

Peter dacht op zijn beurt na.

'Dat maakt alles anders,' zei hij toen.

'Ja.'

'Ik bedoel, het is voorbij. Ik hoop dat je dat ook inziet. Ze zullen geen steen op de andere laten.'

'Ongetwijfeld.'

'We moeten ervandoor,' zei Peter. 'Nu, meteen. Jij en ik. Het moet, Mark. We komen in zwaar weer. Misschien overleven we het niet als we blijven.'

'Alleen jij en ik?'

'Robert en Steven zijn niets waard, ze zijn een blok aan het been. Dat weet jij ook.'

'Mijn portier moet open,' zei Mark. 'Ik wil mijn benen strekken.'

Peter keek door het raam naar binnen.

'Je hebt ruimte zat,' zei hij.

Mark duwde het portier open, maar hij stapte niet uit. Hij stopte met duwen toen de geluiddemper vrij was van de portierhendel, richtte het pistool door het nu vanwege het halfgeopende portier wat schuinstaande raam en schoot Peter eerst in de borst, toen in de keel en tot slot in zijn gezicht.

Hij trok het portier weer dicht, deed het raam omhoog en schakelde de alarmlichten uit. Hij zette de Mercedes in gang en reed naar de ingang van het pad in het bos.

40

Reacher vorderde dankzij de nachtkijker inmiddels vrij snel door het bos. Hij bleef twee meter naast het pad lopen, maar deed niet zijn best om geen geluid te maken of niet op te vallen. Hij vertrouwde erop dat de willekeurig verspreid staande bomen hem voldoende bescherming tegen pijlen zouden bieden. Een ongehinderd schot van een dergelijke afstand had een kans van één op honderd om iets te raken.

Op een gegeven moment hoorde hij in de verte vier doffe knallen. Eerst een enkel schot en daarna drie achter elkaar. Een onbeduidend ploppen met een halve minuut ertussen. Dat was negen millimeter, zei zijn reptielenbrein, afgevuurd met een pistool waarop een geluiddemper is gemonteerd, in de openlucht, meer dan een kilometer hiervandaan. Of het waren conservenblikken, of spuitbussen die opensprongen door de hitte van het vuur, zei zijn gezonde verstand. Het vuur laaide weer op. Dat was al een keer gebeurd toen het dak instortte en daarna was het wat getemperd, maar nu was de gloed weer helemaal terug, over een breder terrein zelfs, alsof er nog meer in brand stond.

Hij bleef stilstaan. Een eindje verderop stonden twee quads naast elkaar met de neus tussen de bomen, half op het pad, alsof ze geparkeerd stonden voor een buitenhuis langs de weg. Met de nachtkijker waren geen mensen in de buurt te zien. Die waren dan vast te voet verdergegaan. Directer bij het gebeuren betrokken, net als die andere twee. Dit was het volgende koppel jagers. Ze gedroegen zich als militairen die een defensie in lagen opbouwden. Het ene koppel na het andere, precies de reden waarom Reacher nooit voor de infanterie had gekozen. Hij hield er niet van om eindeloos door het land te sjouwen.

Hij liep verder, maar nu toch wel wat stiller.

Hij bleef voor de tweede keer stilstaan.

Aan de andere kant van het pad zag hij een man, een meter of tien het bos in. Klein op die afstand, maar even genadeloos uitgelicht door de nachtkijker als al het andere. Uiterst verfijnde contouren in grijs en groen. De outfit van een scubaduiker, handboog en cyclopisch oog.

Geen spoor te bekennen van de partner. De man vertoonde wel enige opwinding. Vooral vanwege die gloed in de lucht, dacht Reacher. De man bleef er zijn hoofd maar naartoe keren om te kijken, om zijn hoofd meteen daarna weer met een ruk af te wenden. Misschien was de snelheid waarmee hij zijn hoofd afwendde wel een indicatie voor de felheid waarmee de brand nu woedde. De man was lang en stevig gebouwd. Hij hield het hoofd fier geheven boven zijn rechte schouders. Maar hij voelde zich duidelijk niet prettig. Reacher was dat type wel eerder tegengekomen, niet alleen in het leger. Ongetwijfeld nam de man een vooraanstaande positie in op het terrein waar hij werkzaam was, maar op dat moment was hij niet in zijn element. Hij was verward, of geïrriteerd en maakte ongeduldige, krampachtige gebaren, alsof hij diep vanbinnen maar niet kon begrijpen waarom zijn beleidsmedewerkers of uitvoerende assistenten de zaken niet allang naar behoren hadden geregeld.

Reacher sloop tussen de bomen door aan zijn eigen kant van het pad, langzaam en geruisloos. Zo ver dat hij uiteindelijk op dezelfde hoogte stond als de man aan de overkant. Reacher stond twee meter van het pad tussen de bomen, dan kwam het pad zelf en de man stond aan zijn kant nog eens tien meter van het pad. Een rechte lijn op een plattegrond, maar geen ongehinderd schot in een bos. De man stond te ver tussen de bomen. Hij had zich ingegraven, te defensief. Er lag geen vanzelfsprekend aanvalstraject voor hem open.

Reacher stak het pad over, recht op zijn doel af, een honderdtal boomstammen tussen hem en de boogschutter. Hij stapte weer tussen de bomen aan de andere kant van het pad en slalomde ertussendoor, inmiddels nog geen zes meter van de man verwijderd. Hij ging nog altijd recht op zijn doel af. De gloed in de lucht werd twintigduizend keer versterkt. Het flikkerde en danste op de bladeren als de cameraflitsen van een hele horde journalisten, alsof er een filmster uit een limousine stapte. De man keek naar de grond. Misschien had hij last van het licht.

Nog drie meter te gaan. Reacher bleef stilstaan en keek om zich heen. Driehonderdzestig graden. Hij bestudeerde het beeld, alle details. Een heel fijne korrel, monochroom, iets grijs, vooral groen, een beetje koud en met een beetje nabeeld. Een beetje vloeibaar en spookachtig. Niet helemaal levensecht, maar in sommige opzichten beter.

Geen spoor te bekennen van een partner.

Reacher liep verder. Zoals altijd nam hij zich voor flexibel te blijven, maar ook zoals altijd had hij een plan. Zijn plan was dit keer om de man met de pijl in zijn nek te steken. Makkelijk zat. Binnen een armlengte was het meteen game over. Maar het kwam toch neer op flexibiliteit. Zelfs bij het beperkte zicht tussen de bomen door was van dichtbij te zien dat de man op een speciale manier verontrust was. Op een heel primitieve manier. Als een miljardair die met een vliegtuig op een onbewoond eiland is neergestort, of die met zijn auto betrokken raakt bij een aanrijding in een foute buurt. De pikorde. Plotseling was hij toch minder onaantastbaar dan hij had gedacht. Misschien moest hij een deal sluiten.

Reacher viel naar hem uit. De man rukte zijn boog omhoog, misschien meer een dierlijk instinct dan een beredeneerd besluit, maar het maakte niet uit, want Reacher nam het zekere voor het onzekere en maaide met de pijl als een mes op een stok over de vier knokkels van 's mans linkerhand. De man gaf een gil en liet de boog vallen. Reacher drong tegen hem aan. De lenzen van de nachtkijkers botsten tegen elkaar. Reacher trapte de man in zijn knieholten, zodat hij ruggelings op de grond viel. Reacher schopte de nachtkijker weg met zijn voet en ramde toen dezelfde voet op de keel van de man. Hij wrong de pijlpunt tussen zijn lippen en tikte ermee tegen de tanden.

'Praten?' siste hij.

De man kon niets zeggen vanwege die pijlpunt tegen zijn tanden en kon ook niet ja knikken of nee schudden vanwege die voet op zijn keel. Hij knikte dus min of meer met zijn ogen. Een soort wanhopige smeekbede. Een soort belofte.

Reacher haalde de pijlpunt weg en vroeg: 'Op wie jagen jullie?'

'Dit is niet wat het lijkt,' zei de man.

'Hoezo?'

'Ik kwam hiernaartoe om op wilde zwijnen te jagen.'

'En waar jagen jullie nu op?'

'Ze hebben me belazerd.'

'Waarop jagen jullie?'

'Op mensen,' zei de man. 'Daar was ik niet voor gekomen.'

'Hoeveel mensen?'

'Twee.'

'Wat voor mensen?'

'Canadezen,' zei de man. 'Een jong stel, ze heten Patty Sundstrom en Shorty Fleck. Ze zijn hier blijven steken met pech. Ze hebben me erin geluisd. Wilde zwijnen, zeiden ze. Ze hebben tegen me gelogen.'

'Wie?'

'Een man die Mark heet. Dit gedoe is van hem.'

'Mark Reacher?'

'Ik weet zijn achternaam niet.'

'Waarom heb je de politie niet gebeld?'

'Je hebt hier geen bereik. Er zijn geen telefoons in de kamers.'

'Waarom ben je er niet vandoor gegaan?'

De man zweeg.

'Waarom ben je niet in je kamer gebleven en heb je niet geweigerd mee te doen?'

Geen reactie.

'Waarom sluip je ondanks alles in het duister rond met een pijl-en-boog?'

Geen antwoord.

'Wacht even,' zei Reacher.

Hij hoorde een auto en zag banen krachtig licht tussen de boomstammen door zijn kant op komen. Een grote auto met groot licht. Reacher klapte de lens van de nachtkijker omhoog. Het werd ineens aardedonker, met uitzondering van het pad, tien meter naar rechts. Dat was helder verlicht, als binnen in een lange lage tunnel. Twee koplampen priemden door het duister. Er reed een Mercedes langs, glanzend zwart, een grote SUV, met de vorm van, zo ruwweg, een vuist. De achterlichten bleven nog even zichtbaar. Toen was hij voorbij.

Reacher trok de nachtkijker weer voor zijn ogen. De wereld werd weer groen en tot op de millimeter gedetailleerd. Hij tilde zijn voet van de keel om ruimte te maken voor de pijlpunt. Hij hield hem met de rand van zijn schoenzool op zijn plaats en drukte zacht omlaag. De man probeerde te gillen, maar Reacher drukte harder en de man hield op.

'Ik wist niet waar ik aan begon. Eerlijk. Ik ben bankier. Ik ben anders dan die andere mannen. Ik ben ook een slachtoffer.'

'Ben jij bankier?'

'Ik run een hedgefonds. Ik heb niets te maken met die andere mannen.'

'En de wereld draait maar door,' zei Reacher. 'Jij verwacht dat je een betere behandeling krijgt omdat je bankier bent. Sinds wanneer is dat normaal geworden? Toen lag ik zeker net even een dutje te doen.'

'Ik wist niet dat ze op mensen gingen jagen.'

'Ik denk dat je dat wel wist,' zei Reacher. 'En ik denk dat je daarom hier bent.'

Hij drukte harder op de pijlpunt. En nog harder, tot de pijlpunt de huid doorboorde en de hals, en de nekwervels schampte en er bij de nek weer uitkwam en de grond in ging, zodat de man als een dode vlinder lag vastgeprikt. Vastgeprikt aan een boomwortel, zo te voelen aan de weerstand, kronkelig en hard. Maar Reacher deed zijn best en leunde met zijn volle gewicht op de pijl, net zo lang tot de pijl stevig vaststond. En keurig rechtop, als een gedenkteken.

Daarna liep hij verder tussen de bomen.

Mark zette de Mercedes bumper aan bumper met de sleepwagen. Hij had onderweg het een en ander op een rijtje gezet. Er waren hooguit nog vier mensen met een onduidelijke status. Dat waren Karel, de man van Wall Street, en Patty en Shorty zelf. En in theorie nog een vijfde, als het buitenste koppel het slachtoffer was geworden van een externe partij. Die grote kerel misschien. Misschien was hij teruggekomen, omdat hij onraad had geroken, omdat hij niet overtuigd was geweest.

Peters fout.

Vier mensen, of vijf. Allemaal voor hem uit. Misschien al een heel eind voor hem uit. Hij had maar drie minuten nodig. Meer niet, misschien nog minder. Hij hoefde alleen maar de sleepwagen achteruit het pad af te rijden, zo snel mogelijk, en desnoods in een greppel te parkeren, als hij maar van het pad was. Dan moest hij terugrennen, in de Mercedes springen en ervandoor gaan. Waar dan ook naartoe, naar het noorden, het zuiden, het oosten of het westen.

Drie minuten, misschien minder. Maar er waren nog vijf mensen van wie hij niet wist waar ze waren, allemaal meer of minder dan drie minuten daarvandaan, in het ene geval een probleem, in het andere geen probleem.

Maar, dacht hij uiteindelijk, minder dan drie minuten leek niet erg waarschijnlijk, zelfs niet geholpen door een quad. Hij zag het in gedachten voor zich, alsof hij aan het snelschaken was. Als dit, dan dat, en daarna zus en dan zo. Hij had het gevoel dat hij wist hoe het zou gaan. De dieselmotor van de sleepwagen maakte veel lawaai en zou al van ver te horen zijn. In eerste instantie zouden de klanten denken dat het terrein werd vergroot, als een soort wijziging van de spelregels tijdens het spel, om de vaart erin te houden. Patty en Shorty zouden ook zoiets denken. Ze hadden heel knap gepresteerd tot dusverre, dus ze zouden veronderstellen dat de spelregels in hun nadeel werden opgerekt. Geen van vieren zou achterdocht koesteren. Drie minuten kwamen er niet op aan. Er zou helemaal niemand reageren.

Met uitzondering van Karel, want het was zijn sleepwagen. Hij zou het idee hebben dat er iets raars aan de hand was. Misschien zou hij het laten voor wat het was, omdat hij na de gebeurtenissen van de laatste dagen het gevoel had gekregen dat hij een beetje bij het organiserende team was gaan horen, mede dankzij die gulle korting en zo. Misschien was hij wel gaan denken in termen van 'jongens onder elkaar'. Misschien vatte hij het juist op als een gunst dat iemand anders de sleepwagen verzette, zodat hij zijn jacht niet hoefde te onderbreken. Per slot van rekening was hij er als klant, niet als scheidsrechter, of umpire of marshal. Het was niet zijn taak om gaandeweg aanpassingen te regelen. Misschien liet hij het wel voor wat het was.

Of niet.

Misschien was hij verder dan drie minuten weg en redde hij het niet, zelfs niet als hij meteen zou reageren. Hij zou zich een weg moeten banen door het bos, eerst misschien wel zestig meter terug naar zijn quad. Dat zou alleen al drie minuten in beslag nemen.

Of niet.

Realistisch, zonder emoties. Alles bij elkaar meende Mark dat de kans op succes groot was. Karel zou het laten lopen, of hij zou het niet laten lopen, afhankelijk van waar hij zich bevond. Twee keer kop of munt in elkaars verlengde. Een kans op een ramp van vijfentwintig procent, een kans op succes van vijfenzeventig procent. Getallen logen niet en Mark liet zich niet leiden door aannames.

Hij liet de motor van de Mercedes lopen en het portier aan de bestuurderskant openstaan. Hij wurmde zich tussen de bomen en de enorme motorkap van de sleepwagen door, worstelde zich naar het laddertje dat toegang bood tot de cabine en klom omhoog.

Het portier was op slot.

Dit had hij niet voorzien. Voor het eerst in zijn leven had hij iets niet zien aankomen. Zoiets eenvoudigs. Het was domweg niet bij hem opgekomen. Op geen enkel moment. Hij hing aan de ladder, met één voet op een sport en één hand om zich vast te houden, en zwaaide een beetje heen en weer. Takken prikten in zijn rug. Eerst werd hij kwaad. Het was stom van Karel om de sleepwagen af te sluiten. De sleutel had gewoon in het contactslot moeten zitten. Wie sloot zo'n wagen nu af? Te gek voor woorden. Het draaide allemaal om flexibiliteit. Het had elk moment nodig kunnen zijn om de sleepwagen te verplaatsen. Tijdens het spel moest je kunnen inspelen op de situatie. Dat wist iedereen.

Toen begon hij zich zorgen te maken. Hij kreeg een hol gevoel in zijn maag. Waar was die sleutel als hij niet in het contactslot zat? In het beste geval in Karels broekzak, maar dat was al erg genoeg, want dan moest hij Karel zoeken en hem die sleutel afhandig maken. Dat zou voor vertraging zorgen, mogelijk voor heel veel vertraging, wat inhield dat hij langduriger zou worden blootgesteld aan vijandige elementen. Niet best.

Niet best, maar beter dan het ergste geval. Karel droeg nauwsluitende kleding van glanzend zwarte stretch. Zou hij een sleutel in zijn broekzak stoppen? Zou überhaupt een van die mannen iets in zijn broekzak stoppen? Niemand van hen had zijn kamer afgesloten, daar had Shorty zijn voordeel mee gedaan, met al die brandende handdoeken. Ze hadden die sleutels niet bij zich willen hebben. Misschien dachten ze dat knobbels en bobbels in die kleding ten koste zouden gaan van de uitstraling.

In het ergste geval had Karel de sleutel van de sleepwagen op het nachtkastje in kamer twee laten liggen, waar hij hem de volgende ochtend weer zou kunnen oppikken. Dat zou nu dus nooit meer gebeuren, of hooguit ooit eens in de toekomst, tussen de as, gesmolten, vervormd en niet herkenbaar als sleutel van een sleepwagen.

Mark klom terug omlaag en wurmde zich weer langs de motorkap naar de Mercedes. Hij reed tien meter achteruit, keerde op de open plek en reed terug over het pad.

Patty zag hem voor de tweede keer passeren. Ze had hem een paar minuten eerder zien vertrekken, als hij het tenminste was. Ze gokte dat het Mark was geweest in zijn Mercedes. Vanwege de nachtkijker had ze niet rechtstreeks naar de bestuurder gekeken. De auto reed met groot licht. Veel te fel. Maar toen ze wegdook om niet te worden gezien, hoorde ze het geluid van de motor en de banden en wist ze dat het een gewone personenwagen was. Misschien een stationwagen of een SUV. Ze had het gevoel dat het Mark moest zijn. Hij smeert 'm, dacht ze, toen hij de eerste keer voorbijkwam. Maar blijkbaar niet, want nu kwam hij terug.

Misschien was het Mark helemaal niet.

Ze kon de quads niet vinden. Ze verwachtte niet dat ze ver tussen de bomen zouden staan. Er was te weinig ruimte. Als je niet oppaste, kwam je klem te zitten, dus zocht ze alleen in de buurt van het pad. Ze verwachtte de quads naast elkaar geparkeerd aan te treffen, misschien half in de bosjes, misschien een beetje scheef, zo ongeveer klaar om weg te rijden, maar met genoeg ruimte op het pad zodat anderen erlangs konden, uit beleefdheid, als iemand dat zou willen. Maar ze vond niets.

Ze bleef staan. Ze was al een heel eind bij Shorty vandaan. Ze wist niet hoeveel verder ze nog moest lopen. Ze keek behoedzaam voor zich. Geleidelijk raakte ze gewend aan het zicht met de nachtkijker. Ze draaide zich om en keek achter zich. De gloed in de lucht was weer helemaal opgelaaid. Te fel om direct naar te kijken. Ze draaide een kwartslag en keek naar het zuiden. Ze zag een klein nachtdiertje wegschieten over een stukje kale grond van anderhalve meter en verdwijnen onder een hoop bladeren. Het diertje werd even sterk uitgelicht als al het andere. Bleek, flets groen. Waarschijnlijk was het in werkelijkheid grijs. Waarschijnlijk een rat.

Ze keerde zich helemaal om en keek weer voor zich.

Er stond een man voor haar.

Net als eerder. Dezelfde spookverschijning uit een nachtmerrie. Vanuit het niets. Plotseling pal voor haar, met een boog in de aanslag. De pees was aangetrokken. De pijl was gericht, niet zoals daarvoor op haar benen, maar hoger.

Shorty stond niet achter hem.

Het was helemaal niet zoals eerder.

De spookverschijning begon te praten.

'Zo komen we elkaar weer tegen,' zei de stem.

Ze kende die stem. Het was Karel, de gluiperd van de sleepwagen. Die gast van het Joegoslavische leger, met een kop die leek op de foto's van oorlogsmisdadigers. Ze had het kunnen weten. Ze was stom geweest.

'Waar is Shorty?' vroeg Karel.

Ze gaf geen antwoord.

'Heeft hij het gehaald? Ah... misschien weet je dat niet zeker. Misschien zijn jullie allebei een andere kant op gegaan. Geen stelletje meer. Verderop is hij niet, want daar kom ik vandaan. Hij is ook niet achter je, want dat zou niet logisch zijn.'

Ze keek weg.

'Interessant,' zei Karel. 'Is er een bepaalde reden waarom hij niet hier is?'

Ze gaf geen antwoord.

Hij grijnsde breed en opgetogen onder zijn cyclopische glazen oog.

'Is hij gewond?' vroeg hij.

Geen antwoord.

'Dit is opwindend,' zei hij. 'Jij bent op zoek naar wortels en bessen om een papje te bereiden om je man te genezen. Je maakt je zorgen. Je wilt zo snel mogelijk weer terug. Echt geweldig. Jij en ik zullen samen veel plezier hebben.'

'Ik was op zoek naar een quad,' zei ze.

'Dat heeft geen zin,' zei hij. 'Mijn sleepwagen blokkeert het pad. Niemand gaat hier eerder weg dan ik. Ik ben niet dom.'

Hij richtte lager, op haar benen.

'Nee,' zei ze.

'Wat nee?'

'Ja, Shorty is gewond. Ik moet naar hem terug.'

'Hoe erg is hij gewond?'

'Erg. Ik denk dat hij zijn been heeft gebroken.'

'Dat is jammer,' zei Karel.

'Ik moet nu naar hem toe.'

'Volgens de regels van het spel mag je je alleen vrijelijk bewegen als je niet getikt wordt.'

'Alsjeblieft.'

'Alsjeblieft wat?'

'Ik vind dit geen leuk spel.'

'Maar ik wel.'

'Ik vind dat we moeten ophouden. Het is uit de hand gelopen.'

'Nee, ik denk dat het mooiste deel net is begonnen.'

Patty zei verder niets. Ze bleef roerloos staan, met de zaklamp in de ene hand en de pijl in de andere. Het was de zaklamp die het wel deed, niet de zaklamp die alleen nog bruikbaar was als wapen. Met de pijl zou ze kunnen steken of snijden, maar de man stond drie meter bij haar vandaan. Buiten bereik.

Hij trok de pees nog een paar centimeter extra aan. De pijlpunt schoof naar achteren, evenveel centimeters, in de richting van zijn linkerhand, die hij om de greep van de boog geklemd hield. De boog kromde iets meer en produceerde een zingend geluid, veroorzaakt door de spanning.

Het was de zaklamp die het wel deed.

Met één vloeiende beweging liet ze de pijl vallen en zocht met haar vingers de knop waarmee ze de lamp kon inschakelen. De knop zat waar ze hem zich herinnerde van eerder, toen ze midden in de nacht onder de motorkap van de Honda naar de slangen van de verwarming had gezocht. De zaklamp verspreidde een witte bundel licht, hard en geconcentreerd. Ze richtte hem op de man, op zijn gezicht, op het grote glazen oog. Hij dook in elkaar, zijn pijl vloog meters van het doelwit laag en hard door het struikgewas en eindigde met een doffe klap in de grond. Karel deinsde zacht jammerend achteruit en probeerde zich om te draaien. Patty volgde hem met de bundel wit licht, alsof het een wapen was. Ze stak ermee, stootte ermee en richtte steeds maar op zijn gezicht.

Hij liet zich op de grond vallen, rolde om en rukte de nachtkijker van zijn hoofd.

Patty schakelde de zaklamp uit en begon te rennen tussen de bomen door.

41

Patty realiseerde zich dat wegrennen slim was of juist dom, afhankelijk van de vraag of Karel haar zou inhalen of niet. Zo eenvoudig was het. In eerste instantie had ze goede hoop. Zij rende soepel en misschien zou hij niet zo snel op gang komen. Misschien was hij bang dat ze verderop in een hinderlaag zou liggen wachten met haar lichtbundel, alsof het een sf-film was op de tv van Shorty.

Maar ze hoorde zware voetstappen dichterbij komen door het struikgewas. Ze dook weg en rende toen naar rechts. Het kostte Karel meer tijd om dezelfde koerswijziging te maken. Ze vergrootte de afstand tussen hen beiden weer een beetje, maar hij haalde haar opnieuw in. Hij rende vlak achter haar. Voor zich zag ze in het op en neer dansende beeld van de nachtkijker het pad opdoemen. Steeds dichterbij. Helder en duidelijk afgetekend. Ze rende er schuin naartoe. De voetstappen kraakten vlak achter haar door het struikgewas. Ze vloog tussen de bomen uit het pad op, met Karel vlak achter zich. Hij bleef staan en hief zijn boog.

Op dat moment werden ze gevangen in het schijnsel van koplampen, licht dat twintigduizend keer werd versterkt. Alsof het twee atoombommen waren. Ze doken allebei weg. Karel klapte zijn nachtkijker omhoog. Patty rukte het hele ding van haar hoofd. De omgeving werd weer donker, met uitzondering van de auto. De zwarte Mercedes met groot licht. Hij remde af. Mark zat aan het stuur. Hij bleef stilstaan. Mark opende het portier en stapte uit. Hij bleef achter de lichtbundels van de koplampen, maar deed een paar stappen vooruit.

Karel hief opnieuw zijn boog en richtte de pijl op Patty, maar hij sprak tegen Mark.

'Wat staat er in brand?' vroeg hij.

Mark aarzelde even.

'Alles staat in brand,' zei hij. 'We spelen nu een heel ander spelletje.'

'We?'

'Jij bent er ook bij betrokken, denk je niet? Er zijn mensen doodgegaan. Alles zal ondersteboven worden gehaald om erachter te komen wat er is gebeurd. We moeten hier weg. Nu meteen. Wij samen. Het moet, Karel. We komen in zwaar weer. Misschien overleven we het niet als we blijven.'

'Alleen jij en ik?'

'Jij bent degene op wie ik aankan, de anderen zijn niets waard, ze zijn een blok aan het been. Dat weet jij ook.'

Karel zei niets.

'We hebben geen tijd te verliezen,' zei Mark.

'We hebben tijd zat,' zei Karel. 'De nacht is net begonnen. Niemand kan ons storen, niemand kan hier komen.'

'Daar moeten we over praten. We moeten je sleepwagen verplaatsen.'

'Waarom?'

'Tactische noodzaak. Een aanpassing van het speelterrein.'

'We hebben geen tactische aanpassing van het speelterrein nodig. Nu niet meer. Shorty is gewond en ik heb Patty hier op de korrel. Het is game over.'

'Oké, schiet, dan kunnen we weg.'

'Ik wil eerst Shorty afmaken.'

'Je bent tijd aan het rekken.'

'Wat?'

'Heb je de sleutel wel bij je?'

'Welke sleutel?'

'De sleutel van de sleepwagen,' zei Mark. 'Waar is die?'

'Wat is dat voor rare vraag? Mijn sleepwagen is een heleboel geld waard.'

Mark knikte.

'Precies,' zei hij. 'Ik ben je beste vriend en ik maak me zorgen om jou. Ik hoop dat je de sleutel niet op het nachtkastje hebt laten liggen, want in dat geval kun je maar beter een sleepwagen bellen om je eigen sleepwagen weg te slepen. Het hele motel is afgebrand. Dat was het eerste wat daarginds in de hens ging.'

'Ik heb die sleutel gewoon hier,' zei Karel. 'In mijn zak.'

'Zo hoor ik het graag,' zei Mark. Hij trok het lange zwarte pistool achter zijn been vandaan en schoot vier keer op Karel. Vier schoten in zijn borstkas, onder de arm waarmee Karel de boog vasthield.

De schoten klonken luid, maar dof.

Die lange buis voorop was een geluiddemper, dacht Patty.

Karel klapte dubbel en zakte neer op het pad met het geruis van nylon, het kletteren van de boog en het gekraak van zijn schedel toen zijn hoofd tegen het wegdek sloeg.

Mark richtte het wapen op Patty.

'Haal die sleutel uit zijn zak,' zei hij.

Patty aarzelde even en deed toen wat haar was opgedragen. Ze had het gevoel dat het minder erg was dan toen ze die pijl uit Shorty's been had getrokken. De sleutel was warm en niet groter dan die van de Honda van Shorty.

'Gooi hem hiernaartoe,' zei Mark.

'Dan schiet je me daarna dood,' zei ze.

'Ik kan je doodschieten wanneer ik wil en dan kan ik die sleutel uit je koude, dode hand pakken. Ik ben niet teergevoelig.'

Ze gooide de sleutel naar hem toe.

Hij kwam voor zijn voeten terecht.

'Hoe is het met Shorty?' vroeg hij.

'Niet al te best,' zei ze.

'Kan hij lopen?'

'Hij heeft een gebroken been.'

'Dan denk ik dat jij en ik de laatste twee zijn die nog op hun benen kunnen staan,' zei Mark. 'En ik moet zeggen dat Shorty verdomd veel pech heeft, want ik ben niet van plan om terug te gaan om hem te helpen. Wat mij betreft kan hij blijven zitten waar hij zit.'

Patty zweeg.

'Even zomaar uit nieuwsgierigheid, hoelang denk je dat hij het zal volhouden?'

Patty gaf geen antwoord.

'Ik wil het graag weten,' zei Mark. 'Echt, laten we het eens uitrekenen. Hoe was het ook weer, vijf dagen zonder water en vijf weken zonder eten? Maar hij voelt zich natuurlijk om te beginnen al niet al te best.'

'Ik ga hem helpen,' zei Patty.

'Veronderstel eens dat je dat niet kan. Ik neem aan dat hij zou kunnen proberen om kruipend weg te komen, maar hij droogt vast heel snel uit en hij zal zich waarschijnlijk nu al slap voelen. Kruipen vergroot de kans op infecties en hij trekt daardoor roofdieren aan.

Sommige van die beesten houden ervan aan de randen van open wonden te knabbelen.'

'Laat me naar hem toe gaan om hem te helpen.'

'Nee, ik denk dat we hem met rust moeten laten.'

'Wat maakt het jou uit? Je zei dat je alleen maar mensen met onfrisse verlangens aan hun trekken liet komen. Die andere mensen zijn er nu niet meer, dus ben je klaar. Pak die sleutel, zet die sleepwagen weg en ga ervandoor. Laat ons met rust.'

Mark schudde zijn hoofd.

'Shorty heeft mijn motel afgebrand,' zei hij. 'Daarom interesseert het mij. Je moet het me maar niet kwalijk nemen dat ik een beetje wraakzuchtig ben.'

'Jij dwong ons om dit spel te spelen. Brandstichten viel binnen de spelregels.'

'En hem achterlaten zodat hij doodgaat, is een passende reactie.'

Patty keek naar Karels levenloze lichaam op het asfalt, gevangen in het schijnsel van de koplampen. Verblindend wit licht en scherp afgetekende schaduwen.

Ze keek Mark weer aan.

'Wat ga je met mij doen?' vroeg ze.

'Steeds maar weer dezelfde vragen,' zei Mark. 'Je lijkt wel een ouderwetse grammofoonplaat die blijft steken.'

'Ik heb het recht om het te weten.'

'Je bent een getuige.'

'Ik heb vanaf het begin gezegd dat je ons niet zou laten winnen. Dat hele spel was gelul.'

'Het heeft aan de doelstellingen voldaan. Je zou eens moeten zien wat ik in de kofferbak heb.'

'Laat me naar Shorty gaan. Ga mee. Maak ons daar allebei maar af.'

'Dat is romantisch,' zei hij.

Ze gaf geen antwoord.

'Waar is hij precies?' vroeg Mark.

'Een eindje terug.'

'Dat is te ver weg. Het spijt me, ik moet er echt vandoor. Laten we het maar hier doen. Alleen jij.'

Hij richtte het pistool. Ze kon het duidelijk zien in het licht van de koplampen. Ze herkende het pistool van de tv-series waar ze naar keek. Een Glock, dat wist ze zeker. Een beetje hoekig, veel details, subtiel vakmanschap. De buis voor op de loop glansde mat. Een precisie-instrument. Het zag eruit alsof het duizenden dollars gekost had. Ze liet haar adem ontsnappen. Patricia Marie Sundstrom, vijfentwintig, werkzaam in een houtzagerij. Kortstondig gelukkig met een aardappelboer die ze in een bar had ontmoet. Gelukkiger dan ze ooit had verwacht te zullen worden. Gelukkiger dan ze zelf had geweten. Ze wilde hem nog een keer zien.

Er bewoog iets achter de rechterschouder van Mark.

Ze zag het vanuit een ooghoek, in de donkere schaduwen achter de koplampen. Een flits van iets wits, drie meter erachter. Iets wat in de lucht zweefde. Ogen, dacht ze, of tanden, alsof iemand lachte. Ze luisterde, maar hoorde alleen het zachte ronken van de motor van de Mercedes en het zachte pruttelen van de uitlaat.

Toen meende ze iets te zien achter Marks rug. Meer een donkere, vormloze leegte dan wat anders, alsof er een boomstam bewoog.

Idioot.

Ze keek weg.

'Klaar?' vroeg Mark.

'Ik ben blij dat je motel is afgebrand,' zei ze. 'Ik zou alleen willen dat jij erin had gezeten.'

'Dat is niet aardig,' zei hij.

Ze keek weer naar hem.

Achter hem verscheen een man.

Een reus. Hij was in het schijnsel van de koplampen gestapt. In zijn linkerhand hield hij een pijl. Op zijn hoofd had hij een nachtkijker gemonteerd waarvan de lens omhoog was geklapt. Hij was vijftien centimeter groter dan Mark en wel twee keer zo zwaargebouwd.

Hij was enorm.

Hij stond doodstil.

Toen deed hij een stap naar voren, waardoor hij vlak achter Mark kwam te staan, niet meer dan dertig centimeter van zijn rug, als iemand die in de rij staat bij de ingang van een stadion of bij het boarden van een vliegtuig. Hij reikte om Mark heen en sloot zijn vuist om Marks pols. Hij trok Marks arm opzij, heel rustig, moeiteloos, alsof hij zachtjes een deur opentrok, tot de Glock nergens meer op gericht was. Hij sloeg zijn linkerarm om Mark heen, klampte zijn elleboog om diens borstkas en trok hem tegen zich aan. Hij drukte de punt van de pijl in Marks keel. De mannen stonden daarna doodstil. Het leek alsof ze hun positie hadden ingenomen om een tango te dansen, zij het dat Mark de verkeerde kant op stond.

'Laat het pistool vallen,' zei de grote man.

Een zware, maar rustige stem. Bijna intiem, alsof de boodschap alleen voor Marks oor bedoeld was, op slechts enkele centimeters afstand. Eigenlijk klonk het qua toon meer als een vriendelijk voorstel dan als een bevel, maar er ging dreiging van uit, dat wel.

Mark liet het pistool niet vallen.

Patty zag dat de spieren in de onderarm van de reus zich spanden. De contouren werden uitvergroot door het harde licht. Die onderarm zag eruit als een zak met rollende keien. Het gezicht van de reus drukte geen enkele emotie uit. Patty besefte dat hij Marks pols letterlijk fijnkneep. Langzaam, kalm, maar onverbiddelijk, meedogenloos. Mark piepte en begon te hijgen. Ze hoorde botjes klikken, kraken en verschuiven. Mark kronkelde spastisch.

De grote man bleef knijpen.

Mark liet het pistool vallen.

'Goed zo,' zei de man, maar hij verslapte zijn greep niet en veranderde niets aan zijn uitgangspositie voor de tango.

'Hoe heet je?' vroeg hij.

Mark gaf geen antwoord.

'Hij heet Mark,' zei Patty.

'Mark hoe?'

'Dat weet ik niet. Wie ben jij?' vroeg ze.

'Dat is een lang verhaal,' zei de grote man.

Zijn spieren spanden zich opnieuw.

Mark kronkelde.

'Wat is je achternaam?' vroeg de grote man.

Botjes klikten, kraakten en verschoven.

'Reacher,' hijgde Mark.

42

Honderd meter terug had Reacher gezien dat de vrouw de jager met haar zaklamp verblindde en vervolgens was weggerend alsof de duivel haar op de hielen zat. Hij had gezien dat de jager haar had achtervolgd en had op zijn beurt de achtervolging ingezet. Hij arriveerde net op tijd om te zien hoe de Mercedes het toneel op reed. Reacher was het pad overgestoken in het duister, een heel eind achter de Mercedes, en was er aan de andere kant langs het pad naartoe geslopen. Hij had het grootste deel van het gesprek opgevangen. De sleutel van de sleepwagen, Shorty en het afgebrande motel. Hij had de man horen zeggen dat Patty en hij de enige twee waren die nog op hun benen konden staan. Ze heette Patty Sundstrom, had de bankier hem verteld, vlak voordat hij stierf. Dan moest Shorty Shorty Fleck zijn. Canadezen met autopech.

'Ik heb geld,' zei Mark. 'Dat mag je hebben.'

'Dat wil ik niet,' zei Reacher. 'Ik heb het niet nodig.'

'We moeten hier op de een of andere manier uit kunnen komen.'

'Patty, raap zijn pistool eens op,' zei Reacher. 'Heel voorzichtig, met een vinger en je duim om de greep.'

Patty liep naar hen toe, bukte zich, pakte het pistool en liep ermee terug. Reacher boog Marks arm bij de elleboog, onder een hoek van negentig graden, alsof hij stond te zwaaien, en daarna nog verder, tot de onderarm strak tegen de bovenarm lag en zijn hand zijn schouder raakte.

Daarna boog hij hem nog verder, langs het schouderblad omlaag, vijf centimeter, tien centimeter, vijftien. Dat leverde allerlei spanningen op in allerlei gewrichten, vooral in het ellebooggewricht, maar ook in de schouder, en in alle banden en pezen daartussenin.

Reacher haalde de pijlpunt onder Marks keel weg en verloste hem van de druk van zijn elleboog op de borstkas, waarna Mark dankbaar op zijn knieën viel, in een poging de druk op zijn arm te verlichten. Reacher liet Marks pols los en greep de kraag van zijn shirt, trok hem aan tot de knoop tegen de keel zat, een knevel in de vorm van een acht. Hij keek Patty aan en vroeg: 'Wil jij het doen of moet ik het doen?'

'Wat?'

'Hem doodschieten.'

Ze gaf geen antwoord.

'Je zei dat je wenste dat hij in het brandende motel had gezeten.'

'Wie ben jij?' vroeg ze nog een keer.

'Dat is een lang verhaal,' zei hij weer. 'Ik heb morgenvroeg een afspraak, een eindje naar het zuiden, en ik had een motel nodig om vannacht te slapen. Dit was het enige motel dat ik kon vinden.'

'We moeten de politie bellen.'

'Waren jullie op weg ergens naartoe?'

'Naar Florida,' zei ze. 'We wilden een nieuw leven beginnen.'

'Wat wilden jullie daar doen?'

'Surfplanken verhuren en misschien ook jetski's. En Shorty dacht aan T-shirts.'

'Waar wilden jullie wonen?'

'In een hut op het strand. Misschien boven de winkel.'

'Dat klinkt geweldig.'

'Dat vonden wij ook.'

'Het alternatief is dat je drie jaar in een kamer zit van een motelketen, ergens in New Hampshire, en dat je moet praten met heel vervelende mensen. De helft van de tijd zal je je dood vervelen, en de rest van de tijd ben je doodsbang. Wil je dat liever?'

'Nee.'

'Dat is namelijk wat er gebeurt als we de politie bellen. Dan moet je praten met rechercheurs, officieren van justitie, advocaten en psychiaters, steeds maar weer. En ze zullen je ook een aantal behoorlijk vervelende vragen stellen, want ze zullen dezelfde rekensommetjes maken die ik ook heb gemaakt. Ik ben hier vanaf de weg gekomen en alles heeft zich dus vóór me afgespeeld. Tot dusverre ben ik vier man tegengekomen. Aanvankelijk dacht ik dat er nog meer zouden zijn.'

'Oorspronkelijk waren ze met z'n zessen.'

'Wat is er met de eerste twee gebeurd?'

Ze gaf geen antwoord, maar haalde snel adem.

'Uiteindelijk zouden jullie wel worden vrijgesproken,' zei Reacher. 'Waarschijnlijk, iets met zelfverdediging of noodweer. Maar je weet het niet zeker. Bovendien zijn jullie buitenlanders. Het zou een ontzettend gedoe worden. Jullie zouden de staat niet uit mogen en het enige wat ze hier hebben zijn de Red Sox. Daar moet je even goed over nadenken.'

Patty zweeg.

'Waarschijnlijk is het beter als we de politie niet bellen,' zei Reacher.

Mark probeerde zich los te wurmen.

'Hij wilde Shorty achterlaten zodat hij zou doodgaan,' zei Reacher tegen Patty.

Ze keek naar het pistool in haar hand.

'Kom hier staan,' zei Reacher. 'Zodat het niet op mij gericht is.'

Ze kwam naast hem staan.

Mark kronkelde steeds harder en wilder. Reacher trok hem overeind, stompte hem hard in zijn maagstreek en liet hem weer op de grond zakken. Mark bewoog weliswaar nog een beetje, maar was in ieder geval tijdelijk niet in staat enige controle uit te oefenen over zijn spieren.

'Druk het uiteinde van de geluiddemper hard tegen zijn rug, tussen de schouderbladen, ongeveer vijftien centimeter onder de plek waar ik hem vasthoud. De veiligheidspal is dat kleine nokje op de voorkant van de trekker. Die klikt zodra je je vinger op de juiste plek hebt. Daarna hoef je alleen de trekker over te halen.'

Ze knikte.

Ze stond doodstil, misschien wel twintig seconden lang.

'Ik kan het niet,' zei ze.

Reacher liet Marks kraag los en gaf hem een duw. Mark viel languit op de grond. Reacher nam de Glock van Patty over en zei: 'Ik wilde je de kans geven, meer niet. Anders zou jij je je hele leven blijven afvragen of je het wel had gekund. Nu weet je het. Je bent een goed mens, Patty.'

'Dank je.'

'Beter dan ik,' zei hij.

Hij draaide zich om en schoot Mark door zijn hoofd. Twee keer snel achter elkaar onder in de schedel. Wat ze op militaire academies het moordenaarsschot noemden, al zouden ze dat nooit in het openbaar toegeven.

Ze haalden Shorty op met de Mercedes. Eerst sleepte Reacher de man van de sleepwagen in de bosjes aan de ene kant van het pad, en Mark in de bosjes aan de andere kant, zodat ze niet meer in de weg zouden liggen. Hij wilde niet over hen heen rijden terwijl Shorty met een gebroken been in de auto zat. Die hobbels zouden voor hem niet erg aangenaam zijn.

Patty reed. Ze keerde de auto en reed terug met ingeschakeld groot licht. Ze reed het bos uit en stopte toen even. Een eindje verderop was het motel een gloeiende hoop sintels. De auto's die ervoor hadden gestaan, waren uitgebrand en zaten onder een grijze laag as. De schuur brandde fel, het huis brandde nog feller. De vlammen schoten wel vijftien meter de lucht in.

Twee quads zonder berijder stonden verlaten midden op het grasland. Ernaast lagen twee gestalten.

'Ze waren met z'n vieren,' zei Patty. 'Mark, Peter, Steven en Robert.'

'Ik heb pistoolschoten gehoord,' zei Reacher. 'Nog niet zo lang geleden. Negen millimeter, afgevuurd met een pistool met geluiddemper. Ik denk dat Mark daarmee het partnerschap heeft ontbonden.'

'Waar is de vierde man?'

'Waarschijnlijk in het huis. Als daar geschoten is, had ik dat niet kunnen horen. Er zal nu niet veel meer van hem over zijn.'

Ze keken nog even naar de vlammen, toen maakte Patty een bocht naar links en reed over het hobbelige gras naar de rand van het bos. Ze tuurde naar herkenningspunten. Twee keer remde ze af tot ze stapvoets reed en speurde de omgeving af, maar beide keren leverde dat blijkbaar niets op en reed ze weer door. Uiteindelijk stopte ze. Ze hield haar handen op het stuur.

'Het ziet er allemaal hetzelfde uit,' zei ze.

'Hoe ver ligt hij het bos in?' vroeg Reacher.

'Ik weet het niet meer. We hadden al een stukje gelopen en daarna heb ik hem nog een eindje verder gesleept naar een plek waar het me veilig leek.'

'Waar zijn jullie het bos in gegaan?'

'Tussen twee bomen door.'

'Dat schiet niet op.'

'Ik denk dat het hier was.'

Patty zette de motor af en ze stapten uit. Zonder het licht van de koplampen was het aardedonker. Patty bevestigde de nachtkijker weer op haar hoofd en Reacher klapte de lens omlaag. De wereld werd weer tot in de kleinste details haarscherp weergegeven. Patty keek naar links en naar rechts. Ze keek naar de bomen en naar de ruimte tussen de bomen.

'Ik denk dat het hier was,' zei ze opnieuw.

Ze liepen het bos in, Patty voorop. Ze maakten een flauwe bocht naar het noordoosten, alsof ze van plan waren om dertig meter diep in het bos op het pad uit te komen. Ze stapten links en rechts om de bomen heen. Klimop en struikgewas bemoeilijkten het lopen.

'Ik herken helemaal niets,' zei Patty.

'Shorty? Shorty Fleck?' riep Reacher.

'Shorty, ik ben het. Waar ben je?' riep Patty.

Geen reactie.

Ze liepen verder en bleven steeds na tien meter staan om te roepen. Daarna hielden ze hun adem in om te luisteren.

Geen reactie. Tot de derde keer dat ze riepen. Toen hoorden ze een licht geluidje. Veraf, zachtjes, metaalachtig, traag. *Ting, ting, ting*. Het kwam uit oostelijke richting, dacht Reacher. Een meter of veertig.

'Shorty Fleck?' riep hij.

Ting, ting, ting.

In de richting van het geluid haastten ze zich tussen de bomen door en banjerden door klimop, struiken en bramen. Ze riepen bij elke stap zijn naam, eerst Patty, dan Reacher, dan weer Patty. Bij elke stap werd het *ting, ting, ting* luider.

Ze vonden hem onderuitgezakt tegen een boom. Uitgeput door de pijn. Hij had de nachtkijker op zijn hoofd en een pijl in zijn hand. Hij tikte ermee tegen de lensbuis. *Ting, ting, ting*, dat was het enige waartoe hij nog in staat was.

Reacher droeg hem terug en legde hem languit op de achterbank van de Mercedes. Shorty's been zag er niet best uit. De wond was een ramp. Hij had veel bloed verloren. Hij was bleek, maar hij voelde heet aan. Zijn huid glom van het zweet.

'Waar moeten we heen?' vroeg Patty.

'Ergens buiten de county, dat is waarschijnlijk het beste,' zei Reacher. 'Manchester bijvoorbeeld. Dat is een grotere plaats.'

'Ga jij niet mee?'
Reacher schudde zijn hoofd.
'Niet helemaal tot daar,' zei hij. 'Ik heb morgenvroeg een afspraak.'
'In het ziekenhuis gaan ze vragen stellen.'
'Zeg maar dat het een motorongeluk was. Dat geloven ze. In ziekenhuizen geloven ze alles als je over motoren begint. Dat hoeven ze niet te melden. Het is overduidelijk geen schotwond. Zeg maar dat hij op een stuk metaal is gevallen.'
'Oké.'
'Breng Shorty weg en parkeer dan de auto op een stil plekje. Doe de portieren niet op slot en laat de sleutel in het contact zitten. Hij moet snel weg zijn. Daarna is er niets meer aan de hand.'
'Oké,' zei ze weer.
Ze ging achter het stuur zitten. Reacher ging naast haar op de passagiersstoel zitten en draaide zich half om zodat hij een oogje in het zeil kon houden. Shorty werd heen en weer geschud op het hobbelige gras en hapte naar adem. Patty reed het pad op.
Shorty sloeg met een vlakke hand slapjes op de achterbank. Eén keer, twee keer.
'Wat is er?' vroeg Reacher.
Shorty deed zijn mond open, maar er kwam geen geluid uit. Hij probeerde het nog een keer.
'Koffer,' fluisterde hij.
Patty reed verder, langzaam en onverstoorbaar.
'We hadden een koffer in onze kamer,' zei ze. 'Ik neem aan dat hij verbrand is.'
Shorty sloeg opnieuw op de achterbank.
'Ik heb hem naar buiten gesleept,' fluisterde hij.
Patty zette de auto stil.
'Waar is hij dan?'
'Op het gras,' fluisterde Shorty. 'Aan de andere kant van het parkeerterrein.'
Patty reed achteruit, onhandig, een beetje zigzaggend, keerde bij het begin van het bos en reed terug over het grasland. Langs de achtergelaten quads en de beide lichamen.
'Peter en Robert,' zei ze.

Ze reed verder en stopte op het parkeerterrein. Ze voelden de hitte van de brand door de ramen van de auto. Reacher zag de stalen kooi oprijzen uit de gloeiende sintels. Stalen tralies en een stalen net. Geblakerd en vervormd. Kamer tien. Shorty bewoog één keer zijn onderarm heen en weer, zwakjes, als een oude priester die de zegen geeft of een gewonde man die een afstand probeert aan te duiden, *van daar naar daar*. Reacher stapte uit en liep door tot hij ter hoogte van de uitgebrande kamer tien was. Toen ging hij met zijn rug naar de kamer staan en liep vervolgens in een rechte lijn over het parkeerterrein naar het gras, de kortste afstand van A naar B. Hij klapte de lens van de nachtkijker omlaag.

Hij zag de koffer meteen. Het was een reusachtig, ouderwets gevaarte, omwikkeld met touw. Hij lag plat in het gras. Reacher liep ernaartoe en tilde hem op. Het ding woog wel een ton, misschien wel twee. Hij zeulde hem mee terug, naar één kant overhellend om het ding van de grond te houden. Patty stapte uit en maakte de kofferbak open.

'Wat zit er in godsnaam in die koffer?' vroeg Reacher, en hij zette de koffer neer.

'Stripboeken,' zei ze. 'Meer dan duizend. Alle beroemde stripverhalen. Een heleboel vroege van Superman. Die waren ooit van onze vaders en opa's. We wilden ze in New York verkopen om naar Florida te gaan.'

In de kofferbak stonden al twee tassen. Twee uitpuilende zachte leren weekendtassen, dichtgeritst. Reacher maakte er een open om te kijken wat erin zat. Twee tassen met geld, vol pakken bankbiljetten, keurig netjes opgestapeld. Vrijwel allemaal biljetten van honderd dollar, vrijwel allemaal in pakjes van een centimeter of drie dik. Op de banderol stond dat het bij al die pakjes om tienduizend dollar ging. Misschien was het alles bij elkaar wel een miljoen dollar.

'Hou die stripboeken maar,' zei Reacher. 'En gebruik dit voor je surfplanken. Daar kun je alles mee kopen wat surfers willen hebben.'

'Dat kan niet,' zei Patty. 'Dat is niet van ons.'

'Volgens mij wel. Jullie hebben het spel gewonnen. Ik neem aan dat dit de inzet was. Wie moet het anders krijgen?'

'Het is een fortuin.'

'Jullie hebben het verdiend, vind je niet?' zei Reacher.
Ze dacht na.
'Wil jij ook een deel?' vroeg ze.
'Ik heb genoeg om van rond te komen,' zei Reacher. 'Ik hoef niet meer.'
Hij tilde de koffer op en zette hem in de kofferbak.
De Mercedes zakte iets omlaag in de vering.
'Hoe heet je?' vroeg Patty. 'Dat zou ik graag willen weten.'
'Reacher.'
'Zo heette Mark ook,' zei ze.
'Andere tak van de familie.'
Ze stapten in de auto. Patty reed over het grasland, het bos in, tot ze na drie kilometer bij de sleepwagen kwamen. Reacher klom omhoog met de sleutel en ging achter het stuur zitten. Een lastige klus. Hij was hoe dan ook een slechte chauffeur en alles was hem onbekend in deze cabine. Maar na een minuut lukte het hem het licht aan te doen en de motor te starten. Hij vond de versnellingspook en zette hem in de achteruit. Op het dashboard floepte een scherm met beelden van een achteruitrijcamera aan. Een groothoeklens, in kleur. Op het scherm was een oude Subaru te zien, die vlak achter de sleepwagen rustig stond te wachten.

43

Reacher klom uit de cabine naar beneden en gebaarde naar Patty dat ze even geduld moest hebben. Hij hoopte maar dat ze begreep wat hij bedoelde. Toen wurmde hij zich langs de sleepwagen naar de achterkant, naar de vrije ruimte.

Daar wachtte Burke hem op. De eerwaarde Patrick G., met opgestoken handen in een schuldbewust gebaar: *ik weet het, ik weet het.*

'Rechercheur Amos belde me. Ze zei dat ik je moest zoeken en dan de code 10-41 moest doorgeven. Ik weet niet wat dat betekent.'

'Dat is de radiocode van de militaire politie,' zei Reacher. 'Het is een verzoek om onmiddellijk contact op te nemen.'

'Je hebt hier geen bereik.'

'We rijden een stuk naar het zuiden. Maar je moet eerst je auto wegzetten, zodat ik de sleepwagen kan weghalen. Daarachter zijn nog meer mensen die naar het zuiden moeten en die hebben veel meer haast.'

Hij wurmde zich weer terug langs de sleepwagen en zwaaide halverwege de klim naar de cabine een keer naar Patty, in de hoop dat ze dat zou opvatten als een geruststellend gebaar. Hij zette de versnellingspook weer in de achteruit, zag Burke achteruit het pad af rijden en zette zelf de sleepwagen in beweging, een beetje schokkerig, een beetje scheef zo hier en daar, wat een gevecht met bomen opleverde, dat hij in de meeste gevallen won, ook al kreeg hij een paar rake klappen te verduren. Toen hij uiteindelijk bij de tweebaansweg was aangekomen, draaide hij aan het stuur en parkeerde hij de sleepwagen achteruit in de berm tegenover het pad, niet helemaal recht, maar ook niet zodanig dat hij zich ervoor hoefde te schamen.

De zwarte Mercedes kroop achter hem aan het bos uit.

Reacher klom uit de cabine naar beneden. De Mercedes bleef naast hem stilstaan. Patty deed het raam omlaag.

'Ik krijg een lift van de man in die Subaru,' zei Reacher. 'Ik vond het aangenaam om kennis met je te maken. Succes in Florida.'

Ze duwde zich omhoog op haar stoel, stak haar hoofd uit het raam en keek naar links en naar rechts.

'We zijn eruit,' zei ze. 'Eindelijk. Bedankt. Ik meen het. We zijn je veel verschuldigd.'

'Het was je ook wel zonder mij gelukt,' zei Reacher. 'Je had nog steeds die zaklamp. Dat werkte ook heel goed. Vier grote batterijen, allerlei fraaie ledjes. Het gaat niet alleen maar om nachtzicht. Zijn eerste schot had je niet geraakt en daarna zou je tussen de bomen hebben gezeten.'

'En dan?'

'Misschien nog een schot, maar ik wil wedden dat hij geen reservemagazijn had. Het leek me dat hij nogal haastig zijn biezen had gepakt.'

'Bedankt,' zei ze. 'Ik meen het.'

'Succes in Florida,' zei hij nog een keer. 'Welkom in Amerika.'

Hij stak de weg over naar de wachtende Subaru. Patty reed weg, naar het zuiden. Ze stak een hand omhoog uit het raam, wuifde. Ze hield haar hand nog honderd meter lang buiten het raam en voelde hoe de nachtlucht haar gespreide vingers streelde.

Burke reed ook naar het zuiden. Reacher hield de strepen op het schermpje van de telefoon in de gaten. Burke maakte zich zorgen over het late uur. Hij zei dat rechercheur Amos vast en zeker al lang en breed lag te slapen. Reacher zei dat ze het vast en zeker serieus had gemeend toen ze de code 10-41 had doorgegeven. Onmiddellijk contact opnemen. Ze had ook een andere code kunnen gebruiken.

Een eerste streepje verscheen op het scherm, gevolgd door een tweede. Burke parkeerde de Subaru in de brede berm waar ze eerder hadden gestaan. Reacher koos het nummer van Amos. Ze nam direct op, ze sliep niet. Hij hoorde autogeluiden op de achtergrond. Ze was aan het rijden.

'De politie in Boston heeft ons gebeld om te zeggen dat de hitman die de puinhopen moet opruimen in de loop van de avond weer thuis is gekomen.'

'Met Carrington?'

'Dat zoeken ze uit.'

'En Elizabeth Castle?'

'Ze worden allebei nog steeds vermist.'

'Misschien moet ik naar Boston toe.'

'Je moet eerst ergens anders heen.'

'O?'

'Ik heb Stan Reacher gevonden.'

'Oké.'

'Hij is dertig jaar geleden weer op het toneel verschenen. Hij heeft een hele tijd in zijn eentje gewoond en is toen bij een jonger familielid ingetrokken. Hij staat geregistreerd als kiezer en heeft nog steeds een rijbewijs.'

'Oké,' zei Reacher nog een keer.

'Ik heb hem gebeld. Hij wil je graag zien.'

'Wanneer?'

'Nu.'

'Maar het is laat.'

'Hij lijdt aan slapeloosheid. Normaal gesproken kijkt hij tv. Hij zegt dat je wat hem betreft de hele nacht mag komen praten.'

'Waar woont hij?'

'In Laconia,' zei ze. 'Gewoon hier in de stad. De kans is groot dat je al een keer langs zijn huis bent gelopen.'

Het bleek uiteindelijk dat Reacher twee straten verderop de nacht had doorgebracht in zijn tweede hotel. Hij had daar de deur uit kunnen gaan, linksaf, rechtsaf en nog een keer linksaf, dan was hij bij net zo'n steegje gekomen als dat waarin de serveerster woonde, met een deur links en een deur rechts, in dit geval niet de ingang van appartementen op de bovenverdieping, maar van keurige eengezinshuizen met twee verdiepingen aan een binnenplaats.

Stan woonde in het huis links.

Amos kwam naar hen toe in een politiewagen zonder herkenningstekens en parkeerde langs de stoeprand vlak voor de steeg. Ze schudde Burke de hand en zei dat het haar genoegen deed hem te leren kennen. Ze keerde zich naar Reacher en vroeg hem hoe hij zich voelde. 'Dit zou heel vreemd kunnen worden,' zei ze.

'Niet echt,' zei hij. 'Misschien een beetje. Ik geloof dat ik het allemaal wel zo ongeveer op een rijtje heb. Er heeft steeds iets aan het verhaal geschort en ik weet nu wat dat was. Vanwege iets wat de oude heer Mortimer zei.'

'Wie is de oude heer Mortimer?'

'Een oude man in het verzorgingshuis. Hij vertelde dat hij destijds zo nu en dan op bezoek kwam bij zijn neven in Ryantown en dat hij zich de jongens herinnerde die naar vogels keken. Hij zei dat hij aan het einde van de oorlog werd opgeroepen voor de dienstplicht, maar dat ze hem niet nodig hadden. Ze hadden al te veel mensen. Hij vertelde dat hij nooit iets had gedaan en dat hij zich elke keer een oplichter voelde bij de parade op Onafhankelijkheidsdag.'

Amos zei niets.

Ze liepen met z'n drieën naar de voordeur. Dat zou gepaster zijn, vond Burke, op dat late tijdstip. Alsof ze treurig nieuws kwamen brengen, dacht Reacher. Twee MP's en een geestelijk verzorger.

Hij belde aan. Een minuut later ging het licht in de gang aan. Het scheen door glas met een patroontje in een raampje hoog in de deur. Hij zag een verbrokkeld mozaïek van rustige pasteltinten in een lange, smalle gang met waarschijnlijk ingelijste familiefoto's aan de wanden.

Een oude man schuifelde het beeld in. Een verbrokkeld mozaïek. Een beetje gebogen, grijs, traag, wankel. Onder het lopen leunde hij met de knokkels van zijn vuist op een houten rail langs de wand. Hij kwam steeds dichterbij en deed toen de deur open.

44

De oude man die de deur opendeed was misschien negentig. Hij was mager en stond licht gebogen in veel te wijde kleren, misschien wel kleren die hij altijd graag had gedragen, lang geleden gekocht toen hij nog een energieke zeventiger was. Misschien was hij ooit wel een meter vijfentachtig geweest en had hij vijfentachtig kilo gewogen, lang voordat de aftakeling was begonnen. Nu stond hij voorovergebogen als een vraagteken. Zijn huid was doorschijnend en slap, zijn ogen waren waterig. Zijn haar was gereduceerd tot een aantal dunne slierten, fijn als zijde.

Hij was niet Reachers vader. Zelfs geen dertig jaar oudere versie van Reachers vader, omdat hij dat domweg niet was. Zo eenvoudig was het. Bovendien was er genoeg forensisch bewijs. Deze man had geen gebroken neus, geen litteken van een granaatscherf op zijn wang en geen littekens van hechtingen in zijn wenkbrauw.

Aan de wanden hingen foto's met vogels.

De oude man stak beverig een hand uit.

'Stan Reacher,' zei hij. 'Aangenaam.'

Reacher schudde de oude man de hand. Die was ijskoud.

'Jack Reacher,' zei hij. 'Aangenaam.'

'Zijn wij familie?'

'We zijn allemaal familie van elkaar, als je maar ver genoeg teruggaat.'

'Kom binnen.'

Amos zei dat ze met Burke in de auto zou wachten. Reacher liep achter de man aan door de gang. Het ging trager dan bij een begrafenisstoet. Een halve stap, rusten en dan een tweede halve stap. In een nis tussen de woonkamer en de woonkeuken stonden twee leunstoelen aan weerszijden van een staande lamp met een grote kap met franjes. Een prima leeslamp.

Stan Reacher wuifde bij wijze van uitnodiging met een trillende hand naar een van de twee leunstoelen. Zelf ging hij in de andere leunstoel zitten. Hij wilde graag praten en hij wilde met alle plezier vragen beantwoorden. Hij leek die vragen helemaal niet vreemd te vinden. Hij bevestigde dat hij was opgegroeid in Ryantown, in het huis van de voorman van de tingieterij. Hij herinnerde zich de tegels op de vloer in de keuken nog. Acanthusbladeren, goudsbloemen en artisjokbloemen. James en Elizabeth Reacher waren zijn ouders, de voorman van de tingieterij en de naaister. Hij vertelde dat het nooit bij hem was opgekomen om zich af te vragen of ze goede ouders waren. Voor een deel omdat hij niet anders wist, en voor een deel omdat hij hoe dan ook nergens anders oog voor had dan voor vogels vanaf het moment dat hij had kennisgemaakt met vogels kijken. Het had een heel nieuwe wereld voor hem geopend. Hij vertelde dat het niet ging om het afvinken van observaties op een lijst. Het ging om het kijken. Het zat hem in het woord. Kijken naar wat vogels deden, hoe ze dat deden en waarom, en waar, en wanneer. Je moest jezelf in volstrekt nieuwe dimensies inleven, waar volstrekt nieuwe problemen opdoken en volstrekt nieuwe krachten een rol speelden.

'Wie had jou geïntroduceerd in die wereld?' vroeg Reacher.

'Mijn neef Bill,' zei Stan.

'Wie was dat?'

'Het waren me de tijden wel, toen. Op de een of andere manier trokken alle jongens op met hun neven. Misschien had het iets van een stammencultuur. De mensen waren bang. Het waren zware tijden. Een tijdje lang dacht iedereen dat alles naar de verdommenis zou gaan en ik denk dat neven onder die omstandigheden een geruststellende factor vormden. Iedereen had waarschijnlijk een neef als beste vriend. Bill was mijn beste vriend en ik was Bills beste vriend.'

'Wat voor soort neef was hij?'

'We stelden geen van beiden veel voor. We wisten eigenlijk alleen dat ik Stan Reacher was en hij William Reacher en dat we allebei afstamden van dezelfde verre voorouder in het Dakota-territorium. Ik denk dat Bill in feite een zwerver was. Hij kwam oorspronkelijk van ergens bij de Canadese grens, maar hij was altijd op pad. Hij was heel vaak in Ryantown.'

'Hoe oud was hij toen hij daar voor het eerst kwam?'

'Ik was zeven, dus hij was toen zes. Hij is een heel jaar gebleven.'

'Had hij ook ouders?'

'Daar gingen we wel van uit, maar hij zag hen nooit, al waren ze niet dood of zo. Hij kreeg ieder jaar een kaart met zijn verjaardag.

Wij dachten dat ze vast geheim agenten waren die ergens in het buitenland undercover werkten. Later dachten we meer in de richting van de georganiseerde misdaad. We zochten naar wat de meeste geheimhouding vereiste en dat onderscheid was soms moeilijk te maken.'

'Keek hij al naar vogels toen hij zes was?'

'Met het blote oog, dat vond hij altijd het beste. Hij kon niet zo goed uitleggen waarom. Hij was natuurlijk maar een jochie, maar later begrepen we het wel, toen we eenmaal verrekijkers hadden. Met het blote oog krijg je een groter beeld. Je wordt niet afgeleid door de schoonheid van allerlei details in close-up.'

'Hoe kwamen jullie aan verrekijkers?'

'Dat was veel later, tegen de tijd dat Bill tien of elf was.'

'Hoe kwamen jullie eraan?'

De oude man keek even naar zijn voeten.

'Je mag niet vergeten dat het toen zware tijden waren.'

'Heeft hij ze gestolen?'

'Niet precies. Het was meer oorlogsbuit. Er was een jongen die iets tegen ons had. Bill verloor zijn geduld. We hadden oude strijdliederen gelezen. Bill had het gevoel dat hij iets in beslag moest nemen. Het enige wat die jongen had, waren de verrekijker en eenendertig cent.'

'Jullie hebben samen een stuk over de ruigpootbuizerd geschreven.'

De oude man knikte.

'Zeker,' zei hij. 'Dat was een mooi stuk, daar zou ik vandaag de dag nog trots op zijn.'

'Kun je je september 1943 nog herinneren?'

'Heel in het algemeen misschien een paar dingen.'

'Niets speciaals?'

'Het is al zo lang geleden,' zei de oude man.

'Je naam komt voor in een oud proces verbaal over een ruzie op straat, 's avonds laat, niet zo ver hiervandaan. Daar ben jij gesignaleerd met een vriend.'

'Ruzies vonden aan de lopende band plaats op straat.'

'Dit keer ging het om ruzie met een pestkop die twee jaar later is doodgeslagen.'

Stan Reacher zweeg.

'Ik denk dat de vriend met wie jij die avond in september 1943 bent gesignaleerd, je neef Bill was. Ik denk dat er toen iets is begonnen wat pas twee jaar later is geëindigd.'

'Vertel me nog eens wie jij eigenlijk bent.'

'Dat weet ik niet zo precies,' zei Reacher. 'Sinds vanavond denk ik dat ik misschien wel de tweede zoon ben van jouw neef Bill.'

'Dan weet je wat er is gebeurd.'

'Ik ben MP geweest. Ik heb het wel tien keer zien gebeuren.'

'Heb ik een probleem?'

'Niet wat mij betreft,' zei Reacher. 'Ik ben alleen maar boos op mezelf. Ik denk dat ik ervan uitging dat dit soort dingen andere mensen overkomt.'

'Bill was een slimme jongen. Hij was altijd een stapje verder, voor een deel omdat hij zo'n afwisselend leven leidde. Door de wol geverfd, streetwise, zouden ze nu zeggen. Maar hij wist ook veel andere dingen. Hij was goed met boeken. Hij wist veel van biologie en zo. Hij hield van vogels. Hij wilde met rust gelaten worden. Hij was een vriendelijk iemand, toen, in een tijd waarin zoiets nog betekenis had. Maar je moest geen dingen doen waartegen zijn rechtvaardigheidsgevoel in opstand kwam. Hij was een bom die voortdurend op ontploffen stond. Dat had hij wel onder controle, want hij kon zich heel goed beheersen, maar hij had een vuistregel. Als je iets verkeerds deed, zorgde hij ervoor dat je het niet nog een keer deed. Op wat voor manier dan ook. Hij kon goed vechten en hij was voor de duvel niet bang.'

'Vertel eens over die jongen die is doodgeslagen.'

Stan schudde zijn hoofd.

'Dat moet ik niet doen,' zei hij. 'Want dan beken ik medeplichtigheid aan een misdrijf.'

'Was jij erbij betrokken?'

'Strikt genomen niet, denk ik.'

'Ze pakken jou niet op. Je bent honderd.'

'Nog niet helemaal.'

'Het interesseert niemand iets. Ze hebben het bij de politie opgeborgen onder GMS.'

'GMS?'

'Geen menselijke slachtoffers.'

Stan knikte.

'Daarin kan ik het wel met ze eens zijn,' zei hij. 'Die jongen was de grootste treiterkop die er bestond. Hij had een bloedhekel aan iedereen die maar een greintje meer hersens had dan hijzelf, en dat was het geval met de meeste mensen. Hij was van het soort dat nadat ze klaar waren met school, dan nog vier jaar in de buurt blijven rondhangen en steeds jongere slachtoffers maken. Maar dan in een mooie auto, met mooie schoenen aan, omdat papa een rijke stinkerd is. Zijn hersens rotten onder zijn schedel weg en het werd pervers. Hij begon kleine jongens en meisjes lastig te vallen. Hij was echt groot en sterk en hij treiterde ze, liet ze vreselijke dingen doen. Toen wist Bill nog niets over hem. Tot die avond toen hij weer in de stad was en erachter kwam.'

'Wat gebeurde er?'

'Bill dook op in Ryantown, zoals zo vaak, vanuit het niets, en om dat te vieren, gingen we die eerste avond naar Laconia, naar de jazzlounge. Er speelde een band die we wilden horen. Meestal lieten ze ons wel binnen. We liepen later terug naar waar we onze fietsen hadden verstopt, toen plotseling die jongen op ons af kwam lopen. Hij negeerde Bill en begon mij te jennen, omdat hij mij kende. Waarschijnlijk ging hij gewoon verder waar hij de vorige keer was opgehouden, maar Bill hoorde het allemaal voor het eerst. Hij kon zijn oren niet geloven. Ik liet het er maar bij zitten, zodat we weer verder konden lopen, maar toen ontplofte de bom. Hij veegde de vloer aan met die jongen.'

'En daarna?'

'Toen werd het een heel ander verhaal. Die jongen kondigde een soort doodvonnis af voor Bill. Die liep vanaf dat moment met een boksbeugel in zijn zak. Een paar keer gebeurde er het een en ander met een paar zogenaamde vrienden die bij de pestkop in het gevlij wilden komen. Zo ging dat met rijke kinderen, dachten we. Maar Bill hield de spoedpoli van het ziekenhuis aan het werk. Hij stuurde al die zogenaamde vrienden dezelfde kant op. Daarna bleef het een tijdje rustig omdat Bill alleen maar zo nu en dan in Ryantown was. Tot ineens weer de vlam in de pan sloeg. Op een avond stonden ze helemaal alleen tegenover elkaar. Nog diezelfde avond kwam Bill naar me toe met de vraag of ik hem een dienst kon bewijzen.'

'Hij wilde jouw geboorteakte lenen om zich aan te melden bij de mariniers.'

Stan knikte.

'Hij moest af van de naam William Reacher. Hij had het gevoel dat hij niet anders kon. Hij moest het spoor laten doodlopen, want per slot van rekening was het moord.'

'En hij moest een jaar ouder zijn dan hij werkelijk was,' zei Reacher. 'Dat klopte er niet aan het verhaal dat hij vertelde. Hij zei dat hij was weggelopen en zich had aangemeld bij de mariniers toen hij zeventien was. Dat is ongetwijfeld allemaal waar, maar dat had hij niet kunnen doen als de mariniers hadden geweten dat hij zeventien was, want dan hadden ze hem niet genomen. Ze hadden al te veel mensen. Het was september 1945. De oorlog was voorbij. Ze hadden geen belang bij een jongen van zeventien. Twee jaar eerder wel, geen enkel probleem, want toen werd er gevochten in de Stille Oceaan. Toen moest de lopende band met kanonnenvlees blijven lopen, maar inmiddels niet meer. En dus had hij jouw legitimatie nodig.'

Stan knikte opnieuw.

'We dachten dat hem dan niets meer kon gebeuren,' zei hij. 'En dat was ook zo. De politie gaf het op. Niet veel later heb ik zelf Ryantown verlaten. Ik ben vogels gaan kijken in Zuid-Amerika en daar ben ik veertig jaar blijven hangen. Toen ik weer terugkwam, moest ik voor van alles en nog wat een handtekening zetten en heb ik diezelfde geboorteakte gebruikt. Ik vroeg me wel af wat er zou gebeuren als het systeem zou aangeven dat de naam Stan Reacher al was vergeven, maar alles ging goed.'

Reacher knikte.

'Bedankt voor de uitleg,' zei hij.

'Wat is er van hem geworden?' vroeg Stan. 'Ik heb hem nooit meer gezien.'

'Hij is een puike marinier geworden. Hij heeft in Korea en Vietnam gevochten en is overal op de wereld gelegerd geweest. Hij is getrouwd met een Française die Josephine heette. Ze konden goed met elkaar overweg en ze kregen twee zoons. Hij is dertig jaar geleden overleden.'

'Was hij gelukkig?'

'Hij was marinier. Het woord geluk komt niet voor in de Handleiding Mariniers. Soms was hij tevreden. Veel verder is het eigenlijk nooit gekomen. Maar hij was nooit ongelukkig, hij had het gevoel dat hij was waar hij thuishoorde. Hij werd omgeven door een structuur waarop hij kon vertrouwen. Ik denk niet dat hij voor iets anders had willen kiezen. Hij is altijd naar vogels blijven kijken. Hij hield van zijn gezin. Hij vond het fijn om ons om zich heen te hebben, dat wisten we alle drie. Soms vonden we hem wel een rare, omdat hij niet precies wist wanneer hij jarig was, maar nu begrijp ik hoe dat kwam. Hij was eigenlijk in juni jarig, terwijl jij in juli jarig bent. Dat wist hij natuurlijk van die geboorteakte en ik denk dat hij soms gewoon in de war raakte, al kostte het hem geen moeite om zich aan zijn nieuwe naam te houden. Ik heb hem wat dat betreft nooit een foutje horen maken, hij was altijd Stan.'

Ze praatten nog een tijdje door. Reacher vroeg naar het motel en hun theoretische neef Mark, maar Stan kende alleen een vaag oud verhaal over een verre neef die tijdens de economische bloei na de oorlog rijk was geworden, zich in het vastgoed had gestort en veel nakomelingen had verwekt. Allerlei kinderen, kleinkinderen en achterkleinkinderen. Daar moest Mark er ook een van zijn. Stan zei dat hij het niet wist, en ook niet wilde weten. Hij was gelukkig met zijn fotoboeken en zijn herinneringen.

Toen zei hij dat het tijd werd om een uiltje te knappen. Zo ging dat, zei hij, met die slapeloosheid van hem. Als hij de kans kreeg, deed hij zijn ogen een uurtje dicht. Reacher schudde nog een keer die ijskoude hand en deed zelf de voordeur achter zich dicht. Het begon al licht te worden. De zon zou zo opkomen. Burke en Amos zaten samen in de auto van Amos, langs de stoeprand bij de ingang van het steegje. Ze zagen hem naar buiten komen. Burke deed het raam aan zijn kant omlaag. Amos boog zich naar hem toe om mee te luisteren. Reacher keek nog een keer naar de lucht en bukte zich toen.

'Ik moet naar Ryantown,' zei hij.

'Het duurt nog uren voordat de professor daar komt,' zei Burke.

'Daarom.'

'Ik moet nadenken over Carrington,' zei Amos.

'Dat kan in Ryantown net zo goed als ergens anders.'

'Weet jij iets?'

‘We moeten net zo goed zoeken naar Elizabeth Castle als naar Carrington. Ze zijn heel erg met elkaar bezig. Ze beschouwen hun kopje koffie ’s morgens als hun tweede date. De kans is groot dat ze ergens met z’n tweeën zijn.’

‘Zeker, maar waar?’

‘Dat vertel ik je later. Ik wil eerst naar Ryantown.’

45

Ze reden naar Ryantown in de politieauto zonder herkenningstekens van Amos. Amos reed, Burke zat keurig naast haar. Reacher hing op de achterbank. Hij vertelde hun alles wat Stan hem had verteld. Ze vroegen hem hoe hij zich voelde. Het gesprek duurde maar kort. Hij zei dat er eigenlijk niets veranderd was, slechts een klein historisch detail. Zijn vader had een andere naam gehad, heel lang geleden, in zijn jeugd. Eerst heette hij Bill en daarna Stan. Zelfde man. Zelfde bom die op ontploffen stond. Maar gedisciplineerd. Als je deed wat goed was, liet hij je met rust. Hij kon goed vechten en was voor de duvel niet bang.

Hij hield van zijn gezin.

Zijn hele leven een vogelaar. Vaak met het blote oog, vanwege het totaalbeeld.

'Wist je moeder het?' vroeg Amos.

'Goede vraag,' zei Reacher. 'Waarschijnlijk niet. Ze bleek zelf ook geheimen te hebben. Ik denk dat ze die van elkaar niet kenden. Ik denk dat ze dat incalculeerden. Altijd een schone lei. Geen vragen, misschien konden ze daarom wel zo goed met elkaar overweg.'

'Ze moet zich toch hebben afgevraagd hoe het met zijn ouders zat?'

'Vast wel.'

'Vraag jij je dat nu ook af?'

'Een beetje, vanwege die kaarten met verjaardagen. Dat geeft het een bepaald tintje. Het doet denken aan obscure praktijken van overheidsinstellingen. Die regelen dingen voor je als je weg bent. Die betalen je huur als je in het buitenland bent. Maar zijn ouders kunnen ook in de gevangenis hebben gezeten. Ik zou het adres van de afzender moeten weten.'

'Ga je dat uitzoeken?' vroeg Burke.

'Nee,' zei Reacher.

Rechts kondigde een verkleurende lucht de dageraad aan. Alles in de auto werd gehuld in een zachte gouden tint. Amos sloeg af naar Ryantown, de flauwe bocht, de weg op tussen de boomgaarden. De zon kwam achter hen boven de horizon en scheen aan het einde van de flauwe bocht recht door de achterruit. Amos schermde haar ogen af tegen de weerkaatsing in de achteruitkijkspiegel en stopte bij het hek.

'Vijf minuten,' zei Reacher.

Hij stapte uit, klom over het hek en liep door de boomgaard met het ochtendlicht in zijn rug. Zijn schaduw was oneindig lang. Hij klom over het tweede hek. De stadsgrens van Ryantown, met de bladeren die donkerder waren en de geur die vochtiger was. De schaduwen zonder zonlicht.

Hij liep door de hoofdstraat, net als de vorige keer, tussen de ragdunne stammen door, over ontzette keitjes, langs de kerk en de school. Daarna stonden de bomen verder uit elkaar. De zon klom hoger aan de hemel. Zonlicht sijpelde tussen de bladeren door. Een nieuwe dag, een nieuwe wereld.

Verderop hoorde hij stemmen.

Twee mensen die luchtig en opgewekt praatten over iets om vrolijk van te worden. Misschien de zonnestralen. Als dat zo was, was Reacher het met hen eens. Het zag er fantastisch uit. Het leek wel een reclamefoto voor een dure camera.

Hij riep: 'Hé jongens, officier in aantocht, zorg dat je toonbaar bent en ga aan het voeteneind van je bed staan.'

Hij wilde een gênante situatie voorkomen. Voor hen en voor zichzelf. Het kon op een aantal manieren fout gaan. Misschien was ze naakt. Misschien had hij zijn been eraf geschroefd.

Hij wachtte een minuut. Er gebeurde niets. Hij liep naar de twee woonhuizen en trof daar Carter Carrington en Elizabeth Castle aan, hand in hand aan de rand van wat er restte van de weg, halverwege de stroom. Ze staarden hem aan. Ze waren beiden keurig gekleed, zij het in vrijetijdskleding. Hij droeg een hemd zonder mouwen en een trainingsbroek. Zij had een spijkerbroek met afgeknipte pijpen aan met een T-shirt dat net iets te kort was. Achter hen stonden twee mountainbikes tegen een boom. Dikke banden en een stevige bagagedrager waar je een flinke hoeveelheid bagage op kon binden. Achter de fietsen stond een tweepersoonstentje op de gruizige aarde waar zich ooit de woonkamer van de voorman van de tingieterij had bevonden.

'Goedemorgen,' zei Carrington.

‘’t Zelfde.’
Daarna zei verder niemand iets.
‘Altijd plezierig om je tegen te komen,’ zei Carrington toen.
‘’t Zelfde.’
‘Maar is dit louter toeval?’
‘Niet echt,’ zei Reacher.
‘Je was naar ons op zoek.’
‘Er was even iets aan de hand, maar dat bleek loos alarm. Alles is nu in orde, maar het leek me toch goed om even langs te komen. Om afscheid te nemen, want ik trek nu weer verder.’
‘Hoe heb je ons gevonden?’
‘Bij hoge uitzondering heb ik mijn gezonde verstand een keer gebruikt. Ik denk dat ik me herinnerde hoe het voelde. Het is mij een keer of twee overkomen, en misschien is het jullie onlangs overkomen. Net als je denkt dat het voor jou niet meer zal gebeuren, loop je, pats-boem, tegen iemand op. Je gaat ineens al die dwaze dingen doen waarvoor je allang de hoop had opgegeven dat je ze ooit nog eens zou doen. Je verzint om de paar uur een nieuwe reden om feest te vieren. Je viert dat wat je heeft samengebracht. Sommige mensen doen echt heel rare dingen. Jullie houden je bezig met Stan Reacher. Je hebt me al verteld dat jullie het over hem hadden tijdens jullie date. De laatste plek waar jullie samen gezien zijn, was bij de kantoren van de county. Daar hebben jullie zijn geboorteakte opgezocht. Jullie wilden het precies zo doen als het moest, bij elke stap. Zorgvuldig en nauwgezet, zoals het hoort. Om het jullie eigen te maken. Dat heeft sentimentele waarde. Jullie hebben het laatst bekende adres opgezocht. Elizabeth wist al waar het was, want dat hebben zij en ik samen uitgezocht op haar telefoon. Dus zijn jullie die plek gaan opzoeken. Een rondje erfgoed. Zo doen mensen dat.’
Ze glimlachten, hand in hand.
‘Ik ben blij dat jullie gelukkig zijn,’ zei Reacher.
‘Dank je,’ zei Elizabeth Castle.
‘En het maakt in wezen niets uit.’
‘Wat maakt niets uit?’
‘Als het gaat om opening van zaken geven. Ik moet jullie namelijk vertellen dat Stan Reacher niet degene was naar wie ik op zoek was.’
‘Hij was jouw vader.’

'Nee, hij blijkt alleen een geleende geboorteakte te zijn.'

'Juist.'

'Ik hoop dat dat voor jullie geen roet in het eten gooit.'

'Wie had die geboorteakte geleend?'

'Een obscure neef van wie de antecedenten onbekend zijn. Een witte vlek in de familiegeschiedenis.'

'En hoe voel jij je daarbij?'

'Werkelijk fantastisch,' zei Reacher. 'Hoe minder ik weet, hoe gelukkiger ik word.'

'En nu trek je weer verder.'

'Het was me een genoegen met jullie kennis te maken en ik wens jullie het allerbeste.'

'Hoe heette die neef?' vroeg Carrington.

'William.'

'Zou je het erg vinden als we die natrekken? Het zou interessant kunnen worden. Dat is het soort bezigheden waarvan wij houden.'

'Doe je best en geniet ervan,' zei Reacher.

'In ruil voor een gunst,' voegde hij eraan toe.

'Te weten?'

'Dat jullie even meelopen om een vriendin van me te begroeten. Vijf minuten hiervandaan. Jullie kennen haar vast wel, rechercheur Brenda Amos van de politie in Laconia.'

'Brenda?' zei Carrington. 'Waarom is Brenda hier?'

'In theorie heb jij mogelijk in gevaar verkeerd, en ze zal pas geloven dat alles in orde is als ze je met eigen ogen ziet. Ik wil dat je haar even vertelt dat je nog altijd in leven bent en dat je, nou ja, er even tussenuit bent en dat je op een gegeven moment weer in de stad zal zijn.'

'Gevaar?'

'Jij lijkt een heel klein beetje op een beoogd slachtoffer van een liquidatiepoging door gangsters. Vanwege de grondigheid en het rechtlijnige denken van rechercheur Amos werd het een zaak.'

'Maakte Brenda zich zorgen om mij?'

'Jij bent de man die het voor hen moet opnemen bij de rechter als het erop aankomt. Kennelijk mogen ze je wel. Dat is een teken van zwakte. Je moet strenger zijn in de toekomst.'

Ze liepen samen door de hoofdstraat terug, langs de school, langs de kerk, tussen de bomen door naar de zonnige, ordelijke boomgaard. Amos en Burke stonden aan de andere kant van het hek te wachten. Ze schudden elkaar de hand over het hek. Er werden dingen bevestigd, er werd van alles uitgelegd. Vakantie, geen bereik van mobiele telefoons, excuses. 'Geen probleem,' zei Amos. 'Ik moest het gewoon even checken.'

Carrington en Castle liepen terug.

Reacher keek hen na. Hij klom over het hek en kwam bij de beide anderen staan.

'Ik heb besloten om de professor over te slaan. Misschien kun je hem bellen?'

'Zeker,' zei Burke.

'Ga je nu terug naar de stad?' vroeg Amos.

Reacher schudde zijn hoofd.

'Ik ga naar San Diego.'

'Vanaf hier?'

'Dat lijkt me wel toepasselijk. Mijn vader is heel vaak van hieruit vertrokken. Het was een van de plaatsen waar hij heeft gewoond. Een jaar lang zelfs, toen hij zes was.'

'Wil je echt dat we je hier mijlenver van de bewoonde wereld achterlaten?'

'Ik krijg wel een lift. Ik heb het eerder gedaan. Vanaf nu veertig minuten, schat ik. Hangt ervan af. In het ergste geval vijftig minuten. Gaan jullie maar. Ik vond het prettig om jullie te hebben leren kennen. Dat meen ik en ik stel het heel erg op prijs dat jullie zo aardig voor me waren.'

Even stonden ze in een klein kringetje niets te doen. Toen gaven ze elkaar een hand, zomaar plotseling eigenlijk en een beetje schutterig. Twee MP's en een geestelijke. Alles was geregeld, ze waren elkaar verder niets verschuldigd.

Burke en Amos stapten in de auto. Reacher keek hen na toen ze wegreden. In de lage ochtendzon wervelden stofdeeltjes om de auto. Toen waren ze verdwenen. Reacher liep in dezelfde richting. De lange, flauwe bocht door. Het hele eind keek hij tegen de zon in. Toen hij bij de binnenweg aankwam, die van noord naar zuid liep, ging hij in de berm staan en stak zijn duim omhoog.

De Jack Reacher-thrillers van Lee Child zijn:

1 *Jachtveld*
In een stadje in Georgia stapt Jack Reacher uit de bus. En wordt in de gevangenis gegooid voor een moord die hij niet gepleegd heeft.

2 *Lokaas*
Jack Reacher zit in een vrachtwagen opgesloten met een vrouw die beweert dat ze van de FBI is. Hij komt in een heel ander deel van Amerika terecht.

3 *Tegendraads*
Terwijl Jack Reacher een zwembad graaft in Key West, komt een detective allemaal vragen stellen. Later wordt die dood gevonden.

4 *De bezoeker*
Twee naakte vrouwen liggen levenloos in een bad. Het daderprofiel van de FBI wijst richting Jack Reacher.

5 *Brandpunt*
Midden in Texas ontmoet Jack Reacher een jonge vrouw. Zodra haar echtgenoot uit de gevangenis komt, zal hij haar doden.

6 *Buitenwacht*
Een vrouw in Washington roept Jack Reachers hulp in. Haar baan? Ze beschermt de vicepresident van Amerika.

7 *Spervuur*
Een ontvoering in Boston. Een politieagent sterft. Heeft Jack Reacher zijn gevoel voor goed en kwaad verloren?

8 *De vijand*
Er was een tijd dat Jack Reacher in het leger zat. Eens, toen hij wachtliep, werd er een generaal dood aangetroffen.

9 *Voltreffer*
Vijf mensen worden doodgeschoten. De man die beschuldigd wordt van moord, wijst naar Jack Reacher.

10 *Bloedgeld*
Het drinken van koffie op een drukke straat in New York leidt tot een schietpartij vijfduizend kilometer verderop.

11 *De rekening*
In de woestijn van Californië wordt een van Jack Reachers oude maten dood aangetroffen. De legereenheid van toen moet weer bij elkaar gebracht worden.

12 *Niets te verliezen*
Jack Reacher gaat de onzichtbare grens tussen twee steden over: Hope en Despair, hoop en wanhoop.

13 *Sluipschutter*
In de metro van New York telt Jack Reacher af. Er zijn twaalf aanwijzingen voor een zelfmoordterrorist.

14 *61 uur*
In de vrieskou staat Jack Reacher te liften. Hij stapt uiteindelijk op een bus die regelrecht op de problemen afrijdt.

15 *Tegenspel*
Een onopgeloste zaak in Nebraska. Jack Reacher kan de vermissing van een kind niet van zich afzetten.

16 *De affaire*
Een halfjaar voor de gebeurtenissen in *Jachtveld* is Jack Reacher nog in dienst van het leger. Hij gaat undercover in Mississippi om een moord te onderzoeken.

17 *Achtervolging*
Na anderhalf uur wachten in de kou van Nebraska krijgt Jack Reacher eindelijk een lift, en komt in heel fout gezelschap terecht.

18 *Ga nooit terug*
Jack Reacher gaat terug naar zijn oude hoofdkwartier in Virginia. Hij wil de nieuwe commandant wel eens ontmoeten – maar ze is spoorloos.

19 *Persoonlijk*
Iemand heeft op de Franse president geschoten. Er is maar één man die dat gedaan kan hebben – en Jack Reacher is de enige die hem kan vinden.

20 *Daag me uit*
Jack Reacher belandt in het vreemde plaatsje Mother's Rest en treft een vrouw aan die wacht op een vermiste privédetective. Weglopen zou tegen Jack Reachers principes zijn.

21 *Onder de radar*
Hamburg, 1996. Jack Reacher is naar Duitsland vertrokken voor een zeer geheime missie. Een jihadistische cel daar heeft een boodschap gekregen: *de Amerikaan wil honderd miljoen dollar*. Wat is er gaande?

22 *Nachthandel*
Toevallig ziet Jack Reacher een bijzonder sieraad liggen in de etalage van een pandjeshuis, een damesring van de militaire academie West Point. Jack Reacher gaat op zoek naar de eigenaresse...

23 *Verleden tijd*
Jack Reacher maakt een ommetje naar de geboortestad van zijn vader. Daar is geen spoor van een Reacher te bekennen. Wel stuit hij op een dodelijk tijdverdrijf.

De Jack Reacher-verhalen zijn:

1 *James Penney*
Uit wraak steekt James Penney zijn huis in brand nadat hij is ontslagen en hij slaat op de vlucht. Dan komt hij iemand in een groene Chevrolet tegen. Het blijkt Jack Reacher.

2 *Heethoofd*
In een hete zomernacht ziet de bijna 17-jarige Jack Reacher dat een jonge vrouw in het gezicht wordt geslagen. Als dappere zoon van een Amerikaanse marinier besluit hij in te grijpen.

3 *Tweede zoon*
Op de nieuwe school van de 13-jarige Jack Reacher is iets aan de hand. Wat volgt is keiharde actie van de jongen die ooit de beroemdste thrillerheld zonder vaste verblijfplaats zal zijn.

4 *Iedereen praat*
Een rechercheur raakt aan de praat met het slachtoffer van een schietincident. Het blijkt Jack Reacher te zijn. Hij is ernstig gewond, maar een paar uur later is hij verdwenen.

5 *3 kogels*
Jack Reacher doet onderzoek naar de executie van een kolonel. Hoe meer hij te weten komt, hoe sterker hij het vermoeden krijgt dat zijn broer meer met de zaak te maken heeft.

6 *Uit Rusland*
Jack Reacher loopt een bar in New York binnen. Meteen wordt zijn aandacht getrokken door een jong Russisch meisje, dat in gevaar lijkt te zijn. Hij is vastbesloten haar te helpen.

7 *Diepgang*
Jack Reacher moet ontdekken wie van de vier MI-stafofficieren vuil spel speelt. Het zijn alle vier vrouwen, en het leidt tot een diepgaand onderzoek.

8 *Geen oefening*
Jack Reacher neemt een lift richting de Canadese grens en strandt in het stadje Naismith. Daar wemelt het opeens van de militairen en niemand lijkt te weten waarom...

9 *Traditie*
Het sneeuwt te hard om door te lopen. Op goed geluk klopt Jack Reacher aan bij een groot huis; daar komt hij als geroepen voor een merkwaardig karweitje.

10 *Eenzaam*
Jack Reacher is in hartje New York. De straten zijn leeg en stil, ongewoon voor zo'n warme zomeravond. Dan houdt een vrouw hem staande. Tijd voor Reachers goede daad van de dag.

11 *Witte kerst*
Het is kerstavond. Jack Reacher wil nog wel wat eten en ergens onderdak, en kiest het motel dat er het goedkoopst uitziet.

12 *Te veel tijd*
Jack Reacher is getuige van een diefstal. Hij gaat mee naar het bureau, maar daar wordt hij gearresteerd wegens medeplichtigheid. Uiteindelijk grijpt hij terug op een van zijn vuistregels.

Alle Jack Reacher-verhalen zijn gebundeld in *Op doorreis*, verschenen als paperback en als e-book. De afzonderlijke verhalen zijn als luisterboek en als e-book beschikbaar.